EL INVITADO DE DRÁCULA

Y OTROS RELATOS

LA GUARIDA DEL GUSANO BLANCO

BRAM STOKER

Títulos: El invitado de Drácula y otros relatos / La guarida del gusano blanco
Títulos originales: *Dracula´s Guest and other Weird Stories / The Lair of the White Worm*
Autor: Bram Stoker

© Edimat Libros, SA
C/ Primavera, 10, nave 35
28500 Arganda del Rey
Madrid-España
www.edimat.es

Introducción, traducción y notas: Antonio Arroyo de Mena
Diseño e ilustraciones de cubierta: Karakachoff Estudio

ISBN: 978-84-9794-667-4
Depósito Legal: M-957-2025

Impreso en España - *Printed in Spain*

INTRODUCCIÓN

El escritor irlandés Bram (Abraham) Stoker (1847-1912) nació en Dublín, fue el tercero de los siete hijos de Abraham Stoker (1799-1875), de origen anglo-irlandés, funcionario público, y de Mathilda Thornley (1818-1901), escritora, también de origen anglo-irlandés. El hogar era del tipo burgués, enfocado al trabajo y a la austeridad, sin poseer fortuna, aunque el mayor de los siete hijos, Thornley Stoker, llegó a ostentar el título, muy exclusivamente británico (toda Irlanda estaba sometida por entonces al dominio y control británicos, con sus títulos y sus instituciones), de *baronet* (el grado inferior de la escala nobiliaria).

Respecto a sí mismo y a su peculiar nombre, dijo: *Soy alto y de constitución pesada, con barba rubia y bonachones ojos azules. Fui nombrado Abraham Stoker, pero desde mi primerísima infancia me han llamado Bram, y he dejado que siga siendo Bram.*

Debido a diversas enfermedades tuvo que guardar cama hasta los siete años de edad y sus primeros estudios los llevó a cabo en su casa con profesores privados. A los siete años experimentó una recuperación completa y comenzó a acudir a la Escuela Bective, institución privada. Sobre esa época dijo el propio escritor: *Yo era reflexivo por naturaleza, y el tiempo libre que me concedió la larga enfermedad me dio la oportunidad de muchos pensamientos que dieron fruto en años posteriores.* Además, durante la cadena de enfermedades, su madre le contaba historias de misterios y fantasmas que luego influyeron muy probablemente en su obra.

Al terminar sus estudios acudió a la famosa y acreditada universidad Trinity College, de Dublín, desde 1864 hasta 1870, donde estudió Derecho y sobresalió como deportista en varias disciplinas deportivas como el rugby, siendo nombrado Atleta de la Universidad. Al parecer, se destacó con brillantez en matemáticas. Fue auditor de la Sociedad Histórica Universitaria y presidente de la Sociedad Filosófica de la Universidad, único caso de alumno en esa universidad que tuvo ambos cargos. Mientras estudiaba trabajó como funcionario en el castillo de Dublín, que era la sede del gobierno británico en Irlanda y donde su padre era funcionario de alto rango. Escribió un primer artículo titulado *El sensacionalismo en la ficción y en la sociedad,* y trabajó en el Servicio Civil Irlandés. Superó el examen de entrada para poder ejercer como abogado en Inglaterra.

Se interesó mucho en el teatro, y se hizo crítico teatral para el *Dublin Evening Mail,* del que era copropietario Sheridan Le Fanu, conocido autor de cuentos góticos[1]. A pesar de que los críticos teatrales estaban poco considerados en la época, Stoker destacó por la calidad de sus reseñas. En 1876 hizo una crítica favorable del famoso actor Henry Irving, quien invitó a cenar a Stoker, haciéndose los dos muy amigos desde entonces. De las narraciones de ficción escritas durante ese período, publicó *La copa de cristal* y *La cadena del destino* en *The Shamrock* («El trébol», la planta es un símbolo nacional de Irlanda). Además, fundó en 1879 el Club de Bocetos de Dublín, por su interés en el campo de las artes plásticas.

En 1878 se casó con Florence Balcombe, aspirante a actriz que era famosa por su gran belleza y anteriormente había sido novia de Oscar Wilde, a quien Stoker había conocido en sus tiempos universitarios y a quien propuso para ser miembro de la Sociedad Filosófica. Wilde se enojó mucho por esto, pero Stoker reanudó la amistad con él y lo apoyó cuando fue condenado en Inglaterra y desterrado «al Continente».

El matrimonio se instaló en Londres, donde en principio él ejerció de secretario personal de Irving, llegando más adelante a ser gerente y luego director de negocios del *Lyceum Theatre,* propiedad del actor, puestos que ocupó a lo largo de veintisiete años. La colaboración con Irving, el actor más famoso de la época, fue muy importante para Stoker, que se encargaba de la correspondencia del actor y otras ayudas personales, lo acompañaba en muchas de sus giras y estuvo a su lado al morir. Por su admiración al actor, sus recuerdos se llevaron al libro de 1906 *Recuerdos personales de Henry Irving.* En esa colaboración de tantos años, Stoker dirigía uno de los teatros con más éxito de Londres y por mediación de Irving había entrado en contacto con la alta sociedad de la ciudad, llegando a conocer a grandes personajes, como el escritor sir Arthur Conan Doyle (con quien estaba emparentado lejanamente), y Hall Caine, que se hizo uno de sus más íntimos amigos y a quien dedicó su novela *Drácula.* Irving era un masón activo y Stoker se hizo miembro de la orden, siendo iniciado en febrero de 1883, ascendido en abril de ese mismo año, y elevado al rango de Maestro Masón en junio.

---

[1] La Real Academia de la Lengua Española define *gótico* como: *Variedad de relato de misterio, fantasía y terror que aparece a finales del siglo XVIII.*

Introducción

En diciembre de 1879 nació su único hijo, Noel. Mientras estuvo en Inglaterra, Stoker escribió varias novelas y relatos cortos. Su primer libro de ficción, *Bajo el crepúsculo,* fue publicado en 1881.

En el transcurso de las giras de Irving por todo el mundo, Stoker viajó con él, aunque nunca por el este de Europa, que es donde sitúa su novela más famosa, *Drácula.* Visitó los Estados Unidos y fue invitado junto con el actor, muy popular en el país, a visitar dos veces la Casa Blanca, conociendo a los presidentes William McKinley y Theodore Roosevelt. Dos de las novelas de Stoker están situadas en el país, y varios personajes suyos son norteamericanos. En esos viajes conoció también a uno de sus ídolos literarios, Walt Whitman, a quien en 1872 había escrito una carta muy especial, en la que algunos ven la expresión de una homosexualidad fuertemente reprimida (Whitman era conocidamente homosexual).

Mientras trabajaba como secretario y director del *Lyceum Theatre* de Irving, empezó a escribir novelas, como *El paso de la serpiente,* 1890, y *Drácula,* 1897. Formaba parte del equipo literario del periódico *The Daily Telegraph* de Londres y escribió otras obras de ficción, como *La dama de la mortaja,* 1909, y *La guarida del gusano blanco,* 1911. Tras la muerte de Irving publicó su libro de recuerdos del actor en 1906, obra que tuvo mucho éxito y buena acogida del público. Dirigió también el *Prince of Wales Theatre* (Teatro del Príncipe de Gales) en varias producciones.

Bram Stoker era persona muy viajera, y fue un visitante asiduo a Cruden Bay, en Escocia, entre 1892 y 1910. Sus vacaciones de un mes en la costa de Aberdeenshire le proporcionaban el tiempo para escribir sus libros. Stoker situó dos de ellos en Cruden Bay, *The Watter's Mou* («La boca del agua»), 1895, y *El misterio del mar,* 1902, y la zona aparece en algunos de sus relatos.

Antes de escribir *Drácula,* Stoker conoció a Ármin Bámbéry (en realidad, Hermann Bamberger), famoso orientalista judeo-húngaro, quien le contaba viejas historias de los Cárpatos que quizá influyeron en su creación, aunque esto ha sido puesto en duda actualmente. En 1895 empezó a escribir *Drácula,* su novela más famosa, en el hotel Kilmarnock Arms, donde se hospedaba. El cercano castillo de Slains proporcionó probablemente el escenario para las descripciones del castillo de Drácula: una de las salas del castillo Slains es octogonal, coincidiendo con la habitación octogonal del castillo en la novela. Stoker empleó varios años investigando el folclore del centro y el este de Europa sobre las historias mitológicas de vampiros. Según algunas fuentes, hoy muy disputadas, el personaje del conde Drácula se basa en la persona real del príncipe de Valaquia Vlad III, nacido como Vlad Draculea pero más conocido como «Vlad el Empalador» (Vlad Tepes, en rumano).

Es una novela del tipo epistolar, como una recopilación de anotaciones en diarios, telegramas, cartas y recortes de periódicos para añadir un toque de realismo a la narración. La novela refleja la lucha entre el bien y el mal. Oscar Wilde dijo de ella que era la obra de terror (obra «gótica») mejor escrita de todos los tiempos, y también «la novela más hermosa jamás escrita», y recibió elogios de varios escritores, entre ellos Arthur Conan Doyle. En la época de su publicación se consideró «una novela de horror muy directa», basada en creaciones imaginarias de lo sobrenatural que dieron forma a una fantasía universal y se hicieron parte de la cultura popular. La novela fue un súperventas editorial a lo largo del siglo xx y toda una inspiración para varias películas, empezando ya en 1922 por el *Nosferatu* de Murnau.

Entre los numerosos relatos cortos y las dieciocho novelas que escribió, cabe señalar también el curioso libro *Impostores famosos,* en el que sostiene la teoría de que la reina Isabel I de Inglaterra, la Reina Virgen, era en realidad un hombre disfrazado. Stoker creía en el Progreso y tuvo un agudo interés por la Ciencia y la Medicina basada en la ciencia. Algunas de sus novelas representan ejemplos primitivos de la ciencia-ficción, como *La dama de la mortaja.* Tenía también mucho interés en lo oculto, sobre todo el mesmerismo desarrollado por el médico Franz Anton Mesmer, pero despreciaba los fraudes frecuentes y creía en la superioridad del método científico sobre la superstición.

Su listado de obras incluye también *El hombro de Shasta* (1895), *La señorita Betty* (1898), *El hombre* (1905), *La señora Athlyne* (1908), *La guarida del gusano blanco* (1911), y los títulos *Muerte entre bastidores* y *Drácula: la cúspide del horror.*

Después de sufrir una serie de ataques, Bram Stoker murió en Londres el 20 de abril de 1912. La causa de su muerte está bajo discusión, algunos biógrafos la atribuyen al exceso de trabajo y el agotamiento consiguiente, otros a la sífilis de tipo terciario. En su certificado de fallecimiento figura que la causa de la muerte fue debida a la «ataraxia locomotriz», lo que se supone que es una referencia indirecta a la sífilis. Sus restos fueron incinerados y expuestos en una urna en el crematorio Golders Green del norte de Londres.

Dos años después, en 1914, su viuda, Florence, que también era su albacea literario, publicó una edición póstuma de *El invitado de Drácula y otros relatos* como parte de una recopilación de narraciones cortas, no relacionadas entre sí. La mayoría de los eruditos cree que los editores entresacaron la primera narración que da título a la compilación del manuscrito original de *Drácula.* Asimismo, bajo su supervisión y la del hijo de ambos, apareció en 1925 una versión más reducida (veintiocho capítulos en lugar de los cuarenta originales) de la novela *La guarida del gusano blanco,* cuya primera versión había tenido muchas críticas y reseñas negativas.

EL INVITADO DE DRÁCULA Y OTROS RELATOS

El invitado de Drácula. Es el primero de los relatos compilados en *El invitado de Drácula y otros relatos.* La acción se desarrolla en la noche de Walpurgis, la noche del 30 de abril, la «noche del espanto y del horror» en la que los muertos salen de sus tumbas y caminan. El protagonista —que británicamente dice que la noche de Walpurgis «no les afecta a los ingleses»— decide adentrarse esa noche especial, en la que no cree, en una población abandonada, contra la opinión del cochero alemán que lo lleva. Allí visita el cementerio, empieza una gran tormenta de nieve, se refugia en un mausoleo y es sorprendido por una criatura medio demoníaca de la que lo salva un grupo de soldados. Los soldados lo llevan de vuelta al hotel y el director del mismo le muestra una nota del mismo Drácula en la que le recomienda que lo cuide mucho.

La casa del juez. Un joven quiere prepararse para un duro examen y para ello busca el aislamiento en algún pueblo pequeño, alejado del bullicio de la ciudad, donde no conozca a nadie y nadie interrumpa su estudio. El agente inmobiliario lo lleva a una casa prácticamente abandonada, pues nadie quiere vivir allí, la casa de un antiguo juez, muy duro e implacable. El joven se instala allí, pero sin conocer la historia del juez, ante la alarma de algunos vecinos del pueblecito. Ve en un cuadro un retrato de ese juez, muerto hacía décadas. La casa está llena de ratas que con sus ruidos distraen al joven, que decide hacer algo. Descubre a una grande, especial, mucho más maligna que las demás. Hay una lucha en la que el joven queda apresado por una especie de visión del juez muerto.

La *squaw.* La acción se sitúa en el Nuremberg de la época. Una pareja joven recién casada está de visita y se hacen amigos de un norteamericano típico, experimentado y atrevido. Juntos van de visita a la parte más antigua de la ciudad, donde se halla la Virgen de Hierro, antiguo instrumento medieval de tortura. El norteamericano arroja una piedra para asustar a un gatito que juega con su madre. Por error de cálculo, el gatito muere y la madre (la *squaw)* gata busca una venganza, que consigue horrorosamente a través de esa Virgen de Hierro.

El secreto del oro creciente. Historia de dos familias vecinas y rivales, las dos de antiguo linaje y orgullosas de él, pero las dos en decadencia. De una de ellas queda sólo un representante, y de la otra, dos, una pareja de hermano y hermana muy mal avenidos. Discuten, y ella se va a la casa del vecino. Hay amargas peleas entre ellos y un día se van de viaje. Ella, rubia como el oro, tiene un accidente y desaparece. Los dos hombres disputan y el hermano acusa al vecino de la muerte de la hermana, que se le aparece en forma de espectro. El vecino, oficialmente viudo, se casa de nuevo y encarga trabajos de renovación de la casa. Una piedra de chimenea será el objeto de la venganza de la hermana.

Una profecía gitana. En una pareja de recién casados, el hombre decide ir con su amigo, que los visita, a un campamento gitano. Allí le dicen una buenaventura que horroriza a la gitana que la pronuncia, pues ve a la joven esposa tendida en el suelo y al marido con las manos ensangrentadas, acusándole entonces de asesinato. Al enterarse de ello, la joven esposa toma toda clase de precauciones para impedir que se cumpla esa profecía.

La venida de Abel Behenna. Un pueblo de pescadores y dos amigos y vecinos de la misma edad que se enamoran de una misma muchacha. Como ella no se decide por ninguno, deciden jugarse a suertes quién habrá de marcharse con todo el dinero que tienen entre los dos, comerciar con él, y regresar al pueblo en el plazo de un año. Se casará con ella el que de los dos esté presente el día señalado.

El entierro de las ratas. Viaje de un arrogante joven inglés por la Ciudad de la Basura de París. Por imposición de los padres de ella, el joven debe pasar un año alejado de la muchacha que ama. Entonces decide viajar a París para hacer más soportable la idea. Cuando ya ha recorrido y se ha aburrido de los lugares más emblemáticos, decide hacer una visita a los alrededores de la ciudad y da con la Ciudad de la Basura. Allí conoce a todo tipo de gentes, arrambladas por la sociedad o por el Ejército, que ejercen el oficio de traperos. Al final, es codiciosamente perseguido por varios de ellos, que quieren robarle. En cierto momento descubrimos a qué se refiere el autor con el rápido entierro de las ratas.

Un sueño con manos rojas. Narración en primera persona, aparentemente es el autor mismo quien nos habla y nos cuenta la historia de un hombre que cometió un delito de sangre y que esa sangre lo atormenta en sueños. El narrador quiere ayudarlo y lo visita en su soledad y aislamiento para combatir sus pesadillas. El hombre de las pesadillas se marcha, y tiempo después el narrador lo encuentra en una situación que parece haberlo redimido de su crimen.

Arenas de Crooken. Es la historia de un hombre y su obsesión con el traje tradicional escocés. Encarga uno muy elaborado, e insiste en llevarlo puesto en su lugar de vacaciones con la familia, a pesar de la irrisión que provoca y del ridículo que sienten su mujer y sus hijos. Hay un incidente en un pozo de arenas movedizas de la playa, del que lo salva un marinero. Al final, decide desprenderse del traje, cuando recibe noticias de la desaparición del sastre que se lo hizo, también obsesionado con el traje, en una especie de acción paralela que sugiere la leyenda del *doppleganger*, el «doble» que se dice que todos tenemos en el mundo.

LA GUARIDA DEL GUSANO BLANCO[2]

En esta novela se trata de la reunión en un lugar histórico muy especial de Inglaterra de un anciano y de un joven sobrino-nieto suyo, últimos representantes de la estirpe familiar. No se conocen, pues el joven ha vivido toda su vida en Australia, y es grande la alegría del encuentro. La comparte un antiguo diplomático, amigo del anciano, quien le explica al joven la historia del lugar, remontándose hasta los romanos. Además de las edificaciones de tipo militar, hay varias residencias alrededor, en una viven el anciano y el joven, en otra *lady* Arabella, bella viuda, en otra un granjero con sus nietas, en otra el antiguo diplomático amigo del anciano y en otra el heredero de esa última finca, que hace su venida al lugar, en compañía de un criado negro, como el primero de los propietarios que lo visitan en varias generaciones. Hay gran expectación por la llegada de ese propietario, y se celebra una gran fiesta de bienvenida.

A través de los descubrimientos que va haciendo el joven y de las conversaciones que mantiene con el viejo diplomático, ambos van percibiendo que algo extraño y anormal sucede en aquel territorio. Las leyendas de criaturas gigantes en forma de gusano son varias, y ambos exploran la verosimilitud de las mismas. El joven se hace con varias mangostas debido a las serpientes que abundan en la zona, y se da una extraña relación de *lady* Arabella con ellas. Ocurren fenómenos extraordinarios, como la migración de los pájaros y el silencio de la Naturaleza. Ulanga, el criado negro, salvaje y estrafalario, está atraído por *lady* Arabella e intenta relacionarse con ella, que lo atrae a un sótano donde hay un agujero de pozo. Allí se da una lucha funesta y muy reveladora entre los dos.

El anciano diplomático y el joven emprenden una persecución nocturna de una criatura gigantesca en forma de gusano. El joven concibe

---

[2] La novela titulada La guarida del gusano blanco *(The Lair of the White Worm)* fue publicada por primera vez por la Editorial William Rider and Son en 1911. Posteriormente, en 1925, se publicó una versión abreviada y reducida de la misma, con veintiocho capítulos en lugar de los cuarenta originales. Presentamos aquí completa la primera versión de 1911.

un plan para liberar de esa criatura al lugar a base de explosivos y lo pone en práctica. Hay un final catastrófico a todo ello.

Esta novela es una clara expresión del ideario de Stoker, desde sus creencias raciales, a las científicas, pasando por las muestras de exquisita cortesía británica aun dentro de situaciones fantasmagóricas que más parecen alucinaciones. Es la eterna lucha del Bien y el Mal, cuando éste último se encarna en una forma concreta y monstruosa y el primero cuenta con la ciencia y la tecnología para conseguir su victoria final.

EL INVITADO DE DRÁCULA

Y OTROS RELATOS

EL INVITADO DE DRÁCULA

Cuando salimos para nuestro viaje, el sol brillaba intensamente en Munich y el aire estaba lleno de la alegría de principios del verano. Justo cuando estábamos a punto de salir, el señor Delbrück (el director del hotel Cuatro Estaciones, donde yo estaba alojado) bajó, sin sombrero, al carruaje y, después de desearme un viaje agradable, le dijo al cochero mientras mantenía su mano en la manilla de la puerta del vehículo:

—Recuerde que tiene que estar de vuelta al anochecer. El cielo está radiante, pero en el viento del norte hay un temblor que dice que puede haber una tormenta repentina; pero estoy seguro de no llegará usted tarde —en ese momento sonrió, y añadió—: porque usted sabe lo que es esta noche.

Johann respondió con un enérgico, «Ja, mein Herr!»[1], y tocándose el sombrero se alejó rápidamente. Cuando hubimos salido de la ciudad, le indiqué que se detuviera y le dije:

—Dígame, Johann, ¿qué es esta noche?

Se persignó y respondió lacónicamente: «la noche de Walpurgis»[2]. Luego sacó su reloj, un anticuado objeto alemán de plata, tan grande como un nabo, y lo miró, con las cejas juntas y un encogimiento de hombros un poco impaciente. Me di cuenta de que esa era su manera de protestar respetuosamente por ese retraso innecesario y volví a meterme en el carruaje haciéndole un simple gesto con la mano para que continuase. Empezó a moverse rápidamente, como para compensar el tiempo perdido. De cuando en cuando los caballos alzaban la cabeza y olisqueaban el aire con recelo. En esas ocasiones yo miraba frecuentemente alrededor, alarmado. La carretera estaba bastante desolada, pues estábamos atravesando una especie de meseta alta y barrida por el viento. Cuando viajábamos vi una carretera que parecía poco utilizada y que se hundía a través de un valle pequeño y retorcido. Su aspecto era tan invitador que, incluso a riesgo de ofenderlo, le dije a Johann que se detuviese y, cuando

---

[1] Sí, señor.
[2] La noche del 30 de abril. En el folclore alemán, celebración de los poderes oscuros y reunión de brujas, conocida también como «noche de espantos y brujas».

se echó a un lado, le dije que me gustaría ir por esa carretera. Puso toda clase de excusas y se persignó frecuentemente mientras hablaba. Eso picó de alguna manera mi curiosidad, así que le hice varias preguntas. Él respondió como si estuviese haciendo esgrima conmigo y miró repetidamente a su reloj en protesta. Por último, dije:

—Bueno, Johann, yo quiero ir por esa carretera. No le pediré que venga a menos que usted quiera, pero dígame entonces por qué no quiere ir, eso es todo lo que le pido.

Como respuesta, pareció que se hubiese arrojado fuera de la cabina, de lo rápido que llegó al suelo. Extendió las manos hacia mí y me suplicó no ir. Hubo bastante con su inglés entremezclado de alemán para que yo comprendiese la idea general de lo que dijo. Era como si siempre estuviese justo a punto de decirme algo, cuya idea era evidente que lo asustaba, pero cada vez se detenía, diciendo mientras se persignaba: «¡Noche de Walpurgis!».

Intenté discutir con él, pero me era difícil razonar con un hombre cuando yo no conocía su idioma. La ventaja estaba ciertamente en manos de él, porque aunque empezó por hablar en inglés, de una clase muy rudimentaria y chapurreada, siempre se agitaba y se pasaba a su lengua nativa, y cada vez que lo hacía, miraba su reloj. Entonces los caballos se pusieron inquietos y olisquearon el aire. Ante eso él se puso muy pálido y, mirando a su alrededor de manera asustada, saltó hacia delante de repente, los tomó de las bridas y los llevó unos cinco o seis metros más allá. Yo lo seguí y le pregunté por qué había hecho eso. Como respuesta, se persignó, indicó el punto que habíamos dejado y llevó el carruaje en dirección a la otra carretera. Señaló una cruz de piedra y dijo, primero en alemán y después en inglés: «Enterrado él... el que mató sí mismos».

Recordé la antigua costumbre de enterrar a los suicidas en los cruces de caminos[3]. «¡Ah!, ya veo, un suicida. ¡Qué interesante!». Pero, por mucho que lo intenté, no pude adivinar por qué estaban asustados los caballos.

Mientras estábamos hablando, oímos un ruido como entre un aullido y una llamada de atención. Estaba muy lejos, pero los caballos se pusieron muy inquietos y a Johann le llevó mucho tiempo aquietarlos. Estaba pálido y dijo: «Suena como lobo, pero lobos no aquí ahora».

—¿No? —le dije, inquisitivo—. ¿No hace mucho desde que los lobos estuvieron tan cerca de la ciudad?

—Mucho, mucho —respondió—, en primavera y verano, pero con nieve lobos aquí estado no mucho hace.

---

[3]   El suicidio se consideraba pecado, y se enterraba a los suicidas en los cruces de caminos con una estaca atravesada en el cuerpo.

Mientras él acariciaba a los caballos intentando calmarlos, unas nubes negras pasaron rápidamente por el cielo. La luz del sol se apagó y una ráfaga de viento frío giró sobre nosotros. Sin embargo, fue sólo una ráfaga, y más del tipo de aviso que de hecho, porque el sol salió brillantemente otra vez. Bajo su mano levantada, Johann miró al horizonte y dijo:

—Tormenta nieve, mucho de antes viene.

Entonces volvió a mirar su reloj y enseguida, sujetando las riendas con firmeza —pues los caballos seguían pateando inquietamente el suelo con sus cascos y sacudían las cabezas—, subió al pescante como si hubiera llegado la hora de continuar nuestro viaje.

Yo me sentí un tanto obstinado y no me metí en el carruaje inmediatamente.

—Dígame algo —dije— del lugar adonde lleva esa carretera —y se la señalé.

Volvió a persignarse y musitó una plegaria antes de responder: «Es profano».

—¿Qué es profano? —le pregunté.

—El pueblo.

—Entonces, ¿hay un pueblo?

—No, no, cientos años nadie allí vive.

Mi curiosidad se picó.

—Pero usted ha dicho que allí había un pueblo.

—Había.

—¿Y dónde está ahora?

Con lo cual él estalló en una larga historia en alemán e inglés, tan mezclados entre sí que no pude comprender muy bien lo que dijo exactamente, pero más o menos me enteré de que hacía mucho tiempo, cientos de años, los hombres habían muerto allí y fueron enterrados en sus tumbas, que de día se oían ruidos y que cuando volvieron a abrir las tumbas encontraron a los hombres y las mujeres sonrosados de vida y las bocas rojas de sangre. Y así, con prisa por salvar la vida (¡y sus almas, sí! —y entonces se persignó) los que quedaban huyeron a otros lugares, donde los vivos vivían y los muertos estaban muertos y no... no algo. Era evidente que decir las últimas palabras lo asustaba. Conforme seguía adelante con su narración, se puso cada vez más agitado. Era como si su imaginación se hubiese apoderado de él, y terminó en un completo paroxismo de miedo, con la cara blanca, sudando, temblando y mirando a su alrededor, como si esperase que alguna presencia terrible se manifestase allí, bajo la brillante luz del sol en la llanura abierta. Por último, en una agonía de desesperación, exclamó:

—¡Noche de Walpurgis!

Y señaló al carruaje para que me metiera en él. Ante esto, se alzó mi sangre inglesa, me eché para atrás y dije:

—Usted está asustado, Johann... Usted está asustado. Váyase a casa, yo volveré solo, el paseo me sentará bien.

Abrí la portezuela del carruaje, agarré del asiento mi bastón de roble, que llevaba siempre en las excursiones que hacía en las vacaciones, y cerré la portezuela; señalé hacia Munich y dije:

—Váyase a casa, Johann, la noche de Walpurgis no les afecta a los ingleses.

Los caballos estaban ahora más inquietos que nunca y Johann estaba intentando retenerlos, mientras me suplicaba con excitación que no hiciera algo tan insensato. Tuve lástima del pobre hombre por lo profundamente en serio que hablaba, pero a pesar de todo no pude evitar reírme. Su inglés había desaparecido ahora, en su preocupación se había olvidado de que su único medio de hacerse comprender era hablar en mi lengua, de modo que parloteó en su alemán nativo. Empezaba a ser un poco tedioso. Después de darle la orden, «¡a casa!», me di la vuelta y bajé desde la encrucijada por el valle.

Con un gesto de desesperación, Johann le dio la vuelta a los caballos hacia Munich. Me apoyé en el bastón y lo vigilé. Por un rato él fue despacio por la carretera, entonces llegó a la cima de la colina un hombre alto y delgado. Pude ver todo eso desde lejos. Cuando ese hombre se acercó a los caballos, éstos empezaron a dar saltos y coces y luego a chillar de terror. Johann no pudo retenerlos, se echaron a correr por la carretera, escapándose alocadamente. Los seguí hasta perderlos de vista y entonces busqué al hombre extraño, pero vi que él también se había ido.

Con corazón ligero me metí por la carretera lateral a través del profundo valle al que se había opuesto Johann. Que yo pudiera ver, no había ni el más mínimo motivo para que se opusiera a ello, y apuesto a que anduve durante un par de horas sin pensar en el tiempo ni en la distancia, y ciertamente sin ver ni personas ni casas. En lo referente al lugar, era la desolación misma; pero no noté eso de una manera especial hasta que, al seguir una curva de la carretera, llegué al borde de un bosque desperdigado, entonces reconocí que estaba impresionado inconscientemente por la desolación de la zona a través de la que había pasado.

Me senté a descansar un rato y empecé a mirar alrededor. Me llamó la atención el que hiciese considerablemente más frío que lo que había hecho al inicio de mi paseo. Me rodeaba una especie de ruido susurrante, y de cuando en cuando, muy por encima de mi cabeza, había una especie de rugido amortiguado. Miré hacia arriba y me di cuenta de grandes y espesas nubes se movían rápidamente por el cielo de norte a sur, a gran altura. Había señales de la tormenta que se acercaba en alguna capa elevada del aire. Yo tenía un poco de frío, y pensando que era por haberme quedado sentado y quieto después del ejercicio de la marcha, reanudé mi viaje.

El terreno por el que pasaba ahora era mucho más pintoresco. No había ningún objeto impactante que el ojo pudiera distinguir, pero el encanto de la belleza estaba en todo. Le hice poco caso a la hora, y sólo después, cuando el crepúsculo que avanzaba se me echó encima, empecé a pensar en encontrar mi camino a casa. La luminosidad del día había desaparecido. El aire estaba frío, y era más marcado el paso de las nubes flotantes arriba en lo alto. Las acompañaba una especie de ruido impetuoso muy lejano, a través del que llegaba a intervalos ese aullido misterioso que Johann había dicho que venía de un lobo. Vacilé por un rato. Yo había dicho que vería el pueblo abandonado, así que seguí adelante y al poco llegué a una amplia zona de terreno abierto, rodeado de colinas por todo alrededor. Sus faldas estaban cubiertas de árboles que se esparcían hasta la llanura, salpicando en grupos las laderas y las leves hondonadas que asomaban aquí y allá. Seguí con la mirada la sinuosa carretera, y vi que se torcía cerca de uno de los grupos más densos y se perdía detrás de él.

Cuando miraba, llegó un estremecimiento frío en el aire y empezó a caer la nieve. Pensé en los kilómetros y kilómetros de desolador territorio que había pasado, y entonces me apresuré a buscar el refugio del bosque que tenía enfrente. El cielo se hacía cada vez más oscuro, y la nieve caía más deprisa y más densa, hasta que la tierra que tenía delante y alrededor de mí fue una reluciente alfombra blanca, cuyo borde más lejano se perdía en una vaga neblina. Allí la carretera era más rudimentaria, y cuando el nivel de sus límites no era tan marcado como cuando pasaba a través de los cortados, al poco rato vi que debía haberme apartado de ella, porque bajo mis pisadas no sentía la superficie dura y mis pies se hundían más profundamente en la hierba y el musgo. Entonces el viento se hizo más fuerte y sopló con una fuerza creciente, hasta que corrí con agrado delante de él. El aire se volvió helado, y a pesar del ejercicio empecé a padecerlo. La nieve caía entonces muy espesa y daba vueltas a mi alrededor en unos torbellinos tan rápidos, que apenas podía mantener los ojos abiertos. De cuando en cuando, los cielos se despedazaban con rayos brillantes y con sus resplandores pude ver ante mí una gran masa de árboles, principalmente tejos y cipreses[4], todos ellos pesadamente revestidos de nieve.

Estuve pronto bajo la protección de los árboles y allí, en el silencio relativo, pude oír las ráfagas de viento muy arriba. En aquel momento,

---

[4] Árboles que suelen plantarse en los cementerios.

la negrura de la tormenta se mezcló con la oscuridad de la noche. Por un rato pareció que la tormenta estaba pasando, sólo venía en soplos o ráfagas violentas. En esos momentos, el extraño sonido del lobo tuvo el eco de muchos sonidos semejantes a mi alrededor.

De cuando en cuando, a través de la masa negra de las nubes a la deriva, llegaba un rayo suelto de luz de luna que iluminaba el territorio y me mostraba que estaba en el borde de una densa masa de cipreses y tejos. Cuando la nieve dejó de caer, salí del refugio y empecé a investigar más atentamente. Me daba la impresión de que entre los muchos cimientos antiguos que había pasado podría haber todavía una casa en pie en la que pudiese encontrar alguna clase de refugio por un tiempo, aunque estuviese en ruinas. Cuando rodeé el borde de la arboleda vi que a su alrededor había un muro bajo, lo seguí y al poco tiempo encontré una abertura en él. Allí formaban los cipreses un pasaje que llevaba hacia la masa cuadrada de alguna clase de edificio. Sin embargo, en cuanto lo vi, las nubes a la deriva oscurecieron la luna y pasé por el camino en la oscuridad. El viento debía haberse hecho más frío, pero había esperanza de refugio y fui ciegamente a tientas por el camino.

Me detuve, porque hubo una quietud repentina. La tormenta había pasado y, quizá en afinidad con el silencio de la naturaleza, fue como si mi corazón hubiese dejado de latir. Pero eso fue sólo momentáneamente, porque de repente la luz de la luna se abrió paso entre las nubes y me mostró que estaba en un cementerio y que el objeto cuadrado que había ante mí era una tumba de mármol grande y maciza, tan blanca como la nieve que había sobre ella y a todo su alrededor. Con la luz de la luna llegó un violento suspiro de la tormenta, que reanudaba su curso con un larguísimo aullido, como de muchos perros o lobos. Yo estaba asombrado e impactado, y noté que el frío crecía en mí hasta que me agarró del corazón. Entonces, mientras la oleada de luz de luna caía aún sobre la tumba de mármol, la tormenta dio más muestras de que se renovaba, como si se hubiera dado la vuelta sobre sus pasos. Impulsado por alguna clase de fascinación, me acerqué al sepulcro para ver qué era y por qué se alzaba sola una cosa así en tal lugar. Caminé a su alrededor, y sobre la puerta estilo dórico, leí en alemán:

CONDESA DOLINGEN DE GRATZ
DE STYRIA
BUSCADA Y ENCONTRADA MUERTA
1801

En la parte de arriba de la tumba, atravesando el mármol macizo ——pues la estructura estaba compuesta de unos pocos bloques macizos de piedra— había un gran pincho o estaca de hierro. Al ir a la parte trasera vi, grabado en grandes letras rusas:

Los muertos viajan aprisa

Había algo tan extraño y tan insólito en todo aquello, que me dio un susto y me hizo sentir muy débil. Por primera vez empecé a desear haber seguido el consejo de Johann. En ese momento me asaltó un pensamiento que vino bajo circunstancias misteriosas y con una conmoción terrible. ¡Esta era la noche de Walpurgis!

La noche de Walpurgis, cuando, según la creencia de millones de personas, el diablo andaba en circulación, cuando se abrían las tumbas y los muertos salían de ellas y caminaban. Cuando todas las cosas malas de la tierra, y el aire y el agua, estaban de fiesta. Este era el lugar mismo que evitaba especialmente Johann. Este era el pueblo abandonado hacía siglos. Esto era donde estaba el suicidio y este era el lugar donde yo estaba solo, amedrentado, temblando de frío en una mortaja de nieve, ¡y con una tormenta salvaje reuniéndose otra vez sobre mí! Me costó toda mi filosofía, toda la religión que me habían enseñado y todo mi valor no derrumbarme en un paroxismo de miedo.

Y ahora, todo un tornado estalló sobre mí. El suelo tembló como si miles de caballos retumbasen sobre él. Esta vez la tormenta traía sus alas heladas, no de nieve, sino de grandes piedras de granizo que caían con la misma violencia que si hubiesen venido de las cintas de los honderos baleares[5]. Esas piedras de granizo derribaban hojas y ramas y hacían que el refugio de cipreses no fuera más útil que si sus troncos fueran tallos de maíz. Al principio corrí hacia el árbol más cercano, pero pronto salí de allí con gusto y busqué el único lugar que ofrecía refugio, la portada dórica de la tumba de mármol. Allí, acurrucado contra la puerta de bronce macizo, conseguí cierto grado de protección de los golpes de las piedras de granizo, porque ahora sólo iban contra mí cuando rebotaban desde el suelo y desde los lados del mármol.

Al apoyarme en la puerta, ésta se movió ligeramente y se abrió hacia dentro. En aquella despiadada tormenta hasta el refugio de una tumba era bienvenido, y yo estaba a punto de entrar cuando llegó el destello de un rayo bifurcado que iluminó todo el cielo. Como mis ojos estaban hechos a la oscuridad de la tumba, en ese instante vi, tan seguro como que soy hombre, una mujer muy hermosa, de redondeadas mejillas y rojos labios, dormida sobre un ataúd. Cuando estalló el trueno por encima, fui agarrado como por la mano de un gigante y arrojado a la tormenta de

---

[5] Antiguo cuerpo de ejército formado esencialmente por mercenarios, famosos por el uso militar de las hondas.

fuera. Todo aquello fue tan repentino que, antes de que me diese cuenta del golpe, tanto moral como físico, me vi bajo las piedras de granizo que me golpeaban. Al mismo tiempo tuve la extraña y dominante sensación de que no estaba solo. Miré a la tumba, justo entonces llegó otro destello cegador que golpeó la estaca de hierro que superaba la tumba y se vertió a la tierra, volando y derrumbando el mármol como en un estallido de llamas. La mujer muerta se alzó por un momento de agonía mientras la lamieron las llamas, y su penetrante grito de dolor se ahogó en el estruendo del trueno. Lo último que oí fue esa mezcla terrible de sonido, ya que fui atacado otra vez por ese agarre gigante y me arrastró afuera, mientras me golpeaban las piedras de granizo y el aire de alrededor reverberaba con el aullido de los lobos. Lo último que recuerdo haber visto era una difusa masa blanca que se movía, como si todas las tumbas a mi alrededor hubiesen enviado los fantasmas de sus amortajados muertos y se estuvieran viniéndose encima a través de la blanca neblina del granizo que caía.

Poco a poco vino un tenue inicio de consciencia, luego una sensación de fatiga que fue terrible. Durante un rato no me acordé de nada, pero mis sentidos volvieron poco a poco. Mis pies estaban sumamente atormentados de dolor, ya no podía moverlos, estaban como dormidos. Tuve una sensación helada en la parte de atrás del cuello y en la columna, y mis oídos, igual que mis pies, ya estaban dormidos por aquel tormento, pero en mi pecho hubo una sensación de calidez que era deliciosa en comparación con todo lo demás. Fue como una pesadilla, una pesadilla física, si puede utilizarse esa expresión, porque algún gran peso sobre mi pecho me hacía difícil respirar.

Ese período de casi letargia duró mucho tiempo, y cuando desapareció debí haberme dormido o desmayado. Entonces llegó una especie de asco, como el principio del mareo, y un deseo salvaje de librarme de algo, no sabía de qué. Una gran estridencia me rodeaba, como si el mundo entero estuviese dormido o muerto, sólo interrumpido por el jadeo de algún animal cercano a mí. Sentí algo duro y cálido en mi garganta, y luego llegó la consciencia de la horrible verdad, que me heló el corazón y que envió la sangre a que se levantase hacia mi cerebro. Un animal grande estaba echado sobre mí y ahora me lamía la garganta. Yo tenía miedo de moverme, ya que un instinto de prudencia me ordenó que me quedase quieto; pero el animal se dio cuenta de que ahora había algún cambio en mí, pues levantó la cabeza. A través de las pestañas vi por encima de mí los dos ojos llameantes de un lobo gigantesco. Sus afilados colmillos blancos relucieron en la roja boca entreabierta, y pude sentir su cálida respiración, violenta y acre, sobre mí.

Durante otro rato no recordé nada. Entonces fui consciente de un gruñido grave seguido por un ladrido, renovados una y otra vez. Entonces oí muy lejos un «¡sus!, ¡sus!⁶» como de muchas voces llamando al unísono. Subí la cabeza cautelosamente y miré en la dirección desde donde vino el sonido, pero el cementerio me bloqueaba la vista. El lobo seguía ladrando de una extraña manera, y un resplandor rojizo empezó a moverse alrededor del bosquecillo de cipreses como si estuviese siguiendo al sonido. Conforme se acercaban las voces, el lobo ladraba más deprisa y con más fuerza. Yo temía hacer cualquier sonido o movimiento. El resplandor rojizo se acercó sobre el blanco paño mortuorio que se extendía a mi alrededor en la oscuridad. Entonces, desde más allá de los árboles llegó al trote inmediatamente un grupo de jinetes con antorchas. El lobo se levantó de mi pecho y se dirigió al cementerio. Vi que uno de los jinetes (soldados, por sus gorras y sus largas capas militares) levantaba su carabina y apuntaba. Un compañero suyo le desvió el arma y oí que la bala pasaba zumbando sobre mi cabeza. Evidentemente había tomado mi cuerpo por el del lobo. Otro divisó al animal cuando se escabullía, e hizo un tiro. Entonces, la tropa fue adelante al galope, algunos hacia mí, otros siguiendo al lobo cuando desapareció entre los cipreses vestidos de nieve.

Cuando se acercaron intenté moverme, pero fui incapaz, aunque podía ver y oír todo lo que pasaba a mi alrededor. Dos o tres soldados saltaron de los caballos y se pusieron de rodillas a mi lado. Uno de ellos me levantó la cabeza y puso la mano sobre mi corazón.

—¡Buenas noticias, compañeros! —gritó—. ¡Todavía le late el corazón!

Entonces me vertieron coñac en la garganta, eso me dio vigor y pude abrir mis ojos del todo y mirar alrededor. Luces y sombras se movían entre los árboles y oí a los hombres llamarse unos a otros. Se acercaron juntos, pronunciando exclamaciones asustadas; las luces destellaron cuando vinieron los demás, inundando el cementerio desordenadamente como hombres poseídos. Cuando los más alejados llegaron cerca de nosotros, los que estaban a mi alrededor les preguntaron con impaciencia:

—Bueno, ¿lo habéis encontrado?

La respuesta sonó precipitadamente:

—¡No! ¡No! ¡Alejémonos deprisa... deprisa! ¡Este no es un lugar para estar, y menos aún en esta noche, entre todas!

«¿Qué era eso?», fue la pregunta, formulada en toda clase de tonos. La respuesta llegó diversamente y completamente indefinida, como si los hombres estuviesen movidos por algún impulso común de hablar, pero estuviesen restringidos por algún miedo común a expresar sus pensamientos.

---

⁶ Grito para los perros en la caza.

—Eso era... eso era... ¡de verdad! —farfulló uno, cuyo ingenio lo había abandonado por el momento.

—Un lobo... ¡pero no era un lobo! —dijo otro temblorosamente.

—Es inútil intentarlo sin la bala sagrada —comentó un tercero de una manera más corriente.

—Había sangre en el mármol roto —dijo otro tras una pausa—; el rayo no la trajo aquí. Y en cuanto a él, ¿está a salvo? ¡Mirad su garganta! ¿Lo véis, compañeros?, el lobo ha estado echado sobre él y mantenía su sangre caliente.

El oficial miró mi garganta y replicó:

—Él está muy bien, la piel no está atravesada. ¿Qué significa todo esto? No lo habríamos encontrado nunca de no ser por los ladridos del lobo.

—¿Qué se ha hecho de él? —preguntó el hombre que me sujetaba en alto la cabeza y que parecía el menos afectado por el pánico, pues sus manos eran firmes y sin temblores. Llevaba en la manga el galón de suboficial.

—Se fue a su casa —respondió el hombre, cuya larga cara estaba pálida y que temblaba realmente de terror mientras miraba atemorizado a su alrededor—. Ahí hay tumbas suficientes en las que pueda estar. ¡Vamos, compañeros, vámonos rápido! Dejemos este lugar maldito.

El oficial me levantó hasta una postura sentada mientras pronunciaba unas órdenes, y después varios hombres me colocaron sobre un caballo. Él saltó a la silla detrás de mí, me tomó en sus brazos, dio la orden de avanzar, y volviendo las caras lejos de los cipreses, viajamos en un orden rápido y militar.

Como mi lengua se negaba todavía a hacer su trabajo y estaba callado a la fuerza, debí haberme quedado dormido, porque lo siguiente que recuerdo fue verme de pie, apoyado por un soldado a cada lado. Era casi pleno día, y al norte se reflejaba una mancha alargada y rojiza de luz solar, como un camino de sangre sobre la desolación de la nieve. El oficial les estaba diciendo a los hombres que no dijeran nada de lo que habían visto, excepto que habían encontrado a un extranjero inglés guardado por un perro grande.

—¡Un perro! Eso no era un perro —cortó el hombre que había mostrado tanto miedo—, creo que reconozco a un lobo cuando lo veo.

El joven oficial respondió con calma:

—He dicho un perro.

—¡Un perro! —reiteró el otro irónicamente; resultaba evidente que su valor ascendía con el sol, y dijo señalándome:

—Mire su garganta. ¿Es eso la obra de un perro, jefe?

Levanté instintivamente la mano a la garganta y al tocarla grité de dolor. Los hombres se agruparon alrededor para mirar, algunos se bajaron de las sillas, y otra vez vino la voz calmada del joven oficial:

—Un perro, como he dicho. Si dijéramos cualquier otra cosa, sólo se reirían de nosotros.

Entonces me montaron detrás de un soldado y llegamos a los suburbios de Munich. Allí nos cruzamos con un carruaje solitario al cual fui izado y que salió al hotel Cuatro Estaciones. El joven oficial me acompañaba, mientras un soldado nos seguía con su caballo y los otros volvían a sus acuartelamientos.

Cuando llegamos, el señor Delbrück bajó corriendo las escaleras tan rápido, que resultaba claro que había estado mirando desde dentro. Me sujetó con las dos manos y me llevó dentro solícitamente. El oficial me saludó y se daba la vuelta para retirarse, cuando reconocí su propósito e insistí en que viniese a mis habitaciones. Con un vaso de vino, le di las gracias calurosamente a él y a sus valientes compañeros por haberme salvado. Él replicó sencillamente que se alegraba mucho y que el señor Delbrück tenía que dar los pasos el primero para complacer al grupo de la búsqueda, con cuya expresión ambigua sonrió el director del hotel, mientras el oficial alegó el deber y se retiró.

—Pero, señor Delbrück —le pregunté—. ¿Cómo y por qué ha sido que los soldados estuviesen buscándome?

Se encogió de hombros, como para devaluar su propio acto mientras replicaba:

—Fui lo bastante afortunado como para conseguir permiso del comandante del regimiento en el que serví para pedir voluntarios.

—Pero, ¿cómo sabía usted que me había perdido? —le pregunté.

—El cochero llegó aquí con los restos de su carruaje, que se había volcado cuando huyeron los caballos.

—Pero con toda certeza usted no enviaría un grupo de soldados de búsqueda a cuenta de eso solamente...

—¡Oh, no! —respondió—. Pero incluso antes de que llegase el cochero recibí este telegrama del Boyar, cuyo invitado es usted.

Se sacó del bolsillo un telegrama que me dio, y leí:

Sea cuidadoso con mi invitado, su seguridad es muy valiosa para mí. Si le ocurriera cualquier cosa, o si se perdiese, no ahorre nada para encontrarlo y garantizar su seguridad. Él es inglés y, por lo tanto, aventurero. A menudo hay peligros por la nieve, los lobos y la noche. No pierda un momento si sospecha que recibe algún daño. Yo respondo de su celo con mi fortuna.

DRÁCULA.

Mientras yo sujetaba en la mano el telegrama, la habitación se puso a dar vueltas a mi alrededor, y si el atento director del hotel no me hubiera sujetado, creo que me habría caído. Hay algo tan extraño en todo esto, algo tan sobrecogedor y tan imposible de imaginar, que en mí creció la sensación de que de algún modo yo era el juego de dos fuerzas opuestas, cuya sola vaga idea me paralizaba de alguna manera. Indudablemente, yo me hallaba bajo alguna forma de protección misteriosa. Desde un lejano país, y en el momento preciso, había llegado un mensaje que me puso lejos del peligro del sueño en la nieve y de las fauces del lobo.

LA CASA DEL JUEZ

Cuando se acercó la hora de su examen, Malcolm Malcolmson se decidió a ir a algún lugar para leerlo por sí mismo. Temía las atracciones de la playa, y también temía un aislamiento rural completo, porque de antiguo conocía sus encantos, de modo que se decidió a encontrar algún pueblo pequeño y sin pretensiones donde no hubiese nada que lo distrajera. Se abstuvo de pedir sugerencias a ninguno de sus amigos, porque razonaba que cada uno de ellos le recomendaría algún lugar que supiera y donde ya tuviese conocidos. Como Malcolmson deseaba evitar a personas a las que no tenía deseos de agobiar con la atención a los amigos de los amigos, se decidió a buscar un lugar por sí mismo. Preparó un baúl de viaje con algunas ropas y todos los libros que necesitaba, y luego compró un billete para el primer nombre que no conociera en el horario local.

Cuando al final de tres horas de viaje se apeó en Benchurch, se sintió satisfecho por haber borrado sus huellas hasta el momento, para estar seguro de tener una oportunidad tranquila de proseguir sus estudios. Fue directamente a una posada que había en aquel pequeño y dormido lugar, y se alojó para la noche. Benchurch era un pueblo con mercado y una vez cada tres semanas estaba excesivamente lleno de gente, pero para el resto de los veintiún días era tan atractivo como un desierto. Al día siguiente de su llegada, Malcolmson echó un vistazo para intentar encontrar algún alojamiento con más aislamiento que lo que incluso una posada tan tranquila como «El buen viajero» podía proporcionar. Hubo sólo un lugar que le gustase y que satisfacía definitivamente sus ideas más locas respecto al silencio; en realidad, silencio no era la mejor palabra que aplicarle, desolación era el único término que expresaba una idea apropiada a su aislamiento. Era una casa vieja, llena de rincones y pesadamente construida de estilo jacobino, con fuertes gabletes y unas ventanas atípicamente pequeñas y colocadas más altas que lo que se acostumbraba en ese tipo de casas, y estaba rodeada de una alta tapia de ladrillo de maciza construcción. En realidad, al examinarla tenía más aspecto de casa fortificada que de vivienda común. Pero todas esas cosas le gustaban a Malcolmson. «Aquí está el mismísimo lugar —pensó— que había estado buscando, y sólo con que pueda tener la oportunidad de utilizarlo, estaré contento. Su alegría aumentó cuando se percató más allá de toda duda de que la casa no estaba habitada en ese momento.

De la oficina de Correos consiguió el nombre del agente inmobiliario, que se quedó sorprendido como pocas veces por la solicitud de alquilar una parte de la vieja casa. El señor Carnford, abogado y agente inmobiliario local, era un viejo caballero afable y confesó francamente su deleite porque alguien estuviese dispuesto a vivir en esa casa.

—Por decirle a usted la verdad —dijo el agente—, yo estaría muy contento, en nombre de los propietarios, de dejar que alguien tenga la casa sin pagar alquiler por un plazo de años, aunque sólo fuese para acostumbrar a la gente de aquí a verla habitada. Ha estado vacía por tanto tiempo, que ha crecido algún tipo de prejuicio absurdo sobre ella, y la mejor manera de derribarlo es con su ocupación, y ojalá —añadió con una mirada maliciosa a Malcolmson— que por un estudioso como usted, que desea su silencio por algún tiempo.

Malcolmson pensó que era innecesario preguntar al agente por el «prejuicio absurdo», pues sabía que podía conseguir más información sobre ese asunto en otros lugares si la necesitaba. Pagó sus tres meses de alquiler, el agente le dio un recibo y el nombre de una mujer mayor que probablemente se comprometería a «hacerle» las cosas, y él salió con las llaves en el bolsillo. Fue entonces con la propietaria de la posada, que era una persona muy alegre y muy amable, y le pidió consejo sobre las tiendas y las provisiones que era más probable que necesitase. Ella levantó las manos al cielo de sorpresa cuando le dijo dónde iba a establecerse.

—¡No será en la casa del juez! —dijo ella y se puso pálida cuando él habló.

Le explicó la localización de la casa, diciendo que no sabía su nombre. Cuando hubo terminado, ella respondió:

—Sí, es seguro... ¡es seguro que es ese mismo lugar! ¡Es la casa del juez, seguro!

Él le pidió que le hablase del lugar, por qué se llamaba así y qué había en contra de la casa. Ella le dijo que se llamaba así localmente porque muchos años antes —cuántos no podría decirlo, ya que era de otra parte del país, pero creía que debían ser cien o quizá más— fue la residencia de un juez al que se le tenía pánico a cuenta de sus duras sentencias y su hostilidad contra los presos en el tribunal. En cuanto a lo que hubiera contra la casa misma, ella no lo sabía. Había preguntado a menudo, pero nadie había podido informarla, aunque había la sensación general de que allí había «algo» y que por su parte no aceptaría todo el dinero del banco de Drinkwater para quedarse sola en la casa ni una hora. Luego se disculpó con Malcolmson por su inquietante conversación.

—Es demasiado malo por mi parte, señor, y usted, que es un caballero joven también, si me perdona que se lo diga, y usted va a vivir allí completamente solo. Si fuera usted mi muchacho, y me excusará que se lo diga, no dormiría ni una sola noche allí, ¡aunque tuviese que ir yo misma a tirar de la gran campana de alarma que está en el tejado!

La buena mujer era tan manifiestamente sincera y tan amable en sus intenciones, que Malcolmson, aunque divertido, se conmovió. Le dijo cuánto le agradecía su interés por él, y añadió:

—Pero, querida señora Witham, ¡de verdad que no tiene que preocuparse por mí! Un hombre que está leyendo para su doctorado en Matemáticas tiene mucho en lo que pensar para que lo molesten ninguno de esos misteriosos «algos», y su trabajo es de un tipo tan exacto y tan prosaico como para no permitirle tener algún rincón en su mente para misterios de ningún tipo. «¡Las Progresiones Armónicas, las Permutaciones y Combinaciones y las Funciones Elípticas ya tienen suficientes misterios para mí!». La señora Witham se comprometió amablemente a hacerse cargo de su servicio, y él se fue a buscar a la señora mayor que le habían recomendado. Cuando volvió a la casa del juez con ella, tras un intervalo de un par de horas, encontró que la propia señora Witham lo esperaba con varios hombres y muchachos que llevaban paquetes, y un hombre de la tapicería con una cama en una carreta, pues ella dijo que, aunque las mesas y las sillas podrían estar todas muy bien, una cama que no se había aireado tal vez en cincuenta años no era apropiada para que huesos jóvenes se tumbaran en ella. Era evidente que ella sentía una gran curiosidad por ver el interior de la casa, y aunque estaba tan manifiestamente asustada de los «algos» que al ruido más leve se agarraba a Malcolmson, a quien no dejó ni por un momento, recorrió toda la casa.

Después de su examen de la casa, Malcolmson decidió ocupar como su residencia el gran comedor, que era lo bastante grande como para que sirviese para todas sus necesidades, y la señora Whitam, con la ayuda de la limpiadora, la señora Dempster, se puso a arreglar las cosas. Cuando se trajeron los cestos y se desempaquetaron, Malcolmson vio que, con una previsión muy amable, ella le había enviado de su propia cocina provisiones suficientes para unos cuantos días. Antes de irse manifestó toda clase de buenos deseos, y en la puerta se volvió y dijo:

—Y señor, como la habitación es grande y tiene corrientes de aire, tal vez fuese bueno tener uno de esos biombos grandes para ponerlo alrededor de la cama por la noche, aunque, a decir verdad, ¡yo me moriría si tuviese que estar tan encerrada con toda clase de... de «cosas» que asomasen la cabeza por los lados o por encima para mirarme!

La imagen que había evocado fue demasiado para sus nervios y se marchó sin miramientos.

La señora Dempster resopló de modo arrogante cuando desapareció la casera, y comentó que por su parte no estaba asustada de ninguno de los cocos del reino.

—Le diré lo que es, señor —dijo ella—, ¡los cocos son toda clase y tipo de cosas, menos cocos! Ratas y ratones, y bichos, y puertas chirriantes, y baldosas sueltas, y cristales rotos, y tiradores de cajones tiesos que se quedan fuera cuando una tira de ellos y luego se caen en mitad de la noche. ¡Mire el revestimiento de madera de la habitación! Es viejo, ¡tiene cientos de años! ¿Cree usted que no hay ratas y bichos ahí? ¿Y se imagina, señor, que no va a ver a ninguno de ellos? Las ratas son los cocos, ya le digo, y los cocos son ratas, ¡y no tiene que pensar nada más!

—Señora Dempster —dijo Malcolmson con seriedad, haciéndole una educada inclinación—, ¡sabe usted más que un *wrangler*[7] experto! Y deje que le diga que, como una señal de estima por su indudable salud de mente y de corazón, cuando me vaya le daré posesión de esta casa y dejaré que esté aquí durante los dos últimos meses de mi arrendamiento, porque me bastará con cuatro semanas para mi objetivo.

—¡Muchas gracias por su amabilidad, señor! —respondió ella—, pero no puedo dormir fuera de casa ni una noche. Estoy en la organización benéfica de Greenhow, y si durmiese una noche fuera de mis habitaciones, perdería todo lo que tengo para vivir. La regla es muy estricta y hay demasiada gente esperando una vacante como para que yo corra algún riesgo en ese asunto. Sólo por eso, señor, vendré aquí con mucho gusto y lo atenderé enteramente durante su estancia.

—Mi buena señora —dijo apresuradamente Malcolmson—, he venido aquí con el propósito de conseguir soledad, y crea que estoy agradecido a Greenhow por haber organizado así su admirable organización benéfica, sea la que sea, ¡por la que se me niega a la fuerza la oportunidad de padecer tal forma de tentación! ¡Ni el mismo San Antonio podría ser más inflexible en ese punto!

La mujer se rio de modo desagradable.

—Ah, ustedes, jóvenes caballeros —dijo— no le temen a nada, y aquí tendrá toda la soledad que quiera.

Se puso a trabajar en la limpieza y al caer la noche, cuando Malcolmson regresó de su paseo —él siempre llevaba uno de sus libros para estudiarlo mientras caminaba— encontró la habitación barrida y caldeada por un fuego que ardía en la vieja chimenea, la lámpara encendida y la mesa preparada para la excelente comida de la señora Witham. «Esto es comodidad de verdad», se dijo frotándose las manos.

---

[7] O sea, el primero de la clase de los que superaban el examen.

Cuando acabó su cena y se llevó la bandeja al otro extremo de la gran mesa de roble del comedor, sacó otra vez sus libros, puso más leña en el fuego, rebajó la lámpara y se puso a un rato de trabajo difícil. Así siguió sin pausa hasta más o menos las once, cuando se detuvo un momento para arreglar el fuego y la lámpara, y hacerse una taza de té. Siempre había sido un bebedor de té, y durante su vida universitaria se había quedado sentado trabajando hasta tarde y había tomado tés tardíos. El resto era un gran lujo para él, y lo disfrutó con una sensación de facilidad exquisita y voluptuosa. El fuego renovado saltaba y brillaba, arrojando curiosas sombras por la gran habitación; y cuando se bebía a sorbitos el té caliente, se deleitó con la sensación de estar aislado de los de su clase. Fue entonces cuando empezó a darse cuenta por primera vez del ruido que hacían las ratas.

«Sin duda alguna —pensó— no han estado con eso todo el rato que estuve leyendo. De haber estado, ¡tendría que haberme dado cuenta!». Y ahora, cuando el ruido aumentó, se calmó pensando que de verdad era nuevo. Era evidente que al principio las ratas habían estado asustadas por la presencia de un extraño, por la luz del fuego y por la lámpara, pero según pasaba el tiempo se habían hecho más atrevidas y ahora se estaban entreteniendo según su costumbre.

¡Qué ocupadas estaban! ¡Y atención a los ruidos raros! Corrían, roían y arañaban arriba y abajo detrás del viejo revestimiento de madera, sobre el techo y bajo el suelo. Malcolmson sonrió para sí cuando recordó lo que había dicho la señora Dempster, «los cocos son las ratas, y las ratas son los cocos». El té empezó a tener su efecto de estímulo intelectual y nervioso, vio con gozo otro largo rato de trabajo que hacer antes de que pasara la noche, y con la sensación de seguridad que eso le dio, se permitió el lujo de echar una buena mirada por la habitación. Agarró la lámpara con una mano y fue por todo alrededor, preguntándose por qué una casa vieja tan singular y tan hermosa había estado descuidada por tanto tiempo. El tallado en el roble de los paneles del revestimiento era bueno, y alrededor de las puertas y las ventanas, y en ellas, era muy hermoso y de excepcional mérito. Sobre las paredes había algunos cuadros viejos, pero estaban tan cubiertos de polvo y suciedad, que no pudo distinguir ningún detalle de ellos, aunque sostuvo la lámpara tan alto como pudo por encima de la cabeza. Conforme iba por todo alrededor, vio que aquí y allá había alguna grieta o agujero, bloqueados por un momento por la cara de una rata, cuyos radiantes ojos relucían en la oscuridad, pero desaparecía en un instante, seguida de un chillido y un correteo. Sin embargo, lo que más lo afectó fue la cuerda de la gran campana de alarma del tejado, que colgaba del techo en un rincón de la habitación, al lado derecho de la chimenea. Acercó a la chimenea una gran silla de roble tallado de respaldo alto y se sentó para tomarse su última taza de té. Al terminar, se ocupó del fuego y regresó al trabajo, sentado a la esquina de la mesa con el fuego a su izquierda. Durante un rato las ratas lo molestaron de alguna manera con sus continuos correteos, pero se acostumbró al ruido, lo mismo que uno se acostumbra al tictac de un reloj de pared o al rugido del agua en movimiento, y se metió tanto en su trabajo que todo lo demás en el mundo, excepto el problema que intentaba resolver, dejó de existir para él.

De repente levantó la cabeza, con su problema todavía sin resolver, y había en el aire esa sensación de la hora de antes del amanecer que es tan temida por la vida incierta. El ruido de las ratas había cesado. De hecho le pareció que debía haber cesado hacía sólo un momento y que fue su cese repentino lo que lo había molestado. El fuego había disminuido, pero todavía arrojaba un resplandor rojo profundo. Al mirar se sorprendió a pesar de su sangre fría.

Allí, sobre la gran silla de roble tallado y respaldo alto del lado derecho de la chimenea, estaba sentada una rata enorme que le lanzaba continuamente una mirada asesina con ojos malignos. Él hizo un movimiento como para echarla, pero la rata no se movió. Entonces hizo un movimiento como de arrojarle algo. Siguió sin moverse, pero mostró furiosamente sus grandes dientes blancos, y sus crueles ojos brillaron a la luz de la lámpara con resentimiento añadido.

Malcolmson estaba asombrado. Se hizo con el atizador de la chimenea y corrió hacia ella para matarla. Sin embargo, antes de que él pudiese golpear, la rata, con un chillido que sonó como la concentración del odio, saltó al suelo y, corriendo por la cuerda de la campana de alarma, desapareció en la oscuridad de más allá del alcance de la lámpara de pantalla verde. Instantáneamente, por extraño que sea decirlo, los correteos ruidosos de las ratas en el revestimiento empezaron otra vez.

En ese momento, la mente de Malcolmson estaba muy lejos del problema, y como un cacareo estridente de fuera le dijo que se acercaba la mañana, fue a la cama a dormir.

Durmió tan profundamente que ni siquiera lo despertó la señora Dempster, que venía a hacer su habitación. Sólo se despertó cuando ella caldeó la habitación, le preparó el desayuno y golpeteó el biombo que encerraba su cama. Él estaba un poco cansado todavía después del trabajo duro de la noche, pero una taza de té fuerte lo refrescó pronto y, agarrando su libro, salió a dar su paseo matutino, llevándose con él unos cuantos sándwiches, no fuera a ser que no le diese por volver hasta la hora de cenar. Encontró un paseo tranquilo entre altos olmos un poco fuera del pueblo, y allí se pasó la mayor parte del día estudiando a Laplace. A su regreso pasó a ver a la señora Witham y agradecerle su amabilidad. Cuando ella lo vio venir por la ventana salediza de cristales en rombo de su santuario, salió para encontrarse con él y le pidió que entrara. Lo miró inquisitivamente y agitó la cabeza mientras decía:

—No debe usted excederse, señor. Esta mañana estaba más pálido que lo que debiera. ¡Las horas demasiado tardías y demasiado trabajo duro para el cerebro no son buenos para ningún hombre! Pero, dígame, señor, ¿cómo ha pasado la noche? Espero que bien. Pero, ¡por Dios, señor!, cuánto me alegré cuando me dijo esta mañana la señora Dempster que usted estaba muy bien y profundamente dormido cuando ella entró.

—Oh, yo estaba muy bien —respondió sonriendo— los «algos» no me preocuparon, por el momento. Sólo las ratas, y tenían montado un circo, como le digo, por todas partes. Había una malvada con aspecto de diablo viejo que se sentó en mi propio sillón junto al fuego, y que no quiso irse hasta que agarré el atizador y fui hacia ella, y entonces salió corriendo arriba por la cuerda de la campana de alarma y fue a algún sitio por encima de la pared o del techo. No pude ver dónde, por lo oscuro que estaba.

—¡Que Dios se apiade de nosotros! —dijo la señora Witham—. ¡Un diablo viejo, y sentado en un sillón junto a la chimenea! ¡Tenga cuidado, señor, tenga mucho cuidado! Hay muchas palabras verdaderas que se dicen en broma.

—¿Qué quiere usted decir? Palabra que no comprendo.

—¡Un diablo viejo! Quizá el viejo diablo. ¡Ahí lo tiene, señor! Pero no tiene que reírse —pues Malcolmson había estallado en una afable carcajada—. Ustedes los jóvenes creen que es fácil reírse de las cosas que hacen estremecerse a los viejos. ¡No importa, señor, no importa! Si Dios quiere, usted reirá todo el tiempo. Eso es lo que yo misma le deseo.

Y la buena señora sonrió en simpatía con el disfrute de él, ya que sus miedos desaparecieron por un momento.

—¡Oh, perdóneme! —dijo Malcolmson inmediatamente—. No crea que soy un grosero, pero la idea fue demasiado para mí... ¡así que el viejo diablo mismo estuvo en el sillón anoche!

Y volvió a reírse al pensarlo. Luego se fue a su casa a cenar.

Esa tarde los correteos de las ratas empezaron antes; en realidad estaban ocurriendo antes de su llegada y sólo se interrumpieron mientras la presencia de él las molestó con su novedad. Tras la cena se sentó un rato junto al fuego a fumar, y luego despejó la mesa y empezó a trabajar como antes. Esa noche las ratas lo perturbaron más que lo que habían hecho el día anterior. ¡Cómo correteaban arriba y abajo, por debajo y por encima! ¡Cómo chillaban, arañaban y roían! Cómo, al hacerse poco a poco más atrevidas, se asomaban por las bocas de sus agujeros y por las grietas, las ranuras y las rendijas del revestimiento de la pared hasta que sus ojos brillaban como lamparitas mientras la luz del fuego subía y bajaba. Pero para él, que ahora era indudable que se había acostumbrado a ellas, sus ojos no eran malvados, sólo lo afectaba su carácter juguetón. A veces la más atrevida de ellas hacía una salida por el suelo o por las molduras del revestimiento. De cuando en cuando lo molestaban, Malcolmson hacía ruido para asustarlas, golpeando la mesa con la mano o emitiendo un feroz «Shss, shss», de manera que huyesen directamente a sus agujeros.

Y así pasó la primera mitad de la noche y, a pesar del ruido, Malcolmson se quedó cada vez más inmerso en su trabajo.

De repente se detuvo, como la noche anterior, al ser abrumado por una imprevista sensación de silencio. No había ni el más mínimo ruido de roer, arañar o chillar. Era un silencio como de tumba. Recordó el extraño suceso de la noche anterior y por instinto miró al sillón que estaba cerca de la chimenea. Y entonces, una sensación muy extraña lo excitó.

Allí, sobre el gran sillón de respaldo alto de roble tallado, junto al fuego, estaba sentada la misma rata enorme, lanzándole continuamente una mirada asesina con sus ojos malignos.

Agarró instintivamente lo que tenía más a mano —un libro de logaritmos—, y se lo lanzó a la rata. No apuntó bien con el libro y la rata no se movió, de manera que se repitió la actuación con el atizador de la noche anterior, y de nuevo la rata, perseguida de cerca, huyó subiendo por la cuerda de la campana de alarma. Extrañamente, la marcha de esa rata fue seguida instantáneamente por la renovación del ruido que hacía la comunidad general de las ratas. Malcolmson no pudo ver en qué parte de la habitación había desaparecido la rata, pues la pantalla verde de la lámpara dejaba a oscuras la parte superior de la habitación y el fuego estaba muy bajo.

Al mirar su reloj vio que era cerca de la medianoche y, sin lamentar la diversión, preparó el fuego y se hizo su tetera nocturna. Había hecho una gran cantidad de trabajo y se creyó autorizado a fumar un cigarrillo, de manera que se sentó en el gran sillón de roble tallado ante el fuego a disfrutar de él. Mientras fumaba, empezó a pensar que le gustaría saber dónde había desaparecido la rata, porque había tenido ciertas ideas para el día siguiente, no completamente desconectadas de una trampa para ratas. Por consiguiente, encendió otra lámpara y la colocó de tal manera que iluminase bien el rincón derecho de la pared junto a la chimenea. Entonces recogió todos los libros que tenía consigo y los colocó a mano para arrojárselos a la alimaña. Por último, levantó la cuerda de la campana de alarma y colocó su extremo sobre la mesa, dejándolo fijo bajo la lámpara. Al manejarla no pudo evitar darse cuenta de lo flexible que era, especialmente al ser una cuerda muy fuerte y no estar en uso. «Se podría colgar a un hombre con esto», pensó. Cuando estaban hechos los preparativos, miró a su alrededor y dijo afablemente:

—Ahí lo tienes, amigo. ¡Creo que esta vez vamos a aprender algo de ti!

Volvió a empezar su trabajo, y aunque al principio estuvo un poco molesto por el ruido de las ratas, se perdió pronto entre sus proposiciones y sus problemas.

De nuevo fue llamado súbitamente a su entorno inmediato. Esta vez podría no haber sido sólo el silencio repentino lo que despertó su atención, porque hubo un ligero movimiento en la cuerda y la lámpara se agitó. Sin revolverse, miró para ver si su pila de libros estaba al alcance, y luego recorrió la cuerda con los ojos. Mientras miraba vio que la rata grande caía desde la cuerda sobre el sillón de roble, se sentaba allí y lo miraba penetrantemente. Levantó un libro con la mano derecha, apuntó cuidadosamente y se lo arrojó a la rata. Esta última saltó a un lado con un movimiento rápido y esquivó el misil. Agarró entonces otro libro, y un tercero y se los arrojó uno tras otro a la rata, pero infructuosamente cada vez. Por último, cuando se puso de pie con un libro en la mano para arrojarlo, la rata chilló y pareció asustarse. Eso hizo que Malcolmson estuviese más ansioso que nunca para atacar, y el libro voló y le asestó a la rata un sonoro golpe. La rata soltó un chillido de terror, y volviendo en contra de su perseguidor una mirada de terrible malevolencia, subió por el respaldo del sillón, dio un gran salto hacia la cuerda de la campana de alarma y subió por ella como un rayo. La lámpara se movía por la tensión repentina, pero era pesada y no se cayó. Malcolmson tenía los ojos fijos en la rata, y con la luz de la segunda lámpara vio que saltaba a la moldura del revestimiento y desaparecía por un agujero que había en uno de los cuadros grandes que colgaban de la pared, oscurecido e invisible a través de su capa de polvo y suciedad.

«Buscaré el habitáculo de mi amigo por la mañana —se dijo el estudiante cuando recogía los libros—. El tercer cuadro desde la chimenea, no lo olvidaré». Recogió los libros uno a uno, comentándolos cuando los levantaba del suelo. El de las *Secciones cónicas* no le importaba, ni el de las *Oscilaciones cicloides,* ni el de los *Principia,* ni el de los *Cuaterniones,* ni el de *Termodinámica.* Y ahora, el libro que la golpeó. Malcolmson agarró el libro y lo miró. Al hacerlo se sorprendió, y una palidez repentina se desparramó por su cara. Miró a su alrededor nerviosamente y tembló ligeramente cuando murmuró para sí: «¡La Biblia que me dio mi madre! Qué coincidencia más extraña». Se sentó a trabajar otra vez y las ratas del revestimiento reanudaron sus brincos. Sin embargo, no lo molestaron; de alguna manera su presencia le daba una sensación de compañía. Pero no podía estar atento al trabajo, y después de esforzarse por dominar el tema en el que estaba metido, renunció desesperado y se fue a la cama cuando los primeros rayos del amanecer se colaban ya por la ventana del este.

Durmió profundamente, pero con inquietud, y soñó mucho. Cuando la señora Dempster lo despertó avanzada la mañana, no se encontraba bien y por unos minutos no se dio cuenta exacta de donde estaba. Lo primero que pidió sorprendió bastante a la sirviente.

—Señora Dempster, cuando yo esté fuera hoy, quiero que agarre usted la escalera y que limpie o que lave esos cuadros, sobre todo ese, el tercero desde la chimenea, quiero ver qué son.

Malcolmson trabajó en sus libros hasta avanzada la tarde en su paseo sombreado, y volvió a él la alegría del día anterior mientras el día se acababa, y vio que su lectura estaba progresando bien. Había resuelto hasta una conclusión satisfactoria todos los problemas que hasta ahora lo habían desconcertado, y en un estado de júbilo fue a hacerle una visita a la señora Witham en «El buen viajero». Se encontró con un desconocido en la acogedora salita con la propietaria, que le fue presentado como doctor Thornhill. Ella no estaba muy cómoda, y eso, combinado con que el médico se pusiera inmediatamente a hacerle una serie de preguntas, hizo que Malcolmson llegase a la conclusión de que su presencia no era por accidente, de modo que dijo sin preliminares:

—Doctor Thornhill, responderé con mucho gusto cualquier pregunta que quiera hacerme si primero me responde usted a una pregunta.

El doctor pareció sorprendido, pero sonrió y respondió enseguida:

—¡Hecho! ¿De qué se trata?

—¿Le pidió a usted la señora Witham que viniese aquí para verme y aconsejarme?

El doctor Thornhill se quedó desconcertado por un momento y la señora Witham enrojeció mucho y se dio la vuelta, pero el médico era un hombre directo y preparado y respondió enseguida abiertamente:

—Lo hizo, pero no tenía intención de que usted lo supiera, supongo que fue mi torpe prisa lo que lo hizo sospechar. Me dijo que no le gustaba la idea de que usted estuviera en esa casa completamente solo, y que creía que usted tomaba demasiado té fuerte. De hecho, quiere que le aconseje que, si es posible, deje usted el té y las horas tan tardías. Yo también fui un estudiante muy aplicado en mi época, de modo que supongo que puedo tomarme las libertades de un universitario y, sin ofensa, aconsejarle como si no fuésemos tan desconocidos.

Con una brillante sonrisa, Malcolmson le tendió la mano.

—¡Choque esos cinco!, como dicen en América —dijo—. Debo agradecerle su amabilidad y también a la señora Witham, y su amabilidad merece una respuesta por mi parte. Prometo que no tomaré más té fuerte, ni nada de té hasta que usted me lo permita, y que esta noche me iré a la cama a la una lo más tarde. ¿Bastará con eso?

—Excelente —dijo el médico—. Ahora cuéntenos todo lo que haya percibido en esa vieja casa.

Así que Malcolmson, en ese momento y lugar, contó con minucioso detalle todo lo que había ocurrido las dos últimas noches. Fue interrumpido de cuando en cuando por alguna exclamación de la señora Witham, hasta que al final, cuando contó lo que pasó con la Biblia, las emociones acumuladas de la propietaria encontraron desahogo en un grito, y sólo cuando le fue administrado un vaso cargado con coñac y agua pudo recuperar la compostura. El doctor Thornhill escuchaba con una cara cada vez más seria, y cuando la narración estuvo completa y la señora Witham se había recuperado, preguntó:

—¿La rata se subía siempre por la cuerda de la campana de alarma?

—Siempre.

—¿Supongo que usted sabe —dijo el médico tras una pausa— lo que es esa cuerda?

—No.

—Es —dijo el médico lentamente— la misma cuerda que utilizaba el verdugo para todas las víctimas del encono judicial del juez.

En ese momento fue interrumpido por otro grito de la señora Witham, y hubo que dar ciertos pasos para que se recuperase. Malcolmson miró su reloj, vio que se acercaba la hora de cenar, y se marchó a casa antes de que ella se recuperase del todo.

Cuando la señora Witham volvió a ser ella misma, asaltó al médico con preguntas airadas sobre lo que él quería hacer al poner esas ideas tan horribles en la mente del pobre joven.

—Allí ya tiene bastante para molestarlo —añadió ella.

El doctor Thornhill replicó:

—¡Mi querida señora, yo tenía un propósito claro con ello! He querido llevar su atención a la cuerda de la campana y dejarla fija allí. Puede ser que él se encuentre en un estado altamente agitado y que haya estado estudiando demasiado, aunque me inclino a decir que parece un joven tan sensato y sano, mental y físicamente, como los que conozco... pero entonces las ratas... y esas sugerencias sobre el diablo —el doctor meneó la cabeza y siguió adelante—. Yo me habría ofrecido a ir a quedarme la primera noche con él, pero me sentí seguro de que eso sería causa de una ofensa. Puede ser que por la noche tuviese algún extraño temor o alucinación, y si llegase a tenerlo, quiero que tire de esa cuerda. Como está completamente solo, eso nos servirá de aviso y podremos alcanzarlo a tiempo de ser útiles. Voy a quedarme sentado hasta muy tarde esta noche y tendré los oídos abiertos. No se alarme usted si Benchurch tiene una sorpresa antes de la mañana.

—¡Ay, doctor! ¿Qué quiere usted decir? ¿Qué quiere decir?

—Quiero decir que posiblemente, no, que probablemente oigamos esta noche la gran campana de alarma de la casa del juez.

Y el médico hizo una salida tan eficaz como pudiera pensarse.

Cuando Malcolmson llegó a casa vio que era un poco más tarde que de su hora habitual y que la señora Dempster se había marchado (no había que descuidar las reglas de la organización benéfica de Greenhow). Se alegró al ver que el lugar estaba iluminado y pulcro, con un fuego animado y una lámpara con la mecha bien recortada. La tarde era más fría que lo que podría esperarse en abril, y un viento fuerte soplaba con una fuerza que crecía tan rápidamente que se daban todas las señales de que por la noche habría una tormenta. Después de su entrada, durante unos cuantos minutos cesó el ruido de las ratas, pero en cuanto se acostumbraron a su presencia empezaron otra vez. Él se alegraba de oírlos, porque una vez más notó la sensación de compañía en sus ruidos, y su mente regresó al extraño hecho de que sólo dejasen de manifestarse cuando aquella otra —la rata grande de ojos malignos— entraba en escena. Sólo estaba encendida la lámpara de lectura, y su pantalla verde dejaba a oscuras el techo y la parte superior de la habitación, de modo que la animada luz de la chimenea que se derramaba por el suelo y brillaba en el paño blanco que cubría el extremo de la mesa era cálida y alegre. Malcolmson se sentó a cenar con buen apetito y humor optimista. Tras la cena y un cigarrillo, se sentó a trabajar sin interrupciones, decidido a que no lo molestase nada, pues recordó la promesa que le había hecho al médico y se decidió a hacer lo mejor que pudiera con el tiempo que tenía a su disposición.

Durante una hora o así trabajó muy bien, y entonces sus pensamientos empezaron a desviarse de los libros. No se podían negar las circunstancias reales que lo rodeaban, las llamadas a su atención física y su vulnerabilidad nerviosa. Para entonces el viento se había convertido en un temporal, y el temporal en una tormenta. La vieja casa, aunque era sólida, parecía sacudirse hasta los cimientos, y la tormenta rugía y se enfurecía a través de sus muchas chimeneas y de sus raros y viejos gabletes, produciendo ruidos extraños y sobrenaturales en las habitaciones vacías y en los pasillos. Hasta la gran campana de alarma del tejado debió haber notado la fuerza del viento, pues la cuerda subía y bajaba ligeramente, como si la campana se moviese un poco de cuando en cuando, y la flexible cuerda cayó sobre el suelo de roble con un ruido duro y hueco.

Cuando Malcolmson lo oyó, consideró para sí las palabras del médico, «es la cuerda que utilizaba el verdugo para todas las víctimas del encono judicial del juez», fue al rincón de la chimenea y la tomó en su mano para mirarla. Había algún tipo de interés mortal en ella, y estando allí se perdió por un momento en especulaciones sobre quiénes habrían sido sus víctimas y en el lúgubre deseo del juez de tener siempre a la vista una reliquia tan espantosa. Mientras él estaba allí, el balanceo de la campana en el tejado seguía alzando la cuerda de cuando en cuando, pero en ese momento llegó una sensación nueva, una especie de temblor en la cuerda, como si algo estuviera moviéndose por ella.

Miró hacia arriba por instinto y vio que la rata grande bajaba lentamente hacia él, mirándolo continuamente con furia. Él dejó caer la cuerda y se echó para atrás mascullando una maldición, la rata se dio la vuelta, volvió a subir por la cuerda y desapareció; en ese mismo momento Malcolmson fue consciente de que el ruido de las ratas, que había cesado por un rato, volvió a empezar.

Todo eso lo hizo pensar, y se le ocurrió que no había investigado la madriguera de la rata ni había mirado los cuadros, como tenía intención de hacer. Encendió la otra lámpara, que no tenía pantalla, la levantó y fue a quedarse frente al tercer cuadro desde la chimenea a mano derecha, donde había visto desaparecer a la rata la noche anterior.

A la primera mirada, se echó para atrás tan repentinamente, que casi dejó caer la lámpara y una palidez mortal le cubrió la cara. Le temblaron las rodillas y gruesas gotas de sudor perlaron su frente, mientras él temblaba como un álamo temblón. Pero era joven e intrépido y se recompuso y, tras unos segundos de pausa fue otra vez hacia delante, levantó la lámpara y examinó el cuadro, que había sido desempolvado y limpiado y ahora resaltaba claramente.

Representaba a un juez vestido con su toga escarlata y armiño. Su cara era fuerte y despiadada, diabólica, taimada y vengativa, con una boca sensual, una nariz ganchuda de color rojizo y formada como el pico de un ave de presa. El resto de la cara tenía un color cadavérico. En los ojos había un brillo peculiar y una expresión terriblemente maligna. Al mirarlos, Malcolmson sintió frío, porque vio que eran la contraparte misma de los ojos de la rata grande. Casi se le cayó la lámpara de la mano, pues vio que la rata miraba a través del agujero en la esquina del cuadro con sus siniestros ojos, y notó el cese inmediato de los ruidos de las demás ratas. Sin embargo, se recompuso y siguió adelante con el examen del cuadro.

El juez estaba sentado en un gran sillón de roble tallado con respaldo alto, al lado derecho de una gran chimenea de piedra, en cuyo rincón colgaba una cuerda del techo, con el extremo enroscado sobre el suelo. Con el sentimiento de algo parecido al horror, Malcolmson reconoció la escena de la habitación tal como estaba, y miró a su alrededor de modo anonadado, como si esperase encontrar una presencia extraña detrás de él. Entonces echó un vistazo al rincón de la chimenea, y con un fuerte grito dejó que la lámpara se le cayese de la mano.

Allí, en el sillón del juez, con la cuerda colgando por detrás, estaba sentada la rata que tenía los torvos ojos de ese juez, intensificados ahora con una mirada diabólica. Excepto por el aullido de la tormenta de fuera, todo estaba en silencio.

La lámpara caída hizo que Malcolmson volviera en sí. Afortunadamente, la lámpara era de metal, así que el aceite no se había derramado. Sin embargo, la necesidad práctica de ocuparse de ella asentó inmediatamente su recelo nervioso. Cuando la hubo dado vuelta, se enjugó la frente y pensó por un momento.

—Esto no va a funcionar —se dijo para sí—, si sigo así voy a volverme un loco insensato. ¡Esto tiene que detenerse! Le prometí al doctor que no tomaría té. ¡A fe mía que tenía mucha razón! Mis nervios han debido ir poniéndose en un estado extraño. Es raro que no me haya dado cuenta de ello. No me he sentido mejor en toda mi vida. Sin embargo, ahora todo está bien y no volveré a ser un insensato otra vez.

Entonces se preparó un vaso cargado de coñac con agua y se sentó decididamente a hacer su trabajo.

Había pasado casi una hora cuando levantó la mirada del libro, molesto por la repentina quietud. Afuera, el viento aullaba y rugía con más fuerza que nunca, y la lluvia caía a sábanas contra las ventanas, golpeando los cristales como si fuera granizo, pero dentro no había ningún ruido, salvo el eco del viento mientras rugía en la chimenea, y de cuando en cuando un siseo, al encontrar unas pocas gotas de lluvia un camino que bajaba por la chimenea en un momento de calma de la tormenta. El fuego estaba muy bajo y sin llamas, aunque arrojaba un resplandor rojizo. Malcolmson escuchaba atentamente, y en ese momento oyó un ruido fino y chirriante, muy leve. Venía del rincón de la habitación donde colgaba la cuerda, y creyó que era el chirrido de la cuerda cuando el balanceo de la campana la levantaba y la bajaba. Sin embargo, al mirar arriba vio en la tenue luz que la rata grande se aferraba a la cuerda y la roía. La cuerda estaba casi roída del todo ya, él pudo ver el color más claro donde los hilos de la cuerda estaban pelados. Mientras miraba, el trabajo se completó y el extremo cortado de la cuerda cayó repiqueteando sobre el suelo de roble, mientras la rata grande permaneció por un momento como un bulto o una borla al final de la cuerda, que empezó a oscilar de un lado a otro. Malcolmson sintió por un momento otra punzada de terror al pensar que ahora la posibilidad de llamar en ayuda al mundo exterior estaba cortada, pero una intensa ira tomó su lugar, se hizo con el libro que estaba leyendo y se lo arrojó a la rata. El golpe estaba bien dirigido, pero antes de que el misil pudiese alcanzarla, la rata se dejó caer y golpeó el suelo con un ruido seco y suave. Malcolmson corrió inmediatamente hacia ella, pero salió disparada y desapareció en la oscuridad de las sombras de la habitación. Malcolmson notó que su trabajo había terminado por esa noche, y en ese momento y lugar decidió cambiar la monotonía de su procedimiento por una caza de la rata y quitó la pantalla verde de la lámpara para asegurar una iluminación más amplia. Al hacerlo se mitigó la oscuridad de la parte superior de la habitación, y en el nuevo flujo de luz, grande en comparación con la oscuridad anterior, los cuadros de la pared resaltaron nítidamente. Desde donde estaba, Malcolmson vio directamente frente a él el tercer cuadro de la pared a la derecha de la chimenea. Se frotó los ojos de sorpresa, y entonces un gran miedo empezó a recaer sobre él.

En el centro del cuadro había un gran parche irregular de lienzo marrón, tan fresco como cuando lo habían estirado en el bastidor. El trasfondo estaba como antes, con el sillón, el rincón de la chimenea y la cuerda, pero la figura del juez había desaparecido.

Malcolmson, con un escalofrío de terror, se dio la vuelta en redondo despacio y entonces empezó a temblar y a estremecerse como un hombre en una parálisis. Sus fuerzas parecían haberlo abandonado y fue incapaz de acción o de movimiento, y casi de pensamiento. Sólo podía ver y oír.

Allí, sobre el gran sillón de respaldo alto de roble tallado, estaba sentado el juez, vestido con su toga escarlata y su armiño, con sus malignos ojos mirándolo con furia vengativa y una sonrisa de triunfo en la resuelta y despiadada boca, mientras levantaba con sus manos un gorro negro[8]. Malcolmson sintió como si toda la sangre hubiese huido de su corazón, igual que siente uno en los momentos de incertidumbre prolongada. Había un canto en sus oídos. Pudo oír el rugido y el aullido de la tempestad afuera, y a través de ese ruido, barrido por la tormenta, llegó el toque de medianoche por los grandes carillones del mercado. Por un tiempo que le pareció interminable, se quedó quieto como una estatua y con los ojos muy abiertos de horror, sin aliento. Mientras tocaba el reloj, se intensificaba la sonrisa de triunfo en la cara del juez, y con el último toque de la medianoche se puso el gorro negro sobre la cabeza. El juez se levantó de su sillón lenta y deliberadamente, recogió del suelo el trozo de cuerda de la campana de alarma, se la pasó por las manos como si disfrutara con su tacto y luego empezó a hacer un nudo en su extremo, elaborando un lazo con ella. Lo apretó y lo comprobó con el pie, tirando con fuerza de él hasta que estuvo satisfecho, y luego hizo un nudo corredizo que sostuvo en la mano. Luego empezó a moverse a lo largo de la mesa por el lado contrario a Malcolmson, manteniendo los ojos fijos en él hasta que lo pasó, entonces hizo un movimiento rápido y se quedó frente a la puerta. Malcolmson empezó a darse cuenta entonces de que estaba atrapado y se puso a pensar qué podría hacer. Había una cierta fascinación en los ojos del juez, de los que no se apartó nunca y a los que tuvo que mirar por fuerza. Vio que el juez se acercaba —manteniéndose todavía entre él y la puerta—, que levantaba el lazo y que se lo arrojaba, como para enredarlo. Hizo un movimiento a un lado con gran esfuerzo y vio que la cuerda caía a su lado y la oyó golpear

---

[8]   Un cuadrado de paño negro que los jueces se ponían tradicionalmente cuando dictaban sentencias de muerte.

el suelo de roble. El juez levantó el lazo de nuevo para intentar atraparlo, manteniendo siempre sus malignos ojos en él, y cada vez que lo intentaba, el estudiante, haciendo un gran esfuerzo, se las arreglaba para evitarlo. Eso ocurrió muchas veces, el juez no se desanimaba ni se perturbaba por los fracasos, sino que jugaba con él como lo hace un gato con un ratón. Al fin, de pura desesperación, que había llegado a su punto culminante, Malcolmson echó una rápida mirada su alrededor. La lámpara se había encendido y había una luz bastante buena en la habitación. En las muchas ratoneras y en las rendijas y grietas del revestimiento vio ojos de ratas, y ese aspecto, que era puramente físico, le dio un poco de consuelo. Miró alrededor y vio que la cuerda de la gran campana de alarma estaba cubierta de ratas. Cada centímetro de la cuerda estaba cubierto de ellas, y fluían a raudales cada vez más del pequeño agujero circular del techo desde el que salió la grande, de tal modo que la campana empezó a oscilar con el peso.

Osciló hasta que el badajo tocó la campana. El sonido fue muy pequeño, pero la campana sólo estaba empezando a oscilar y aumentaría.

Con ese sonido, el juez, que había mantenido los ojos fijos en Malcolmson, miró hacia arriba, frunció el ceño y una ira diabólica se extendió por su cara. Sus ojos brillaban mucho, como carbones encendidos, y pateó el suelo con un ruido que hizo que la casa vibrase. Un terrible repiqueteo de truenos estalló muy arriba cuando él volvió a levantar la cuerda, mientras las ratas seguían corriendo arriba y abajo por la cuerda como si trabajaran contra reloj. Esta vez, en lugar de arrojarle la cuerda, se acercó a su víctima mientras mantenía el lazo abierto al aproximarse. Cuando estuvo cerca, en su sola presencia hubo algo que paralizaba y Malcolmson se quedó rígido como un cadáver. Notó que los helados dedos del juez tocaron su garganta mientras ajustaba la cuerda. El lazó se apretó... se apretó... Entonces el juez, tomando en sus brazos la rígida forma del estudiante, lo llevó y lo colocó de pie en el sillón de roble. Se puso a su lado, alzó la mano y agarró el extremo de la bamboleante cuerda de la campana de alarma. Cuando levantó la mano, las ratas huyeron chillando y desaparecieron por el agujero del techo. Agarró el extremo del lazo, que estaba alrededor del cuello de Malcolmson y lo ató al trozo que colgaba de la cuerda de la campana, luego bajó y apartó el sillón.

Cuando la campana de alarma de la casa del juez empezó a sonar, se reunió pronto una muchedumbre. Aparecieron luces y antorchas de varios tipos y la muda muchedumbre se apresuró hacia el lugar. Llamaron a la puerta con fuerza, pero no hubo respuesta. Entonces rompieron la puerta y se esparcieron por el gran salón, con el médico a la cabeza.

Allí, al final de la cuerda de la gran campana de alarma, estaba colgado el cuerpo del estudiante, y en la cara del juez del cuadro había una sonrisa maléfica.

LA *SQUAW*[9]

En aquella época, Nuremberg no estaba tan explotado como lo ha estado desde entonces. Irving no había estado interpretando *Fausto*[10], y el propio nombre de la vieja ciudad era apenas conocido por la mayor parte del público viajero. Como mi esposa y yo estábamos en la segunda semana de nuestro viaje de bodas, quisimos de forma natural que se uniese alguien más al grupo, de modo que cuando el alegre Elias P. Hutcheson, natural de Isthmian City, Bleeding Gulch, en el condado de Maple Tree, en Nebraska, apareció en la estación de Frankfurt y comentó de manera casual que iba a ver al Matusalén más tremendamente viejo de un pueblo de Europa, y que había supuesto que tanto viajar solo era suficiente para mandar al ciudadano más inteligente y activo al pabellón de melancólicos de una casa de reposo, consideramos la amplia insinuación y sugerimos que deberíamos unir fuerzas. Al comparar notas después, averiguamos que cada uno de nosotros tenía la intención de hablar con cierta timidez o vacilación para no parecer demasiado ansioso. Eso no era un buen cumplido al éxito de nuestra vida de casados, pero el efecto fue completamente estropeado al empezar a hablar los dos a la vez, deteniéndonos simultáneamente y siguiendo después otra vez al mismo tiempo. De todos modos, no importa cómo, se hizo, y Elias P. Hutcheson se convirtió en uno de nuestro grupo. Amelia y yo encontramos inmediatamente el agradable beneficio, porque en lugar de pelear, como habíamos venido haciendo hasta entonces, encontramos que la influencia condicionante de un tercero era tal, que ahora aprovechábamos cualquier oportunidad para hacernos cariñitos en extraños lugares. Amelia declara que, como resultado de esa experiencia, recomienda desde entonces a todos sus amigos que se lleven a un amigo en su luna de miel. Bueno, «hicimos» Nuremberg juntos y disfrutamos mucho con los comentarios subidos de tono de nuestro amigo transatlántico, quien, por su habla evocadora y su maravilloso inventario de aventuras, podría haber salido de

---

[9] Palabra de los indios norteamericanos para referirse a una mujer o a la esposa, para los blancos tiene un sentido despectivo.

[10] Obra de teatro escrita por WILLIAM WILLS en la que Irving interpretaba a Mefistófeles.

una novela. Seguimos en la ciudad por el último objeto de interés que visitar, el Burgo[11], y el día que habíamos fijado para la visita dimos una vuelta alrededor de la muralla exterior de la ciudad por su lado este.

El Burgo se asienta sobre una gran roca que domina la ciudad, y por el lado norte lo protege una fosa enormemente profunda. Nuremberg había tenido la fortuna de no haber padecido nunca saqueo alguno; de haber ocurrido, ciertamente no estaría tan perfectamente limpia y ordenada como lo está en la actualidad. La zanja no se había utilizado en siglos, y ahora su base se extiende con pérgolas de jardín y huertos, cuyos árboles llegaban a veces a alturas muy respetables. Mientras paseábamos en torno a la muralla, entreteniéndonos en el cálido sol de julio, nos deteníamos con frecuencia para admirar las vistas que se extendían ante nosotros, y sobre todo la gran llanura cubierta de ciudades y pueblos, limitada con una azulada línea de colinas, como en un paisaje de Claude Lorraine. Siempre íbamos desde aquello con un deleite nuevo a la ciudad misma, con su infinidad de viejos gabletes pintorescos y sus rojos tejados de casi media hectárea de grandes, salpicados de hileras tras hileras de claraboyas. Un poco a nuestra derecha se alzaban las torres del Burgo, y todavía más cerca, alzándose adusta, la Torre de la Tortura, que era, y quizá todavía es, el lugar más interesante de la ciudad. Durante siglos, la tradición de la Virgen de Hierro[12] de Nuremberg se ha legado como un ejemplo de la crueldad de los horrores de los que es capaz el hombre. Nosotros llevábamos mucho tiempo esperando verla, y aquí estaba su casa al fin.

Una de las veces que pasamos, nos apoyamos en la muralla del foso y miramos hacia abajo. El jardín estaba a unos quince o veinte metros por debajo, y el sol se vertía en él con un calor intenso y sin movimiento, como el de un horno. Más allá se alzaba la muralla gris y adusta, de una altura interminable, perdiéndose a izquierda y derecha en los ángulos del baluarte y la contraescarpa. Árboles y arbustos coronaban la muralla, y por encima destacaban otra vez las altivas casas, sobre cuya belleza el tiempo sólo ha puesto una mano de aprobación. El sol era muy cálido y nosotros estábamos perezosos, teníamos todo el tiempo y nos quedamos apoyados en la muralla. Justo bajo nosotros había una vista preciosa: una gata grande tumbada y estirada al sol, mientras a su alrededor retozaba lindamente un pequeño gatito negro. La madre movía la cola para que el gatito jugase con ella, o levantaba las patas y empujaba al pequeño para animarlo a más juego. Estaban justo al pie de la muralla, y Elias

---

[11]   Parte amurallada y más antigua de una ciudad.
[12]   Conocido también como la *Virgen de Nuremberg*, era uno de los suplicios más lacerantes.

P. Hutcheson, para contribuir al juego, se agachó y recogió del suelo un guijarro de tamaño moderado.

—¡Mirad! —dijo—. Voy a dejarlo caer cerca del gatito, y los dos se preguntarán de dónde ha venido.

—¡Ay, tenga cuidado! —dijo mi esposa—. ¡Podría darle un golpe a esa cosita!

—No yo, señora —dijo Elias P.—. ¡Vaya, si soy más tierno que un cerezo! Que el Señor la bendiga, yo no dañaría al pobre bichito más que le arrancaría la cabellera a un niño. ¡Y pueden apostar sus calcetines multicolor por ello! Miren, lo dejaré caer más lejos por la parte de fuera, así que no caerá cerca de ella.

Hablando de este modo, se inclinó sobre el murete, estiró del todo el brazo y dejó caer la piedra. Es posible que exista alguna fuerza de atracción que lleve las materias menores a las mayores, o más probablemente que la muralla no estuviese hecha a plomo, sino inclinada hacia la base, sin que nosotros notásemos la inclinación desde arriba, pero la piedra cayó, con un repugnante golpe seco que subió hasta nosotros a través del aire recalentado, directamente sobre la cabeza del gatito y se la destrozó en ese momento y lugar. La gata negra lanzó una rápida mirada hacia arriba, y vimos que sus ojos, como un fuego verde, se fijaban un instante en Elias P. Hutcheson, y que después su atención fue para el gatito, que estaba tumbado inmóvil, con sólo un leve temblor en sus patitas, mientras un fino hilo de sangre manaba de una herida grande. Con un quejido apagado, como el que podría producir un ser humano, se agachó sobre el gatito, lamiendo su herida y gimiendo. De repente pareció que se daba cuenta de que estaba muerto, y volvió a alzar los ojos hacia nosotros. No olvidaré nunca la visión, porque la gata era la encarnación perfecta del odio. Sus ojos verdes resplandecían con un fuego refulgente, y los blancos y afilados dientes brillaban a través de la sangre que tenía en la boca y los bigotes. Hizo rechinar sus dientes, y sus garras se extendieron desnudas y en toda su longitud en sus patas. Entonces se precipitó salvajemente hacia arriba como si quisiera alcanzarnos, pero cuando se agotó el impulso se cayó abajo, lo que se sumó aún más a su horrible aspecto, porque aterrizó sobre el gatito y se levantó con la piel negra embadurnada de sesos y sangre. Amelia estaba medio desmayada y tuve que apartarla del muro. Había un asiento cerca bajo la sombra de un falso plátano y la coloqué allí mientras se recomponía. Luego regresé con Hutcheson, que estaba allí sin moverse y mirando a la enfurecida gata de abajo.

Cuando me reuní con él, dijo:

—Bueno, supongo que eso tiene pinta de ser el animal más salvaje que he visto nunca... excepto una vez, cuando una *squaw* apache que tenía una querencia por un mestizo, al que apodaban «Astillas» por la forma en que enganchó a su *papoose*[13] que había robado en una incursión, sólo para mostrar que agradecía la forma con que le habían dado la tortura del fuego a su madre. Ella tenía ese aspecto amable tan establecido en su cara, que la broma parecía crecer en ella. Persiguió más de tres años a Astillas hasta que al final los bravos lo agarraron y se lo pasaron a ella. Dijeron que ningún hombre, blanco o indio, había tardado tanto en morir bajo las torturas de los apaches. La única vez que la vi sonreír fue cuando acabé con ella. Llegué al campamento justo a tiempo de ver a Astillas atravesarse las mejillas, y el tampoco lamentaba irse. Era un ciudadano muy duro, y aunque no pude hacerlo flaquear nunca en ese asunto del *papoose* —porque era malo y resentido, y debía haber sido un hombre blanco, porque lo parecía—, vi que le habían pagado por completo. Condéneme, pero agarré un trozo de cuero de uno de sus desolladeros para que me forraran un libro de bolsillo. ¡Y aquí lo tengo ahora! —dijo dándole un manotazo al bolsillo de su abrigo.

Mientras hablaba, la gata seguía con sus esfuerzos frenéticos para escalar el muro. Se echaba para atrás y luego hacía su carga, llegando a veces a una altura increíble. No parecían importarle las pesadas caídas que tenía cada vez, sino que empezaba otra vez con vigor renovado y con cada revolcón su apariencia se hacía cada vez más horrible. Hutchison era hombre de buen corazón, mi esposa y yo nos habíamos dado cuenta de sus pequeños actos de amabilidad con los animales así como con las personas, y estaba preocupado por el estado de furia en el que la gata se había puesto.

—Bueno, y ahora declaro que ese pobre bicho está muy desesperado —dijo—. ¡Vamos, vamos! Pobrecilla, ha sido un accidente, aunque esto no va a devolverte a tu pequeño. ¡Te digo que no habría podido ocurrir una cosa así en mil veces que lo intentase! Esto es sólo para mostrar lo que un hombre insensato y torpe puede hacer cuando intenta jugar. Al parecer, soy demasiado condenadamente torpe para jugar siquiera con un gato. ¡Diga, coronel! —era una manera agradable que tenía de conceder títulos libremente—. ¿Puedo esperar que su esposa no me guarde rencor a cuenta de este disgusto? Vaya, no habría hecho que ocurriese por nada del mundo.

Se acercó a Amelia y se disculpó abundantemente, y ella, con su habitual amabilidad de corazón, se apresuró a asegurarle que comprendía que había sido un accidente. Entonces volvió a la muralla y miró por encima.

La gata, que había perdido de vista la cara de Hutcheson, se había recogido al otro lado del foso y estaba sentada sobre los cuartos traseros

---

[13] Niño indio.

como si estuviese preparada para saltar. De hecho, en el instante mismo que lo vio, saltó con una furia ciega, que habría sido grotesca de no ser tan terriblemente real. No intentó subir corriendo la muralla, sino que simplemente se lanzó hacia él, como su el odio y la furia pudiesen prestarle alas para atravesar directamente la gran distancia que había entre ellos. Amelia, muy mujerilmente, se preocupó mucho y le dijo a Elias P. con voz de aviso:

—¡Oh! Tiene usted que ser muy cuidadoso. Ese animal intentaría matarlo si estuviese aquí, sin duda sus ojos tienen aspecto de asesinar.

Él se rio jovialmente.

—Discúlpeme, señora —dijo—, pero no puedo evitar reírme. ¡Tendría gracia que un hombre que ha luchado con osos pardos gigantes y con los indios tuviese que tener cuidado de ser asesinado por un gato!

Cuando la gata oyó que se reía, toda su conducta cambió. Ya no intentaba saltar o correr hacia arriba del muro, sino que fue tranquilamente, volvió a sentarse junto al gatito muerto y empezó a lamerlo como si estuviese vivo.

—¡Vean el efecto que tiene un hombre realmente fuerte! —dije—. Hasta ese animal, en mitad de su furia, reconoce la voz de un amo y se inclina ante él.

—¡Como una *squaw!* —fue el único comentario de Elias P. Hutcheson cuando seguimos nuestro camino alrededor del foso de la ciudad. Cada cierto tiempo nos asomábamos sobre el muro y cada vez vimos que la gata nos seguía. Al principio había vuelto al gatito muerto, y luego, cuando se agrandó la distancia, lo agarró con la boca y así nos siguió. Sin embargo, al rato debió haberlo abandonado, porque la vimos seguir sola, era evidente que había escondido el cuerpo en algún sitio. La inquietud de Amelia aumentó por la persistencia de la gata y repitió su aviso más de una vez, pero el norteamericano se reía siempre muy divertido, hasta que al final, viendo que ella estaba empezando a preocuparse, dijo:

—Le digo, señora, que no tiene usted que preocuparse del gato, ya me ocupo yo de eso —en ese momento le dio una palmada a la pistola que guardaba en el bolsillo trasero—. Antes de que usted se preocupe más, dispararé al bicho, aquí mismo, ¡a riesgo de que la policía se meta con un ciudadano de los Estados Unidos por llevar armas contrariamente a las reglas!

Cuando habló, miró por encima del muro, pero la gata, al verlo, se retiró con un gruñido a una cama de flores altas y se ocultó. Él continuó:

—Creo que ese bicho tiene más sentido de lo que le conviene que la mayoría de los cristianos. Supongo que ya no la veremos más. Apuesto a que ahora volverá con ese gatito muerto y tendrá un funeral privado todo para ella solita.

Amelia no quería decir más, no fuera a ser que él, en una amabilidad equivocada con ella, cumpliese su amenaza de dispararle a la gata. De modo que seguimos adelante y cruzamos el puentecillo de madera que llevaba a la entrada, desde donde corría la inclinada calle empavesada entre el Burgo y la pentagonal Torre de la Tortura. Cuando cruzamos el puente vimos otra vez a la gata, muy por debajo de nosotros. Cuando la vimos, su furia regresó y llevó a cabo esfuerzos frenéticos por subir el inclinado muro. Hutcheson se rio cuando miró abajo hacia ella, y dijo:

—Adiós, muchacha. Siento haber herido tus sentimientos, pero lo superarás con el tiempo. Hasta la próxima.

Y entonces pasamos por el largo pasaje abovedado y llegamos a la puerta del Burgo.

Cuando volvimos a salir después de nuestra inspección de aquel bellísimo lugar antiguo, que ni siquiera los esfuerzos bienintencionados de los restauradores neogóticos de hacía cuarenta años[14] fueron capaces de estropear —aunque la restauración era por entonces de un blanco deslumbrante—, nos habíamos olvidado del desagradable incidente de la mañana. El viejo tilo con su gran tronco retorcido por el paso de casi nueve siglos, el profundo pozo cortado a través de la roca por aquellos cautivos antiguos, y la encantadora vista desde la muralla de la ciudad, desde donde oímos, repartidas durante casi un cuarto de hora, las numerosísimas campanas de la ciudad, habían contribuido a borrarnos de la mente el incidente del gatito asesinado.

Nosotros fuimos los únicos visitantes que entraron en la Torre de la Tortura aquella mañana —o al menos eso dijo el viejo guardián—, y como teníamos todo el lugar para nosotros, pudimos hacer un examen más minucioso y satisfactorio que lo que habría sido posible de otro modo. El guardián, que nos miraba como su única fuente de ingresos de aquel día, estaba dispuesto a cumplir nuestros deseos de todas las formas posibles. La Torre de la Tortura es un lugar verdaderamente lúgubre incluso ahora, cuando muchos miles de visitantes han enviado al lugar una corriente de vida y de la alegría que sigue a la vida, pero en la época que menciono tenía su aspecto más desagradable y horripilante. El polvo de siglos se había asentado en ella, y la oscuridad y el horror de sus recuerdos se han hecho sentientes de una manera que habría satisfecho las almas panteístas de Filo Judeo[15] y de Spinoza. La cámara inferior, por la

---

[14] Se refiere al renacimiento del estilo gótico (llamado estilo neogótico) que estuvo de moda en Inglaterra y otros países desde finales del siglo XVIII hasta entrado el XIX.

[15] Filón de Alejandría.

que habíamos entrado, estaba llena en su estado normal de una oscuridad como encarnada, hasta la cálida luz solar que se vertía dentro a través de la puerta se perdía en el gran espesor de sus muros, y sólo mostraba la mampostería rugosa que tenía cuando se retiraron los andamios de los constructores, pero con una capa de polvo, y marcada aquí y allá con parches de oscuras manchas que, si los muros pudiesen hablar, podrían haber contado sus propios recuerdos terribles de miedo y de dolor. Nos alegramos de terminar de pasar por la empolvada escalera de madera. El guardián había dejado abierta la puerta exterior para iluminarnos de alguna manera en la subida, porque, para nuestros ojos, la larga y retorcida vela de pésimo olor embutida en un candelero del muro daba una luz inadecuada. Cuando llegamos arriba a través de la trampilla abierta en el rincón de la cámara, Amelia se agarró tan apretada a mí, que pude sentir realmente su pulso. Por mi parte, debo decir que su miedo no me sorprendía, porque esta cámara era hasta más horripilante que la de abajo. Desde luego, allí había más luz, pero sólo la suficiente para percibir el horrible entorno del lugar. Era evidente que para los constructores de la torre sólo los que llegasen arriba tuviesen alguna de las alegrías de la luz y la perspectiva. Como habíamos notado desde abajo, allí había filas de ventanas, si bien de pequeñez medieval, pero en cualquier otro lugar de la torre eran sólo unas cuantas ranuras estrechas, tal como era habitual en los lugares medievales de defensa. Unas pocas de ellas sólo daban luz a la cámara, y estaban situadas tan altas, que el cielo no podía verse desde ninguna parte debido al grosor de los muros. En unos estantes, y apoyadas desordenadamente en los muros, había cantidad de espadas de verdugos, grandes armas de mandoble de hojas anchas y borde afilado. Cerca de allí había varios bloques donde se habían apoyado los cuellos de las víctimas, con profundas muescas por todas partes donde el acero había atravesado la protección de la carne y se había empotrado en la madera. Alrededor de la cámara, colocados de forma irregular, había muchos instrumentos de tortura que hacían que a uno le doliese el corazón al verlos: sillas llenas de pinchos que producían un dolor instantáneo y atroz; sillones y divanes con bultos romos, cuya tortura era supuestamente menor, pero que, aunque lentos, eran igualmente eficaces; potros, cinturones, botas, guantes, cuellos, todos ellos hechos para poder comprimir a voluntad; cestas de acero en las que la cabeza podía aplastarse lentamente hasta ser una pulpa, si era necesario; ganchos de centinelas de mango largo y cuchilla que cortaban por resistencia —una especialidad de el antiguo sistema de policía de Nuremberg— y muchísimos otros artefactos para que el hombre hiciese daño al hombre. Amelia se puso muy pálida ante el horror de esas cosas, pero afortunadamente no se desmayó, porque, al estar un poco agobiada, se sentó en una silla de torturas y saltó de nuevo con un chillido y ya desapareció toda tendencia al desmayo. Los dos fingimos que fue por el daño hecho a su vestido por el polvo de la silla y que no fueron los pinchos oxidados los que la habían molestado, y el señor Hutcheson accedió a aceptar la explicación con una risa bondadosa.

Pero el objeto principal en el conjunto de esta cámara de los horrores era la máquina conocida como la Virgen de Hierro, que estaba cerca del centro de la cámara. Era la figura toscamente hecha de una mujer, algo similar a una campana o, por hacer una comparación más apropiada, a la figura de la señora de Noé en el arca de los niños, pero sin la delgadez de cintura y la redondez perfecta de la cadera que marca el tipo estético de la familia Noé. Uno apenas habría podido reconocerla como que tuviese el propósito de imitar a una figura humana, de no haber dado forma el fundidor a una grosera semejanza con la cara de una mujer. Ese aparato estaba revestido de herrumbre y cubierto de polvo; tenía una cuerda atada a una anilla en el frente de la figura, más o menos sobre el lugar donde debía hallarse la cintura, y se estiraba por medio de una polea atada en la columna de madera que sostenía el suelo de arriba. El guardián tiró de esa cuerda para mostrar que una parte del frente estaba colgada como una puerta, de un lado, vimos entonces que la máquina tenía un grosor considerable, dejando justo el suficiente sitio dentro para que se colocase un hombre. La puerta era de igual grosor y muy pesada, pues al guardián le costó toda su fuerza abrirla, aunque se ayudaba con el artilugio de la polea. Ese peso se debía en parte al hecho de que la puerta tuviese el propósito manifiesto de estar colgada como para arrojar todo su peso hacia abajo, de modo que pudiera cerrarse sola cuando se soltaba la tensión. La parte de dentro estaba formada como un panal, con la herrumbre... no, la herrumbre sola que viene con el tiempo apenas habría podido roer tan profundamente las paredes de hierro, ¡la herrumbre de las manchas implacables era de veras profunda! Sin embargo, sólo cuando fuimos a mirar la parte de dentro de la puerta se manifestó completamente la intención diabólica. Allí había varios pinchos largos, cuadrados y enormes, anchos en la base y afilados en la punta, colocados en tal posición que, cuando se cerraba la puerta, los de arriba atravesasen los ojos de la víctima y los de abajo su corazón y sus órganos vitales. La vista fue demasiado para la pobre Amelia, esta vez se desmayó como muerta y tuve que llevarla en brazos por las escaleras y ponerla sobre un banco de fuera hasta que se recuperó. Que ella lo sintió al máximo se mostró después por el hecho de que mi hijo mayor tiene hasta hoy una tosca marca de nacimiento en el pecho, lo que hoy ha sido aceptado, por consentimiento familiar, como algo que representa a la Virgen de Nuremberg.

Cuando volvimos a la cámara, encontramos a Hutcheson todavía frente a la Virgen de Hierro. Evidentemente había estado filosofando y ahora nos concedió el beneficio de sus pensamientos en una especie de exordio.

—Bueno, supongo que he estado aprendiendo algo aquí mientras la señora se recuperaba de su desmayo. Me parece a mí que estamos muy lejos por detrás de esa época en nuestro lado del gran charco. En nuestras llanuras pensamos que el indio puede darnos puntos en el intento de poner incómodo a un hombre, pero supongo que vuestro viejo partido de ley y orden puede superarlos cada vez. Astillas fue muy bueno en su engaño a la *squaw,* pero aquí esta joven tenía una escalera de color, muy por encima de él. Las puntas de esos pinchos todavía están muy afiladas, aunque están roídas hasta los bordes por lo que hubiera en ellas. Sería bueno para nuestra sección india tener algunas muestras de este juguete de aquí para enviarlas a las Reservas, sólo para eliminar la estopa de los machos, y también de las esposas, mostrándoles que las viejas civilizaciones extienden lo mejor que tienen sobre ellos. Supongo que voy a entrar un momento en esa caja, sólo para ver como se siente.

—¡Oh, no! —dijo Amelia—. ¡Eso es demasiado terrible!

—Señora, supongo que nada es demasiado terrible para la mentalidad exploradora. He estado en algunos sitios raros en su momento. Me pasé la noche dentro de un caballo muerto mientras un fuego de pradera pasaba sobre mí en el territorio de Montana... Y otra vez dormí dentro de un búfalo muerto cuando los comanches estaban en la senda de la guerra y yo no quería dejarles mi terreno. He estado dos días en un túnel hundido en la mina de oro de Billy Broncho en Nuevo Méjico, y fui uno de los cuatro que nos quedamos encerrados durante tres cuartas partes del día en el cajón que se deslizó de lado cuando estábamos echando los cimientos del puente Búfalo. Todavía no me ha asustado ninguna experiencia extraña, ¡y no me propongo empezar ahora!

Vimos que estaba dispuesto al experimento, de manera que dije:

—Bueno, dese prisa, hombre, y pase por ello rápido.

—De acuerdo, mi general —dijo—, pero calculo que todavía no estamos preparados. Mis predecesores, los caballeros que estuvieron en esa lata de ahí, no se presentaron voluntarios al trabajo, ¡no mucho! Y supongo que había algún amarre ornamental antes de que se diera el gran golpe. Quiero meterme en esa cosa con todas las de la ley, así que debo estar atado adecuadamente primero. ¿Puedo apostar a que este viejo zafio puede conseguir algo de cuerda y atarme según la muestra?

Eso se lo dijo de modo interrogante al viejo guardián, pero este último, que entendió la tendencia de lo que decía, aunque quizá no entendía enteramente las sutilezas de su dialecto ni de sus imágenes, sacudió la cabeza en negativa. Sin embargo, su protesta fue sólo formal y se hizo para ser vencida. El norteamericano le puso en la mano una moneda de oro y dijo:

—¡Ahí tiene, compañero! Eso es su bote, y no se asuste. ¡No es a una fiesta de traje y corbata a lo que se le pide que asista!

El guardián mostró una cuerda fina y desgastada y procedió a atar a nuestro compañero con el rigor suficiente para el propósito. Cuando tenía atada la parte de arriba del cuerpo, Hutcheson dijo:

—Un momento, señor juez. Supongo que peso demasiado para que usted me lleve dentro de la lata. Usted sólo déjeme que entre andando, y luego ya podrá ocuparse de mis piernas.

Mientras hablaba se había metido de espaldas por la abertura, que era justo la suficiente para que cupiese. Le estaba muy ajustada y no podía cometer fallos. Amelia lo miró todo con el miedo en los ojos, pero evidentemente no quiso decir nada. Entonces, el guardián completó la tarea atando juntos los pies del norteamericano, de manera que ahora estuvo indefenso y fijo en su prisión voluntaria. Lo estaba disfrutando de veras, y la sonrisa incipiente que era habitual en su cara alcanzó en realidad su plenitud cuando dijo:

—¡Supongo que esta Eva de aquí se hizo con la costilla de un enano! No hay mucho sitio para que se mueva un ciudadano de los Estados Unidos totalmente desarrollado. En el territorio de Idaho solemos hacer los ataúdes con más espacio que esto. Y ahora, señor juez, vaya usted dejando que baje esa puerta despacio sobre mí. ¡Quiero sentir el mismo placer que tuvieron los demás tipos cuando esos pinchos empezaron a moverse hacia sus ojos!

—¡Ay, no! ¡No! ¡No! —interrumpió Amelia histéricamente—. ¡Esto es demasiado terrible! ¡No puedo soportar verlo! ¡No puedo! ¡No puedo!

Pero el norteamericano era testarudo.

—Diga, coronel, ¿por qué no se lleva a la señora a dar un paseíto? Yo no heriría sus sentimientos por nada del mundo, pero ahora que estoy aquí, habiendo venido desde más de diez mil kilómetros, ¿no sería demasiado fuerte abandonar la experiencia misma por la que he estado anhelando y ansiando? ¡No todas las veces puede un hombre sentirse como una comida enlatada! Yo y el juez este de aquí arreglaremos esto en un momento, ¡y entonces usted volverá y todos nos reiremos juntos!

Una vez más triunfó la decisión que nació de la curiosidad, y Amelia se quedó, agarrada con fuerza de mi brazo y temblando mientras el guardián empezó a soltar despacio, centímetro a centímetro, la cuerda que retenía la puerta de hierro. La cara de Hutcheson estaba sumamente radiante mientras seguía con los ojos el primer movimiento de los clavos.

—¡Bueno! —dijo—. Supongo que no he disfrutado así desde que salí de Nueva York. Me metí en una pelea con un marinero francés en Wapping, y aquello tampoco fue una fiesta campestre. No he tenido ni una muestra de placer real en este podrido continente, donde no hay peleas ni indios, y donde cada hombre va a pie. ¡Despacio ahora, señor juez! ¡No se apresure en este asunto! Quiero que haya un espectáculo en este juego a cambio de mi dinero, ¡lo quiero!

El guardián debía haber tenido en él algo de la sangre de sus predecesores en esa torre abominable, porque hizo que la máquina funcionase con una lentitud deliberada e insoportable, que después de cinco minutos en los que el borde exterior de la puerta no se había movido ni tres centímetros, empezó a superar a Amelia. Vi que sus labios se ponían blancos y noté que se relajaba la presión que ejercía sobre mi brazo. Miré a mi alrededor un momento, buscando un lugar donde echarla, y cuando volví a mirarla vi que sus ojos estaban fijos a un lado de la Virgen. Seguí la dirección de la mirada y vi que la gata negra se agachaba hasta perderse de vista. En la oscuridad del lugar, sus ojos verdes brillaron como lámparas de peligro, y su color se realzó por la sangre que todavía le manchaba la piel y enrojecía su boca. Yo exclamé:

—¡La gata! ¡Tenga cuidado con la gata!

Porque la gata saltó entonces delante de la máquina. En ese momento tenía el aspecto de un demonio triunfante. Sus ojos estaban vidriosos de ferocidad, su pelo se erizó hasta que pareció que duplicaba su tamaño normal, y su cola daba latigazos a un lado y otro, como hace la del tigre cuando tiene delante la presa. Cuando Elias P. Hutcheson la vio, le causó gracia, y sus ojos chispeaban de diversión cuando dijo:

—¡Que me aspen si la *squaw* no se ha puesto todas sus pinturas de guerra! Échenla de aquí si viene con alguno de sus trucos contra mí, porque estoy fijado por el jefe tan para siempre, ¡que me juego el pellejo si puedo apartar mis ojos de ella si los quiere! ¡Despacio ahora, juez! No afloje esa cuerda, o me la va a jugar.

En ese momento, Amelia completó su desmayo y tuve que agarrarla por la cintura para que no se cayera al suelo. Mientras la atendía, vi que la gata se agazapaba para dar el salto y yo salté para echarla.

Pero en ese momento, con una especie de chillido infernal, la gata se arrojó, no sobre Hutcheson como habríamos esperado, sino directamente a la cara del guardián. Sus garras rasgaban salvajemente, tal como uno ve en los dibujos chinos de dragones rampantes, y cuando miré vi que una de ellas se posaba sobre el ojo del pobre hombre, que se lo desgarraba y bajaba por la mejilla, dejando una ancha banda roja desde donde brotaba la sangre de cada vena.

Con un grito de puro terror que llegó incluso antes de que sintiese el dolor, el hombre se echó para atrás y al hacerlo soltó la cuerda que retenía la puerta de hierro. Yo salté hacia ella, pero era demasiado tarde, pues la cuerda corrió como un rayo por la polea y la pesada masa cayó hacia adelante por su propio peso.

Cuando se cerraba la puerta entreví la cara de nuestro pobre compañero. Estaba helado de terror. Sus ojos se habían quedado fijos con terrible angustia como si estuviesen deslumbrados, y no brotó ningún sonido de sus labios.

Y entonces hicieron su trabajo los clavos. Afortunadamente, el fin fue rápido, porque cuando tiré violentamente de la puerta para abrirla lo habían atravesado tan profundamente que se habían quedado bloqueados en los huesos del cráneo que habían aplastado, y lo arrastraron fuera de su prisión de hierro, hasta que, atado como estaba, él cayó al suelo en toda su longitud con un enfermizo golpe seco, con la cara vuelta hacia arriba según caía.

Fui corriendo hacia mi esposa, la levanté en brazos y la llevé fuera, porque temí por su razón si llegaba a despertarse de su desmayo en una escena así. La coloqué sobre el banco de afuera y corrí otra vez dentro. El guardián estaba apoyado en la columna de madera, gimiendo de dolor mientras se sujetaba el pañuelo ensangrentado sobre los ojos. Y sentada sobre la cabeza del pobre norteamericano estaba la gata, ronroneando ruidosamente mientras lamía la sangre que chorreaba de las cuencas vaciadas de sus ojos.

Creo que nadie me llamará despiadado, porque agarré una de las espadas de los verdugos y la partí en dos mientras seguía sentada.

EL SECRETO DEL ORO CRECIENTE

Cuando Margaret Delandre se fue a vivir en Brent's Rock, todo el vecindario se despertó con el placer de un escándalo completamente nuevo. Los escándalos relacionados con la familia Delandre o con los Brent de Brent's Rock no eran pocos, y si la historia secreta del condado se hubiese escrito completamente, ambos apellidos habrían estado muy bien representados. Cierto es que la posición social de cada uno de ellos era tan diferente, que podrían haber pertenecido a continentes distintos —o a mundos distintos, si a eso vamos— pues hasta el momento sus caminos no se habían cruzado nunca. Una parte entera del país les otorgaba a los Brent un dominio social exclusivo, y ellos mismos se habían mantenido siempre tan por encima de la clase de los propietarios rurales, a la que pertenecía Margaret Dalendre, como un hidalgo español de sangre azul sobrepasa a sus arrendatarios campesinos.

Los Delandre tenían un historial antiguo y estaban orgullosos de él de la misma manera que los Brent lo estaban del suyo. Pero la familia no se había alzado nunca de ser terratenientes, y aunque una vez fueron pudientes en los viejos y buenos tiempos de guerras extranjeras y protección, sus fortunas se habían debilitado bajo el sofocante sol del libre comercio y de los «calientes tiempos de paz». Como solían aseverar los miembros de más edad, se habían quedado «atascados en la tierra», con el resultado de que habían echado raíces en ella, en cuerpo y alma. De hecho, como habían escogido la vida de los vegetales, habían florecido como hace la vegetación: eran fructíferos y prosperaban en la estación buena y sufrían en la mala. Su propiedad, Dander's Croft, parecía haber estado resuelta y era típica de la familia que la había habitado. Esta familia había decaído generación tras generación, y de cuando en cuando enviaba algún brote malogrado de energía sin satisfacer en la forma de un soldado o un marinero que se hubiese abierto camino a los grados menores del servicio y se hubiera detenido ahí, frenado en seco tanto por una desconsiderada galantería en acción, o por csa causa destructora de los hombres sin crianza o cuidados juveniles: el reconocimiento de una posición por encima de ellos que se sentían inadecuados para ocupar.

De ese modo, poco a poco, la familia fue cayendo cada vez más bajo: los hombres, taciturnos e insatisfechos, que bebían hasta matarse; las mujeres, esclavas del hogar o casándose por debajo de su clase, o peor. Con el tiempo todo desapareció, dejando sólo dos de los Croft, Wykham Delandre y su hermana Margaret. El hombre y la mujer habían heredado, en forma masculina y femenina respectivamente, la mala tendencia de su estirpe, compartiendo los principios de la pasión, la voluptuosidad y la osadía, aunque manifestándolos de maneras diferentes.

La historia de los Brent había sido un poco semejante, pero mostraba las causas de la decadencia en su forma aristocrática y no en la plebeya. Ellos también habían enviado sus brotes a las guerras, pero sus posiciones habían sido diferentes y a menudo habían alcanzado los honores, porque habían sido valientes sin defectos y llevaron a cabo hechos valerosos, antes de que la egoísta disipación que los marcaba hubiera dado forma a su vigor.

El cabeza de familia actual —si ahora se podía llamar familia, cuando permanecía sólo uno de la línea directa, Geoffrey Brent—, era del tipo de la estirpe agotada, manifestando en algunas formas sus cualidades más brillantes, y en otras su completa degradación. Podría comparársele con toda justicia con algunos de aquellos nobles italianos antiguos que los pintores nos han conservado con su valor, su falta de escrúpulos, su refinamiento de lujuria y de crueldad: el hedonista real con el potencial del malvado. Era verdaderamente hermoso, con una belleza oscura, aguileña e imponente que las mujeres reconocen tan generalmente como dominante. Con los hombres era distante y frío, pero esos modos no desaniman nunca al sexo femenino. Las inescrutables leyes del sexo lo han arreglado de modo que incluso una mujer tímida no se asuste de un hombre feroz y altivo. Y así fue que apenas había mujer alguna de cualquier clase o grado que viviese a la vista de Brent's Rock que no mantuviera alguna clase de admiración secreta por el apuesto holgazán. La categoría era amplia, porque Brent's Rock se elevaba pronunciadamente en medio de una zona plana, y por un circuito de unos ciento cincuenta kilómetros se situaba sobre el horizonte con sus altas y viejas torres y sus inclinados tejados, que cortaban el borde nivelado de los bosques, las aldeas y las mansiones lejanas y dispersas.

Siempre y cuando Geoffrey Brent limitase sus disipaciones a Londres, París y Viena —en cualquier lugar que estuviese fuera del alcance de la vista y del sonido de su casa—, las opiniones eran mudas. Es fácil escuchar impasiblemente los ecos lejanos y podemos tratarlos con incredulidad, o con menosprecio, o con desdén, o con cualquier actitud fría que se adapte a nuestro propósito; pero cuando el escándalo se acercaba a casa, era un asunto totalmente diferente, y el sentimiento de independencia y de integridad, que hay en la gente de toda comunidad que no se haya estropeado completamente, se afirmaba y exigía que se expresara la repulsa. Aun así, había cierta reticencia en todos ellos, y de los hechos comprobados no se daban más cuenta que lo que era absolutamente necesario. Margaret Delandre se comportaba tan temeraria y abiertamente, que aceptaba su posición como la compañera justificada de Geoffrey Brent de una manera tan natural que la gente llegó a creer que estaba casada con él en secreto, y por lo tanto pensaron que era más sensato sujetar la lengua, no fuera a ser que el tiempo la justificase y que también hiciera de ella una activa enemiga.

La única persona que podría haber resuelto todas las dudas con su interferencia tenía prohibidas por las circunstancias su intromisión en el asunto. Wykham Delandre se había peleado con su hermana —o quizá era que ella se había peleado con él— y estaban en términos de neutralidad armada, pero de odio amargo. La pelea había sido anterior a que Margaret fuese a Brent's Rock. Ella y Wykham casi habían llegado a los golpes. Sin duda había habido amenazas de un lado y del otro, y al final Wykham, superado por la pasión, había ordenado a su hermana que se marchara de la casa. Ella se levantó inmediatamente y, sin esperar a empaquetar ni siquiera sus propias pertenencias personales, se marchó de la casa. Se había detenido un momento en el umbral para lanzarle la glacial amenaza a Wykham de que él lamentaría y se desesperaría hasta la última hora de su vida por su acto de aquel día. Pasaron algunas semanas desde aquello, y se entendió en el vecindario que Margaret se había ido a Londres, cuando apareció repentinamente haciéndole perder la cabeza a Geoffrey Brent, y toda la comunidad supo antes de caer la noche que había establecido su residencia en el Rock. No fue una sorpresa que Brent hubiese regresado inesperadamente, porque así era su costumbre habitual. Ni siquiera sus propios sirvientes sabían cuándo esperarlo, porque había una puerta privada, cuya llave tenía sólo él, por la que entraba a veces sin que nadie de la casa estuviera al tanto de su venida. Ese era su método habitual de aparecer tras una larga ausencia.

Wykham Delandre estaba furioso por la noticia. Juró vengarse y, para mantener su mente nivelada con su pasión, bebió más que nunca. Intentó varias veces ver a su hermana, pero ella se negó desdeñosamente a reunirse con él. Intentó tener una entrevista con Brent, pero él también lo rechazó. Entonces intentó detenerlo en la carretera, pero sin conseguirlo, pues Geoffrey no era un hombre que pudiera ser detenido contra su voluntad. Varios encuentros reales tuvieron lugar entre los dos hombres, y muchos más se amenazaron y se evitaron. Al final, Wykham Delandre se acomodó a una aceptación malhumorada y vengativa de la situación.

Ni Margaret ni Geoffrey tenían un temperamento pacífico, y no pasó mucho tiempo antes de que empezasen las peleas entre ellos. Una cosa llevaba a la otra, y el vino fluía libremente en Brent's Rock. De cuando en cuando las peleas adquirían un aspecto amargo, y las amenazas se intercambiaban en un lenguaje intransigente que asombraba bastante a los sirvientes que las escuchaban; pero esas peleas terminaban por lo general donde lo hacen los altercados domésticos, en la reconciliación, y en un respeto mutuo por las cualidades guerreras proporcionadas a su manifestación. El pelear por pelear se valora por cierta clase de personas, en todo el mundo, como un asunto de interés absorbente, y no existe razón alguna para creer que las condiciones domésticas hagan disminuir su fuerza. Geoffrey y Margaret se ausentaban a veces de Brent's Rock y en cada una de esas veces Wykham Delandre también se ausentaba, pero como generalmente se enteraba de la ausencia demasiado tarde como para que le sirviera de algo, regresaba a la casa cada vez con un estado de ánimo más amargo y descontento que antes.

Al final llegó un tiempo en el que la ausencia de Brent's Rock se hizo más larga que las anteriores. Sólo unos pocos días antes había habido una pelea, superando en encono todo lo que hubiese pasado antes, pero también esto se había inventado, ya que se había mencionado un viaje a Europa delante de los criados. Tras unos días, Wykham Delandre se marchó también y pasaron algunas semanas antes de que volviese. Era notorio que estaba lleno de alguna importancia nueva... satisfacción, exaltación, no sabían apenas cómo llamarla. Fue inmediatamente a Brent's Rock y exigió ver a Geoffrey Brent. Al decírsele que aún no había regresado, dijo con una desagradable decisión, de la que se dieron cuenta los criados:

—Vendré otra vez. Mi noticia es firme, ¡puede esperar!

Y se dio la vuelta. Pasaron semanas tras semanas, y meses tras meses, y entonces llegó el rumor, certificado más adelante, de que había ocurrido un accidente en el valle de Zermatt. Mientras cruzaba por un paso peligroso, el carruaje que llevaba a una señora inglesa y al conductor se había caído por un precipicio, habiéndose salvado afortunadamente el caballero del grupo, el señor Geoffrey Brent, porque estaba subiendo la colina a pie para dar facilidades a los caballos. Él dio la información y se llevó a cabo la búsqueda. El barandal roto, los desgarros en la carretera, las marcas donde los caballos habían luchado en la cuesta antes de caer al torrente... todo eso daba pistas del triste suceso. Era la estación húmeda y había habido mucha nieve en el invierno, de modo que el río estaba más crecido que su caudal de costumbre, y los remolinos de la corriente arrastraban trozos de hielo. Se llevó a cabo toda una búsqueda, y finalmente los restos del carruaje y el cadáver de un caballo se encontraron en un remanso del río. Más tarde encontraron el cuerpo del conductor en un baldío barrido por los torrentes cerca de Tasch, pero el cuerpo de la dama y el del otro caballo habían desaparecido. Ese cuerpo estaba dando vueltas —lo que quedaba de él en ese momento— entre los remolinos del Ródano en su camino al lago de Ginebra.

Wykham Delandre hizo todas las investigaciones posibles, pero no pudo encontrar rastro alguno de la mujer desaparecida. Sin embargo, encontró en los libros de registro de varios hoteles el nombre de «señor y señora Geoffrey Brent». Hizo erigir una lápida en Zermatt en memoria de su hermana, bajo su apellido de casada, y puso una placa en la iglesia de Bretten, la parroquia en la que estaban situados Brent's Rock y Dander's Croft.

Pasó un lapso de aproximadamente un año, después de que se borrase la agitación del asunto, y todo el vecindario iba ya por sus caminos acostumbrados. Brent todavía estaba ausente, y Delandre más bebido, más taciturno y más vengativo que nunca.

Entonces hubo una agitación nueva. Brent's Rock se preparaba para una nueva señora. Se anunció oficialmente por el propio Geoffrey en una carta al vicario, en la que decía que se había casado unos meses antes con una dama italiana y que estaban de camino a casa. Entonces, un pequeño ejército de trabajadores invadió la casa, sonaron los martillos y los cepillos para madera, y un aire general de cola de carpintero y de pintura impregnaba la atmósfera. El ala sur de la vieja casa fue completamente rehecho, y entonces la mayoría de los trabajadores se marcharon, dejando sólo materiales para rehacer el viejo salón cuando hubiera vuelto Geoffrey Brent, pues él había dado órdenes de que la decoración se hiciese sólo ante sus propios ojos. Se traía con él planos precisos de un salón de la casa del padre de su esposa, pues deseaba reproducir para ella el lugar al que se había acostumbrado. Como todas las molduras tenían que rehacerse, se trajeron algunos postes y tablones para andamios y se dejaron a un lado del gran salón, y también un gran tanque o caja para mezclar la cal que se puso en bolsas a su lado.

Cuando llegó la nueva señora de Brent's Rock, se echaron al vuelo las campanas de la iglesia y hubo un júbilo general. Ella era una mujer muy hermosa, llena de la poesía, el fuego y la pasión del Sur, y las pocas palabras de inglés que había aprendido las decía de una manera tan dulce y entrecortada que se ganó los corazones de la gente, tanto por la musicalidad de su voz como por la belleza enternecedora de sus oscuros ojos.

Geoffrey Brent estaba más feliz que lo que había sido antes, pero en su cara había un aspecto oscuro y nervioso que era nuevo para quienes lo conocían de antiguo, y a veces se sorprendía como por algún ruido que los demás no habían oído.

Y así pasaron meses y aumentó el rumor de que Brent's Rock iba a tener por fin un heredero. Geoffrey era muy tierno con su esposa, y el nuevo enlace entre ellos pareció que lo suavizaba. Se tomó más interés por sus arrendatarios y sus necesidades que lo que había hecho nunca, y no faltaban las obras de caridad por su parte así como por la de su dulce y joven esposa. Él tenía puestas todas sus esperanzas en el niño que estaba en camino, y cuando miraba al futuro más profundamente, la sombra oscura que se había instalado en su cara se iba disipando gradualmente.

Wykham Delandre había estado alimentando su venganza todo aquel tiempo. Muy profundamente en su corazón había crecido una resolución de venganza que sólo esperaba una oportunidad para cristalizarse y adquirir una forma definida. Su imprecisa idea estaba centrada de alguna manera en la esposa de Brent, porque sabía que la mejor manera de golpearlo era a través de aquellos a los que aquél amaba, y el tiempo que se avecinaba tenía en su vientre la oportunidad que anhelaba. Una noche se sentó a solas en el salón de su casa. Una vez fue una habitación hermosa a su manera, pero el tiempo y el abandono habían hecho su trabajo y ahora era poco mejor que una ruina, sin dignidad ni pintoresquismo de ninguna clase. Hacía algún tiempo que bebía mucho y estaba más que a medias aturdido. Creyó que había oído un ruido, como si alguien estuviese en la puerta, y miró. Entonces dijo medio violentamente en voz alta que entrasen, pero no hubo respuesta. Renovó sus libaciones murmurando una blasfemia. Al poco se olvidó de todo lo que lo rodeaba y se hundió en el aturdimiento, pero se despertó de repente y vio que frente a él estaba alguien o algo como una maltrecha y espectral versión de su hermana. Por unos momentos le vino una especie de miedo. La mujer que estaba ante él, con las facciones distorsionadas y ojos ardientes, apenas parecía humana, y lo único que se asemejaba a su hermana, tal como había sido, era la opulencia de su cabello dorado, que ahora estaba rayado de gris. Ella miraba a su hermano con una mirada larga y fría, y él, mientras miraba y empezaba a darse cuenta de la realidad de su presencia, encontró también que el odio por ella que había tenido volvía a surgir en su corazón. Toda la pasión perturbadora del año anterior encontró una voz inmediatamente cuando le preguntó:

—¿Por qué estás aquí? Tú estás muerta y enterrada.

—¡Estoy aquí, Wykham Delandre, no por amor a ti, sino porque odio a otro todavía más que a ti!

Una gran pasión ardía en sus ojos.

—¿A él? —preguntó con un susurro tan feroz que la mujer hasta se sorprendió por un instante hasta que recuperó la calma.

—Sí, a él —respondió ella—, pero no te equivoques, mi venganza es mía y yo solamente te utilizo para que me ayudes con ella.

Wykham preguntó de pronto:

—¿Se casó contigo?

La distorsionada cara de la mujer se ensanchó en un horroroso intento de sonrisa. Fue una farsa espantosa, porque los destrozados rasgos y las cicatrices cosidas adquirieron extrañas formas y colores, y se mostraron unas raras líneas blancas al presionar los músculos en tensión sobre las viejas cicatrices.

—¡De modo que te gustaría saberlo! ¡A tu orgullo le complacería sentir que tu hermana estuvo casada de verdad! Bueno, pues no lo sabrás. Esa es mi venganza contigo, y no tengo intención de cambiarla ni por el grueso de un cabello. He venido aquí esta noche simplemente para que sepas que estoy viva, de manera que si se me hace alguna violencia donde voy, podrá haber un testigo.

—¿Y dónde vas? —le preguntó su hermano.

—¡Eso es asunto mío y no tengo ni la menor intención de decírtelo!

Whykham se puso de pie, pero la bebida actuaba sobre él, se tambaleó y se cayó. Mientras estaba en el suelo anunció su intención de seguir a su hermana, y en un arrebato de malhumor le dijo que la seguiría a través de la oscuridad por la luz de su cabello y de su belleza. Ante eso, ella se giró hacia él y dijo que había otros además de él que lamentarían su cabello y también su belleza.

—Como lo hará él —siseó ella—, porque el cabello queda aunque la belleza se haya ido. Cuando él retiró la chaveta del carruaje y nos envió sobre el precipicio al torrente, pensó muy poco en mi belleza. Quizá la suya estaría con cicatrices como la mía si se hubiera arremolinado como yo entre las piedras del Visp y se hubiera helado sobre el hielo amontonado en el río. ¡Pero que tenga cuidado! ¡Su hora está llegando!

Y con un gesto violento abrió la puerta y salió a la noche.

Esa misma noche, más tarde, la señora Brent, que estaba medio dormida, se despertó de repente y le dijo a su esposo:

—Geoffrey, ¿no ha habido el chasquido de una cerradura en alguna parte bajo nuestra ventana?

Pero Geoffrey —aunque ella creyó que él también se había despertado con el ruido— estaba profundamente dormido y respiraba pesadamente. La señora Brent volvió a dormirse, pero esta vez se despertó con el hecho de que su marido se había levantado y estaba parcialmente vestido. Estaba mortalmente pálido, y cuando la luz de la lámpara que llevaba en la mano cayó sobre su cara, se asustó con el aspecto de sus ojos.

—¿Qué pasa, Geoffrey? ¿Qué haces? —preguntó ella.

—¡Calla, pequeña! —respondió con una extraña voz ronca—. Duérmete. Estoy inquieto y quiero acabar un trabajo que he dejado sin hacer.

—Tráetelo aquí, esposo mío —dijo ella—, me siento sola y tengo miedo cuando tú estás lejos.

Como respuesta, él la besó simplemente y salió, cerrando la puerta detrás de él. Ella se quedó echada por un rato, y luego la naturaleza se afirmó y se quedó dormida.

De repente, se sobresaltó y se despertó completamente con el recuerdo en sus oídos de un grito ahogado en algún lugar no muy lejano. Se levantó de un salto, corrió a la puerta y se puso a escuchar, pero no había ruido alguno. Se inquietó por su esposo y lo llamó: «¡Geoffrey! ¡Geoffrey!».

Tras unos momentos, se abrió la puerta del gran salón y Geoffrey apareció en ella, pero sin la lámpara.

—¡Calla! —dijo él en una especie de susurro, y su voz era áspera y adusta—. ¡Calla y vete a la cama! Estoy trabajando y no hay que molestarme. ¡Ve a dormir y no despiertes a todo el mundo!

Con un escalofrío en el corazón —pues la aspereza de la voz de su esposo era algo nuevo para ella— se arrastró de vuelta a la cama y se echó en ella temblando, demasiado asustada para llorar, y escuchando cada ruido. Hubo una gran pausa en silencio, y luego el ruido de algún instrumento de hierro dando golpes amortiguados. Entonces le llegó el ruido de una piedra pesada al caer, seguido de un juramento ahogado. Luego el ruido de arrastrar algo, y después más ruidos de piedra sobre piedra. Ella estaba mientras tanto con un miedo agónico y le latía el corazón terriblemente. Oyó un curioso ruido como de raspadura, y entonces hubo silencio. En breve se abrió la puerta suavemente y Geoffrey apareció. Su esposa fingió estar dormida, pero vio a través de las pestañas entreabiertas que se lavaba las manos de algo blanco que parecía cal.

Por la mañana, él no hizo alusión a la noche anterior y ella estaba asustada de hacerle preguntas.

Desde ese día hubo una sombra sobre Geoffrey Brent. No comía ni dormía de la manera que acostumbraba, y revivió su costumbre anterior de darse la vuelta de repente como si alguien le estuviese hablando por detrás. El viejo salón tenía alguna clase de fascinación para él. Solía ir allí muchas veces durante el día, pero se impacientaba si entraba alguien allí, incluso su esposa. Cuando el capataz del constructor vino a informarse sobre continuar el trabajo, Geoffrey estaba fuera paseando; el hombre fue al salón y cuando Geoffrey regresó el sirviente le dijo que había llegado y dónde estaba. Con un desagradable juramento, empujó a un lado al sirviente y se apresuró a ir al viejo salón. El trabajador se reunió con él casi en la puerta, y cuando Geoffrey apareció en la sala, corrió hacia él. El hombre se disculpó:

—Le ruego que me perdone, señor, pero sólo estaba saliendo para hacer algunas indagaciones. Yo pedí que enviasen aquí doce sacos de cal, pero veo que sólo hay diez.

—¡Malditos sean los diez sacos y también los doce! —fue la grosera e incomprensible réplica.

El trabajador estaba sorprendido e intentó cambiar de conversación.

—Señor, veo que hay un asuntillo que nuestra gente debe haber hecho, pero por supuesto el gobernador verá que lo arreglamos sin coste.

—¿Qué quiere decir?

—Es esa piedra de chimenea de aquí, señor. Algún idiota ha debido poner un poste de andamio en ella y la ha agrietado justo por la mitad, y la grieta es lo bastante gruesa como para pensar que pueda aguantar nada.

Geoffrey estuvo en silencio por algunos minutos, y luego dijo con una voz forzada y de una manera mucho más amable:

—Dígale a su gente que no voy a seguir adelante con el trabajo en el salón en este momento. Quiero que se quede como está un poco más de tiempo.

—Muy bien, señor. Voy a enviar unos cuantos hombres para que se lleven esos postes y sacos de cal y que limpien un poco el sitio.

—¡No! ¡No! —dijo Geoffrey—. Déjelos donde están. Le diré cuándo tienen que seguir adelante con el trabajo.

De modo que el capataz se marchó, y el comentario a su jefe fue:

—Yo le enviaría la factura por el trabajo ya hecho, señor. Me parece a mí que el dinero es un poco precario en ese lugar.

Delandre intentó detener una o dos veces a Brent en la carretera y por último, viendo que no podía conseguir su objetivo, cabalgó tras el carruaje gritando:

—¿Qué ha pasado con mi hermana, tu esposa?

Geoffrey fustigó a sus caballos hasta que se pusieron al galope, y el otro, viendo por su cara pálida y por el colapso de su esposa casi hasta el desmayo que había alcanzado su objetivo, se alejó cabalgando con el ceño fruncido y una carcajada.

Esa noche, cuando Geoffrey fue al salón pasó sobre la gran chimenea e inmediatamente volvió a empezar con un grito apagado. Entonces se esforzó en recomponerse y se marchó, volviendo después con una luz. Se agachó sobre la piedra de chimenea rota para ver si la luz de la luna que caía desde la ventana lo había engañado de alguna manera. Entonces, con un gemido de angustia se dejó caer de rodillas.

Allí, en efecto, ¡a través de la grieta de la piedra rota sobresalía una multitud de hebras de cabello dorado con un toque de gris!

Lo interrumpió un ruido en la puerta, miró alrededor y vio que su esposa estaba en la entrada. En la desesperación del momento se puso en marcha para evitar que ella lo descubriese, encendió una cerilla en la lámpara, se inclinó hacia abajo y quemó los cabellos que se alzaban a través de la piedra rota. Luego se alzó tan despreocupadamente como pudo y fingió sorprenderse al ver a su esposa a su lado.

Durante la semana siguiente vivió en el sufrimiento, porque, ya fuese por accidente o a propósito, no pudo estar solo en el salón en ningún momento. En cada visita, el cabello había crecido de nuevo a través de la grieta, y tenía que vigilarlo cuidadosamente, no fuera a ser que se descubriese su secreto. Intentó encontrar un receptáculo para el cuerpo de la mujer asesinada fuera de la casa, pero siempre lo interrumpía alguien, y una vez, cuando salía por la entrada privada, se encontró con su esposa, que empezó a hacerle preguntas sobre ello y que manifestó su sorpresa por no haber notado antes la llave que él le mostraba ahora con reticencia. Geoffrey amaba a su mujer sincera y apasionadamente, de modo que cualquier posibilidad de que ella descubriese sus temibles secretos, o de que dudase siquiera de él, lo llenaba de angustia, y después de que pasaron un par de días, no pudo evitar llegar a la conclusión de que al menos sospechaba algo.

Aquella misma tarde ella fue al salón después de su paseo y lo encontró allí, sentado de mal humor junto a la abandonada piedra de la chimenea. Le habló directamente.

—Geoffrey, me ha estado hablando ese sujeto, Delandre, y dice cosas terribles. Me ha dicho que hace una semana regresó su hermana a su casa, los restos y la ruina de lo que fue su hermana, sólo con su cabello dorado como el de antes, y que le anunció una intención mortal. Me preguntó dónde está ella... y, oh, Geoffrey, ¡ella está muerta! ¡Está muerta! ¿Cómo puede haber regresado entonces? ¡Oh, me siento amedrentada y no sé qué pensar!

Como respuesta, Geoffrey estalló en un torrente de blasfemias que la hicieron estremecerse. Maldijo a Delandre, a su hermana y a toda su estirpe, y sobre todo arrojó maldición tras maldición a su cabello dorado.

—¡Ay! ¡Calla, calla! —dijo ella, y luego se calló ella, porque temió a su esposo cuando vio el mal efecto de su malhumor.

En el torrente de su ira, Geoffrey se levantó y se alejó de la chimenea, pero se detuvo de repente cuando vio una nueva mirada de terror en los ojos de su esposa. Siguió la dirección de su mirada, y entonces él también tembló, porque allí, sobre la piedra de chimenea rota había una mancha dorada, ya que las puntas del cabello se levantaban a través de la grieta.

—¡Mira! ¡Mira! —gritó ella—. ¡Es un espectro de los muertos! ¡Vámonos de aquí, vámonos de aquí!

Y agarrando a su esposo de la muñeca con el frenesí de la locura, tiró de él hasta sacarlo de la habitación.

Esa noche ella estaba con fiebre muy alta. El médico del distrito la atendió inmediatamente, y se telegrafió a Londres para una ayuda especial. Geoffrey estaba desesperado y tan sumido en la angustia por el peligro para su joven esposa, que se olvidó de su propio crimen y de sus consecuencias. Por la tarde, el médico tuvo que marcharse para atender a otros pacientes, pero dejó a Geoffrey a cargo de su esposa. Sus últimas palabras fueron:

—Recuerde que debe usted alegrarla hasta que yo venga por la mañana, o hasta que otro médico tenga su caso entre manos. Lo que usted tiene que temer es otro ataque de emoción. Procure que esté calentita. No puede hacerse nada más.

Aquella noche, tarde, cuando se había retirado el resto de la casa, la esposa de Geoffrey se levantó de la cama y llamó a su esposo.

—¡Ven! —dijo ella—. ¡Ven al salón antiguo! ¡Sé de dónde viene el oro! ¡Quiero verlo crecer!

Geoffrey la habría detenido de buen grado, pero temía por su vida o su razón, pues temía que en un paroxismo gritase su terrible sospecha, y al ver que era inútil tratar de evitárselo, la envolvió con una manta cálida y fue con ella al salón antiguo. Cuando entraron, ella se dio la vuelta, cerró la puerta y la bloqueó.

—¡No queremos extraños entre nosotros tres esta noche! —susurró con una sonrisa lánguida.

—De nosotros tres, nada, nosotros no somos más que dos —dijo Geoffrey con un estremecimiento, temía decir nada más.

—Siéntate aquí —dijo su esposa cuando apagó la luz—. Siéntate aquí al lado de la chimenea y mira crecer el oro. ¡La plateada luz de la luna está celosa! Mira cómo se cuela por el suelo hacia el oro... ¡nuestro oro!

Geoffrey miraba con un horror creciente, y vio que, durante las horas que habían pasado, el cabello dorado había sobresalido más a través de la piedra de chimenea rota. Intentó ocultarlo poniendo los pies sobre el sitio roto, y su esposa acercó a su lado el sillón, se inclinó hacia él y apoyó la cabeza en su hombro.

—No te muevas ahora, querido —dijo—, vamos a quedarnos sentados muy quietos a mirar. ¡Encontraremos el secreto del oro creciente! Él pasó el brazo alrededor de ella y se quedó sentado en silencio, y cuando la luz de la luna se coló por el suelo, ella se hundió en el sueño.

Él temía despertarla, de modo que se quedó sentado mudo y abatido mientras pasaron las horas. Ante sus ojos horrorizados, el cabello dorado de la piedra rota creció y creció, y mientras aumentaba, su corazón se puso cada vez más frío, hasta que el final no tuvo fuerzas para moverse y se quedó sentado con los ojos llenos de terror contemplando su maldición.

Por la mañana, cuando vino el médico de Londres, no pudieron encontrar ni a Geoffrey ni a su esposa. Se hizo una búsqueda por todas las habitaciones, pero sin resultado. Como último recurso, abrieron la gran puerta del gran salón y los que entraron vieron un espectáculo lúgubre y lamentable.

Allí, junto a la chimenea abandonada, estaban sentados Geoffrey Brent y su joven esposa, fríos, blancos y muertos. La cara de ella estaba tranquila y tenía los ojos cerrados como si durmiese, pero la cara de él era una vista que hizo estremecerse a todos los que la vieron, pues en ella había una mirada de horror inenarrable. Sus ojos estaban abiertos y miraban fija y vidriosamente a sus pies, que estaban envueltos en trenzas del cabello dorado con hebras grises que salía a través de la piedra de chimenea rota.

UNA PROFECÍA GITANA

—De veras creo —dijo el doctor— que de todas formas uno de nosotros debería ir e intentar saber si la cosa es una impostura, o no.

—¡Bien! —dijo Considine—. Depués de la cena encenderemos nuestros cigarros y nos daremos un paseo hasta el campamento.

Por lo tanto, cuando acabó la cena y se terminó el *La Tour*[16], Joshua Considine y su amigo, el doctor Burleigh, fueron al lado este del páramo, donde estaba el campamento gitano. Cuando estaban saliendo, Mary Considine, que había caminado hasta el final del jardín, donde éste se abría a la calle estrecha, llamó a su esposo:

—Ten cuidado, Joshua, vas a darles una oportunidad justa, pero no les des ninguna pista de nuestra fortuna... Y no te pongas a tontear con ninguna de las gitanas jóvenes... ¡y cuídate de mantener fuera de peligro a Gerald!

Como respuesta, Considine levantó la mano como si estuviese prestando juramento en un escenario, y silbó la melodía de la vieja canción *La condesa gitana.* Gerald se unió al compás y después, estallando en una risa alegre, los dos hombres pasaron por el callejón a la carretera común, dándose la vuelta de cuando en cuando para saludar con la mano a Mary, que se apoyaba en el portón, preocupándose por ellos en el crepúsculo.

Era una encantadora tarde de verano, el propio aire estaba lleno de paz y de silenciosa felicidad, como si fuera una extensión de felicidad exterior de la paz y la alegría que hacían un paraíso de la casa de los jóvenes casados. La vida de Considine no había sido muy ajetreada. El único elemento perturbador que hubiera conocido jamás estaba en su cortejo de Mary Winston, y la larga y continua oposición de los ambiciosos padres de ella, que se esperaban un emparejamiento brillante para su única hija. Cuando el señor y la señora Winston descubrieron el apego del joven abogado, intentaron mantener separados a los jóvenes enviando lejos a su hija a una larga serie de visitas, haciendo que ella les

---

[16] Se refiere a un vino francés de gran calidad, producido cerca de Burdeos.

prometiera que no se escribiría con su enamorado durante su ausencia. Sin embargo, el amor soportó el examen. Ni la ausencia ni el abandono enfriaron la pasión del joven, y los celos le eran desconocidos a su naturaleza sanguínea, de modo que, tras un largo período de espera, los padres cedieron y los jóvenes se casaron.

Llevaban unos pocos meses viviendo en la casita de campo, y estaban justo empezando a sentirse en casa. Gerald Burleigh, el viejo amigo de universidad de Joshua, y él mismo víctima por un tiempo de la belleza de Mary, había llegado una semana antes para quedarse con ellos durante todo el tiempo que él pudiera alejarse de su trabajo en Londres.

Cuando su marido había desaparecido, Mary fue a la casa, se sentó al piano y le concedió una hora a Mendelssohn.

Era sólo un corto paseo por la carretera general, y antes de que tuviesen que renovar los cigarros los dos hombres llegaron al campamento gitano. El lugar era tan pintoresco como lo son todos los campamentos gitanos habitualmente, cuando estaban en los pueblos o cuando los negocios iban bien. Había unas pocas personas alrededor del fuego invirtiendo su dinero en profecías, y un gran número de otras, más pobres o más parcas, estaban justo fuera de los límites, pero lo bastante cerca para ver todo lo que pasaba.

Cuando se aproximaron los dos caballeros, los aldeanos, que conocían a Joshua, les dejaron paso un poco, y una preciosa muchacha gitana con buen ojo se les acercó y preguntó si podía echarles la buenaventura. Joshua estiró la mano, pero la muchacha, sin verla aparentemente, lo miró a la cara de una manera muy rara. Gerald le dio un codazo:

—Tienes que cruzarle la mano con plata —dijo—, es una de las partes más importantes del misterio.

Joshua se sacó media corona del bolsillo y se la tendió a ella, pero ella respondió sin mirarla:

—Tienes que cruzar la mano de la gitana con oro.

Gerald se rio.

—Tienes un sujeto de primera calidad —dijo.

Joshua era de ese tipo de hombres —el tipo universal— que pueden tolerar que les mire una muchacha bonita, de modo que, con poca deliberación, respondió:

—Muy bien, aquí tienes, muchacha bonita, pero tienes que darme una suerte muy buena por ella.

Y le pasó medio soberano, que ella agarró diciendo:

—A mí no me corresponde dar buena o mala suerte, sino sólo leer lo que las estrellas hayan dicho.

Agarró su mano derecha y volvió la palma hacia arriba, pero en el momento que se encontraron sus ojos la dejó caer como si hubiese estado muy caliente, y con una mirada sorprendida se marchó rápidamente. Levantó la cortina de la tienda grande que ocupaba el centro del campamento y desapareció dentro de ella.

—¡Vendido otra vez! —dijo el cínico Gerald.

Joshua se quedó un poco sorprendido y no completamente satisfecho. Ambos observaron la gran tienda. Al poco rato surgió por la abertura no ya la muchacha, sino una mujer de aspecto majestuoso, de mediana edad e imponente presencia.

El momento en que apareció todo el campamento se quedó inmóvil. El clamor de las conversaciones, las risas y el ruido del trabajo se detuvieron por unos segundos, y todos los hombres y las mujeres que estaban sentados, o agachados, o tumbados, se levantaron y miraron a la gitana de aspecto señorial.

—La reina, por supuesto —murmuró Gerald—. Estamos de suerte esta noche.

La reina gitana lanzó una mirada escrutadora alrededor del campamento y luego, sin vacilar ni un instante, vino directamente a nosotros y se quedó ante Joshua

—Tiéndeme la mano —dijo con tono dominante.

Gerald volvió a hablar, *sotto voce*[17].

—No me han hablado así desde que estaba en el colegio.

—Tu mano debe estar cruzada con oro.

—Estoy al ciento por ciento en este juego —susurró Gerald mientras Joshua ponía otro medio soberano en su palma vuelta hacia arriba.

La gitana miró la mano con las cejas fruncidas y luego, mirándolo de repente a la cara, dijo:

—¿Tienes una voluntad fuerte? ¿Tienes un corazón verdadero que pueda ser valiente para uno que ames?

—Eso espero, pero me temo que no tengo la vanidad suficiente para decir «sí»

—Entonces responderé en tu lugar, porque leo resolución en tu cara una resolución desesperada y decidida si hace falta. ¿Tienes una esposa a quien amas?

—Rotundamente, sí.

—Entonces déjala inmediatamente y no vuelvas a verle la cara nunca. Aléjate de ella ahora, mientras el amor es fresco y tu corazón está libre de malas intenciones. Vete aprisa... y vete lejos, ¡y no vuelvas a verle la cara otra vez!

Joshua retiró rápidamente la mano y dijo: «¡Gracias!» fría pero sarcásticamente cuando empezó a alejarse.

---

[17] En voz baja.

—¡No te veas! —dijo Gerald—. No te quedes así, viejo, es inútil indignarse con las estrellas o con su profeta, y encima con tu sobrerano, ¿qué pasa con eso? Al menos, escucha el asunto del todo.

—¡Silencio, grosero! —ordenó la gitana—. No sabes lo que haces. Deja que se vaya, y que se vaya ignorante si no quiere que le avisen.

Joshua se dio la vuelta inmediatamente.

—Sea como sea, vamos a ver esto por entero —dijo—. Bueno, señora, usted me ha dado un consejo, pero yo he pagado por un destino.

—¡Quedas avisado! —dijo la gitana—. Las estrellas han estado mudas durante mucho tiempo, deja que el misterio las envuelva todavía.

—Mi querida señora, no todos los días me pongo cerca de un misterio, y por mi dinero prefiero conocimiento, más que ignorancia. Esa última mercancía puedo conseguirla por nada cuando quiero algo de ella.

Gerald se hizo eco de la opinión.

—En cuanto a mí, tengo un ganado grande e invendible a mano.

La reina gitana miró a los dos hombres duramente y luego dijo:

—Como desees. Has escogido por ti mismo, y habéis respondido con desprecio al aviso y con ligereza a la llamada. ¡Que la maldición caiga sobre vuestras cabezas!

—¡Amén! —dijo Gerald.

Con un gesto apremiante, la reina agarró la mano de Joshua y empezó a decirle su destino.

—Aquí veo fluir la sangre, fluirá antes de que pase mucho tiempo, está corriendo a mi vista. Fluye a través del círculo roto de un anillo cortado.

—¡Continúe! —dijo Joshua sonriendo; Gerald estaba callado.

—¿Debo hablar más llanamente?

—Desde luego; nosotros, los mortales comunes y corrientes, queremos algo que sea más preciso. Las estrellas están muy lejos y en cierto modo sus palabras se quedan más opacas en el mensaje.

La reina se estremeció y después habló imponentemente:

—Esta es la mano de un asesino... ¡el asesino de su esposa!

Dejó caer la mano y se dio la vuelta.

Joshua se rio.

—¿Sabe? —dijo él—. Creo que si yo fuese usted, profetizaría con algo de jurisprudencia en mi sistema. Por ejemplo, usted ha dicho «esta mano es la mano de un asesino»; bueno, cualquier cosa que pueda estar en el futuro, o potencialmente, no lo está en el presente. Usted debe dar su profecía en términos como «la mano que será la de un asesino», o mejor aún, «la mano de uno que será el asesino de su esposa». Verdaderamente, las estrellas no son muy buenas en cuestiones técnicas.

La gitana no dio respuesta de ningún tipo, pero, con la cabeza gacha y aspecto desanimado, caminó lentamente a su tienda, levantó la cortina y desapareció.

Los dos hombres se dirigieron a casa sin hablar y caminaron por el páramo. Al poco, después de alguna vacilación, habló Gerald:

—Por supuesto, todo esto es un chiste, viejo, un chiste malísimo, pero sigue siendo un chiste. Pero, ¿no sería bueno que nos lo quedásemos para nosotros?

—¿Qué quieres decir?

—Bueno, no decírselo a tu esposa, podría asustarla.

—¡Asustarla! Mi querido Gerald, ¿en qué estás pensando? Pues ella no estaría asustada de mí ni me temería aunque todos los gitanos que han venido alguna vez de Bohemia estuviesen de acuerdo en que yo iba a matarla, o que pensara mal de ella siquiera, con tal de que ella no se diera cuenta.

Gerald protestó:

—Viejo amigo, las mujeres son supersticiosas, mucho más que los hombres, y también están bendecidas, o maldecidas, con un sistema nervioso para el que somos extraños. Veo demasiadas cosas como esa en mi trabajo como para no darme cuenta. Sigue mi consejo y no se lo digas, o vas a asustarla.

Los labios se le endurecieron inconscientemente cuando respondió:

—Mi querido compañero, no voy a tener secretos para mi esposa. Eso sería el inicio de un orden nuevo de las cosas entre nosotros. No tenemos secretos el uno para el otro. Si alguna vez los tenemos, puedes empezar a buscar algo extraño entre los dos.

—Aun así —dijo Gerald—, a riesgo de una intromisión inoportuna, digo otra vez que estás avisado a tiempo.

—Las propias palabras de la gitana —dijo Joshua—, tú y ella estáis de acuerdo. Dime, viejo, ¿es esto una cosa preparada? Tú me hablaste del campamento gitano, ¿lo arreglaste todo con Su Majestad?

Esto lo dijo con un aire de sinceridad bromista. Gerald le aseguró que sólo se había enterado del campamento esa mañana, pero se burlaba de cada respuesta de su amigo, y durante la broma pasó el tiempo y entraron en la casita de campo.

Mary estaba sentada al piano, pero no estaba tocando. El tenue crepúsculo había despertado algunos sentimientos tiernos en su pecho y sus ojos estaban llenos de dulces lágrimas. Cuando entraron los hombres, ella caminó sigilosamente hacia su esposo y lo besó. Joshua adoptó una actitud trágica.

—Mary —dijo con voz profunda—, antes de que te acerques a mí escucha las palabras del Destino. Las estrellas han hablado y el destino está sellado.

—¿Qué es eso, querido? Dime el futuro, pero no me asustes.

—Para nada, querida mía, pero hay una verdad que está bien que sepas. No, no, es necesaria, de manera que puedas hacer todos tus arreglos de antemano; todo estará decentemente hecho y ordenado.

—Continúa, querido, te escucho.

—Mary Considine, tu efigie puede verse ya en el museo de la señora Tussaud. Las juri-imprudentes estrellas han anunciado sus mortales noticias de que esta mano está roja de sangre... ¡de tu sangre, Mary! ¡Mary! ¡Ay, Dios mío!

Él saltó hacia adelante, pero demasiado tarde para recogerla antes de que cayese desmayada al suelo.

—Te lo dije —dijo Gerald—, tú no las conoces tanto como yo.

Un poco después, Mary se recuperó de su desvanecimiento, pero sólo para caer en una fuerte histeria, en la que reía, lloraba, desvariaba y gritaba.

—¡Apartadlo de mí!... De mí, a Joshua, mi esposo.

Y muchas otras palabras de súplica y de miedo.

Joshua Considine se encontraba en un estado de ánimo que bordeaba el sufrimiento, y cuando por fin Mary se calmó, se arrodilló ante ella, le besó los pies, las manos y el cabello, le llamó todos los nombres dulces y dijo todas las cosas tiernas que pudieron formar sus labios. Toda aquella noche se quedó sentado a su cabecera y le sostuvo la mano. Hasta bien entrada la noche y cerca del alba, ella se despertaba del sueño y lloraba como si tuviese miedo, hasta que la consoló la conciencia de que su marido la observaba a su lado.

A la mañana siguiente el desayuno fue tardío, pero durante él Joshua recibió un telegrama que le solicitaba que fuese a Withering, a más de treinta kilómetros. Estaba reacio a ir, pero Mary no quiso que se quedara, así que antes del mediodía salió solo en su carruaje de dos ruedas.

Cuando se hubo retirado, Mary se retiró a su habitación. No se presentó al almuerzo, pero cuando se sirvió el té de la tarde sobre el césped, bajo el gran sauce llorón, fue a reunirse con su invitado. Tenía un aspecto muy recuperado de su padecimiento de la tarde anterior. Después de algunos comentarios informales le dijo a Gerald:

—Por supuesto, lo de anoche fue una gran tontería, pero no pude evitar sentirme asustada; de hecho todavía me sentiría así si me permitiese pensar en ello. Pero a fin de cuentas, esa gente sólo puede imaginarse cosas y tengo una prueba, que a duras penas puede fallar, de que esa predicción es falsa... si es que de verdad es falsa —añadió tristemente.

—¿Cuál es tu plan? —preguntó Gerald.

—Iré yo misma al campamento gitano y haré que la reina me eche la suerte.

—Magistral. ¿Puedo ir contigo?

—¡Oh, no! Eso lo estropearía. Ella podría reconocerte y adivinar quién soy, y adaptar su declaración en consecuencia. Esta tarde iré sola.

Cuando pasó el mediodía, Mary Considine se puso en camino hacia el campamento gitano. Gerald fue con ella hasta el borde más cercano a la carretera y volvió solo.

Apenas había pasado media hora cuando Mary entró en el salón, donde él estaba echado leyendo en un sofá. Estaba espantosamente pálida y en un estado de máxima agitación. Apenas había cruzado el umbral cuando se vino abajo y se hundió gimiendo sobre la alfombra. Gerald se apresuró a ayudarla, pero ella se controló con un gran esfuerzo y le hizo gestos de que estuviese callado. Él esperó, y su dispuesta consideración con su deseo fue su mejor ayuda, pues en pocos minutos se había recuperado un poco y pudo decirle lo que había ocurrido.

—Cuando llegué al campamento —dijo ella— no había ni un alma. Fui al centro y me quedé allí. De repente, un mujer alta se puso a mi lado.

—¡Algo me ha dicho que se me necesitaba! —dijo. Yo tendí la mano y puse una medalla de plata en ella. La gitana agarró de su cuello una pequeña baratija dorada y la puso allí también. Luego se apoderó de las dos y las arrojó al arroyo que corría por allí. Entonces tomó mi mano entre las suyas y habló:

—No hay nada más que sangre en este lugar vergonzoso —y se alejó.

Yo la atrapé y le pedí que me dijera más. Después de algunas vacilaciones, dijo:

—¡Ay! ¡Qué lástima! Veo que estás echada a los pies de tu esposo y que sus manos están rojas de sangre.

Gerald no se sentía cómodo en absoluto, y trató de reírse de ello.

—Sin duda alguna, esta mujer está loca por los asesinatos —dijo.

—No te rías —dijo Mary—, no puedo soportarlo.

Y entonces, como por un impulso repentino, salió de la habitación. No mucho después regresó Joshua, radiante y alegre, tan hambriento como un cazador después de su largo recorrido. Su presencia alegró a su esposa, que parecía mucho más luminosa, pero no mencionó el incidente de la visita al campamento gitano, así que Gerald tampoco lo hizo. Como si fuese por consentimiento tácito, no se aludió al asunto durante la tarde, pero había un aspecto extraño en la cara de Mary que Gerald no pudo dejar de observar.

Por la mañana, Joshua bajó a desayunar más tarde que lo habitual. Mary había estado levantada por la casa desde una hora temprana, pero cuando fue pasando el tiempo se puso un poco nerviosa y de cuando en cuando lanzaba una mirada inquieta alrededor.

Gerald no pudo evitar darse cuenta de que ninguno de los que estaban en el desayuno pudo ponerse de forma satisfactoria con su comida. En general, no era que las chuletas estuviesen duras, sino que todos los cuchillos estaban muy romos. Él, siendo un invitado, no dio señal de ello, pero vio inmediatamente que Joshua pasaba la yema del pulgar sobre el borde de su cuchillo de una manera inconsciente. Con ese gesto, Mary palideció y casi se desmayó.

Después del desayuno todos salieron al césped. Mary estaba haciendo un ramillete y le dijo a su esposo: «tráeme unas cuantas rosas de té, querido».

Joshua arrancó un grupo del frente de la casa. Los tallos se doblaban, pero eran demasiado duros para romperlos. Se metió la mano en el bolsillo para hacerse con su navaja, pero en vano. «Préstame tu navaja, Gerald», dijo, pero Gerald no tenía ninguna, de modo que fue a la sala del desayuno y agarró un cuchillo de la mesa. Salió tanteando el filo y gruñendo.

—¿Qué diantres les ha ocurrido a todos los cuchillos? Los filos están romos...

Mary se dio la vuelta precipitadamente y entró en la casa.

Joshua intentó cortar los tallos con el cuchillo romo como cortan los cocineros de campo los cuellos de las aves de corral, o como los escolares cortan un cordel. Acabó la tarea con un poco de esfuerzo. El grupo de rosas de té se hizo más tupido, pues se había decidido a recoger un gran manojo.

No pudo encontrar un solo cuchillo afilado en el aparador donde se guardaba la cuchillería, de manera que llamó a Mary y cuando ella vino le dijo el estado de las cosas. Ella tenía un aspecto tan agitado y tan deprimido, que él no pudo evitar saber la verdad y, como si estuviese pasmado y dolido, le preguntó:

—¿Quieres decir que esto lo has hecho tú?

Ella lo interrumpió:

—¡Oh, Joshua! Estaba muy asustada.

Él hizo una pausa, y un aspecto fijo y blanquecino le subió a la cara.

—¡Mary! —dijo él—. ¿Es esta toda la confianza que tienes en mí? No lo habría creído.

—¡Oh, Joshua! ¡Joshua! —lloró ella de modo suplicante—. ¡Perdóname!

Y se puso a llorar amargamente. Joshua pensó por un momento y luego dijo:

—Ya veo lo que es. Será mejor que acabemos con esto, o todos nos volveremos locos.

Fue corriendo al salón.

—¿Adónde vas? —casi gritó Mary.

Gerald vio qué intención tenía Joshua: que él no iba a atarse a instrumentos romos por la fuerza de una superstición. Por eso no se sorprendió cuando lo vio salir por la cristalera llevando en la mano un gran cuchillo gurka, que habitualmente estaba en la mesa de centro y que su hermano le había enviado desde el norte de la India. Era uno de esos grandes cuchillos de caza que en el combate cuerpo a cuerpo hacían tantos estragos a los enemigos de los leales gurkas durante el amotinamiento del ejército indio. Era muy pesado, pero estaba tan bien equilibrado que resultaba ligero en la mano, y estaba afilado como una cuchilla. Con uno de esos cuchillos, un gurka podía partir a una oveja en dos.

Cuando Mary lo vio salir de la sala con el arma en la mano, gritó con un dolor tremendo y la histeria de la última noche se renovó enseguida.

Joshua corrió hacia ella, y al verla caer arrojó el cuchillo al suelo e intentó agarrarla.

Sin embargo, llegó un segundo demasiado tarde, y los dos hombres gritaron de horror a la vez cuando la vieron caer sobre la desnuda hoja del arma.

Cuando Gerald acudió corriendo, vio que, al caer, la mano izquierda de ella había golpeado la hoja, que estaba levantada en parte sobre la hierba. Algunas de las venas pequeñas quedaron cortadas y la sangre manaba libremente de la herida. Cuando las estaba vendando le señaló a Joshua que el anillo de bodas había sido cortado por la hoja de acero.

La llevaron desmayada a la casa. Después de un rato, cuando salió con el brazo en cabestrillo, estaba con la mente tranquila y se sentía contenta. Le dijo a su esposo:

—La gitana ha estado extraordinariamente cerca de la verdad, demasiado cerca para que la cosa real sucediese alguna vez, querido.

Joshua se inclinó y besó la mano herida.

LA VENIDA DE ABEL BEHENNA

El pequeño puerto de Pencastle, en Cornualles, brillaba a principios de abril cuando el sol ya había venido a quedarse tras un largo y duro invierno. La roca se destacaba negra y nítida sobre un trasfondo de azul matizado, donde el cielo que se fundía en neblina se encontraba con el lejano horizonte. El mar tenía la tonalidad de Cornualles: azul zafiro, excepto donde era color esmeralda oscuro en las insondables profundidades bajo los acantilados, donde las cuevas abrían sus sombrías quijadas. En las cuestas, la hierba estaba reseca y marrón. Los pinchos de los arbustos de aliaga estaban de color gris ceniciento, pero el dorado amarillo de sus flores ondeaba por las laderas de las colinas, subiendo y bajando en líneas allí donde la roca salía de la nada, y disminuyendo en parches y puntos hasta extinguirse completamente donde los vientos marinos azotaban los sobresalientes acantilados y frenaban en seco la vegetación, como si fueran unas incansables tijeras aéreas. Toda la ladera, con su cuerpo marrón y sus destellos de amarillo, era como un carpintero escapulario[18] colosal.

El pequeño puerto se abría desde el mar entre acantilados altísimos y tras una roca solitaria, atravesada por muchas cuevas y agujeros tallados por el viento, por los que enviaba el mar su atronadora voz en la época de las tormentas junto con surtidores de espuma amontonada. Desde allí se enroscaba al oeste en un trayecto serpenteante, protegido en su entrada por dos pequeños muelles curvados a izquierda y derecha. Éstos estaban construidos toscamente con oscuras lajas colocadas de canto y sujetas con grandes travesaños atados con bandas de hierro. Desde allí surgía el rocoso lecho del arroyo, cuyos torrentes invernales habían ido recortando desde antiguo su camino entre las colinas. El arroyo era profundo al principio, y aquí y allá, donde se ensanchaba, tenía áreas de piedras rotas que sobresalían cuando el agua estaba baja, llenas de agujeros donde se podían encontrar cangrejos y bogavantes en la marea baja. De entre las piedras surgían postes fuertes que se utilizaban para

---

[18] Ave de cabeza y pecho amarillo, con el lomo marrón y muy rayado.

amarrar los pequeños barcos litorales que frecuentaban el puerto. Más arriba, el arroyo fluía aún profundamente, pues la marea entraba tierra adentro, pero siempre con calma, pues toda la fuerza de la tormenta más salvaje se rompía más abajo. A unos cuatrocientos metros tierra adentro, la ría era profunda en la marea alta, pero en la marea baja había a cada lado áreas de la misma piedra quebrada que había abajo, a través de cuyas rendijas chorreaba y murmuraba el agua dulce natural del arroyo, después de que la marea se hubiese retirado. Aquí también se alzaban postes de amarre para los barcos de los pescadores. A cada lado del arroyo había una fila de casitas de campo que estaban casi al nivel de la marea alta. Eran casitas muy bonitas, fuerte y cómodamente construidas, con estrechos jardines bien cuidados delante, llenos de plantas pasadas de moda, groselleros florecientes, coloreadas prímulas, alhelíes y uñas de gato. Sobre las fachadas de muchas de ellas trepaban clemátides y glicinias. Las jambas de las puertas y las ventanas de todas ellas eran tan blancas como la nieve, y el pequeño sendero que iba a cada una estaba empavesado con piedras de colores luminosos. En algunas de las puertas había porches diminutos, mientras que en otras había asientos rústicos hechos de troncos de árboles o de barriles viejos; en prácticamente todos los casos, los alféizares de las ventanas estaban llenos de cajones o de macetas con flores y plantas de fronda.

Dos hombres vivían en casas exactamente enfrentadas la una a la otra cruzando la corriente. Dos hombres, ambos jóvenes, ambos apuestos, ambos prósperos, que habían sido compañeros y rivales desde la infancia. Abel Behenna era oscuro, con la oscuridad gitana que los errantes mineros fenicios dejaron tras su paso; Eric Sanson —que el anticuario local dijo que era una corrupción de Sagamanson— era blanco, con la tonalidad rubicunda que señala el paso de los salvajes hombres del norte. Aquellos dos se habían identificado entre sí desde el principio mismo para trabajar y esforzarse juntos, para luchar por cada uno y estar mano a mano en todos los empeños. Ahora habían puesto la piedra cumbre en su Templo de Unidad al enamorarse de la misma muchacha. Sara Trefusis era indudablemente la muchacha más bonita de Pencastle, y había muchos jóvenes que habrían probado suerte de buen grado con ella, pero que hubiera dos contra los que contender, y que cada uno de ellos fuese el hombre más fuerte y decidido del puerto excepto el otro, el joven medio pensaba que era demasiado difícil, y a cuenta de ello no tenía buena voluntad con ninguno de los tres protagonistas; mientras que las jóvenes promedio que tenían que tolerar, no fuese a ser que les cayese algo peor, los gruñidos de sus queridos y la sensación de ser sólo la segunda mejor que ello implicaba, tampoco miraban a Sarah con un ojo amistoso. De este modo ocurrió que, en el transcurso de un año o así, porque el cortejo rústico es un proceso lento, los dos hombres y la mujer se vieron mucho juntos. Todos ellos estaban satisfechos, así que no importaba, y Sarah, que era vanidosa y algo frívola, se ocupó de vengarse tanto de hombres como de mujeres de una manera silenciosa. Cuando una joven que va de paseo sólo puede presumir de un joven no muy satisfecho, para ella no es un gusto especial ver que su acompañante le pone ojos tiernos a una muchacha más agraciada y respaldada por dos pretendientes leales.

Después de un tiempo, llegó el momento que Sarah temía y que había tratado de alejar, el momento en el que tenía que elegir entre los dos hombres. Le gustaban los dos, y de hecho cualquiera de ellos podría haber satisfecho las ideas de una muchacha incluso más exigente, pero su mente estaba constituida de tal forma, que ella pensaba más en lo que podía perder que en lo que podía ganar, y cada vez que creía que se había decidido, le asaltaban dudas al instante sobre la sensatez de su elección. Era siempre que el hombre a quien presuntamente perdía se dotaba de nuevo con una serie de ventajas nuevas y más abundantes que las que hubieran surgido alguna vez de la posibilidad de ser aceptado. Le prometió a cada uno de ellos que le daría una respuesta el día de su cumpleaños, y ese día, el once de abril, había llegado ya. Las promesas se habían entregado por separado y confidencialmente, pero cada una le fue dada a un hombre que no era probable que olvidase. A primera hora de la mañana se encontró con ambos hombres merodeando por su puerta. Ninguno le había contado su confidencia al otro, y cada uno de ellos buscaba sencillamente una oportunidad de conseguir la respuesta y de acelerar su demanda si fuera necesario. Como regla, Damón no se llevaba a Pitias[19] con él cuando hacía una propuesta de matrimonio, y en el corazón de cada uno sus propios asuntos tenían una reivindicación muy por encima de los requisitos de la amistad. De modo que a lo largo del día estuvieron acompañándose en la puerta. Indudablemente, la situación era un poco embarazosa para Sarah, y aunque la satisfacción de su vanidad por que fuese adorada de esa manera era muy agradable, hubo momentos en los que se enojaba con los dos hombres por ser tan persistentes. El único consuelo que tenía en esos momentos era que veía, a través de las elaboradas sonrisas de las demás muchachas cuando se percataban al pasar de que su puerta estaba doblemente guardada, los celos que les llenaban el corazón. La madre de Sarah era una persona de ideas vulgares y despreciables y, viendo todo el tiempo el estado del asunto, su única intención, persistentemente expresada a su hija con las palabras más llanas, era la de arreglar los asuntos de tal manera que Sarah consiguiese todo lo posible de los dos hombres. Con ese propósito

---

[19] Damón y Pitias son el símbolo de la amistad llevada hasta el peligro de muerte.

se había mantenido astutamente tan alejada en el trasfondo como le era posible en el asunto de los galanteos de su hija, y observaba en silencio. Al principio, Sarah había estado indignada con ella por sus despreciables puntos de vista, pero, como de costumbre su débil naturaleza cedió el paso ante la persistencia y ahora había llegado a la etapa de la aceptación pasiva. No se sorprendió cuando su madre le susurró en el pequeño jardín detrás de la casa:

—Vete por un rato colina arriba, quiero hablar con esos dos. Ambos están encendidos por ti, ¡y ahora ha llegado el momento de arreglar las cosas!

Sarah inició una protesta débil, pero su madre la frenó en seco.

—¡Ya te digo, niña, que mi mente se ha decidido! Esos dos hombres te quieren a ti, y sólo uno puedes tener, pero antes de que elijas, ¡las cosas estarán arregladas de una manera que tendrás todo lo que ellos tienen! ¡No discutas, niña! Ve colina arriba y cuando vuelvas lo tendré todo arreglado, ¡veo una manera muy fácil de conseguirlo!

De modo que Sarah subió colina arriba por los estrechos senderos entre la dorada aulaga y la señora Trefusis se reunió con los dos hombres en la sala de la casita.

Ella abrió el ataque con el valor desesperado que tienen todas las madres cuando piensan en sus hijos, por mezquinos que puedan ser sus pensamientos.

—Vosotros dos, hombres, estáis enamorados de mi Sarah.

Su vergonzoso silencio le dio consentimiento a la descarada propuesta. Ella siguió diciendo:

—¡Ninguno de vosotros tiene mucho!

Una vez más, ellos se sometieron tácitamente a la suave acusación.

—¡No sé si alguno de vosotros puede mantener a una esposa!

A pesar de que ninguno dijo ni una palabra, sus miradas y su comportamiento expresaban una marcada disconformidad. La señora Trefusis siguió adelante, diciendo:

—Pero si juntáis lo que tenéis cada uno, haríais una casa cómoda para uno de vosotros... ¡y para Sarah!

Miró a los hombres intensamente con sus astutos ojos medio cerrados, como cuando habló, y entonces, satisfecha por su escrutinio de que la idea se aceptaba, siguió adelante rápidamente, como para evitar la discusión.

—A la muchacha le gustáis los dos, y acaso sea difícil para ella elegir. ¿Por qué no os la jugáis a cara o cruz? Primero reunid vuestro dinero, cada uno tenéis reservado un poco, lo sé. Que el hombre afortunado se lleve el lote y comercie un poco con él, y que entonces venga a casa y se case con ella. ¡Supongo que ninguno de vosotros está asustado!

¡Y ninguno de vosotros podrá decir que no hará todo eso por la muchacha que los dos decís que amáis!

Abel rompió el silencio:

—¡No me parece a mí que sea correcto echar suertes por la muchacha!

—A ella no le gustaría, y no es respetuoso con ella —interrumpió Eric.

Era consciente de que su posibilidad no era tan buena como la de Abel en caso de que Sarah desease elegir entre los dos.

—¿Es que os da miedo el azar?

—¡A mí, no! —dijo Abel con valentía.

Viendo que su idea empezaba a funcionar, la señora Trefusis continuó con su ventaja.

—¿Queda establecido que vosotros juntaréis vuestro dinero para hacer un hogar para ella, tanto si os la jugáis a cara o cruz, como si le dejáis a ella que elija?

—Sí —dijo rápidamente Eric, y Abel estuvo de acuerdo con la misma firmeza.

Los pequeños ojos astutos de la señora Trefusis centellearon. Oyó los pasos de Sarah en la entrada y dijo:

—¡Bueno!, aquí viene, y yo se lo dejo a ella —y salió.

Durante su breve paseo por la colina, Sarah había estado intentando decidirse. Casi se sentía enojada con los dos hombres por ser la causa de su problema, y cuando entró en la sala, dijo de modo cortante:

—Quiero hablar con vosotros dos, vamos a Flagstaff Rock[20], donde podremos estar a solas.

Ella agarró su sombrero y salió de la casa por el serpenteante camino a la empinada roca coronada con un alto mástil en el que una vez solía arder la cesta del fuego de los «desguazadores»[21]. Esa era la roca que formaba la quijada norte del pequeño puerto. Sólo había espacio para dos a la vez, y marcó el estado de las cosas muy bien cuando, en una especie de arreglo implícito, Sarah iba delante y los dos hombres la seguían, caminando juntos y manteniendo el paso. Para entonces, el corazón de cada uno de ellos se consumía de celos. Cuando llegaron a la cima de la roca, Sarah se apoyó en el mástil y los dos jóvenes se quedaron frente a ella, que había escogido su posición con conocimiento y con intención, pues no había sitio para que nadie más se quedase a su lado. Todos estuvieron en silencio por un rato, entonces Sarah empezó a reírse y dijo:

---

[20] Roca del mástil.
[21] Personas que atraían a los barcos con luces falsas para provocar su naufragio y apoderarse de su contenido.

—Os he prometido a los dos que os daría una respuesta hoy. He estado pensando y pensando y pensando, hasta que empecé a enojarme con vosotros dos por fastidiarme tanto, e incluso ahora no estoy más cerca de decidirme que lo que he estado nunca.

Eric dijo de repente:

—¡Vamos a jugárnoslo a cara o cruz, muchachita!

Sarah no mostró indignación alguna ante la propuesta, la constante sugerencia de su madre le había enseñado a aceptar algo de esa clase, y su débil naturaleza hizo que le fuese fácil agarrarse a cualquier salida del problema. Estaba con los ojos bajos recogiendo algo de la manga de su vestido, con aspecto de consentir tácitamente la propuesta. Los dos hombres, percatándose instintivamente de ello, se sacó cada uno una moneda del bolsillo, la lanzaron girando al aire y pusieron la otra mano sobre la palma en la que había caído. Se quedaron así por unos segundos, todos en silencio, y entonces Abel, que era el más considerado de los hombres, dijo:

—¡Sarah! ¿Está bien esto?

Cuando habló, retiró la mano de arriba de la moneda y se puso esta última otra vez en el bolsillo. Sarah estaba irritada.

—¡Bien o mal, es suficientemente bueno para mí! —dijo ella—. Tómalo o déjalo, como quieras.

A eso replicó él rápidamente:

—¡No, muchachita! Cualquier cosa que te concierna es suficientemente buena para mí. No he hecho más que pensar en ti, no fuera a ser que tuvieses pena o decepción en lo sucesivo. Si amas a Eric más que a mí, en nombre de Dios, dilo, creo que soy lo bastante hombre como para echarme a un lado. Igualmente, si soy yo el elegido, ¡no nos hagas sufrir toda la vida!

Enfrentada con un problema, se mostró la débil naturaleza de Sarah, se puso las manos delante de la cara y empezó a llorar, diciendo:

—Ha sido mi madre. ¡No deja de decírmelo!

El silencio que siguió fue roto por Eric, que le dijo acaloradamente a Abel:

—¿Es que no puedes dejar a la muchacha en paz? Si quiere elegir de esta manera, déjala que lo haga. Es lo bastante bueno para mí... ¡y también para ti! Ella lo ha dicho ahora, ¡y debe atenerse a ello!

En ese momento, Sarah se volvió hacia él con furia repentina, y exclamó:

—¡Mantén la boca cerrada! ¿A ti qué te importa, de todas maneras?

Y reanudó sus llantos. Eric estaba tan estupefacto que no tenía ni una palabra que decir, sino que se quedó con un aspecto especialmente estúpido, con la boca abierta y las manos extendidas sujetando todavía la moneda entre ellas. Todos se quedaron callados hasta que Sarah se quitó las manos de la cara, se rio histéricamente y dijo:

—¡Como no podéis decidiros, me voy a mi casa! —y se volvió para irse.

—¡Detente! —dijo Abel con voz autoritaria—. Eric, arroja tú la moneda y yo pido cara o cruz. Bueno, antes de que lo dejemos establecido, vamos a comprender claramente que el hombre que gane se lleva todo el dinero que tenemos los dos, se lo lleva a Bristol, se va de viaje y comercia con él. Entonces vuelve, se casa con Sarah y los dos se quedan con todo, sea lo que sea, como resultado del comercio. ¿Es esto lo que entendemos?

—Sí —dijo Eric.

—Yo me casaré en mi próximo cumpleaños con el que gane —dijo Sarah.

Al decir esto, la naturaleza intolerablemente mercenaria de su acto la asaltó y se dio la vuelta impulsivamente muy ruborizada. El fuego chispeó en los ojos de los dos hombres.

—¡Pues un año será! —dijo Eric—. El hombre que gane tendrá un año.

—¡Lánzala! —exclamó Abel.

La moneda dio vueltas por el aire, Eric la atrapó y la mantuvo entre sus manos estiradas.

—¡Cara! —exclamó Abel, con una palidez generalizada en la cara.

Cuando se inclinó hacia adelante para mirar, Sarah también lo hizo y sus cabezas casi se tocaron. Él pudo notar el cabello de ella rozándole la mejilla, y lo excitó por entero como fuego. Eric levantó la mano que tenía encima, la moneda presentaba la cara. Abel se adelantó y tomó a Sarah en sus brazos. Eric soltó una maldición y arrojó la moneda al mar. Entonces se apoyó en el mástil y miró con el ceño fruncido a los otros, con las manos profundamente metidas en los bolsillos. Abel susurró alocadas palabras de pasión y de deleite en el oído de Sarah, que conforme escuchaba empezó a creer que la fortuna había interpretado correctamente los deseos secretos de su corazón y que amaba más a Abel.

Poco después, Abel levantó la mirada y vio la cara de Eric cuando brilló el último rayo del sol poniente. La rojiza luz intensificó la rubicundez natural de su piel, que adquirió el aspecto de estar empapada de sangre. A Abel no le importó la mala cara que puso, porque ahora que su propio corazón estaba en reposo podía sentir una compasión pura por su amigo. Dio un paso adelante con idea de consolarlo, y le tendió la mano diciendo:

—He tenido suerte, viejo amigo. No me tengas rencor. Intentaré hacer de Sarah una mujer feliz, ¡y serás un hermano para nosotros dos!

—¡Malditos sean los hermanos! —fue toda la respuesta que dio Eric cuando se alejó.

Cuando había dado algunos pasos bajando el pedregoso sendero, se dio la vuelta y volvió. Se puso delante de Abel y Sarah, que tenían los brazos uno alrededor del otro, y dijo:

—Tienes un año, sácale todo el partido que puedas. ¡Y asegúrate de llegar a tiempo para reclamar a tu esposa! Tienes que estar de vuelta para que hagan las amonestaciones a tiempo para estar casado el once de abril. Si no estás, te digo que tendré mis propias amonestaciones y podrías volver demasiado tarde.

—¿Qué quieres decir, Eric? ¡Estás loco!

—No estoy más loco que tú, Abel Behenna. Vete, esa es tu oportunidad; yo me quedo, ¡y esa es la mía! No tengo intención de que me crezca la hierba bajo los pies. Hace cinco minutos, Sarah no se preocupaba más por ti que por mí, ¡y podría regresar a esos cinco minutos después de irte! Tú has ganado sólo por un punto... el juego podría cambiar.

—¡El juego no va a cambiar! —dijo Abel de manera cortante—. Sarah, ¿serás leal conmigo? ¿No te casarás hasta que yo vuelva?

—¡Por un año! —añadió rápidamente Eric—. Ese es el trato.

—Lo prometo por un año —dijo Sarah.

Una sombra oscura cayó sobre la cara de Abel y estuvo a punto de hablar, pero se dominó, sonrió y dijo:

—No debo ser demasiado duro ni enfadarme esta noche. Vamos Eric, hemos jugado y competido juntos, yo he ganado limpiamente. ¡He jugado limpiamente todo el juego de nuestro galanteo! Lo sabes tan bien como yo. Y ahora, cuando me vaya, miraré a mi viejo y leal compañero para que me ayude cuando yo no estoy.

—No voy a ayudarte en nada —dijo Eric—, ¡y que Dios me ayude!

—Ha sido Dios quien me ha ayudado —dijo sencillamente Abel.

—Pues que siga ayudándote Él —dijo Eric con rabia—, ¡el diablo es lo bastante bueno para mí!

Y sin decir nada más, se apresuró a bajar el empinado sendero y desapareció tras las rocas. Cuando se hubo marchado, Abel tenía esperanza de algún momento tierno con Sarah, pero el primer comentario que ella hizo lo dejó frío.

—¡Qué solitario está todo sin Eric! —y esa nota siguió sonando hasta que la dejó en su casa, y después.

Temprano a la mañana siguiente, Abel oyó un ruido en su puerta, y al salir vio a Eric alejándose rápidamente. En el umbral había una pequeña bolsa de lona llena de plata y oro. En un trocito de papel pinchado en ella podía leerse:

Toma el dinero y vete. Yo me quedo. ¡Para ti, Dios! ¡Para mí, el diablo! Recuerda el once de abril. Eric Sanson.

Esa tarde Abel salió hacia Bristol, y una semana después se embarcó en el Estrella de los mares con destino a Pahang. Su dinero, incluido el que había sido de Eric, estaba a bordo en la forma de una empresa de juguetes baratos. Le había aconsejado un astuto marinero viejo de Bristol a quien conocía, que sabía la forma de moverse por la Península[22] y que predijo que cada penique invertido produciría un chelín que embolsarse.

Conforme iba pasando el año, la mente de Sarah se volvía cada vez más perturbada. Eric estaba siempre a mano para hacerle el amor a su propia manera persistente y magistral, y a eso no le ponía ella objeción alguna. Sólo una carta llegó de Abel, para decir que su empresa había tenido éxito, que había enviado unas doscientas libras al banco de Bristol y estaba negociando con las cincuenta libras que quedaban todavía en bienes para China, donde se dirigía el Estrella de los mares y desde donde regresaría a Bristol. Sugirió que la parte de la empresa que era de Eric se le devolvería junto con su parte de los beneficios. Eric trató con ira esa propuesta, y para la madre de Sarah fue sencillamente infantil.

Habían pasado más de seis meses desde entonces, pero no llegó ninguna otra carta de Abel, y las esperanzas de Eric, que se habían frustrado por la carta desde Pahang, empezaron a alzarse de nuevo. Atacaba constantemente a Sarah con sus «y si». Y si Abel no regresaba, ¿se casaría con él entonces? Y si el once de abril pasaba sin que Abel estuviese presente en el puerto, ¿se entregaría a él? Y si Abel hubiera agarrado su fortuna y además se hubiese casado con otra muchacha, ¿se casaría ella con él, Eric, en cuanto se conociese la verdad? Y así, con una variedad infinita de posibilidades. Con el tiempo se manifestó el poder de su voluntad fuerte y de su propósito decidido sobre la naturaleza, más débil, de la mujer. Sarah empezó a perder la fe en Abel y a mirar a Eric como un posible esposo y, ante los ojos de una mujer, un esposo posible es diferente de todos los demás hombres. Empezó a surgir en su pecho un nuevo cariño por él, y las familiaridades diarias del cortejo permitido promovieron ese cariño creciente. Sarah empezó a considerar a Abel más bien como una piedra en el camino de su vida, y de no haber sido por el constante recordatorio de su madre de la gran fortuna depositada ya en el banco de Bristol, ella habría intentado cerrar completamente los ojos a la existencia de Abel.

El once de abril caería en sábado, de modo que para celebrar el matrimonio ese día sería necesario que las amonestaciones se pronunciasen el domingo veintidós de marzo. Desde el principio de ese mes, Eric in-

---

[22] Se refiere a toda la zona de Malasia y de Tailandia, que tiene forma de una gran península.

sistió constantemente sobre el tema de la ausencia de Abel, y su directa opinión de que éste estaba muerto o casado empezó a convertirse en una realidad en la mente de la mujer. Cuando pasó la primera mitad de marzo, Eric se volvió más jubiloso, y el día quince, después de ir a la iglesia, se llevó a Sarah a dar un paseo a Flagstaff Rock. Allí se reafirmó con fuerza:

—Le dije a Abel, y tú también, que si no estaba aquí para poner sus amonestaciones a tiempo para el día once, yo pondría las mías para el doce. Ha llegado la hora en la que tengo la intención de hacerlo. Él no ha mantenido su palabra.

En ese momento, Sarah atacó desde su debilidad y su indecisión.

—¡Todavía no ha roto su promesa!

Eric hizo rechinar sus dientes con rabia.

—Si lo que quieres es defenderlo —dijo él mientras golpeaba el mástil salvajemente con las manos, lo que hizo que se emitiese un murmullo tembloroso—, ¡santo y bueno!, yo mantendré mi parte del trato. El domingo daré aviso de las amonestaciones, y después de salir de la iglesia podrás negarlas si quieres. Si Abel está en Pencastle el día once, puede cancelarlas y poner las suyas, pero hasta entonces seguiré mi camino, ¡y ay de aquel que se meta por medio!

Con esas palabras, se lanzó por el camino pedregoso y Sarah sólo pudo admirar su fuerza y su ánimo, tan vikingos, ya que cruzó la colina a grandes zancadas a lo largo de los acantilados en dirección a Bude.

Durante la semana no llegó ninguna noticia de Abel, y el sábado dio aviso Eric de las amonestaciones del matrimonio entre él mismo y Sarah Trefusis. El clérigo podría haber protestado ante eso, pues aunque no se les había dicho nada formalmente a los vecinos, desde la marcha de Abel se daba por sentado que a su regreso se casaría con Sarah, pero Eric no quería ni hablar del tema.

—Es un tema penoso, señor —dijo él con una firmeza que el párroco, que era un hombre muy joven, no pudo por menos que ser influenciado por ella—, sin duda alguna no hay nada contra Sarah o contra mí. ¿Por qué debería haber elementos de discordia en el asunto?

El clérigo no dijo nada más y al día siguiente leyó las amonestaciones en voz alta por primera vez, entre un audible revuelo de la congregación. Sarah estaba presente, lo que era contrario a su costumbre, y, aunque se ruborizó intensamente, disfrutó de su triunfo sobre las demás muchachas cuyas amonestaciones no habían llegado todavía. Antes de que terminase la semana empezó a hacerse su vestido de novia. Eric acostumbraba a venir a verla trabajar y la vista lo emocionaba de arriba abajo. En tales situaciones, él solía decirle toda clase de cosas bonitas y para los dos hubo momentos deliciosos de enamoramiento.

Las amonestaciones se leyeron por segunda vez el día veintinueve y las esperanzas de Eric se fueron haciendo cada vez más fijas, aunque para él hubo momentos de aguda desesperación cuando se daba cuenta de que podría serle apartada de los labios la copa de la felicidad en cualquier momento, hasta en el último. En esos momentos estaba lleno de pasión, desesperada y despiadada, hacía rechinar los dientes y se estrujaba las manos de una manera alocada, como si algún trazo de la furia vikinga de sus antepasados permaneciese todavía en su sangre. El jueves de esa semana buscó a Sarah y la encontró, inundada de luz solar, dando los toques finales a su blanco vestido de novia. Su propio corazón estaba lleno de alegría y la vista de la mujer tan ocupada que iba a ser suya tan pronto lo llenó de una alegría indecible, y se sintió ligero en un lánguido éxtasis. Se agachó, le dio a Sarah un beso en la boca y luego susurró en su sonrosada oreja:

—¡Tu vestido de novia, Sarah! ¡Y para mí!

Cuando él se echó hacia atrás para admirarla, ella miró hacia arriba con descaro y le dijo:

—Tal vez no sea para ti. ¡A Abel le queda todavía más de una semana!

Y entonces gritó de consternación, pues Eric, con un gesto salvaje y un feroz juramento, salió de la casa cerrando la puerta de golpe tras de sí. El incidente perturbó a Sarah más que lo que habría creído posible, pues despertó de nuevo todos sus miedos, dudas e indecisiones. Lloró un poco, apartó el vestido, y para calmarse salió a sentarse un rato en la cumbre de Flagstaff Rock. Al llegar vio que allí había un pequeño grupo que hablaba del tiempo con inquietud. El mar estaba en calma y brillaba el sol, pero sobre el agua había extrañas líneas de luz y oscuridad, y cerca de la orilla las rocas estaban rodeadas de una espuma que se esparcía en grandes curvas y círculos según la arrastraban las corrientes. El viento lo respaldaba y soplaba en ráfagas frías y cortantes. El espiráculo, que iba por debajo de Flagstaff Rock desde fuera de la pedregosa bahía hasta el puerto dentro, resonaba a intervalos, y las gaviotas chillaban incesantemente mientras daban vueltas sobre la entrada al puerto.

—Tiene mal aspecto —le oyó decir a un viejo marinero al guardacostas—. Lo vi justo así una vez antes, cuando el Coromandel, de las Indias Occidentales, se hizo pedazos en Dizzard Bay.

Sarah no quiso oír más. Era de naturaleza asustadiza en lo que se refería al peligro, y no soportaba oír hablar de naufragios o desastres. Fue a su casa y reanudó la terminación de su vestido, secretamente decidida a apaciguar a Eric cuando se reuniese con él con una disculpa dulce, y de aprovechar la primera oportunidad de estar igualada con él después de su matrimonio.

La profecía sobre el tiempo que hizo el viejo marinero se corroboró. Al anochecer llegó una tormenta muy fuerte. El mar subió y fustigó la costa occidental desde Skye hasta Scilly, y dejó un rastro de desastres por todos lados. Todos los marineros y los pescadores de Pencastle se subieron a las rocas y acantilados para observar con impaciencia. En aquel momento, por el resplandor de un rayo, se vio que un barco de dos mástiles se arrastraba sólo con una vela a unos ochocientos metros fuera del puerto. Todos los ojos y todos los binoculares estaban fijos en él esperando el siguiente destello, y cuando llegó dijeron al unísono que era el Lovely Alice, que mercadeaba entre Bristol y Penzance y que hacía escala en todos los puertos pequeños que había entremedias.

—¡Que Dios los ayude! —dijo el supervisor del puerto—. ¡Porque nada en este mundo puede salvarlos cuando están entre Bude y Tintagel y el viento está en la orilla!

Los guardacostas se esforzaron y, ayudados por corazones valientes y manos dispuestas, llevaron el aparato del faro sobre la cima de Flagstaff Rock. Entonces encendieron luces azules, de manera que los que estaban en el barco pudieran ver la bocana del puerto en caso de que se esforzasen por alcanzarla. A bordo trabajaron con la suficiente gallardía, pero ninguna habilidad ni fuerza humana pudo ser útil. Antes de que pasaran muchos minutos, el Lovely Alice se precipitó a su perdición sobre la gran isla rocosa que guardaba la bocana del puerto. Los gritos de los que estaban a bordo fueron llevados limpiamente por la tempestad mientras se arrojaban al mar como una última oportunidad de vivir. Las luces azules se mantuvieron encendidas y ojos ansiosos miraban detenidamente las aguas profundas en caso de que se pudiera ver una cara, y se tenían listas unas cuerdas para lanzarlas como ayuda. Pero no se vio ninguna cara y los brazos dispuestos se quedaron ociosos. Eric estaba allí, entre sus compañeros. Su antiguo origen islandés no fue nunca más evidente que en aquella hora tormentosa. Agarró una cuerda y gritó al oído del supervisor del puerto:

—Voy a bajar a la roca de encima de la cueva de las focas. ¡La marea está subiendo y alguien podría ser arrastrado allí!

—¡Ni te acerques, hombre! —fue la respuesta—. ¿Estás loco? Un resbalón en esa roca y estás perdido; ¡en la oscuridad ningún hombre puede mantener el pie firme en un lugar así con esta tormenta!

—De eso, nada —llegó la respuesta—; tú recuerdas que Abel Behenna me salvó allí en una noche como esta, cuando mi barca se fue a la Gull Rock. Él me arrastró arriba desde el agua profunda en la cueva de las focas, y ahora alguien puede dejarse llevar allí otra vez, como hice yo.

Y se marchó en la oscuridad. La roca saliente ocultaba la luz de Flagstaff Rock, pero él conocía el camino demasiado bien como para perderse. Su atrevimiento y la seguridad de su pie estaban con él, se quedó un momento sobre la gran roca de cima redondeada, con su corte por debajo debido a la acción de las olas sobre la entrada de la cueva de las focas, donde el agua era insondable. Se quedó allí en una seguridad relativa, pues la forma cóncava de la roca echaba hacia atrás las olas con su propia fuerza, y aunque el agua por debajo de él hervía como un caldero bullente, justo un poco más allá del lugar había un espacio casi en calma. Allí, la roca apagaba también el ruido de la tempestad, y él escuchaba tanto como miraba. Mientras estaba preparado allí, con su rollo de cuerda preparado para lanzarlo, creyó que había oído por debajo de él, justo más allá del torbellino del agua, un grito débil y desesperado. Respondió como un eco, con un grito que reverberó en la noche. Entonces esperó al destello del rayo, y cuando se produjo lanzó la cuerda a la oscuridad, donde había visto levantarse una cara a través de la espiral de espuma. La cuerda fue agarrada, pues sintió un tirón, y volvió a gritar con su poderosa voz:

—¡Átatela alrededor de la cintura y yo te levantaré!

Entonces, cuando notó que estaba atada, se movió a lo largo de la roca al lado opuesto de la cueva de las focas, donde el agua profunda estaba un poco más quieta y donde podía tener un punto de apoyo lo bastante seguro como para arrastrar al hombre rescatado sobre la roca voladiza. Empezó a tirar, y enseguida supo, por la cantidad de cuerda recogida, que el hombre que ahora estaba rescatando debía estar pronto cerca de la cima de la roca. Por un momento se afianzó y tomó aire profundamente, pues con el esfuerzo siguiente podría completar el rescate. Acababa de doblar la espalda para el trabajo cuando un relámpago reveló a cada uno los dos hombres, el rescatador y el rescatado.

Eric Sanson y Abel Behenna estaban cara a cara, y nadie, salvo ellos mismos y Dios, supo de ese encuentro.

En un instante una ola de pasión pasó por el corazón de Eric. Todas sus esperanzas estaban destrozadas y sus ojos miraron con el odio de Caín. En el instante del reconocimiento, vio la alegría en la cara de Abel porque fuese de Eric la mano que lo socorría, y eso intensificó su odio. Mientras la pasión lo dominaba se dio la vuelta y la cuerda corrió entre sus manos. A su momento de odio lo siguió un impulso de su mejor hombría, pero fue demasiado tarde.

Antes de que pudiera recuperarse, Abel, entorpecido por la cuerda que debía haberlo ayudado, se sumergió otra vez, con un grito de desesperación, en la oscuridad del mar devorador.

Entonces, sintiendo toda la locura y la condenación de Caín sobre él, Eric se apresuró otra vez sobre las rocas, sin hacer caso del peligro y ansioso sólo de una cosa: estar entre otra gente cuyos ruidos vitales acallasen ese último grito que todavía resonaba en sus oídos. Al llegar otra vez a Flagstaff Rock lo rodearon los hombres y a través de la furia de la tormenta oyó decir al supervisor del puerto:

—Temíamos que estuvieses perdido cuando oímos un grito. ¡Qué pálido estás! ¿Dónde está tu cuerda? ¿Había alguien arrastrado allí?

—Nadie —gritó como respuesta.

Porque notó que no podría explicar nunca que hubiese dejado que su compañero volviese a caer al mar, y en el mismo sitio y las mismas circunstancias en las que su compañero le salvó la vida a él. Esperaba que con una mentira audaz dejaría el asunto quieto para siempre. No había habido ningún testigo, y si él tenía que acarrear esa cara blanca en los ojos y ese grito desesperado en los oídos para siempre, al menos nadie lo sabría.

—¡Nadie! —gritó con más fuerza todavía—. ¡Me resbalé en la roca y la cuerda cayó al mar!

Hablando de ese modo, los dejó, se apresuró a bajar el pronunciado sendero, llegó a su propia casita y se encerró dentro.

El resto de aquella noche lo pasó tumbado en su cama, vestido e inmóvil, mirando para arriba, y le parecía que a través de la oscuridad veía una cara muy pálida que relucía, mojada, en los relámpagos, con su alegre reconocimiento convertido en terrible desesperación, y que oía un grito que no dejaba de repetirse en su alma.

Por la mañana la tormenta había terminado y todo volvía a sonreír, excepto que el mar todavía estaba embravecido con la furia que no se había agotado. Grandes trozos del naufragio fueron arrastradas al puerto, y el mar de alrededor de la isla rocosa estaba repleto de otros. Dos cuerpos fueron empujados también al puerto, uno era el dueño del barco naufragado y el otro era un extraño marinero al que nadie conocía.

Sarah no vio a Eric hasta la tarde, y entonces él sólo hizo una visita corta. No entró en la casa, sino que simplemente pasó la cabeza por la ventana abierta.

—Bueno, Sarah —dijo con una voz sonora, aunque para ella no sonó a verdadera—, ¿está hecho ya el vestido de novia? ¡El domingo, esta semana! ¡Recuerda! ¡El domingo, esta semana!

Sarah se alegró de haberse reconciliado tan fácilmente, pero, mujerilmente, cuando vio que la tormenta había terminado y que sus miedos no tenían base, repitió inmediatamente la causa de la ofensa.

—El domingo, que así sea —dijo sin levantar la mirada—, ¡si es que Abel no está aquí el sábado! Luego miró hacia arriba con descaro, aunque su corazón estaba lleno de miedo por si ocurría otro arrebato por parte de su impetuoso enamorado. Pero la ventana estaba vacía, Eric se había ido y ella reanudó su trabajo haciendo un mohín. No volvió a ver a Eric hasta el domingo por la tarde, después de que las amonestaciones se hubiesen leído por tercera vez, cuando él vino a ella delante de todo el mundo con un aire de propietario que medio la complació y medio la molestó.

—¡Todavía no, señor! —dijo ella empujándolo mientras las demás muchachas se reían nerviosamente—. Espere hasta el próximo domingo, si tiene a bien... ¡el día después del sábado! —añadió, mirándolo de manera atrevida.

Las muchachas volvieron a reírse y los jóvenes se carcajearon. Todos creyeron que fue el desaire lo que lo tocó tanto, que se puso tan blanco como una sábana cuando se alejó. Pero Sarah, que sabía más que ellos, se rio porque vio el triunfo a través del espasmo de dolor que se extendió en la cara de Eric.

Sin embargo, la semana pasó con normalidad según se acercaba el sábado, Sarah tuvo de cuando en cuando momentos de preocupación, y en cuanto a Eric, iba por ahí por la noche como un hombre poseso. Se contenía cuando había otra gente, pero cada cierto tiempo bajaba a las rocas y cuevas y gritaba con fuerza. Eso lo aliviaba de alguna manera, y después podía contenerse más durante algún tiempo. Se quedó todo el sábado sin salir ni un momento de su casa. Como iba a casarse al día siguiente, los vecinos creyeron que sería timidez por su parte y no lo molestaron ni fueron a verlo. Sólo lo molestaron una vez, y fue cuando el barquero jefe fue a verlo, se sentó, y tras una pausa dijo:

—Eric, estuve ayer en Bristol. Estaba con el cordelero haciéndome con un rollo de cuerda para remplazar el que perdiste la noche de la tormenta, y en ese lugar vi a Michael Heavens, que es de allí y que es un vendedor. Me dijo que Abel Behenna había venido a su casa la semana antes de la última en el Estrella de los mares desde Cantón[23], y que había alojado una cantidad de dinero en el banco de Bristol a nombre de Sarah Behenna. Eso se lo dijo a Michael él mismo, y también que había comprado un pasaje en el Lovely Alice para Pencastle. Mantén el ánimo, hombre —pues Eric había dejado caer la cabeza entre las rodillas gimiendo, con la cara entre las manos , sé que él fue tu viejo compañero, pero no pudiste evitarlo. Debió haberse ido al fondo con los demás aquella horrible noche. He creído que era mejor decírtelo, no fuera a ser que viniese de otra manera, y que tú podías hacer que Sarah Trefusis no se asustase. Ellos dos fueron buenos amigos una vez y las mujeres se

---

[23] Actual Guangzhou, en China.

toman esas cosas muy a pecho. ¡Yo no le dejaría que se apenara por una cosa así el día de su matrimonio!

Entonces se levantó y se marchó, dejando a Eric todavía sentado desconsoladamente con la cabeza en las rodillas.

—¡Pobre hombre! —murmuró para sí el barquero jefe—. Se lo toma muy a pecho. ¡Bueno, bueno! ¡Eso está muy bien! Una vez fueron compañeros de verdad, ¡y Abel lo salvó!

La tarde de aquel día, cuando los niños habían salido de la escuela, vagabundeaban como de costumbre los días de media fiesta por el muelle y los senderos de los acantilados. Al poco rato vinieron corriendo algunos de ellos en un estado de gran agitación al puerto, donde unos pocos hombres estaban descargando un barco de carbón y muchos más supervisaban la operación. Uno de los niños gritó:

—¡Hay una marsopa en la bocana del puerto! ¡La hemos visto llegar a través del espiráculo! Tiene una cola larga y estaba muy profunda bajo el agua.

—No era una marsopa —dijo otro—, era una foca, ¡pero tenía la cola muy larga! ¡Ha salido de la cueva de las focas!

Los demás niños aportaron testimonios diferentes, pero eran unánimes en dos puntos: lo que fuera «aquello» había salido a través del espiráculo, muy profundamente bajo el agua, y tenía una cola larga y fina, y que la cola era tan larga que no pudieron ver su final. Los hombres se burlaron despiadadamente de los niños sobre ese punto, pero como era evidente que habían visto algo, una cantidad bastante grande de personas, jóvenes y mayores, hombres y mujeres, fueron a lo largo de los altos senderos de cada lado de la bocana del puerto para echarle un vistazo a esta nueva incorporación a la fauna marina, una marsopa o foca de cola larga. La marea estaba subiendo en ese momento. Había una brisa ligera y la superficie del agua estaba rizada, de manera que sólo en algunos momentos se podía ver claramente el agua profunda. Tras un rato de observación, una mujer gritó que había visto que algo se movía por el canal, justo debajo de donde ella estaba. Se produjo una estampida hacia el lugar, pero para cuando se reunió el gentío la brisa se había reforzado y era imposible ver claramente bajo la superficie del agua. Al preguntarle, la mujer describió lo que había visto, pero de una manera tan incoherente que se descartó todo como efecto de la imaginación, de no haber sido por el informe de los niños ella no habría tenido credibilidad alguna. Su medio histérica afirmación de que lo que vio era «como un cerdo con las entrañas por fuera» sólo la creyó algo un viejo guardacostas, que meneó la cabeza pero no hizo comentario alguno. Durante lo que quedaba de luz del día, ese hombre fue visto siempre sobre el banco mirando al agua, pero siempre con una manifiesta decepción en su cara.

Eric se levantó temprano la mañana siguiente, no había dormido en toda la noche y le fue un alivio moverse a la luz. Se afeitó con una mano que no temblaba y se vistió con sus ropas de matrimonio. Había un aspecto macilento en su cara y parecía como si hubiese envejecido años en los últimos días. Aún había una salvaje y molesta luz de triunfo en sus ojos, y murmuraba para sí una y otra vez:

—¡Este es el día de mi matrimonio! Abel no puede reclamarla ahora, ¡esté vivo o muerto! ¡Vivo o muerto!

Se sentó en su sillón, esperando con una tranquilidad insólita a que llegase la hora de ir a la iglesia. Cuando empezó a tocar la campana, se levantó y salió de la casa, cerrando la puerta tras él. Miró al río y vio que la marea acababa de cambiar. En la iglesia, se sentó con Sarah y su madre, sujetando con fuerza la mano de Sarah en la suya todo el tiempo, como si temiera perderla. Cuando se terminó el servicio religioso se quedaron de pie juntos y se casaron en presencia de toda la congregación, pues no salió nadie de la iglesia. Los dos dieron claramente sus respuestas, Eric incluso en forma desafiante. Cuando terminó la ceremonia del casamiento, Sarah se agarró del brazo de su esposo y salieron juntos; los niños y las niñas más pequeños fueron obligados por sus mayores a comportarse decorosamente, pues de buen grado los habrían seguido muy de cerca.

El camino desde la iglesia pasaba por la parte trasera de la casita de Eric, había un estrecho callejón entre ella y la casa de su vecino más próximo. Cuando la pareja nupcial pasó a través de ese callejón, los del resto de la congregación, que había seguido a poca distancia, se sorprendieron por un grito largo y agudo de la recién casada. Se apresuraron por el callejón y la encontraron que estaba sobre el banco con ojos enloquecidos, señalando al lecho del río frente a la puerta de Sanson.

La marea descendente había depositado allí el cuerpo de Abel Behenna desnudo sobre las piedras rotas. La cuerda que se arrastraba desde su cintura había sido retorcida por la corriente alrededor del poste de amarre y lo había mantenido allí mientras la marea bajaba y se alejaba de él. El codo izquierdo había caído en una grieta de la roca, dejando la mano extendida hacia Sarah, con la palma abierta para arriba como si se tendiese para recibir la suya, con los pálidos dedos mustios abiertos para agarrarla

Sarah Sanson no supo bien todo lo que ocurrió después. Cada vez que intentaba recordar, venía un zumbido a sus oídos y una penumbra a sus ojos, y todo desaparecía. Lo único que podía recordar de todo ello —y eso no lo olvidó jamás— fue que Eric respiraba pesadamente, con una cara todavía más blanca que la del muerto, mientras musitaba:

—¡La ayuda del diablo! ¡La fe del diablo! ¡El precio del diablo!

EL ENTIERRO DE LAS RATAS

Si sale de París por la carretera de Orleans, cruza la *Enceinte*[24] y gira a la derecha, se encontrará usted en un distrito algo salvaje y para nada sabroso. A izquierda y derecha, por delante y por detrás, por todas partes se levantan grandes montones de basura y desperdicios acumulados por el tiempo.

París tiene su vida nocturna, así como la diurna, y el residente temporal que entra en el hotel de la calle Rivoli o la de Saint Honoré tarde por la noche, o que sale temprano por la mañana, puede adivinar, al llegar cerca de Montrouge —si es que no lo ha hecho ya— el propósito de aquellos grandes vagones que parecen calderas sobre ruedas que se encuentran detenidas en todas partes por donde va pasando.

Cada ciudad tiene sus instituciones particulares creadas por sus propias necesidades, y una de las instituciones más notables de París es su población de chatarreros, cartoneros y hurgadores de la basura, los «traperos». Al principio de la mañana —y la vida parisina empieza a una hora temprana— pueden verse en la mayoría de las calles, sobre el camino frente a cada callejón sin salida y las callejuelas, y cada tanto entre las casas, como ocurre todavía en algunas ciudades norteamericanas, incluso en partes de Nueva York, grandes cajas de madera en las que los criados o los inquilinos de las viviendas vacían la basura y los deshechos acumulados del día anterior. Alrededor de esas cajas se reúnen y, cuando han hecho el trabajo, pasan a campos de trabajo frescos y pastos nuevos, hombres y mujeres escuálidos y hambrientos, cuyos instrumentos de trabajo consisten en una ruda bolsa o cesta colgada del hombro y un rastrillo pequeño con el que revuelven, rastrean y examinan esos cubos de basura de la manera más minuciosa. Con la ayuda de los rastrillos, recogen y depositan en sus cestas lo que encuentran, con la misma facilidad con la que maneja un chino los palillos.

París es una ciudad de centralización, y la centralización y la clasificación son aliadas muy cercanas. En épocas anteriores, cuando la cen-

---

[24] Fortificación que rodea una fortaleza o una ciudad.

tralización se convertía en un hecho, su predecesora fue la clasificación. Todo lo que era semejante o análogo se agrupaba en conjunto, y de agrupar esos grupos se levanta un punto central. Vemos que se extienden muchos brazos largos con tentáculos innumerables, y en el centro se levanta una cabeza gigante con un cerebro completo, ojos agudos para mirar por todas partes, oídos sensibles para oír... y una boca voraz para tragar.

Otras ciudades se parecen a todos los pájaros, animales y peces cuyos apetitos y digestiones son normales. Ya sólo París es la apoteosis de la analogía del pulpo. Es un producto de la centralización llevada *ad absurdum*[25], representa con justicia al pez diablo[26], y en ningún aspecto es más curiosa la semejanza que en el parecido de los aparatos digestivos.

Esos turistas inteligentes que, habiendo entregado su individualidad en las manos de los señores Cook o Gaze[27], se «hacen» París en tres días, se quedan desconcertados a menudo al saber que una cena que en Londres costaría unos seis chelines puede conseguirse por tres francos en un café del Palais Royal. No tendrían que hacerse más preguntas sólo con que considerasen la clasificación que es una especialidad teórica de la vida parisina y adoptasen por todas partes el hecho por el que tuvo su génesis el *chifonier*[28].

El París de 1850 no era el París de hoy, y los que ven el París de Napoleón III y del barón Haussmann apenas pueden darse cuenta de cómo eran las cosas hace cuarenta y cinco años.

Sin embargo, entre otras cosas que no han cambiado son esos distritos donde se acumulan los desperdicios. La basura es basura en todo el mundo y en cada época, y es perfecto el parecido de los montones entre sí. Por lo tanto, el viajero que visita los alrededores de Montrouge puede volver sin dificultad con la imaginación al año 1850.

Ese año yo estaba haciendo una estancia prolongada en París. Estaba muy enamorado de una joven que, aunque correspondía a mi pasión, hasta entonces cedía a los deseos de sus padres, a quienes había prometido no verme ni escribirme durante un año. Yo también me había visto obligado a acceder a esas condiciones con la vaga esperanza de una aprobación de los padres. Durante el período de prueba, yo había prometido permanecer fuera del país y no escribir a mi amada hasta la terminación del año.

Naturalmente, el tiempo pasaba muy pesadamente para mí. No había nadie de mi propia familia o de mi círculo que pudiera hablarme de Ali-

---

[25] Hasta el absurdo, en latín en el original.
[26] Nombre genérico de los cefalópodos como el pulpo o la sepia.
[27] Se refiere a las agencias de viaje de la época.
[28] Aparador alto con cajones, conocido en España como «sinfonier».

ce, y nadie de su propia gente, lamento decirlo, tuvo la suficiente generosidad ni para enviarme siquiera unas palabras esporádicas de consuelo respecto a su salud y bienestar. Me pasé seis meses deambulando por Europa, pero como no pude encontrar una distracción satisfactoria en los viajes, me decidí a ir a París, donde al menos estaría a una fácil llamada de Londres en caso de que mi buena suerte me llamara hacia allá antes del tiempo señalado. Esa «esperanza aplazada que hace enfermar el corazón»[29] no estaba mejor ejemplificada que en mi caso, porque además del anhelo constante de ver la cara que amaba, siempre había en mí una preocupación desgarradora de que algún accidente me evitase mostrar a Alice a su debido tiempo que había sido fiel a su confianza y a mi propio amor a todo lo largo del largo período de prueba. Así pues, cada aventura que emprendí tuvo un extremo placer propio, pues estaba llena de posibles consecuencias mayores que las que habría tenido de ordinario.

Como todos los viajeros, agoté los lugares de mayor interés en el primer mes de mi estancia, y en el segundo me impulsé a buscar diversión donde fuera que pudiese encontrarla. Ya había hecho viajes variados a los suburbios más conocidos, y empecé a ver que existía una *terra incognita*[30], hasta donde les interesaba a las guías, en la jungla social que estaba entre esos puntos de interés. Por consiguiente, empecé a hacer sistemáticas mis investigaciones, y cada día recuperaba el hilo de mi exploración en el lugar donde lo había dejado el día anterior.

Con el tiempo, mis andanzas me llevaron cerca de Montrouge, y vi que por allí estaba la *Ultima Thule*[31] de la exploración social, una zona tan poco conocida como la que rodea el nacimiento del Nilo Blanco. Así que me decidí a investigar filosóficamente a los traperos: su hábitat, su vida y sus medios de vida.

El trabajo era desagradable, difícil de cumplir y con pocas esperanzas de una recompensa adecuada. Sin embargo, a pesar de la razón se impuso la obstinación y entré en mi nueva investigación con una energía más entusiasta que la que habría podido reunir para ayudarme en cualquier investigación que condujera a algún fin valioso o merecedor.

Un día, a una hora tardía de una buena tarde hacia finales de septiembre, entre en el sanctasanctórum de la ciudad de la basura. Evidentemente, el lugar era el domicilio reconocido de muchos de esos traperos, pues alguna forma de arreglo se manifestaba en la formación de los montones de basura cerca de la carretera. Pasé entre esos montones, que estaban

---

[29] Referencia al *Libro de los Proverbios*, 13-12.
[30] Territorio desconocido, en latín en el original.
[31] El punto más alto o más lejano alcanzado o alcanzable.

como centinelas organizados, decidido a penetrar más allá y seguir a la basura hasta su ubicación definitiva.

Mientras pasaba por allí, vi detrás de los montones de basuras unas pocas formas que iban deprisa de un lado para otro, y que evidentemente miraban con interés la aparición de cualquier extraño en aquel lugar. El distrito era como una Suiza en pequeño, y cuando iba hacia delante mi tortuoso camino cerraba el paso detrás de mí.

Inmediatamente llegué a una pequeña ciudad o comunidad de traperos. Había varias chabolas o cabañas, tales como pueden encontrarse en las partes más remotas del Bog de Allen[32]; lugares toscos con paredes de caña enlucidas con barro, y techos de burda paja fabricados con desechos de establos, de esos lugares en los que a uno no le gustaría entrar por ninguna recompensa, y que incluso en acuarela sólo pueden resultar pintorescos si se trataban juiciosamente. En medio de esas cabañas había una de las más extrañas «adaptaciones» —no puedo decir habitaciones— que yo haya visto nunca. Un inmenso armario antiguo, el remanente colosal de algún dormitorio de la época de Carlos VII o de Enrique II, que se había convertido en una casa para vivir. Las dos puertas estaban abiertas, de manera que todo el hogar estaba abierto a la vista del público. En la mitad abierta del armario había un salón común de unos dos metros por uno y medio, en el que estaban sentados fumando sus pipas alrededor de un brasero de carbón no menos de seis viejos soldados de la Primera República[33], con los uniformes desgarrados, raídos y deshilachados. Evidentemente eran de la clase de los tipos malos, su mirada nublada y sus flácidas mejillas hablaban claramente de un amor común por la absenta, y sus ojos tenían el aspecto macilento y gastado que sella al borrachín en su peor momento, y esa mirada de fiereza por haber dormido mal que sigue duramente al despertar de la bebida. El otro lado del armario estaba como antiguamente, con los estantes intactos, excepto que estaban cortados a la mitad de su profundidad y que en cada estante, de los que había seis, estaba una cama hecha con trapos y paja. La media docena de nobles que habitaba esta estructura me miró con curiosidad según pasaba, y cuando miré para atrás después de haber hecho un poco de camino, vi que sus cabezas estaban juntas en una conferencia de susurros. No me gustó el aspecto de ello en absoluto, pues el lugar estaba muy solitario y los hombres tenían una apariencia muy malvada. Sin embargo, no vi causa alguna para el miedo y seguí adelante con mi camino, penetrando cada vez más allá en aquel Sahara. El camino era tortuoso hasta cierto grado, y al ir en redondo en una serie

---

[32] Una gran ciénaga de turba situada en el centro de Irlanda.
[33] Establecida poco después de la Revolución de 1789.

de semicírculos, como va uno al patinar con los patines holandeses, me quedé confundido respecto a los puntos cardinales.

Cuando había penetrado un poco más, al dar la vuelta a la esquina de un montón a medio hacer, vi a un viejo soldado con un abrigo raído sentado en un montón de paja.

—¡Vaya! —me dije a mí mismo—. ¡Aquí la Primera República está bien representada en su soldadesca!

Cuando pasé a su lado, el viejo no me miró, sino que miraba fijamente al suelo con una persistencia imperturbable. Volví a comentarme a mí mismo:

—¡Mira lo que puede hacer una vida de burda guerra! La curiosidad de este hombre es una cosa del pasado.

Sin embargo, cuando había dado unos pasos miré hacia atrás de repente y vi que esa curiosidad no estaba muerta, pues el veterano aquel había levantado la cabeza y me miraba con una expresión muy extraña. Para mí, él tenía el mismo aspecto que cualquiera de los seis nobles exprimidos. Al ver que lo miraba dejó caer la cabeza y yo seguí mi camino adelante sin pensar más en él, satisfecho de que hubiese una extraña semejanza entre aquellos viejos guerreros.

Poco después me encontré con otro soldado viejo de una manera parecida. Él tampoco reparó en mí mientras yo pasaba.

A esa hora se estaba haciendo tarde y empecé a pensar en volver sobre mis pasos, por lo que me di la vuelta para regresar, pero vi una gran cantidad de pistas que llevaban entre diferentes montones y no podía estar seguro de por cuál de ellas debía encaminarme. Perplejo, quise ver a alguien a quien preguntar el camino, pero no vi a nadie. Me decidí a seguir adelante unos pocos montones más allá y de ese modo intentar ver a alguien... que no fuese un veterano.

Conseguí mi objetivo, porque después de caminar un par de cientos de metros vi ante mí una chabola aislada, como las que había visto antes, pero con la diferencia de que esta no era para vivir en ella, sino que era simplemente un techo con tres paredes, abierto por delante. Por las evidencias que mostraba el vecindario, supuse que sería un lugar para la clasificación. Dentro de ella había una mujer vieja, arrugada y doblada por la edad. Me acerqué a ella para preguntarle el camino.

Cuando estuve cerca de ella, se levantó y le pregunté mi camino. Ella empezó una conversación inmediatamente, y se me ocurrió que allí, en el centro mismo del Reino de la Basura, era el lugar para recoger detalles de la historia de los traperos parisinos, sobre todo porque podía hacerlo de los labios de alguien que tenía el aspecto de ser su habitante más antiguo.

Empecé mis preguntas y la vieja me dio unas respuestas muy interesantes. Había sido una de las «tejedoras»[34] que se sentaban a diario ante
la guillotina y habían tomado una parte activa entre las mujeres que se
señalaban a sí mismas por su violencia en la Revolución. Mientras estábamos hablando, ella dijo súbitamente:

—Pero el señor debe estar cansado de estar de pie —y le quitó el
polvo a un viejo taburete desvencijado para que yo me sentara. Por muchas razones no me gusta hacer eso, pero la pobre vieja fue tan cortés
que no quise correr el riesgo de lastimarla con mi negativa, y además la
conversación con alguien que había estado en la toma de la Bastilla era
tan interesante que me senté, de modo que nuestra conversación siguió
adelante.

Mientras estábamos hablando, un viejo —más viejo, más doblado
y más arrugado todavía que la mujer— apareció desde detrás de la chabola.

—Aquí está Pierre —dijo ella—, ahora el señor podrá oír historias
si lo desea, porque Pierre estuvo en todos lados, desde la Bastilla hasta
Waterloo.

El viejo agarró otro taburete a petición mía y nos sumergimos en un
mar de recuerdos revolucionarios. Ese viejo, aunque vestido como un
espantapájaros, era como cualquiera de los seis veteranos.

Yo estaba sentado ahora en el centro de la baja cabaña con la mujer a
mi izquierda y el viejo a mi derecha, estando cada uno de ellos un poco
frente a mí. El lugar estaba lleno de toda clase de objetos curiosos de madera, y de muchas cosas que deseé que se alejasen. En un rincón había un
montón de trapos que parecían moverse por la gran cantidad de alimañas
que contenía, y en el otro un montón de huesos cuyo olor era un tanto
ofensivo. De cuando en cuando, al mirar a los montones veía los brillantes ojos de alguna de las ratas que infestaban el lugar. Aquellas cosas
repugnantes ya eran bastante malas de por sí, pero lo más terrible era una
vieja hacha de carnicero con un largo mango de hierro manchada con
coágulos de sangre que se apoyaba contra la pared en el lado derecho.
Esas cosas no me daban todavía mucho de qué preocuparme. La charla
de los dos viejos era tan fascinante que me quedé mucho rato, hasta que
llegó la tarde y los montones de basura arrojaron sombras oscuras sobre
los pasos que había entre ellos.

Después de un rato empecé a ponerme inquieto, no podría decir
cómo ni por qué, pero de alguna manera no me sentía satisfecho. La inquietud es un instinto y significa un aviso. Las facultades psíquicas son a

---

[34] Mujeres sentadas junto a los guillotinas que se ponían a hacer calceta entre las ejecuciones.

menudo los centinelas del intelecto, y cuando tocan alarma empieza a actuar la razón, aunque quizá no conscientemente.

Eso me ocurría a mí. Empecé a sopesar dónde estaba y qué me rodeaba, y a preguntarme cómo me iría en caso de que me atacasen; y entonces en mí estalló de repente el pensamiento de que estaba en peligro, aunque sin ninguna causa evidente. La prudencia susurró: «quédate quieto y no hagas ninguna señal», así que me quedé quieto y no hice señal alguna, pues sabía que cuatro ojos astutos estaban fijos en mí. «¡Cuatro ojos, si no más! ¡Dios mío, qué pensamiento más horrible! Toda la chabola podría estar rodeada de malvados por los tres lados! Yo podría estar en medio de una banda de unos desesperados como sólo puede producir medio siglo de revoluciones periódicas».

Con la sensación de peligro se aceleraron mi intelecto y mi observación y me puse más atento que lo que era de costumbre. Me di cuenta de que los ojos de la vieja se desviaban constantemente hacia mis manos. Yo las miré también y vi la causa; mis anillos. En el meñique de mi mano izquierda tenía un anillo de sello, y en el de la derecha un diamante bueno.

Pensé que si hubiese algún peligro mi primera precaución era evitar las sospechas. Por lo tanto, empecé a hacer que la conversación girase alrededor de la recogida de trapos, a los desagües, de las cosas encontradas allí y, por etapas fáciles, a las joyas. Entonces, aprovechando una oportunidad favorable, le pregunté a la vieja si ella sabía algo de esas cosas. Respondió que sí, que un poco. Estiré mi mano derecha, le mostré el diamante y le pregunté qué pensaba de él. Respondió que sus ojos no estaban bien y se inclinó sobre mi mano. Dije tan despreocupadamente como pude:

—¡Perdóneme! ¡Así lo verá mejor!

Me lo quité y se lo pasé a ella. Le vino a la vieja cara mustia una luz infame cuando lo tocó. Me lanzó una mirada rápida y aguda como un relámpago.

Se inclinó hacia el anillo un momento con la cara muy escondida, como si lo estuviese examinando. El viejo miraba directamente al frente de la chabola que estaba ante él, y al mismo tiempo hurgaba sus bolsillos para sacar un poco de tabaco en un papel y una pipa, que procedió a llenar. Me aproveché de la pausa, y del descanso momentáneo de los ojos inquisitivos en mi cara, para mirar cuidadosamente por el lugar, que ahora en el crepúsculo estaba sombrío y poco iluminado. Allí estaban todavía todos los montones de variadas y malolientes asquerosidades; allí estaba la terrible hacha manchada de sangre apoyada en la pared en el rincón de la derecha, y por todas partes, a pesar de que se iba poniendo oscuro, el brillo maligno de los ojos de las ratas. Podía verlas hasta a través de algunas de las grietas de los tablones de la parte baja de atrás, a ras del suelo. ¡Un momento! ¡Esos últimos ojos que vi eran más grandes, más brillantes y más malignos que lo habitual!

Mi corazón se detuvo por un momento, en ese estado de confusión mental en el que uno siente una especie de borrachera espiritual, y como si el cuerpo sólo se mantuviese erecto porque no hay tiempo para que caiga antes de recuperarse. Después, en otro segundo, estuve calmado, fríamente calmado, con todas mis energías en completo vigor, con un autocontrol que noté que era perfecto y con todos mis sentimientos e instintos alerta.

Ahora supe el grado de mi peligro: ¡estaba vigilado y rodeado de gente desesperada! Ni siquiera podía adivinar cuántos de ellos estaban tumbados en el suelo detrás de la chabola, esperando el momento de atacar. Yo sabía que soy grande y fuerte, y ellos también lo sabían. Sabían también, como yo, que yo soy inglés y que por eso presentaría lucha, y así estuvimos esperando. Noté que había ganado una ventaja en los últimos segundos, pues supe mi peligro y comprendí la situación. Ahora, pensé, es el examen de mi valor, el examen de sobrevivir, ¡el examen de la lucha podía llegar después!

La vieja levantó la cabeza y me dijo, de una manera satisfecha:

—Un anillo muy bueno, de veras, ¡un anillo precioso! ¡Ay de mí! Una vez tuve anillos de esos, muchos, ¡y brazaletes y pendientes! ¡Oh! ¡Porque en aquellos días buenos era yo quien marcaba el baile en la ciudad! ¡Ellos se han olvidado de mí! ¿Ellos? ¿Que porqué no supieron nada de mí? Quizá sus abuelos me recuerden, como yo me acuerdo de ellos.

Y emitió una risa estridente como un graznido. Y entonces estoy obligado a decir que ella me sorprendió, porque me devolvió el anillo con cierto indicio de gracia a la antigua que no carecía de patetismo.

El viejo la miró con cierta ferocidad repentina, medio levantándose de su taburete, y me dijo súbitamente con voz ronca:

—Deja que lo vea.

Estaba a punto de pasarle el anillo, cuando dijo la vieja:

—¡No, no! ¡No se lo des a Pierre! Pierre es muy extravagante, pierde las cosas, ¡y un anillo tan bonito!

—¡Cat! —dijo el viejo violentamente.

Súbitamente la vieja dijo, un tanto más fuerte que lo que era necesario:

—¡Espera! Te diré algo sobre un anillo.

Había algo en el sonido de su voz que me hizo temblar. Tal vez era mi hipersensibilidad, forjada como yo lo estaba a tal tono de excitación nerviosa, pero creí que no se dirigía a mí. Cuando eché un vistazo sigiloso por el lugar, vi los ojos de las ratas en los montones de huesos, pero quité los ojos de la trasera. Cuando estaba mirando vi que volvían a aparecer. Ese grito —¡espera!— de la vieja me había dado un descanso del ataque, y los hombres volvieron a hundirse en su postura reclinada.

—Perdí un anillo una vez, un precioso aro de diamantes que había pertenecido a una reina y que me dio un granjero que luego se cortó la garganta porque lo rechacé. Creí que me lo habían robado y acusé a mi gente, pero no encontré el rastro. Vino la Policía y sugirió que se había caído al desagüe. Allí descendimos, yo con mi ropa buena, ¡porque no iba a confiarles mi precioso anillo! Desde entonces sé más de desagües, ¡y de ratas, también! Pero no olvidaré nunca el horror de aquel lugar, vivo con ojos resplandecientes, toda una pared de ellos justo aparte de la luz de nuestras antorchas. Bueno, nos metimos por debajo de mi casa, buscábamos la salida del desagüe y allí, entre las porquerías, encontré mi anillo y salimos.

»¡Pero encontramos también algo más antes de salir! Cuando íbamos hacia la abertura, dos ratas de alcantarilla —humanas, esta vez— vinieron hacia nosotros. Le dijeron a la Policía que uno de ellos se había metido por el desagüe y no había regresado. Él se había metido poco tiempo antes que nosotros, y si andaba perdido no podría estar muy lejos. Me pidieron ayuda para buscarlo, así que volvimos allí. Intentaron impedir que fuese, pero insistí. Fue una emoción nueva, ¿y no había recuperado el anillo? No fuimos muy lejos hasta que llegamos a algo. No era más que un poco de agua, y el fondo del desagüe estaba alzado por ladrillos, basura y muchas materias de ese tipo. Él luchó por ello, incluso cuando se le apagó la antorcha. ¡Pero había demasiados para él! No había pasado mucho tiempo con ello. Los huesos estaban calientes todavía, pero los habían dejado limpios. Se habían comido hasta a sus propios muertos, y había huesos de ratas, así como también del hombre. Tomaron con toda tranquilidad los otros, los humanos, e hicieron bromas con su compañero cuando lo encontraron muerto. ¡Bah! ¿Y qué importa la vida o la muerte?

—¿Y no tuviste miedo? —le pregunté.

—¡Miedo! —dijo riéndose—. ¿Tener miedo, yo? ¡Pregúntale a Pierre! Pero por entonces yo era más joven, y cuando salí de aquel horrible desagüe con su pared de ojos codiciosos, y moviéndome siempre dentro del círculo de luz de las antorchas, no me sentí tranquila. Pero yo seguía por delante de los hombres, ¡es mi manera de ser! No dejo nunca que los hombres vayan por delante de mí. ¡Todo lo que quiero es una oportunidad y medios para aprovecharla! Y ellas se lo comieron del todo, se llevaron cada rastro excepto los huesos; y no lo supo nadie, ¡ni se oyó jamás nada de él!

En ese momento estalló en un ataque de risa de la alegría más espantosa que me haya correspondido oír y ver. Una gran poeta[35] describe a su heroína cantando: ¡Oh, oír o ver su canto! Apenas sé cuál es *lo* más divino.

Y puedo aplicar la misma idea a la vieja arpía, en todo menos la divinidad, porque apenas podría decir qué era lo más infernalmente hostil, si la risa maliciosa, satisfecha y despiadada, o la sonrisa malvada y la horrible abertura cuadrada de la boca, como una máscara de tragedia, con el resplandor amarillo de los pocos dientes descoloridos en las informes encías. En esa risa, con aquella sonrisa y con esa satisfacción reidora, supe tan bien como si se me hubiera dicho con palabras de trueno que mi asesinato estaba establecido y que los asesinos sólo esperaban el momento adecuado para llevarlo a cabo. Pude leer entre las líneas de su repugnante historia las órdenes que les daba a sus cómplices. Pareció que decía: «Espera, aguarda el momento», pero realmente dijo que «yo daré el primer golpe. ¡Encontrad el arma para mí y yo crearé la oportunidad! ¡Él no escapará! Mantenedlo callado y entonces nadie sabrá nada. ¡No habrá gritos y las ratas harán su trabajo».

Se estaba haciendo cada vez más oscuro, llegaba la noche. Eché un vistazo rápido por la chabola, ¡todo seguía igual! El hacha ensangrentada en el rincón, los montones de basura y los ojos en los montones de huesos y en las grietas del suelo.

Aparentemente, Pierre había estado llenando su pipa, ahora prendió una cerilla y empezó a dar bocanadas. La vieja dijo:

—¡Vaya, qué oscuro se ha puesto! Pierre, ¡sé un buen chico y enciende la lámpara!

Pierre se levantó y con la cerilla encendida que llevaba en la mano tocó la mecha de una lámpara que colgaba a un lado de la entrada de la chabola y que tenía un reflector que arrojaba la luz por todas partes. Evidentemente, era la que utilizaban por la noche para sus clasificaciones.

—¡Esa no, estúpido! ¡Esa, no! ¡El farol! —le gritó la vieja.

La apagó inmediatamente de un soplido y dijo:

—Muy bien, madre. Voy a buscarla.

Y se ajetreó por el rincón izquierdo de la habitación, mientras la vieja decía en la oscuridad:

—¡El farol! ¡El farol! ¡Oh!, esa es la luz más útil para nosotros, los pobres. ¡El farol fue el amigo de la Revolución! ¡Es el amigo del trapero! Nos ayuda cuando falla todo lo demás.

Apenas había dicho esas palabras, hubo como un chirrido de todo el lugar y algo era arrastrado continuamente sobre el techo.

---

[35] Se refiere a Elizabeth Barrett Browning.

Volví a leer sus palabras entre líneas. Supe la lección del farol: «Que uno de vosotros se suba al techo con un lazo y lo estrangule cuando salga fuera, si es que dentro fallamos».

Al mirar por la abertura, vi el bucle de una cuerda destacarse en negro sobre el cielo. ¡Ahora estaba rodeado de verdad!

Pierre no tardó mucho en encontrar el farol. En la oscuridad, yo mantenía los ojos fijos sobre la vieja. Pierre encendió la luz y con su destello vi que la vieja levantó del suelo a su lado, donde había aparecido misteriosamente, un largo y afilado cuchillo o daga que ocultó luego entre los pliegues de su ropa. Era un hierro de afilar de carnicero, muy afilado.

El farol se encendió.

—Tráelo aquí, Pierre —dijo ella—, colócalo a la entrada, donde podamos verlo. ¡Mira que bueno es! Nos quita la oscuridad de encima, ¡es justo lo adecuado!

¡Lo adecuado para ella y sus propósitos! Me arrojaba toda su luz a la cara, dejando a oscuras las caras de Pierre y de la mujer, que estaban sentados lejos de mí a cada lado.

Noté que el momento de la acción se aproximaba, pero ahora sabía que la primera señal y el primer movimiento vendrían de la mujer, de modo que la observaba.

Yo estaba totalmente desarmado, pero había decidido lo que tenía que hacer. Al primer movimiento, me haría con el hacha de carnicero en el rincón de la derecha y lucharía hasta salir de allí. Al menos, moriría luchando. Eché un vistazo rápido alrededor para fijar exactamente su posición de manera que no pudiese fallar al agarrarlo con el primer esfuerzo que hiciera, pues entonces el tiempo y la precisión serían más preciosos que nunca.

¡Dios mío, había desaparecido! Todo el horror de la situación estalló sobre mí, pero el pensamiento más amargo de todos era que si el problema de aquella terrible posición resultase en mi contra, Alice sufriría indefectiblemente. O bien ella me tomaría por falso —y cualquier enamorado, o cualquiera que haya estado enamorado alguna vez, se imagina la amargura de ese pensamiento—, o bien ella seguiría amando mucho después de que yo estuviera perdido para ella y para el mundo, de modo que su vida estaría rota y amargada, destrozada por la decepción y la desesperanza. La propia magnitud de ese dolor me preparó y me dio el coraje para soportar el terrible escrutinio de los conspiradores.

Creo que no me traicioné. La vieja me miraba lo mismo que el gato mira al ratón; tenía su mano derecha oculta en los pliegues de su ropa, y yo sabía que agarraba aquella daga larga e implacable. Si hubiese visto cualquier decepción en mi cara, noté que ella habría sabido que había llegado el momento y me habría saltado encima como una tigresa, segura de pillarme desprevenido.

Miré fuera a la noche, y allí vi una nueva causa de peligro. A cierta distancia delante y alrededor de la chabola había algunas formas oscuras. Estaban muy quietas, pero yo sabía que estaban completamente alerta y en guardia. En esa dirección había pocas posibilidades para mí.

Volví a echar una mirada rápida por el lugar. En los momentos de gran excitación y de gran peligro, que también es excitación, la mente trabaja muy aprisa, y la agudeza de las facultades que dependen de la mente crece en proporción. Ahora lo sentía así. En un instante asimilé toda la situación. Vi que habían agarrado el hacha a través de un pequeño agujero que había en uno de los tableros podridos, que debía estar muy podrido para permitir que se hiciera algo así sin una pizca de ruido.

La chabola era una trampa habitual para el asesinato y estaba protegida por todas partes. Sobre el techo había un estrangulador preparado para enredarme con su lazo por si me escapaba de la daga de la vieja arpía. Por delante, el camino estaba guardado por no sabía cuántos observadores; y por detrás había una fila de hombres desesperados —yo había visto sus ojos inmóviles a través de la grieta de los tableros del suelo, la última vez que miré— mientras estaban echados boca abajo esperando la señal de ponerse de pie. Si tenía que ocurrir alguna vez, ¡ahora era el momento!

Tan despreocupadamente como pude, me giré un poco sobre el taburete de modo que tuviese mi pierna derecha bien situada por debajo de mí. Entonces, con un salto repentino, girando la cabeza y protegiéndola con las manos, con el instinto de lucha de los antiguos caballeros, susurré el nombre de mi amada y me lancé sobre la pared trasera de la chabola.

Aunque estaban vigilantes, lo repentino de mi movimiento sorprendió a Pierre y a la vieja. Cuando me estrellé con las maderas podridas y las atravesé, vi que la vieja se levantaba con un salto como un tigre y oí su largo grito ahogado de rabia desconcertada. Mis pies aterrizaron sobre algo que se movía, y cuando salté para alejarme supe que había pisado la espalda de uno de los de la fila de hombres que estaban echados de cara fuera de la chabola. Yo estaba desgarrado por clavos y astillas, pero indemne por otra parte. Sin aliento, me apresuré hacia el montón que tenía frente a mí, y conforme iba oí el opaco estruendo de la chabola cuando se derrumbó en un amasijo.

Fue un ascenso de pesadilla. El montón, duro pero bajo, era horrorosamente empinado y con cada paso que daba la masa de basura y cenizas se venía abajo y cedía bajo mis pies. El polvo subía y me asfixiaba, era nauseabundo, fétido y espantoso, pero sentí que mi ascenso era a vida o muerte y seguí luchando. Los segundos eran como horas, pero los pocos momentos que tuve al empezar, combinados con mi juventud y mi fuerza, me dieron una gran ventaja, y aunque varias formas se esforzaban detrás de mí en un silencio mortal, que era más terrible que cualquier ruido, llegué fácilmente a la cumbre. Desde entonces he ascendido el cono del monte Vesubio, y mientras me esforzaba en subir aquella inclinación gris entre los vapores sulfurosos, me volvió el recuerdo de aquella horrorosa noche en Montrouge tan vívidamente que casi me desmayé.

Aquel montón era uno de los más altos en la zona de la basura, y mientras me esforzaba por llegar a lo alto, jadeando sin aire y con el corazón golpeteando como un mazo, vi lejos a mi izquierda el opaco resplandor rojo del cielo, y más cerca el parpadeo de unas luces. ¡Gracias a Dios! ¡Ahora sabía dónde estaba yo y dónde quedaba la carretera a París!

Durante dos o tres segundos hice un alto y miré hacia atrás. Mis perseguidores estaban aún muy detrás de mí, pero se esforzaban hacia arriba muy decididamente y en un silencio mortal. Más allá, la chabola era una ruina, una masa de maderas y de formas que se movían. Pude verla bien, pues las llamas estaban propagándose ya, evidentemente, los trapos y las pajas se habían prendido con el fuego del farol. ¡Y allí seguía el silencio! ¡Ni un solo ruido! Esas viejas ruinas pueden engañar al morir, de todos modos.

Yo no tenía tiempo para nada más que una mirada pasajera, porque cuando eché el ojo alrededor del montón para prepararme a hacer el descenso, vi que varias formas oscuras se apresuraban a su alrededor por todos lados para cortarme la retirada. Ahora era una carrera por la vida. Ellos estaban intentando dirigirse hacia mí en mi camino a París, y con el instinto del momento corrí hacia el lado derecho. Llegué justo a tiempo, porque, aunque recorrí la pendiente en pocos pasos, los cautelosos hombres que me observaban se dieron la vuelta, y cuando me apresuré hacia la abertura entre dos montones que tenía enfrente, uno de ellos casi me dio un golpe con aquella terrible hacha de carnicero. ¡Pero seguro que por allí no habría dos de esas armas!

Entonces empezó una persecución verdaderamente horrible. Corrí fácilmente por delante de los viejos, y hasta cuando algunos más jóvenes y unas cuantas mujeres se unieron a la caza me distancié de ellos con facilidad. Pero yo no conocía el camino, y ni siquiera podía guiarme por la luz del cielo, porque corría alejándome de ella. Había oído que, a menos que fuese con un propósito consciente, los hombres a quienes se persigue siempre giran a la izquierda, y eso me ocurrió entonces, y eso supongo que lo sabían también mis perseguidores, que eran más animales que hombres y que por malicia o instinto habían encontrado tales secretos por sí mismos, pues al terminar un rápido acelerón, tras el que tenía intención de tomarme un momento para respirar, vi de repente delante de mí dos o tres formas que pasaron rápidamente tras un montón a la derecha.

¡Ahora estaba de verdad en la tela de araña! Pero con el pensamiento de ese nuevo peligro llegó también el recurso del perseguido, de modo que salí disparado en el siguiente giro a la derecha. Seguí en esa dirección unos cientos de metros, y luego, girando otra vez a la izquierda, me sentí seguro de que de todas formas había evitado el peligro de que me rodeasen.

Pero no el de que me persiguiesen, pues vino la turba detrás de mí, constante, obstinada, implacable y todavía en un lúgubre silencio.

En aquella oscuridad mayor, los montones parecían ahora ser algo más pequeños que antes, aunque —pues la noche estaba cerrándose— parecían más grandes en proporción. Ahora iba muy por delante de mis perseguidores, así que corrí como un rayo subiendo el montón que tenía enfrente.

¡Ay, qué alegría más grande! Yo estaba cerca del borde de ese infierno de montones de basura. Lejos detrás de mí, la rojiza luz de París en el cielo, y altísimas por detrás se alzaban las alturas de Montmartre, una luz muy tenue, con puntos brillantes aquí y allá como estrellas.

En un momento recuperé el vigor y corrí sobre los pocos montones que quedaban, de tamaño decreciente y me encontré en la tierra nivelada de más allá de ellos. Sin embargo, incluso entonces la perspectiva no era muy invitadora. Todo lo que tenía delante de mí era oscuro y deprimente, y era evidente que había llegado a uno de esos lugares fríos, húmedos y bajos para los desperdicios que se encuentran aquí y allá en el entorno de las grandes ciudades. Lugares de desperdicios y de desolación, donde el espacio se requiere para la aglomeración definitiva de todo lo que es perjudicial, y en los que el suelo es tan pobre que no crea una ocupación indeseada ni de los ocupantes más bajos. Con los ojos acostumbrados a la oscuridad de la noche, y ahora lejos de las sombras de aquellos basureros terribles, yo veía con mucha más facilidad que lo que podía un poco antes. Por supuesto, podría haber ocurrido que un resplandor en el cielo de las luces de París, aunque la ciudad estaba alejada unos cuantos kilómetros, se reflejara en ese lugar. Fuera lo que fuese, vi lo bastante bien como para orientarme sin duda a alguna pequeña distancia a mi alrededor.

Por delante había un lúgubre y plano terreno para basura que estaba prácticamente nivelado, aquí y allá había el oscuro centelleo de charcos de agua estancada. Muy lejos a la derecha, entre un pequeño grupo de luces esparcidas, se alzaba la masa oscura de Fort Montrouge, y lejos a la izquierda, en la borrosa distancia, marcado por los resplandores aislados de las ventanas de las casas de campo, las luces en el cielo mostraban la localidad de Bicêtre. Pensé por un momento y me decidí a ir a la derecha y tratar de llegar a Montrouge. Al menos allí habría algún tipo de seguridad, y era muy posible que mucho tiempo antes pudiese llegar a alguno de los cruces de carreteras que conocía. En algún lado, no muy lejos, debía estar la carretera estratégica que se construyó para conectar la cadena periférica de los fuertes que rodeaban la ciudad.

Entonces miré para atrás. Sobre los montones, y recortados contra el resplandor del horizonte parisino, vi moverse a varias figuras, y todavía más lejos a la derecha a varias más que se desplegaban entre mí y mi destino. Era evidente que tenían intención de meterse delante de mí en esa dirección, de modo que mi elección se vio restringida; ahora quedaba limitada a ir directamente hacia delante o girar a la izquierda. Agachándome hasta el suelo, de manera que tuviese la ventaja del horizonte como línea de referencia, miré con mucho cuidado en esa dirección, pero no pude detectar rastro alguno de mis enemigos. Razoné que como ellos no habían guardado aquel punto, ni intentaban hacerlo, ya había allí un peligro evidente para mí. De modo que me decidí a ir todo derecho al frente.

No era una perspectiva invitadora y conforme avancé la realidad se puso peor. El suelo era blando y rezumaba, y de cuando en cuando cedía bajo mi paso de una manera repelente. De algún modo iba bajando, porque a mi alrededor vi sitios más elevados que aquel en el que estaba, y eso que este era un lugar que hacía poco tiempo parecía totalmente nivelado. Miré a mi alrededor, pero no vi a ninguno de mis perseguidores. Eso resultaba extraño, porque aquellos pájaros de la noche me habían seguido todo el rato por la oscuridad tan eficazmente como si estuviésemos a plena luz del día. Cómo me culpé por haber salido vestido con mi traje turístico de *tweed* de color claro. El silencio, y el no poder ver a mis enemigos, aunque sentía que estaban observándome, se hizo horroroso y con la esperanza de que alguien que no perteneciese a ese equipo abominable me oyera, alcé la voz y grité varias veces. No hubo ni la más mínima respuesta, ni siquiera un eco, que recompensara mis esfuerzos. Durante un rato me quedé completamente inmóvil y mantuve los ojos en una dirección concreta. En uno de los lugares que se elevaban a mi alrededor vi que algo oscuro se movía a lo largo, luego otro, y otro. Eso era a mi izquierda y se movía para saltarme al cuello.

Creí que con mi habilidad como corredor podría eludir otra vez a mis enemigos en este juego, de modo que con toda velocidad salí disparado hacia adelante.

¡Noté chapoteos en mis pies!

Mis pies habían cedido en una masa de basura enfangada y yo caí de cabeza en el charco apestoso de agua estancada. El agua y el barro en que mis brazos se hundieron hasta los codos estaban sucios y asquerosos más allá de toda descripción, y en lo repentino de mi caída me había tragado realmente algo de esa suciedad, que casi me asfixió y me hizo respirar con dificultad. No olvidaré nunca los momentos en los que me quedé intentando recuperarme, medio desmayándome por el fétido olor del charco repugnante, cuya blanca neblina se elevó fantasmalmente alrededor. Lo peor de todo fue que, con la aguda desesperación del animal perseguido cuando ve que el grupo perseguidor se acerca mucho a él, vi ante mis ojos las oscuras formas de mis perseguidores, que se movían rápidamente para rodearme mientras yo me quedaba indefenso.

Es llamativo que nuestras mentes trabajen sobre extraños asuntos incluso cuando las energías del pensamiento están concentradas en alguna necesidad terrible y apremiante. Yo estaba en un momentáneo peligro de mi vida, mi seguridad dependía de mis actos, y mi variedad de alternativas venía ahora casi con cada paso que daba, pero no podía sino pensar en la extraña persistencia obstinada de aquellos viejos. Su muda resolución, su persistencia nefasta y firme incluso en una causa así infundía, además de miedo, una cierta medida de respeto. Lo que habrían podido ser en el vigor de su juventud. Ahora podía entender aquel trajín sobre el puente de Arcola[36] y aquella exclamación desdeñosa de la Vieja Guardia en Waterloo[37]. La elucubración inconsciente tiene sus propios placeres, incluso en tales momentos, pero afortunadamente no choca de ninguna manera con el pensamiento del que brota la acción.

Con una mirada me di cuenta de que de momento estaba vencido en mi objetivo, mis enemigos estaban ganando por ahora. Habían logrado rodearme por tres lados y estaban inclinados a espantarme a la izquierda, donde ya había algún peligro para mí, pues no habían dejado guardia alguna. Yo acepté la alternativa, era un caso de «elección de Hobson»[38] y corrí. Tuve que mantenerme en un terreno más bajo pues mis perseguidores estaban en los lugares más altos. Sin embargo, aunque el rezumar y el suelo accidentado me obstaculizaban, mi juventud y mi entrenamiento me hicieron capaz de mantener mi posición, y al seguir una línea diagonal no sólo impedí que me ganasen terreno, sino que incluso empecé a distanciarme de ellos. Eso me dio más coraje y más fuerzas,

---

[36] Batalla en la que el mismo Napoleón Bonaparte agarró la bandera y lideró un asalto sobre el puente.

[37] La Vieja Guardia luchó hasta el final para permitir la huída de Napoleón ante la clara derrota en Waterloo. A la oferta de rendición final, se dice que el general Cambronne dijo unas palabras que pasaron a la Historia: *La guardia muere, pero no se rinde,* aunque al parecer lo que dijo fue un simple y sonoro *merde!*

[38] Una elección aparentemente libre que no es una elección en absoluto.

y hacia ese momento el entrenamiento habitual empezaba a mostrarse y me había venido un cambio de aires. Por delante de mí el suelo subía ligeramente. Corrí cuesta arriba y vi que ante mí había una desolación de cieno aguanoso, con una presa o dique de aspecto negro y gris más allá. Noté que sólo con que pudiera alcanzar aquella presa con seguridad, allí, con terreno firme bajo los pies y alguna clase de sendero que me guiase, podría encontrar con relativa facilidad un camino de salida para mis problemas. Después de haber echado una mirada a izquierda y derecha y de no ver a nadie cerca, hice que mis ojos llevasen a cabo por unos minutos su trabajo de ayudar a mis pies mientras cruzaba el pantano. Era un trabajo duro y rudo, pero había poco peligro, meramente un poco de esfuerzo, y me costó poco tiempo llegar al dique. Corrí cuesta arriba exultante, pero otra vez me encontré con una nueva conmoción. A cada uno de mis lados se levantaron varias figuras agachadas, y corrían hacia mí desde todas partes. Cada uno de ellas llevaba una cuerda.

El cordón estaba casi completado, yo no podía pasar por ningún sitio y el fin estaba cerca.

Sólo había una oportunidad, y la aproveché. Me lancé sobre el puente y, escapándome de las mismas garras de mis enemigos, me arrojé a la corriente.

En cualquier otro momento yo podría haber pensado que esa agua era nauseabunda y asquerosa, pero ahora fue tan bienvenida como la de la corriente más cristalina para el viajero sediento. ¡Era un camino a la seguridad!

Mis perseguidores se apresuraron detrás de mí. Si uno solo de ellos hubiese sujetado la cuerda, todo se habría acabado para mí, porque habría podido enredarme en ella antes de que yo tuviese tiempo para dar una brazada, pero las muchas manos que la sujetaban los estorbó y los retrasó, y cuando la cuerda golpeó el agua oí el chapoteo muy detrás de mí. Unos pocos minutos de nadar con fuerza me llevaron al otro lado de la corriente. Refrescado por la inmersión y motivado por el escape, subí al dique con un relativo regocijo en la mente.

Desde arriba miré hacia atrás. En la oscuridad vi que mis agresores se dispersaban arriba y abajo por el dique. Evidentemente, la persecución no había terminado y otra vez tenía que elegir un trayecto. Más allá del dique donde estaba había un espacio agreste y pantanoso muy parecido al que había cruzado. Me decidí a evitar un lugar así y por un momento pensé si iría hacia arriba o hacia abajo por el dique. Creí oír un ruido, el amortiguado ruido de remos, de modo que escuché y luego grité.

No hubo respuesta, pero cesó el ruido. Era evidente que mis enemigos se habían hecho con algún tipo de bote. Como estaban por encima de mí, me decidí por el camino hacia abajo y empecé a correr. Al pasar por la izquierda el lugar donde había entrado en el agua, oí varios chapoteos, suaves y sigilosos, como el ruido que hace una rata cuando se zambulle en la corriente, pero muchísimo mayor, y cuando miré vi que la oscura superficie del agua estaba rota por las pequeñas olas que formaban varias cabezas que avanzaban hacia mí. Algunos de mis enemigos también estaban nadando en la corriente.

Y ahora detrás de mí, corriente arriba, el silencio se rompió con el rápido traqueteo y chirrido de remos, mis enemigos estaban pisándome los talones. Puse en primer lugar mi mejor pierna y seguí corriendo. Después de un par de minutos de carrera, miré hacia atrás y por un resplandor de luz a través de las nubes rotas vi que varias sombras oscuras trepaban al dique detrás de mí. El viento había empezado en ese momento a levantarse y el agua a mi lado estaba rizada y empezando a crear olas diminutas en el dique. Tenía que mantener los ojos fijos en el terreno delante de mí no fuese que me tropezara, pues sabía que tropezar era la muerte. Tras unos pocos minutos, miré detrás de mí. Sobre el dique había sólo unas pocas figuras oscuras, pero cruzando el terreno baldío y pantanoso había muchas más. No sabía qué peligro nuevo auguraba aquello, sólo podía suponerlo. Entonces, mientras corría, me pareció que mi recorrido descendía constantemente a la derecha. Miré hacia adelante y vi que el río era mucho más ancho que antes, que el dique sobre el que estaba caía más a lo lejos y que más allá había otra corriente en cuya orilla más cercana vi algunas de las sombras oscuras que cruzaban ahora el pantano. Yo estaba en una isla de algún tipo.

Mi situación era verdaderamente terrible en ese momento, pues mis enemigos me habían acorralado por todas partes. Por detrás llegó el apresurado rodar de los remos, como si mis perseguidores supieran que el final estaba próximo. A mi alrededor había desolación por todas partes, no había ningún tejado ni luz hasta donde pude ver. Muy lejos a la derecha se alzó una masa oscura, pero no supe lo que era. Por un momento hice una pausa para pensar qué debía hacer y nada más, pues mis perseguidores se estaban acercando. Entonces me decidí. Me deslicé hacia abajo en la orilla y me metí en el agua. Me puse a nadar hacia adelante, de manera que pudiera llegar a la corriente, dejando atrás el remanso de la isla, pues eso supuse que era cuando llegué a la corriente. Esperé hasta que una nube cruzase sobre la luna y lo dejase todo en la oscuridad. Entonces me quité el sombrero y lo deposité suavemente sobre el agua de manera que flotase con la corriente, y un segundo después me zambullí a la derecha y buceé bajo el agua con todas mis fuerzas. Supongo que estuve medio minuto bajo el agua, y cuando salí de ella lo hice tan suavemente como pude, y dándome la vuelta, miré hacia atrás.

Allí iba mi sombrero marrón claro, que flotaba alejándose alegremente. Muy cerca por detrás de él iba un bote viejo y desvencijado, empujado furiosamente por un par de remos. La luna estaba todavía parcialmente oscurecida por las nubes a la deriva, pero en aquella luz parcial pude ver a un hombre en la proa que sujetaba en alto, preparado para golpear, aquella misma alabarda de la que me había escapado antes. Cuando miraba, el bote se acercó cada vez más y el hombre golpeó violentamente. El sombrero desapareció, el hombre se cayó hacia delante y casi se salió del bote. Sus compañeros lo arrastraron para sacarlo, pero sin el hacha, y entonces, cuando giré con todas mis energías para llegar a la orilla más alejada, oí el feroz zumbido del farfullado «¡maldita sea!» que señalaba la rabia de mis desconcertados perseguidores.

Aquel fue el primer sonido que oí de labios humanos durante toda esta terrible cacería y, aunque estaba lleno de amenaza y de peligro, para mí fue un sonido muy bienvenido, pues rompía aquel espantoso silencio que me envolvía y me paralizaba. Era como una señal evidente de que mis adversarios eran hombres y no fantasmas, y que con ellos al menos tenía la oportunidad de hombre, aunque no fuese más que uno contra muchos.

Pero ahora que el hechizo del silencio estaba roto, los ruidos llegaron abundantes y rápidos. Del bote a la orilla, y de la orilla al bote llegaron rápidas preguntas y respuestas, todo ello en el más feroz de los susurros. Yo miré hacia atrás, una cosa fatal que hacer pues al instante alguien divisó mi cara, que se mostraba blanca sobre el agua oscura, y gritó. Me señalaron unas manos y en unos momentos el bote estuvo lleno y me seguía con fuerza. Sólo me quedaba un poco de camino que hacer, pero el bote vino cada vez más aprisa detrás de mí. Unas pocas brazadas más y yo estaría en la orilla, pero sentía que el bote se acercaba y en cada momento esperaba sentir el choque de un remo o de cualquier otra arma en mi cabeza. Si no hubiese visto desaparecer en el agua esa temible hacha creo que no habría llegado a la orilla. Oí las farfulladas maldiciones de los que no remaban y la respiración trabajosa de los que remaban. Con un supremo esfuerzo por la vida o por la libertad, llegué a la orilla y salté encima de ella. No había ni un solo segundo que perder, pues detrás de mí el bote encalló y varias formas oscuras saltaron para seguirme. Llegué a la parte alta del dique y volví a correr manteniéndome a la izquierda. El bote se retrasó y siguió corriente abajo. Al ver esto temí que hubiera peligro en esa dirección, y girando rápidamente corrí por el dique sobre el otro lado, y después de pasar un corto trecho de terreno pantanoso llegué a una zona abierta y llana, y aceleré.

Mis incansables perseguidores seguían detrás de mí. Por debajo de mí, muy lejos, vi esa misma masa oscura de antes, pero ahora se había acercado y era más grande. Mi corazón se agitó con gran emoción y deleite, pues supe que debía ser la fortaleza de Bicétre y seguí corriendo con nuevo valor. Yo había oído que entre cada uno de los fuertes de protección de París hay caminos estratégicos, carreteras profundamente hundidas donde los soldados que marchaban podían refugiarse del enemigo. Yo sabía que si podía llegar a esa carretera estaría a salvo, pero en la oscuridad no podía ver ninguna señal de ella, así que seguí corriendo con la ciega esperanza de dar con ella.

Al poco llegué al borde de un corte profundo y vi que por debajo de mí pasaba una carretera protegida a cada lado por una zanja de agua, cercada en cada lado por una valla recta y alta.

Estaba más débil y aturdido, pero seguí corriendo; el terreno se hizo más accidentado, cada vez más, hasta que me tambaleé y caí, y volví a ponerme en pie y corrí con la ciega angustia del perseguido. De nuevo me enervó pensar en Alice. Yo no iba a perderme y arruinar su vida. Me esforzaría y lucharía por mi vida hasta el amargo final. Con gran esfuerzo pude agarrarme de la parte de arriba de la tapia. Mientras trepaba como un gato montés para subirme encima, sentí realmente una mano que tocaba la suela de mi zapato. Ahora estaba sobre una especie de camino elevado y delante de mí vi una luz débil. Seguí corriendo a ciegas y mareado, me tambaleé, caí y me puse en pie cubierto de sangre y de basura.

—*Halt là!*[39]

Las palabras sonaron como una voz del cielo. Un acceso de luz me rodeó y grité con alegría.

—*Qui va là?*[40]

El traqueteo de mosquetería, el destello del acero ante mis ojos. Me detuve instintivamente, aunque cerca detrás de mí venía el trajín de mis perseguidores.

Otras pocas palabras, y desde la entrada salió lo que me pareció una marea de rojo y azul, que resultó ser la guardia. Todo a mi alrededor estaba resplandeciente de luz, y lleno del destello del acero, del tintineo y el traqueteo de las armas, y de las sonoras y ásperas voces de mando. Cuando caí hacia delante, completamente exhausto, un soldado me agarró. Miré hacia atrás con una terrible expectativa y vi que la masa de formas oscuras desaparecía en la noche. Entonces debí haberme desmayado. Cuando recuperé el sentido estaba en el cuarto de guardia. Me dieron coñac y después de un rato conseguí decirles algo de lo que había ocurrido. Entonces apareció un comisario de policía como del aire, como

---

[39] ¡Alto ahí!
[40] ¿Quién anda ahí?

es la manera de los oficiales de la policía parisina. Escuchó atentamente y luego consultó un momento con el oficial al mando. Aparentemente se pusieron de acuerdo, pues me preguntaron si estaba listo ahora para ir con ellos.

—¿Adónde? —pregunté mientras me ponía en pie para ir.

—De vuelta a los montones de basura. ¡Quizá todavía podamos atraparlos!

—¡Lo intentaré! —dije.

Me miró intensamente por un momento, y de repente dijo:

—¿Quiere usted esperar un poco o dejarlo hasta mañana, joven inglés?

Eso me tocó la fibra, como quizá tenía él intención de hacer, y me puse en pie de un salto.

—¡Vamos ahora! —dije—. ¡Ahora! ¡Ahora! ¡Un inglés está siempre preparado para cumplir con su deber!

El comisario era un buen hombre, tanto como astuto; me dio un manotazo amable en el hombro.

—*Brave garçon!*[41] —dijo—. Perdóneme, pero sabía lo que le sentaría mejor. La guardia está preparada. ¡Vamos!

Y así, pasando directamente a través del cuarto de guardia y a través de un pasaje abovedado, salimos a la noche. Unos cuantos de los hombres tenían linternas potentes. A través de patios y bajando por un camino en pendiente salimos fuera por una arcada baja a una carretera hundida, la misma que había visto en mi huida. Se dio la orden de duplicar la dotación, y con unas zancadas rápidas y elásticas, mitad carrera, mitad paso normal, los soldados fueron velozmente por la carretera. Noté mis fuerzas renovadas, así es la diferencia entre cazador y cazado. Una distancia muy corta nos llevó a un puente flotante muy bajo sobre la corriente, y evidentemente muy poco más alto que el que yo había golpeado. Resultaba claro que se había hecho algún esfuerzo para dañarlo, pues todas las cuerdas estaban cortadas y habían roto una de las cadenas. Oí que el oficial le decía al comisario:

—¡Hemos llegado justo a tiempo! Unos minutos más, y habrían destruido el puente. ¡Adelante aún más rápido!

Y seguimos adelante. Llegamos de nuevo a otro puente flotante en la sinuosa corriente. Al venir oímos el hueco estampido de barriles de metal cuando se renovaron los esfuerzos para destruir el puente. Se dio la orden y varios hombres levantaron sus rifles.

«¡Fuego!». Sonó una descarga. Hubo un grito apagado y las formas oscuras se dispersaron. Pero el daño estaba hecho y vimos que el extre-

---

[41] ¡Muchacho valiente!

mo más alejado del puente flotante oscilaba en la corriente. Eso era un retraso serio y pasó casi una hora hasta que renovamos las cuerdas y reparamos el puente lo suficiente para permitirnos cruzar.

Renovamos la caza. Fuimos cada vez más rápido hacia los montones de basura.

Después de un rato llegamos a un lugar que yo conocía. Había los restos de una hoguera, unos pocos rescoldos de madera arrojaban todavía un resplandor rojo, pero la mayor parte de la ceniza estaba fría. Yo reconocí el sitio donde estaba la chabola y de la colina de la parte de atrás, donde había corrido, y en el resplandor parpadeante brillaban aún los ojos de las ratas con una especie de fosforescencia. El comisario habló unas palabras con el oficial y gritó:

—¡Alto!

Los soldados recibieron órdenes de esparcirse por alrededor y observar, y entonces comenzamos el examen de las ruinas. El comisario mismo empezó a levantar los tableros carbonizados y la basura. Los soldados los agarraron y los apilaron. Inmediatamente volvió a empezar, entonces se agachó y se levantó haciéndome señas para que me acercase.

—¡Mire! —dijo.

Era una visión horripilante. Había un esqueleto tumbado boca abajo, por las líneas era una mujer, una mujer vieja por la gruesa fibra de los huesos. Entre las costillas se alzaba un largo pincho como una daga, hecho con un cuchillo de afilar de carnicero, su aguda punta estaba embutida en la columna vertebral.

—Observarán ustedes —nos dijo el comisario al oficial y a mí al sacar su cuaderno de notas— que la mujer ha debido caerse sobre la daga. Aquí hay muchas ratas —miren sus ojos brillando entre el montón de huesos— y también se darán cuenta —yo me estremecí cuando puso la mano sobre el esqueleto— del poco tiempo que han perdido, ¡los huesos apenas están fríos!

No había ninguna otra señal de que hubiese gente cerca, viva o muerta, de modo que los soldados se pusieron otra vez en fila y pasaron. Al poco llegamos al refugio hecho con el armario antiguo. Nos acercamos. En cinco de los seis compartimentos había un hombre durmiendo, tan profundamente que ni siquiera el resplandor de las linternas los despertó. Tenían un aspecto viejo, gris y canoso, con sus caras demacradas, arrugadas y de color de bronce, y sus blancos bigotes.

El oficial exclamó áspera y ruidosamente unas órdenes, y en un instante cada uno de ellos estaba de pie ante nosotros en la postura de firmes.

—¿Qué hacéis aquí?

—Dormir —fue la respuesta.

—¿Dónde están los demás traperos? —preguntó el comisario.

—Se han ido a trabajar.

—¿Y vosotros?

—¡Nosotros estamos de guardia!

—¡Vaya peste! —rio el oficial sombríamente mientras miraba a los viejos uno detrás de otro a la cara, y añadió con una fría y deliberada crueldad—: ¡Dormidos de servicio! ¿Son estos los modos de la Vieja Guardia? ¡Entonces no hay que asombrarse de Waterloo!

Con el resplandor de la linterna vi que aquellas caras grises y viejas se volvían mortalmente pálidas, y me estremecí por el aspecto de los ojos de los viejos cuando las risas de los soldados se hicieron eco de la lúgubre broma del oficial.

En ese momento sentí que estaba vengado en cierta medida. Por un momento pareció como si fuesen a arrojarse sobre el burlón, pero sus años les habían enseñado y se quedaron quietos.

—Vosotros sólo sois cinco —dijo el comisario—, ¿dónde está el sexto?

La respuesta llegó con una risita desagradable.

—Está ahí —y el que hablaba señaló al fondo del armario—. Murió anoche. No encontraréis gran cosa de él. ¡El entierro de las ratas es muy rápido!

El comisario se inclinó y miró dentro del armario. Luego se volvió hacia el oficial y dijo con calma:

—Podemos ir de vuelta. Ahora no hay señales aquí, nada que pruebe que ese era el hombre herido por las balas de sus soldados. Probablemente lo mataron para cubrir el rastro. ¡Mire! —se encorvó otra vez y puso las manos sobre el esqueleto—. Las ratas trabajan aprisa y son muchas. ¡Estos huesos están calientes!

Yo me estremecí, y otro tanto hicieron muchos de los que estaban a mi alrededor.

«¡A formar!», dijo el oficial. Y así, en orden de marcha, con las linternas balanceándose por delante y los veteranos esposados en el medio, salimos con paso firme de los montones de basura y regresamos a la fortaleza de Bicétre.

Pero cuando echo la vista atrás sobre aquellos difíciles doce meses, uno de los incidentes más vívidos que me vienen a la memoria es el que está asociado con mi visita a la Ciudad de la Basura.

UN SUEÑO CON MANOS ROJAS

La primera opinión que me dieron respecto a Jacob Settle fue una simple declaración descriptiva: «él es un tipo triste», pero averigüé que eso era la personificación de los pensamientos y las ideas de todos sus compañeros de trabajo. Había en esa frase cierta tolerancia fácil, una ausencia de sentimientos positivos de alguna clase, más que una opinión completa, que señalaba muy acertadamente el lugar donde se hallaba el hombre en la consideración pública. Aun así, había cierta disparidad entre esto y su apariencia que inconscientemente me puso a pensar, y cuando conocí más el lugar y los trabajadores, llegué poco a poco a tener un interés especial en él. Averigüé que siempre estaba haciendo todo tipo de amabilidades que no supusieran gastos de dinero que estuviesen más allá de sus humildes medios, sino en múltiples medios de previsión, paciencia y negación de sí que son las verdaderas caridades de la vida. Las mujeres y los niños confiaban en él incondicionalmente, aunque, bastante extrañamente, él más bien los rehuía, excepto cuando alguien estaba enfermo, porque entonces hacía su aparición para ayudar si podía, tímida y torpemente. Llevaba una vida muy solitaria, manteniendo su hogar por sí mismo en una casa diminuta, o más bien una cabaña de una habitación, que estaba lejos, al borde del páramo. Su existencia era tan triste y solitaria que deseé animarla, y con ese propósito aproveché la ocasión, cuando los dos estábamos sentados con un niño al que herí en un accidente, para ofrecerme a prestarle libros. Él aceptó con mucho gusto, y cuando nos separamos en el gris del amanecer sentí que algo de confianza mutua se había establecido entre nosotros dos.

Me devolvía siempre los libros muy cuidadosa y puntualmente, y con el tiempo Jacob Settle y no nos hicimos muy amigos. Cuando yo cruzaba el páramo los domingos, algunas veces iba a echarle un vistazo, pero en tales ocasiones era tímido y cohibido, de modo que me sentí reticente de pasar a verlo. Él no vendría nunca, bajo ninguna circunstancia, a mi propio alojamiento.

Un domingo por la tarde yo regresaba de un largo paseo más allá del páramo, y al pasar por la casa de campo de Settle me detuve a la puerta para decirle «¿Cómo le va?». Como la puerta estaba cerrada, creí que habría salido, y llamé con los nudillos simplemente por las formas, o por costumbre, sin esperar conseguir respuesta alguna. Para mi sorpresa, oí dentro una voz débil, aunque no pude oír lo que decía. Entré inmediatamente y encontré a Jacob tumbado a medio vestir en su cama. Estaba pálido como un muerto y el sudor le rodaba por la cara. Sus manos agarraban inconscientemente la ropa de cama lo mismo que un hombre que se ahoga se aferra a cualquier cosa que pueda agarrar. Al entrar yo, él se levantó a medias con una expresión alocada y atormentada en los ojos, que estaban completamente abiertos y miraban como si algo horroroso se hubiese presentado ante él, pero cuando me reconoció se hundió en el sofá con un apagado sollozo de alivio y cerró los ojos. Me quedé a su lado un rato, algunos minutos, mientras él respiraba agitadamente. Entonces abrió los ojos y me miró, pero con una expresión tal de desaliento y de aflicción que, tan seguro como que soy un hombre vivo, habría preferido ver esa helada expresión de horror de antes. Me senté a su lado y le pregunté por su salud. Durante un rato no me respondió, excepto para decir que no estaba enfermo, pero entonces, después de escudriñarme atentamente, se alzó a medias sobre un codo y dijo:

—Le agradezco su amabilidad, señor, pero estoy diciéndole simplemente la verdad. No estoy enfermo, como lo llaman los hombres, aunque Dios sabe si hay o no enfermedades peores que las que conocen los médicos. Voy a decírselo, ya que es usted tan amable, pero confío que ni siquiera le mencione tal cosa a nadie, porque eso podría crearme una aflicción todavía mayor. Estoy sufriendo de una pesadilla.

—¡Una pesadilla! —dije con la esperanza de animarlo—. Pero los sueños mueren con la luz, hasta con el despertar.

Ahí me detuve, porque antes de que hablase vi la respuesta en su mirada desolada alrededor del pequeño lugar.

—¡No! ¡No! Eso está muy bien para la gente que vive cómodamente y con aquellos que ama a su alrededor. Es mil veces peor para quienes viven solos y tienen que hacerlo. ¿Qué alegrías hay para mí, que me despierto aquí en el silencio de la noche, con el ancho páramo a mi alrededor, lleno de voces y de caras que hacen que mi despertar sea un sueño peor que cuando duermo? ¡Ay, joven caballero! ¡Usted no tiene un pasado que pueda enviar a la gente sus legiones de oscuridad y de espacio vacío, y rezo al buen Dios que no lo tenga nunca!

Cuando hablaba había tal seriedad irresistible de convicción en su comportamiento, que abandoné mis protestas sobre su solitaria vida. Sentí que estaba en presencia de una influencia secreta que yo no podía comprender. Para mi alivio, pues yo no sabía qué decir, él siguió hablando:

—Hace dos noches que estoy soñándolo. La primera noche ya fue bastante duro, pero lo superé. Anoche la expectativa misma fue peor que el sueño... hasta que vino el sueño y entonces barrió toda rememoración de un dolor menor. Estuve despierto hasta justo antes del amanecer, y entonces volvió otra vez. Desde entonces he estado en una agonía como la que estoy seguro que se siente al morir, y con todo el temor a esta noche.

Antes de que él llegara al final de su frase, me decidí, ya que sentí que podía hablar más animadamente con él.

—Intente irse a dormir temprano esta noche, de hecho, antes de que termine la tarde. El sueño lo reanimará y le prometo que no habrá más pesadillas después de esta noche.

Él meneó la cabeza sin esperanza, así que me quedé sentado un poco más y luego lo dejé.

Cuando llegué a casa hice mis arreglos para la noche, pues me había decidido a compartir la solitaria vigilia de Jacob Settle en su casa del páramo. Consideré que si se ponía a dormir antes de la puesta de sol se despertaría mucho antes de la medianoche, así que, justo antes de que las campanas de la ciudad diesen las once estuve frente a su puerta armado con una bolsa en la que estaba mi cena, una botella muy grande, un par de velas y un libro. La luz de la luna resplandecía e inundaba todo el páramo hasta que estaba casi tan iluminado como de día, pero ocasionalmente unas nubes cruzaban el cielo y creaban una oscuridad que era muy perceptible en comparación. Abrí suavemente la puerta y entré sin despertar a Jacob, que estaba dormido con su blanca cara hacia arriba. Estaba inmóvil y otra vez bañado en sudor. Intenté imaginar qué visiones estaban pasando delante de sus ojos cerrados que pudiesen traer consigo la tristeza y la aflicción que estaban patentes en su cara, pero me falló la imaginación y esperé a que se despertara. Eso llegó de repente, y de una manera que me tocó hasta la fibra, pues el sordo gemido que salió de los blancos labios del hombre cuando se medio levantó y volvió a hundirse fue evidentemente la realización o la culminación de alguna ilación de pensamientos que habían ocurrido antes.

«Si esto es el sueño —me dije—, entonces debe estar basado en alguna realidad terrible. ¿Qué puede haber sido ese hecho triste del que hablaba?».

Mientras me hablaba a mí mismo así, él se dio cuenta de que yo estaba con él. Me chocó como extraño que no hubiese tenido ningún período de esa duda de si lo rodeaba el sueño o la realidad que por lo común marca el entorno esperado de los hombres al despertar. Con un optimista grito de alegría, me agarró la mano y la sujetó entre las suyas, húmedas y temblorosas, igual que un niño asustado se aferra a cualquiera de los que ama. Intenté tranquilizarlo:

—¡Vamos, vamos! Todo está bien, he venido a quedarme con usted esta noche y juntos intentaremos luchar con esa pesadilla.

Súbitamente, me soltó la mano, volvió a hundirse en su cama y se cubrió los ojos con las manos.

—¿Luchar con él, con el mal sueño? ¡Ah, no, señor, no! Ningún poder mortal puede luchar con ese sueño, porque viene de Dios y está enterrado aquí —y se dio una palmada en la frente. Entonces continuó—: Es el mismo sueño, siempre es el mismo, pero crece en fuerza para torturarme cada vez que viene.

—¿Qué sueño es ese? —pregunté pensando que hablar de ello podría proporcionarle algún alivio, pero se alejó de mí y después de una larga pausa, dijo:

—No, es mejor que no se lo diga. Podría no volver.

Había algo que manifiestamente me ocultaba, algo que había detrás del sueño, de modo que respondí:

—Muy bien, espero que haya visto usted lo último. Pero si volviese el sueño me lo diría, ¿verdad? No lo pido por curiosidad, sino porque creo que puede aliviarle hablar de ello.

Él respondió con lo que creí que era una solemnidad indebida:

—Si viene otra vez, le diré todo.

Entonces intenté apartar su mente del tema hacia cosas más prosaicas, de modo que saqué la cena y le hice que la compartiese conmigo, incluyendo el contenido de la botella. Tras un rato, él se afirmó, y cuando encendí mi cigarro le di otro a él, fumamos durante una hora y hablamos de muchas cosas. Poco a poco la comodidad de su cuerpo se infiltró en su mente y vi que el sueño ponía sus amables manos sobre sus párpados. Él también lo sintió y me dijo que ahora se sentía bien y que podía dejarlo con seguridad, pero le dije que, tuviese razón o no, iba a verlo a la luz del día. Así que encendí mi otra vela y empecé a leer cuando él se quedó dormido.

Me fui interesando en mi libro poco a poco, tan interesado estaba que al poco me sorprendió que se me cayera de las manos. Miré y vi que Jacob todavía estaba dormido, y me alegró ver que en su cara había un aspecto de insólita felicidad mientras sus labios se movían con palabras mudas. Entonces volví a mi ocupación otra vez, y otra vez me desperté, pero esta vez me sentí helado hasta los huesos al oír la voz de la cama a mi lado:

—¡No! ¡Con esas manos rojas, no! ¡Nunca! ¡Nunca!

Al mirarlo vi que todavía estaba dormido. Sin embargo, se despertó en un instante y no se sorprendió al verme; otra vez había esa extraña apatía por lo que lo rodeaba. Entonces dije:

—Cuénteme su sueño, Settle. Puede usted hablar con libertad, porque consideraré sagrada su confidencia. Mientras vivamos los dos yo no mencionaré nunca lo que usted quiera contarme.

—Dije que lo haría, pero será mejor que primero le diga lo que va antes del sueño, y así podrá comprender. Cuando yo era muy joven fui maestro de escuela, era sólo una escuela parroquial en un pueblecito del West Country; no hace falta decir nombres, es mejor que no. Yo estaba comprometido a casarme con una joven a quien amaba y reverenciaba. Fue la vieja historia. Mientras estábamos esperando el momento en que pudiésemos permitirnos crear un hogar juntos, llegó otro hombre. Era casi de mi misma edad, un caballero bien parecido, y tenía todas las formas atractivas de la caballerosidad para una mujer de nuestra clase. Él se iba a pescar y ella se encontraba con él mientras yo estaba trabajando en la escuela. Razoné con ella y le supliqué que lo abandonase. Le ofrecí casarme al momento, irnos lejos y empezar el mundo en un país extranjero, pero ella no escuchaba nada de lo que yo decía, y yo pude ver que ella estaba enamoriscada de él. Entonces me hice cargo de reunirme con el hombre y pedirle que tratase bien a la muchacha, pues creí que sus intenciones con ella eran honradas, de manera que no hubiese habladurías, ni oportunidad para ellas, por parte de los demás. Fui allí, me encontraría con él a solas, ¡y nos reunimos!

En ese momento, Jacob Settle tuvo que hacer una pausa, pues algo se alzaba en su garganta y empezó a respirar trabajosamente. Luego siguió adelante:

—Señor, tan cierto como que Dios está por encima de nosotros, aquel día no hubo ningún pensamiento egoísta en mi corazón, yo amaba a mi hermosa Mabel demasiado bien como para contentarme con una parte de su amor, y había pensado demasiado a menudo en mi propia infelicidad como para no haberme dado cuenta de que, le pasara a ella lo que le pasara, mi esperanza había desaparecido. Él fue muy insolente conmigo... Usted, señor, que es un caballero, quizá no sepa lo mortificante que puede ser la insolencia de alguien que tiene una posición por encima de uno, pero aguanté. Le supliqué que tratase bien a la muchacha, pues lo que para él podría ser sólo el pasatiempo de una hora ociosa, podría suponer romperle el corazón. Porque no tuve nunca un pensamiento acerca de la verdad de ella, ni que pudiese sucederle el peor de los daños, era sólo la infelicidad de su corazón lo que temía. Pero cuando le pregunté cuándo tenía intención de casarse con ella, su risa me irritó de tal modo que perdí los nervios y le dije que no iba a quedarme de mirón para ver que su vida se hacía infeliz. Entonces él también se enojó, y en su ira dijo cosas tan crueles de ella, que en ese momento y lugar juré que él no viviría para hacerle daño. Sabe Dios cómo sucedió, porque en esos momentos de pasión es difícil recordar los pasos que se dieron entre las palabras y los golpes, pero me encontré de pie sobre su cadáver, con mis manos de color carmesí por la sangre que brotó de su garganta desgarrada. Nosotros estábamos solos y él era un desconocido, sin que nadie de los suyos lo buscara, y el asesinato no siempre sale a la luz... no todo a la vez. Por lo que sé, sus huesos deben estar todavía blanqueándose en el remanso del río donde lo dejé. Nadie sospechó de su ausencia ni de por qué fue, excepto mi pobre Mabel, y ella no se atrevió a hablar. Pero todo fue en vano, porque cuando volví después de una ausencia de meses —pues no pude vivir en aquel lugar—, me enteré de que su vergüenza había llegado y que había muerto en ella. Hasta entonces había estado cargado con el pensamiento de que mi mala acción había salvado su futuro, pero en el momento en el que supe que había llegado demasiado tarde y que mi pobre amor había sido mancillada por el pecado de ese hombre, huí de allí con la sensación de que mi inútil culpa caía sobre mí más pesadamente que lo que podía soportar. ¡Ay, señor! Usted, que no ha cometido un pecado así, no sabe lo que es llevarlo encima. Usted podría pensar que la costumbre lo vuelve fácil, pero no es así. Va creciendo de hora en hora hasta que se hace intolerable, y también va creciendo el sentimiento de que uno debe quedarse para siempre fuera del Paraíso. Usted no sabe lo que significa eso, y ruego a Dios que no lo sepa nunca. Los hombres corrientes, para quienes todas las cosas son posibles, no piensan a menudo en el Paraíso, si es que lo hacen. Es un nombre y nada más, y se contentan con esperar y dejar que pasen las cosas; pero usted no puede saber lo que significa para aquellos que están condenados a quedarse fuera para siempre, usted no puede suponer ni medir el terrible anhelo interminable de ver esas puertas celestiales abiertas y de poder unirse a las blancas figuras de dentro.

»Y eso me lleva a mi sueño. Parecía que el portal estaba ante mí, con grandes portones de acero macizo de barrotes del grosor de un mástil elevándose hasta las mismas nubes, y tan cerca unos de otros que entre ellos sólo se podía divisar una gruta de cristal, en cuyas brillantes paredes figuraban muchas formas vestidas de blanco con las caras radiantes de alegría y júbilo. Cuando estaba ante el pórtico, mi corazón y mi alma estaban tan llenos de éxtasis y de añoranza que me olvidé. Y allí, en la entrada, había dos ángeles poderosos con alas de gran envergadura y, ¡oh!, con un semblante muy severo. Cada uno llevaba en una mano una espada de fuego y en la otra el pestillo, que se movía de aquí para allá con el toque más leve que le daban. Más cerca estaban las figuras completamente vestidas de negro, con las cabezas cubiertas de manera que sólo se veían los ojos, que les daban vestiduras blancas como las que llevaban los ángeles a todos los que venían. Llegó un murmullo bajo que decía que todos tenían que ponerse sus propias vestiduras, y sin mancha alguna, o los ángeles no los dejarían pasar y los golpearían con las espadas de fuego. Yo estaba impaciente por ponerme mis propias vestiduras y las arrojé precipitadamente sobre mí y fui a paso ligero a las puertas, pero éstas no se movieron y los ángeles, soltando el pestillo, señalaron a mis ropas. Las miré y me quedé espantado, porque toda la ropa estaba manchada de sangre. Mis manos estaban rojas, brillaban con la sangre que goteaba de ellas como en aquel día junto a la orilla del río. Y entonces levantaron los ángeles sus espadas de fuego para golpearme, y el horror fue completo... Yo me desperté. Aquel sueño espantoso venia a mí otra vez, y otra, y otra. No aprendo nunca de la experiencia, no la recuerdo nunca, pero al principio la esperanza está siempre allí para hacer que el final sea más desastroso. Sé que el sueño no sale de la oscuridad cotidiana donde residen los sueños, ¡sino que es enviado por Dios como castigo! Nunca, nunca podré pasar de la entrada, ¡porque la mancha en las vestiduras de los ángeles debe salir alguna vez de esas manos ensangrentadas!

Yo escuché como en un hechizo mientras hablaba Jacob Settle. Había algo tan lejano en el tono de su voz, algo tan místico y como soñado en los ojos, que era como si mirase a través de mí a algún espíritu que estuviese detrás. Algo tan elevado por su propia dicción y con un contraste tan marcado con sus desgastadas ropas y con su pobre entorno que me pregunté si todo el asunto no sería un sueño.

Los dos nos quedamos en silencio mucho tiempo. Yo seguía mirando a ese hombre que estaba ante mí con un asombro creciente. Ahora que había hecho su confesión, su alma, que había sido aplastada hasta la misma tierra, volvió a saltar a la rectitud con alguna fuerza resiliente. Supongo que debí estar horrorizado con su relato, pero, por extraño que sea decirlo, no lo estaba. Verdaderamente no es agradable convertirse en el depositario de la confidencia de un asesino, pero ese pobre hombre había tenido, no sólo mucha provocación, sino también mucho propósito de negación de sí mismo en su acto sangriento, tanto, que no me sentí llamado a hacer juicio alguno sobre él. Mi propósito era consolar, de manera que hablé con toda la calma que pude, pues mi corazón latía rápida y pesadamente.

—Usted no debe desesperarse, Jacob Settle. Dios es bueno y su misericordia es muy grande. Siga viviendo y trabajando con la esperanza de que algún día sienta usted que ha expiado su pasado.

En ese momento me detuve, porque vi que el sueño, el sueño natural esta vez, se deslizaba sobre él.

—Vaya a dormir —le dije—, yo lo custodiaré aquí y esta noche no tendremos más pesadillas.

Hizo un esfuerzo por mantener la compostura y respondió:

—No sé cómo darle las gracias por su bondad conmigo esta noche, pero creo que será mejor que me deje ahora. Me libraré de esto durmiendo. Noto que me he quitado un peso de encima desde que se lo he dicho todo. Si me queda algo de hombre, debo llevar a cabo esa lucha yo solo.

—Esta noche me iré, como usted desea —dije—, pero siga mi consejo y no viva de una manera tan solitaria. Vaya con los hombres y las mujeres, viva entre ellos, comparta sus alegrías y sus penas, eso lo ayudará a olvidar. Esta soledad hará de usted un loco melancólico.

—¡Lo haré! —respondió medio inconsciente, pues el sueño lo estaba venciendo.

Me di la vuelta para irme y él me siguió con la mirada. Cuando ya había tocado el pomo de la puerta, lo solté, volví al lado de la cama y le tendí la mano. Él la agarró con las suyas mientras se incorporaba hasta quedar sentado, y yo le di las buenas noches intentando animarlo.

—¡Tenga coraje, hombre, tenga coraje! En el mundo hay trabajo para que lo haga usted, Jacob Settle. ¡Todavía puede ponerse esas vestiduras blancas y pasar por los portones de acero!

Y entonces lo dejé.

Una semana después encontré su casita vacía, y al preguntar en la fábrica me dijeron que «se había ido al norte», nadie sabía exactamente a dónde.

Dos años después yo estaba por unos días con mi amigo el doctor Munro, en Glasgow. Era un hombre ocupado y no tenía mucho tiempo para ir conmigo por ahí, así que yo me pasaba los días en excursiones por el parque natural de los Trossachs y Loch Katrine, y rio abajo por el Clyde. En la penúltima tarde de mi estancia regresé algo más tarde que lo que había calculado, pero vi que mi anfitrión también se retrasaba. La doncella me dijo que lo habían enviado al hospital —un caso de accidente en la fábrica de gas—, y que la cena se posponía una hora, de modo que le dije que me daría un paseo para encontrar a su patrón y que caminaría de vuelta con él, y salí. En el hospital lo encontré lavándose las manos, preparándose para salir a casa. De modo informal le pregunté de qué se trataba el caso.

—¡Oh, lo habitual! Una cuerda podrida y las vidas de hombres de poco valor. Dos hombres estaban trabajando en un gasómetro cuando se rompió la cuerda que sujetaba el andamio en el que estaban. Debe haber ocurrido justo antes de la hora de la cena, porque nadie se dio cuenta de su ausencia hasta que los hombres regresaron. Había más de dos metros de agua en el gasómetro, de modo que tuvieron una dura lucha por ello, pobres hombres. Sin embargo, uno de ellos estaba vivo, apenas vivo, pero hemos tenido un trabajo muy duro para sacarlo de allí. Al parecer, le debe la vida a su compañero, porque no he oído hablar nunca de un heroísmo mayor que ese. Estuvieron flotando juntos mientras les duraron las fuerzas, pero al final estaban tan agotados que ni siquiera las luces de arriba y los hombres atados con cuerdas que bajaban para ayudarlos pudieron mantenerlos a flote. Pero uno de ellos se puso en el fondo y sostuvo a su compañero sobre su cabeza, y aquellas pocas respiraciones establecieron la diferencia entre la vida y la muerte. Eran una visión impactante cuando los sacaron, porque el agua es como tinte violeta con el gas y el alquitrán. El hombre que estaba encima tenía el aspecto de haber sido bañado en sangre, ¡uf!

—¿Y el otro?

—Oh, ese estaba todavía peor; pero debió haber sido un hombre muy noble. Esa lucha bajo el agua debió ser terrible, puede verse por la manera que la sangre se había extraído de las extremidades. Mirarlo da una idea de los estigmas posibles. Uno creería que una resolución así podría hacer cualquier cosa en este mundo. ¡Sí!, podría desatrancar los portones del Paraíso. Mira esto, viejo, no es una visión muy agradable, sobre todo antes de cenar, pero eres escritor y este es un caso extraño. Aquí hay algo que no te gustaría perderte, porque en todas las probabilidades humanas no volverás a ver algo así.

Mientras hablaba me llevó al depósito de cadáveres del hospital.

Sobre las andas había un cuerpo cubierto con una sábana blanca, que lo envolvía apretadamente por todas partes.

—Parece una crisálida, ¿verdad? Te digo, Jack, que si hay algo en el viejo mito de que el alma está tipificada por una mariposa, bueno, entonces la que envió esta crisálida era un espécimen muy noble que tomó toda la luz del sol en sus alas. ¡Mira esto!

Descubrió la cara del cadáver. Era horrible de verdad, y su aspecto era como si estuviese manchada de sangre, pero lo reconocí inmediatamente: ¡era Jacob Settle! Mi amigo apartó la sábana un poco más abajo.

Las manos estaban cruzadas sobre el pecho violeta como si hubieran sido colocadas reverencialmente por alguna persona de buen corazón. Cuando las vi, mi corazón palpitó con gran júbilo, pues el recuerdo de su desgarrador sueño se precipitó en mi mente. Ahora no había manchas en aquellas manos pobres y valientes, pues estaban tan blancas como la nieve.

Y de alguna manera, cuando las miré sentí que la pesadilla había terminado. Aquella alma noble había conseguido al fin un camino a través de las puertas. La vestimenta blanca ahora ya no tenía mancha alguna de las manos que se la pusieron.

ARENAS DE CROOKEN

El señor Arthur Fernlee Markam, que alquiló la que se conocía como la Casa Roja, por encima de los Mains de Crooken, era un comerciante de Londres, y al ser esencialmente un londinense de la parte Este pensó que era necesario para cuando iba a Escocia en las vacaciones de verano proporcionarse un atuendo completo de cacique de las Tierras Altas, tal como se manifiesta en las cromolitografías y en los escenarios de los teatros de variedades. Una vez vio en el *Empire* al Gran Príncipe —«el rey de Bounder»— poner de pie al público al aparecer como «el MacSlogan de esa Clase» y cantar la famosa canción escocesa *There's naething like haggis to mak a mon dry!*[42], y desde entonces había conservado en su mente una imagen fiel del aspecto pintoresco y guerrero que él presenció. De hecho, si fuese conocido el significado intrínseco verdadero de la mente del señor Markam sobre el asunto de que eligiese a Aberdeenshire como centro turístico veraniego, se encontraría que en el primer plano de la localidad de vacaciones que su imaginación pintaba acechaba la figura multicolor del MacSlogan de esa Clase. Sin embargo, fuera como fuese, una suerte muy amable —sin duda en lo que concernía a la belleza exterior— lo llevó a elegir Crooken Bay. Es un lugar encantador entre Aberdeen y Peterhead, justo por debajo del promontorio rocoso desde donde los largos y peligrosos arrecifes, conocidos como «las espuelas», terminan en el mar del Norte. Entre eso y los «Mains de Crooken» —un pueblo protegido por los acantilados del norte— se extiende la profunda bahía, respaldada por una multitud de dunas donde se encuentran conejos a millares. De este modo, a cada lado de la bahía hay un promontorio rocoso, y cuando el amanecer o la puesta de sol cae sobre las rocas de sienita el efecto es muy bonito. El lecho de la bahía es de arena nivelada y la marea llega muy lejos, dejando un suave desierto de arena dura sobre el que están esparcidas aquí y allá estacas para las redes y las bolsas de los pescadores de salmón. A un extremo de la bahía hay un

---

[42] No hay nada como la morcilla escocesa para dejar seco a un hombre. El autor imita el acento escocés.

pequeño grupo de rocas que se alzan un poco por encima de la marea alta, excepto cuando con tiempo revuelto las olas pasan verdes sobre ellos. En la marea baja quedan expuestos al nivel de la arena, y esa es quizá la única pizca de arena peligrosa de esa parte de la costa oriental. Entre las rocas, que están separadas unos quince metros, hay unas pequeñas arenas movedizas que, como las Goodwin[43], sólo son peligrosas con la marea entrante. Se extienden hacia afuera hasta perderse en el mar, y hacia adentro hasta que se difuminan en las arenas duras de la playa de arriba. En la falda de la colina que se eleva más allá de las dunas, a medio camino entre Las Espuelas y el puerto de Crooken, está la Casa Roja. Se eleva desde la mitad de un grupo de abetos que la protegen por tres lados, dejando abierto el frente hacia el mar. Un jardín a la antigua, bien cuidado, se extiende hasta la carretera, y cruzándola un sendero de hierba, que puede utilizarse para vehículos ligeros, trenza un camino a la orilla, serpenteando entre las colinas de arena.

Cuando la familia Markam llegó a la Casa Roja después de sus treinta y seis horas de cabecear desde Blackwall en el barco de vapor de Aberdeen Ban Right, con el posterior tren a Yellon y un viaje de veinte kilómetros, todos ellos estuvieron de acuerdo en que no habían visto nunca un lugar más delicioso. La satisfacción general era más marcada porque en aquel momento nadie de la familia estaba inclinado, por varias razones, a encontrar favorable nada y ningún lugar más allá de la frontera escocesa. Aunque la familia era grande, la prosperidad de los negocios les permitía toda clase de lujos personales, entre los que había una amplia libertad en cuanto a las vestimentas. La frecuencia de vestidos nuevos de las muchachas Markam era una fuente de envidias para sus amigas del alma y de alegría para ellas.

Arthur Fernlee Markam no había llevado a su familia a su confianza respecto a su traje nuevo. No estaba muy seguro de que fuese a estar libre del ridículo, o del sarcasmo al menos, y como era muy sensible al tema, pensó que sería mejor estar de veras en un entorno apropiado antes de que permitiera que el esplendor completo estallase sobre ellos. Se había esforzado para asegurar que el traje de las Tierras Altas estuviese completo. Para ese propósito había hecho muchas visitas al «Mercado de ropa y tela escocesa de pura lana», que se había establecido recientemente en Copthall Court por los señores MacCallum More y Roderick MacDhu. Había mantenido nerviosas consultas con el jefe de la compañía —MacCallum, como se llamaba a sí mismo, pues lo molestaban los añadidos como «señor» y «don». El conocido inventario de hebillas,

---

[43] Se refiere a una franja de unos quince kilómetros de bajíos y bancos de arena en la costa Este, muy peligrosos para la navegación.

botones, cinturones, broches y adornos de todas clases se examinó en detalles cruciales, y al final se descubrió una pluma de águila de proporciones lo suficientemente magníficas, y el equipo estaba completo. Sólo cuando vio el traje terminado, con las alegres tonalidades de la tela escocesa, modificada a una sobriedad relativa por la multitud de accesorios de plata, los broches de cuarzo ahumado, la daga enjoyada de lo mismo, el *philibeg*[44] y el *sporran*[45] estuvo completa y absolutamente satisfecho de su elección. Al principio había pensado en el vestido de tela escocesa Royal Stuart, pero lo abandonó al señalar MacCullum que si él estuviera por casualidad en el vecindario de Balmoral[46], eso podría llevarlo a complicaciones. MacCallum, quien, dicho sea de paso, hablaba con un notable acento *cockney* de Londres, sugirió otras telas a cuadros en su lugar, pero ahora que se había suscitado el otro asunto de la precisión, el señor Markam previó problemas si por casualidad se encontrase en la localidad del clan cuyos colores había usurpado. Al fin, MacCallum se comprometió, a costa de Markam, a tener un tejido de un patrón especial que no sería exactamente igual que cualquier otra tela escocesa que existiera, aunque compartiría las características de muchas de ellas. Se basaba en el Royal Stuart, pero en cuanto a la simplicidad del patrón incluía indicios de los clanes de Macalister y de Ogilvie, y en cuanto a neutralidad de color, de los clanes de Buchanan, Macbeth, Chief de Macintosh y Macleod. Cuando le enseñaron la muestra a Markam, había temido en cierto modo que les chocara al círculo doméstico como de mal gusto, pero como Roderick MacDhu cayó en un éxtasis perfecto sobre su belleza, no hizo ninguna objeción al acabado de la pieza. Él creyó, sabiamente, que si a un escocés auténtico como MacDhu le gustaba, debía ser correcto, en especial porque el socio más joven era un hombre muy cuidadoso con su complexión y su apariencia. Cuando MacCallum estaba recibiendo su cheque —que, por cierto, era bastante elevado—, comentó:

—Me he tomado la libertad de tener algo más de ese tejido en caso de que usted o alguno de sus amigos lo quisieran.

Markam quedó satisfecho y le dijo que estaría muy contento si aquello tan bonito que habían creado entre ellos se convirtiera en un artículo favorito, como no tenía duda de que sería con el tiempo. Ellos podían hacer y vender tanto como quisieran.

Una tarde, después de que se hubieran marchado a casa todos los dependientes, Markam se probó el traje es su oficina. Estaba complaci-

---

[44] Falda escocesa para hombres, o *kilt*.
[45] Bolso hecho de piel que se lleva delante del *kilt*.
[46] El Royal Stuart es la tela escocesa que utiliza la realeza inglesa, propietaria de Balmoral.

do, aunque un poco asustado, con el resultado. MacCallum había hecho su trabajo concienzudamente, y no se había omitido nada que pudiese añadirse a la marcial dignidad de quien lo llevase puesto.

«Por supuesto, no llevaré conmigo el *claymore*[47] y las pistolas en las ocasiones corrientes», se dijo Markam cuando empezó a desvestirse. Decidió que llevaría el traje por primera vez al llegar a Escocia, y por lo tanto, en la mañana en la que el Ban Right estuviese fuera del faro de Girdle Ness esperando a la marea para entrar en el puerto de Aberdeen, él saldría de su cabina con todo el llamativo esplendor de su traje nuevo. El primer comentario que oyó fue de uno de sus propios hijos, que al principio no lo reconoció.

«¡Vaya tipo! ¡Un gran escocés! ¡Es el gobernador!», y el muchacho huyó inmediatamente para intentar de enterrar su risa bajo un cojín en el salón. Markam era buen marinero y no había sufrido por el cabeceo del barco, de modo que su cara, de natural rubicundo, estaba todavía más rosada por el consciente rubor que le cubría las mejillas cuando se encontraba como el centro de atención de todas las miradas.

Podía haber deseado no ser tan atrevido, porque supo por el frío que había una gran zona pelada bajo uno de los lados de su gorra Glengarry que llevaba con confianza; pero se enfrentó audazmente con el grupo de desconocidos. Aparentemente no se molestaba cuando llegaba a sus oídos alguno de sus comentarios.

«Está fuera de sí el condenado bobalicón», dijo un londinense vestido con un traje a cuadros exagerados.

«Lleva moscas encima», dijo un yanqui alto y delgado, pálido por el mareo, que estaba de camino a instalarse un tiempo tan cerca como pudiera de las puertas de Balmoral.

«¡Bien pensado! Llenemos nuestras cajas de rapé, ¡esta es la oportunidad!», dijo un joven estudiante de Oxford que se encaminaba a casa en Inverness.

Pero al poco rato oyó la voz de su hija mayor.

«¿Dónde está? ¿Dónde está?», y llegó corriendo vertiginosamente por la cubierta con el sombrero colgando tras ella. Su cara mostraba signos de agitación, pues su madre acababa de contarle la situación de su padre, pero cuando lo vio estalló inmediatamente en una risa tan violenta que terminó en un ataque de histeria. Algo de ese mismo tipo le sucedió a cada uno de los demás hijos. Cuando todos ellos tuvieron su turno, el señor Markam fue a su cabina y envió a la doncella de su mujer para que le dijera a cada miembro de la familia que quería verlos a todos inmedia-

---

[47] Espada ancha de doble filo de los antiguos escoceses.

tamente. Todos se presentaron, reprimiendo sus sentimientos lo mejor que pudieron. Les dijo muy tranquilamente:

—Queridos míos, ¿no os proveo a todos vosotros con amplias prestaciones?

—Sí, padre —respondieron todos con mucha seriedad—, ¡nadie podía ser más generoso!

—¿No dejo que os vistáis como queráis?

—Sí, padre —esto un tanto tímidamente.

—Entonces, queridos míos, ¿no creéis que sería mejor y más amable por vuestra parte no hacerme sentir incómodo, incluso si me pongo un traje que a vuestros ojos es ridículo, aunque es bastante común en el país en el que estamos a punto de pasar una temporada?

No hubo respuesta, excepto la que se mostraba por sus cabezas gachas. Él era un buen padre y todos ellos lo sabían. Se quedó bastante satisfecho y continuó:

—Venga, ¡ahora id por ahí y disfrutad! No hablaremos más de ello.

Entonces volvió a la cubierta y aguantó con valentía el fuego del ridículo que reconoció a su alrededor, aunque no se dijo nada más que él pudiese oír.

Sin embargo, el asombro y la diversión que su vestimenta ocasionó en el Ban Right no fueron nada al lado de lo que el traje creó en Aberdeen. Los muchachos y los holgazanes, y las mujeres con niños que esperaban en el embarcadero, los siguieron en masa cuando los del grupo de los Markam se dirigieron a la estación de tren; hasta los maleteros que, con sus nudos a la antigua y sus carretones modernos esperan al viajero al pie de la rampa de bajada, los siguieron con sorprendido deleite. Afortunadamente, el tren a Peterhead estaba a punto de salir, de modo que el martirio no se prolongó innecesariamente. En el vagón pasó desapercibido el glorioso traje de las Tierras Altas, y como no había más que unas pocas personas en la estación de Yellon, allí todo fue bien. Sin embargo, cuando el carruaje se acercó a los Mains de Crooken y los pescadores corrieron a sus puertas para ver quién era el que pasaba, la agitación superó todos los límites. Con un solo impulso, los niños agitaban las gorras y corrían gritando detrás del carruaje; los hombres abandonaban sus redes y sus cebos y siguieron detrás; las mujeres abrazaban con fuerza a los niños y también los seguían. Los caballos estaban cansados por su largo viaje de ida y vuelta a Yellon, y la colina era empinada, de manera que hubo mucho tiempo para que se reuniese el gentío y que incluso los adelantase.

A la señora Markam y a las hijas mayores les habría gustado hacer alguna protesta o algo para aliviar sus sentimientos de disgusto por el ridículo que vieron en todas las caras, pero había un aire de decisión tan fijo en la cara del presunto hombre de las Tierras Altas que las sobrecogía un poco, y todas estaban calladas. Podría haber sido que la pluma de águila, que se alzaba sobre la calva cabeza; los broches de cuarzo ahumado hasta en el grueso hombro; y la espada escocesa, la daga y las pistolas, abrochadas alrededor de la amplia panza y sobresaliendo de las medias en las robustas pantorrillas, llenaban su existencia como símbolos de relevancia marcial y aterradora. Cuando el grupo llegó a la puerta de la Casa Roja, allí lo esperaba una multitud de habitantes de Crooken, con el sombrero quitado y respetuosamente callados, el resto de la población se esforzaba penosamente colina arriba. El silencio se rompió por sólo un sonido, el de un hombre de voz profunda.

—¡Hombre! ¡Pero si se ha olvidado de la gaita!

Los sirvientes habían llegado unos días antes y todo estaba preparado. En el brillo que sigue a un buen almuerzo después de un día duro, se olvidaron todas las molestias del viaje y toda la desazón a consecuencia de la adopción del detestable traje.

Esa tarde, Markam, todavía vestido con todo el traje, se dio un paseo por los Mains de Crooken. Estaba completamente solo, pues, por extraño que sea decirlo, su mujer y sus dos hijas tenían unos tremendos dolores de cabeza y le dijeron que se habían echado para descansar después de la fatiga del viaje. Su hijo mayor, que afirmaba que ya era un hombre joven, había salido solo a explorar los alrededores del lugar, y no podían encontrar a uno de los muchachos. El otro, al decírsele que su padre había enviado a buscarlo para dar un paseo, se las arregló —por accidente, por supuesto— para caerse dentro de un barril de lluvia y tenía que secarse y equiparse otra vez. Como su ropa todavía no había sido desempaquetada, evidentemente aquello era imposible de hacer sin retraso.

El señor Markam no estuvo muy contento con su paseo. No pudo conocer a ninguno de sus vecinos. No era que no hubiese mucha gente por ahí, pues cada casa estaba llena, pero cuando la gente estaba al aire libre, se quedaban en sus puertas a alguna distancia por detrás de él, o en la carretera a una larga distancia por delante. Mientras él pasaba veía la parte de arriba de las cabezas y el blanco de los ojos en las ventanas o en los rincones de las puertas. La única entrevista que había tenido fue de todo, menos agradable. Fue con una extraña clase de viejo al que apenas se le oía hablar excepto para unirse a los «amén» en la iglesia. Su única ocupación era esperar en la ventana de la oficina de Correos desde las ocho de la mañana hasta la llegada del correo a la una, cuando llevaba la saca de las cartas a un castillo cercano. El resto del día se lo pasaba en un asiento en una parte del puerto llena de corrientes de aire, donde se arrojaban las vísceras del pescado, los deshechos del cebo y la basura doméstica, y donde los patos estaban acostumbrados a divertirse mucho.

Cuando Saft Tammie lo vio venir, levantó los ojos, que por lo general tenía fijos sobre el vacío que había en la carretera al lado opuesto al de su asiento y, deslumbrado como por una explosión de luz solar, se los frotó y les dio sombra con la mano. Entonces empezó a hablar, alzando la mano muy arriba de manera denunciante cuando lo hizo:

—Vanidad de vanidades, dijo el predicador, y todo es vanidad. ¡Vamos, estáis avisados a tiempo! Mirad los lirios del campo, ellos no trabajan ni tejen, pero ni Salomón en toda su gloria se vistió como uno de ellos. ¡Vamos! ¡Vamos! Tu vanidad es la arena movediza que se traga todo lo que esté a su alcance. ¡Tened cuidado con la vanidad! ¡Ten cuidado con la arena movediza, que se abre para ti y te tragará! ¡Mírate! ¡Conoce tu propia vanidad! Encuéntrate contigo mismo cara a cara, y en ese momento conocerás la fuerza fatal de tu vanidad. ¡Apréndela, conócela, y arrepiéntete antes de que te traguen las arenas movedizas!

Luego, sin decir ni una palabra más, volvió a su asiento y se quedó sentado allí, inmóvil y tan sin expresión como antes.

Markam no pudo menos que sentirse un poco molesto por esa diatriba. Fue sólo porque había sido pronunciada por un presunto loco, o la habría rebatido con alguna exhibición excéntrica de humor escocés o con alguna insolencia, pero la gravedad del mensaje —porque eso era— hacía imposible esa interpretación. Sin embargo, estaba decidido a no ceder al ridículo, y aunque no había visto todavía nada en Escocia que le recordase siquiera a un *kilt,* se decidió a llevar puesto su traje de las Tierras Altas. Cuando volvió a casa en menos de media hora, vio que cada miembro de la familia estaba fuera dando un paseo, a pesar de los dolores de cabeza. Aprovechó la oportunidad que le permitía su ausencia para encerrarse en su vestidor. Se quitó el traje de las Tierras Altas, se puso el traje de franela, encendió un cigarro y se echó una siestecita. Lo despertó el ruido de la familia que volvía e inmediatamente, con el traje puesto, hizo su aparición en el salón para el té.

Aquella tarde no volvió a salir, pero después de la cena se puso otra vez el traje de las Tierras Altas —por supuesto, se había vestido para la cena como de costumbre— y se fue él solo a dar un paseo a la orilla del mar. Para entonces había llegado a la conclusión de que se iría acostumbrando poco a poco a ese traje escocés antes de hacer de él su ropa habitual. La luna brillaba en el cielo y él siguió con facilidad el camino por las colinas de arena y llegó pronto a la orilla. La marea estaba baja y la playa estaba tan firme como una piedra, de manera que se dio un paseo hacia el sur hasta casi el final de la bahía. Allí lo atrajeron dos rocas aisladas, un poco apartadas del borde de las dunas, así que paseó hacia ellas. Cuando llegó a la que estaba más cerca, se subió sobre ella y, sentado allí, elevado unos cinco o seis metros sobre la desolación de arena, disfrutó de la agradable y tranquila vista. La luna estaba subiendo detrás del promontorio de Pennyfold y su luz estaba tocando la cima de la roca más alejada de Las Espuelas, a unos mil doscientos metros; el resto de las rocas estaban en una sombra oscura. Cuando la luna se elevó sobre el promontorio, las rocas de Las Espuelas y luego la playa se inundaron poco a poco de luz.

Durante un buen rato, el señor Markam se quedó sentado y miró la luna ascendiente y la creciente área de luz que seguía a su ascenso. Entonces se dio la vuelta hacia el este, y se quedó sentado con la barbilla sobre el puño mirando al mar, disfrutando de la paz, la belleza y la libertad del escenario. El rugido de Londres —la oscuridad, la lucha y el agotamiento de la vida londinense— se había ido muy lejos y él vivía en ese momento una vida más libre y más elevada. Miró al agua resplandeciente mientras ésta iba arrastrándose sigilosamente sobre la plana extensión de arena, acercándose insensiblemente cada vez más, la marea había cambiado. Al poco oyó unos gritos lejanos a lo largo de la playa, muy en la lejanía.

«Son los pescadores, que se llaman entre sí», se dijo, y miró alrededor. Al hacerlo se llevó un golpe terrible, porque justo cuando una nube pasaba sobre la luna, a pesar de la repentina oscuridad a su alrededor, vio su propia imagen. Por un instante, sobre la cima de la roca de enfrente, vio la calva parte de atrás de la cabeza y el gorro de Glengarry con la inmensa pluma de águila. Al tambalearse hacia atrás se le resbaló el pie y empezó a deslizarse hacia la arena que había entre las dos rocas. No le preocupó la caída, pues la arena estaba a unos pocos metros por debajo de él, y su mente estaba ocupada con la figura, o simulacro, de él mismo, que ya había desaparecido. Como la forma más fácil de llegar a la tierra firme, se preparó para saltar el resto de la distancia. Todo esto no había llevado más que un segundo, pero el cerebro trabaja rápidamente, y cuando se preparaba para el salto vio que la arena que había por debajo de él, que estaba nivelada como un mármol, se agitaba y temblaba de una manera extraña. Un miedo repentino lo asaltó, sus rodillas fallaron y en lugar de saltar se deslizó despreciablemente por la roca, arañándose las piernas desnudas según bajaba. Sus pies tocaron la arena —pasaron a través de ella como si fuese agua— y se metió en ella hasta por debajo de las rodillas antes de darse cuenta de que estaba en arenas movedizas. Se agarró salvajemente a la roca para evitar hundirse más, y afortunadamente había un espolón o borde que sobresalía donde pudo agarrarse instintivamente. A eso se había aferrado con absoluta desesperación. Intentó gritar, pero no le venía el aliento, hasta que después de un esfuerzo muy grande sonó su voz. Volvió a gritar, y era como si el sonido de su propia voz le diese nuevo valor, pues pudo agarrarse a la roca por más tiempo que el que creyó que sería posible, aunque se aguantaba sólo de ciega desesperación. Sin embargo, empezaba a notar que su agarre se debilitaba, cuando, ¡alegría suprema!, su grito fue respondido por una voz ronca justo por encima de él.

—¡Gracias a Dios, no llego demasiado tarde!

Y un pescador con grandes botas hasta el muslo subió precipitadamente a la roca. En un momento reconoció la gravedad del peligro, y con un alentador «¡Aguante firme, vamos! ¡Ya llego!», gateó por la roca hasta que encontró un punto de apoyo firme. Entonces, agarrándose a la roca por encima con una mano fuerte, se agachó, agarró la mano de Markam por la muñeca y le dijo: «¡Agárrese a mí, vamos! ¡Agárrese a mí con la otra mano!».

Entonces aplicó toda su gran fuerza, y con un tirón continuo y recio lo arrastró fuera de las hambrientas arenas movedizas y lo colocó a salvo sobre la roca. Apenas dándole tiempo para respirar, él tiró de Markam y lo empujó —sin soltarlo ni un instante— sobre la roca a la arena firme de más allá, y por fin lo depositó más arriba en la playa, temblando todavía por la magnitud del peligro que había pasado. Entonces empezó a hablar:

—¡Vamos!, pero llegué justo a tiempo. Si yo os hubiera escuchado a vosotros, muchachos insensatos, y no hubiese empezado a correr desde el primero, ¡usted estaría hundiéndote en las tripas de la tierra! Wully Beagrie creyó que era usted un fantasma, y Tom MacPhail juró que era sólo como un duende con un palo de golf. «Nah —dije yo— ese no es más que el inglés, el chiflado que se escapó del museo de cera». Yo estaba pensando que eso era un poco extraño y tonto —si es que no lo pensaba por entero— porque usted no conoce cómo van las arenas movedizas. Grité para avisarle, y luego corrí para arrastrarlo fuera de allí, si fuera necesario. Pero, sea un insensato, o sólo medio bobo de vanidad, ¡demos gracias a Dios de que no llegué tarde!

Y se levantó el sombrero con reverencia al hablar.

El señor Markam estaba profundamente emocionado y agradecido por su escapatoria de una muerte horrible, pero el aguijón de la carga de vanidad, que de esa manera estaba otra vez en su contra, llegó a través de su humildad. Estuvo a punto de contestar airadamente, cuando repentinamente cayó sobre él un asombro muy grande cuando recordó las palabras de aviso del cartero medio loco: «¡Encuéntrate contigo mismo cara a cara, y arrepiéntete antes de que las arenas movedizas te traguen!».

En ese momento Markam se acordó de la imagen de sí mismo que había visto y del peligro súbito por las mortales arenas movedizas que la siguieron. Estuvo en silencio un rato, y luego dijo:

—¡Le debo la vida, mi buen compañero!

La respuesta del robusto pescador llegó con reverencia:

—¡Nah! ¡Nah! Eso se lo debe usted a Dios, pero en cuanto a mí, estoy muy contento de ser el humilde instrumento de Su misericordia.

—Pero me permitirá que se lo agradezca —dijo el señor Markam, agarrando las dos grandes manos de su liberador entre las suyas y apretándoselas con fuerza—. Mi corazón está todavía demasiado agotado y tengo los nervios demasiado alterados para que me dejen decir mucho, pero, créame, ¡le estoy muy agradecido!

Resultaba bastante evidente que el pobre viejo estaba profundamente conmovido, porque le rodaban lágrimas por las mejillas.

El pescador dijo, con una cortesía áspera, pero auténtica:

—¡Sí, señor! Agradézcamelo si quiere, si le sienta bien a su pobre corazón. Y creo que si hubiera sido yo, también estaría agradecido. Pero, señor, en cuanto a mí no necesito las gracias. Estoy contento, ¡así estoy!

Que Arthur Fernlee Markam estaba verdaderamente agradecido se mostró de una manera práctica más adelante. Esa misma semana navegó al Port Crooken el mejor barco pesquero que se había visto jamás en el puerto de Peterhead. Estaba completamente dotado con velas y equipo de todas clases, y con redes de lo mejor. Su patrón y sus hombres se fueron por el vagón, después de haber dejado con la mujer del pescador de salmón los papeles que ella le transfirió.

Cuando el señor Markam y el pescador de salmón iban juntos a lo largo de la orilla, éste último le pidió a su compañero que no mencionase el hecho de que había estado en un peligro tan inminente, porque eso sólo les angustiaría a su querida mujer y a sus hijos. Dijo que iba a avisarles a todos sobre las arenas movedizas, y para ese propósito, en ese momento y lugar, le hizo preguntas sobre ello. Antes de separarse, le preguntó a su compañero si por casualidad había visto una segunda figura vestida como él sobre la otra roca cuando se acercó para socorrerlo.

—¡Nah! ¡Nah! —llegó la respuesta—. No hay ningún otro insensato por estos lugares. Ni lo ha habido desde la época de Jamie Fleeman, aquel que fue un insensato con el terrateniente de Undy. Porque, ¡vamos!, ese traje pagano que lleva usted puesto no se ha visto por estas partes hasta donde llega la memoria del hombre. Y estoy pensando que ese traje no fue nunca para sentarse sobre la roca fría, como usted hizo antes. ¡Vamos! Pero usted no le teme al reúma o a la lumbalgia si se sienta en ese traje sobre las piedras frías con la carne al aire. Yo estaba pensando que era estúpido que fuera usted vestido así cuando lo vi pasar esta mañana por el puerto, ¡pero es un insensato o un idiota quien intenta parecerse a ellos!

El señor Markam no quiso discutir sobre ese punto, y como en ese momento estaban cerca de su propia casa, le pidió al pescador de salmón que aceptase un vaso de wiski —lo cual hizo— y se separaron para la noche. Tuvo mucho cuidado de avisar a toda su familia sobre las arenas movedizas, diciéndoles que él mismo había estado en cierto peligro por ellas.

Aquella noche no durmió nada. Oyó dar las horas una tras otra, pero por mucho que lo intentara, no consiguió dormir. Pasaba una vez y otra por el horrible episodio de las arenas movedizas, desde el momento en que ese Saft Tammie rompió su silencio habitual para predicarle sobre el pecado de la vanidad y avisarlo. La pregunta siguió alzándose en su mente: «¿Soy yo tan vanidoso entonces como para estar en el rango de los insensatos?», y la respuesta venía siempre con las palabras del profeta loco: «Vanidad de vanidades, ¡y todo es vanidad! Encuéntrate contigo mismo cara a cara, y arrepiéntete antes de que las arenas movedizas te traguen». De alguna manera, una sensación de destrucción empezó a tomar forma en su mente: que él perecería en esas mismas arenas movedizas, porque allí ya se había encontrado consigo mismo cara a cara.

En el gris de la mañana se adormeció, pero era evidente que seguía con el tema en sus sueños, pues lo despertó del todo su mujer, quien dijo:

—¡Duerme tranquilo! Ese bendito traje de las Tierras Altas se te ha metido en la cabeza. ¡No hables dormido, si puedes evitarlo!

Él era consciente de algún modo de una sensación de contento, como si algún peso terrible se le hubiera quitado de encima, pero no conocía causa alguna para ello. Le preguntó a su mujer qué había dicho cuando estaba dormido, y ella respondió:

—Tú has dicho varias veces, Dios sabrá por qué, las suficientes como para que una se acuerde: «¡No ha sido cara a cara! ¡Yo vi la pluma del águila sobre la cabeza calva! ¡Todavía hay esperanza! ¡No ha sido cara a cara!». ¡Ponte a dormir! ¡Hazlo!

Y entonces él se puso a dormir, porque se dio cuenta de que la profecía de aquel loco todavía no se había cumplido. Hasta ahora, en cualquier caso, él no se había encontrado consigo mismo cara a cara.

Lo despertó temprano la doncella, que había ido a decirle que en la puerta había un pescador que quería verlo. Se vistió tan rápidamente como pudo —porque todavía no era un experto con el traje de las Tierras Altas—, y bajó precipitadamente, pues no quería tener esperando al pescador de salmón. Se sorprendió y no le gustó mucho al ver que su visitante no era otro que Saft Tammie, que inmediatamente abrió fuego sobre él:

—Yo ya me iba a la oficina de Correos, pero creí que podría pasarme ahora con usted y me he acercado sólo para ver si era usted todavía ese insensato lleno de vanidad, como en la noche pasada. Y veo que no ha aprendido la lección. ¡Bueno! El momento se está acercando, ¡con toda seguridad! Sin embargo, yo tengo todo el tiempo en manos de mi propia alma, de modo que echaré un vistazo por ahí sólo hasta ver que no lo han tragado las arenas movedizas y luego, ¡al diablo! Tengo que seguir mi trabajo hasta mediodía.

Y se marchó enseguida, dejando al señor Markam considerablemente enojado, porque las doncellas que estaban al alcance de la voz estaban intentando en vano ocultar sus risitas. Él se había decidido con justicia a llevar ese día ropas corrientes, pero la visita de Saft Tammie invalidó la decisión. Les mostraría a todos que él no era un cobarde, y seguiría adelante como había empezado, pasara lo que pasase. Cuando acudió al desayuno vestido con toda la panoplia marcial, los niños, todos a una, mantuvieron bajas las cabezas y la parte de atrás del cuello se les puso roja de verdad. Sin embargo, como ninguno de ellos se rio —excepto Titus, el hijo menor, que fue agarrado por un ataque de asfixia y al que enseguida echaron de la sala—, él no pudo reprobarlos, sino que empezó a cascar su huevo con un aire rigurosamente decidido. Fue muy desafortunado que cuando su mujer le estaba pasando una taza de té, uno de los botones de su manga se quedó prendido en el encaje de la bata mañanera de ella, con el resultado de que el té caliente se derramase sobre sus rodillas desnudas. No extrañamente, él soltó una palabrota, con lo que su mujer, un tanto irritada, exclamó:

—Bueno, Arthur, si haces tanto el idiota con ese ridículo traje, ¿qué otra cosa puedes esperar? No estás acostumbrado a él... ¡y no lo estarás nunca!

Como respuesta, él empezó un discurso indignado con un «¡Señora!», pero no llegó más lejos, porque ahora que se había sacado a colación el asunto, la señora Markam tenía intención de decir lo que pensaba. Lo que dijo no fue agradable y, a decir verdad, no se dijo de una manera agradable. Los modales de una esposa raramente son agradables cuando comienza a decir lo que ella considera «verdades» a su marido. El resultado fue que Arthur Fernlee Markam prometió, en ese momento y lugar, que durante su estancia en Escocia no llevaría otro traje más que el que ella maltrataba. Muy mujerilmente, su mujer tuvo la última palabra, dada con lágrimas en este caso:

—¡Muy bien, Arthur! Por supuesto que harás lo que decidas. Hazme quedar en ridículo tanto como puedas y estropea las oportunidades en la vida de las pobres muchachas. Como regla general, ¡a los jóvenes no les gustan los suegros idiotas! Pero te advierto que algún día tu vanidad va a recibir un golpe duro, ¡si es que antes de eso no estás en un manicomio, o muerto!

Después de unos días, era evidente que el señor Markam tendría que hacer la mayor parte de sus actividades al exterior por sí solo. Las muchachas se daban un paseo con él de cuando en cuando, principalmente por la mañana temprano o tarde por la noche, o en días húmedos cuando no había nadie por ahí; aseguraban que estaban dispuestas a ir en todo momento, pero de alguna manera siempre ocurría algo que lo evitaba. A los muchachos no se les podía encontrar en tales ocasiones, y en cuanto a la señora Markam, se negaba rigurosamente a salir con él de ninguna manera mientras siguiera haciendo ese tipo de insensateces. Los domingos se vestía con sus paños finos habituales, pues sentía con razón que la iglesia no era un lugar para los sentimientos airados, pero el lunes por la mañana reanudaba su apariencia de las Tierras Altas. Para entonces habría dado mucho si no hubiese pensado en el traje, pero su obstinación británica era muy fuerte y no se daba por vencido. Saft Tammie visitaba su casa cada mañana, y al no poder verlo ni tener ningún mensaje para él, solía visitarlo otra vez por la tarde, cuando había entregado su bolsa de cartas y lo vigilaba cuando salía. En esas ocasiones no dejaba nunca de advertirle acerca de su vanidad con las mismas palabras que había utilizado el primer día. Antes de que hubieran pasado muchos días, el señor Markam había llegado a considerarlo como una pequeña especie de flagelo.

Cuando terminó la semana, la parcial soledad impuesta, el disgusto constante y la interminable melancolía que se generaba de esa manera, empezaron a poner bastante enfermo al señor Markam. Era demasiado orgulloso para tener confianza con nadie de su familia, puesto que en su opinión lo trataban muy mal. Entonces no dormía bien por la noche, y cuando conseguía dormir tenía pesadillas constantemente. Simplemente para asegurarse de que no le faltaba su coraje, puso en práctica visitar las arenas movedizas al menos una vez al día, y apenas dejaba nunca de acudir allá como lo último que hacía por la noche. Quizá fuera ese hábito lo que grabó las arenas movedizas con su terrible experiencia tan perpetuamente en sus sueños, que se le fueron haciendo cada vez más vívidos, hasta el punto de que al despertar había veces en las que apenas podía darse cuenta de que no había estado visitando realmente en persona aquel lugar funesto. A veces creía que debía haber estado andando dormido.

Una noche, su sueño fue tan vívido que cuando despertó no pudo creer que sólo había sido un sueño. Cerró los ojos una y otra vez, pero en cada una de ellas la visión, si es que era una visión, o la realidad, si es que era una realidad, se alzaba ante él. La luna llena brillaba amarilla sobre las arenas movedizas cuando se acercaba a ellas, veía la extensión de luz alterada y perturbada, llena de negras sombras mientras la arena líquida se estremecía, temblaba, se rizaba y se arremolinaba como era su costumbre entre sus pausas de calma de mármol. Cuando estaba cerca de ellas, otra figura iba hacia ellas desde el lado opuesto con pasos iguales a los suyos. Vio que eso era su propia figura, su propio yo y avanzó con un terror mudo y obligado por una fuerza que no conocía. Estaba hechizado igual que un pájaro lo está por una serpiente, mesmerizado o hipnotizado por encontrarse con su otro yo. Cuando sintió que la arena maleable se cerraba sobre él, se despertó con una agonía mortal y temblando de miedo y, por raro que sea decirlo, con la profecía de aquel hombre bobo sonándole en los oídos: «¡Vanidad de vanidades! ¡Todo es vanidad! Encuéntrate contigo mismo y arrepiéntete antes de que te traguen las arenas movedizas!».

Tan convencido estaba de que no era un sueño, que se levantó, aunque era muy temprano, se vistió sin molestar a su mujer y se encaminó a la orilla. Se le hundió el corazón cuando se cruzó sobre las arenas con una serie de pisadas, que reconoció inmediatamente como las suyas propias. Ahí estaban el mismo tacón ancho y la misma puntera cuadrada, ahora no tenía duda alguna de que había estado allí realmente y, a medias horrorizado y a medias en un estado de estupor como soñado, siguió las pisadas y vio que se perdían en el borde de las maleables arenas movedizas. Eso le provocó un impacto terrible, porque no había pisadas de regreso marcadas sobre la arena, y sintió que allí había algún misterio pavoroso que no podía penetrar, y temía que si lo penetraba podría deshacerlo.

En esa situación, tomó dos decisiones equivocadas. Primeramente, se guardó para sí su perturbación, y como nadie de su familia tenía ninguna pista de ello, cada palabra o expresión inocente que utilizaban avivaba el fuego incontenible de su imaginación. En segundo lugar, empezó a leer libros que afirmaban que tenían que ver con los misterios del sueño y en general con los fenómenos mentales, con el resultado de que cada loca imaginación de cada rarito o filósofo medio loco se convirtió en un germen vivo de inquietud en la tierra fértil de su desorientado cerebro. De ese modo, tanto negativa como positivamente, todas las cosas empezaron a trabajar para un fin común. Saft Tammie no era la menor de sus causas de perturbación, pues ahora se había convertido a ciertas horas del día en un elemento fijo en su puerta. Tras un tiempo, al estar interesado en el estado anterior de ese personaje, hizo unas indagaciones respecto a su pasado con los siguientes resultados:

Se creía popularmente que Saft Tammie era el hijo de un terrateniente de uno de los condados de alrededor del estuario de Forth. Había sido educado parcialmente por el clero, pero, por algún motivo que nadie supo jamás, de repente tiró por la borda sus posibilidades, fue a Peterhead en la época en la que prosperaba con el negocio de las ballenas, y allí entró al servicio de un ballenero. Allí se quedó intermitentemente durante algunos años, haciéndose gradualmente cada vez más silencioso en sus costumbres, hasta que por último sus compañeros de tripulación protestaron contra un compañero tan taciturno, y él encontró trabajo entre los barcos pesqueros de la flota del norte. Había trabajado muchos años en la pesca, siempre con la reputación de ser «un poquito tonto», hasta que con el tiempo se fue instalando poco a poco en Crooken, donde el terrateniente, que sin duda sabía algo de la historia de su familia, le dio un trabajo que en la práctica lo hizo un jubilado. El eclesiástico que le dio la información terminó de esta manera:

—Es una cosa muy extraña, pero parece que el hombre tenga alguna extraña clase de don. Tanto si es esa «segunda vista», en la que nosotros los escoceses estamos tan inclinados a creer, como si es alguna otra forma oculta de conocimiento, no lo sé, pero nada que tenga una tendencia desastrosa ocurre nunca en este lugar sin que los hombres con quienes vive puedan citar después del suceso algún dicho de los suyos que ciertamente parece que lo haya previsto. Se pone intranquilo o agitado —de hecho se despierta— cuando la muerte está en el aire.

Eso no tendió en modo alguno a disminuir la preocupación del señor Markam, sino que al contrario imprimió más profundamente la profecía en su mente. De todos los libros que había leído sobre ese nuevo tema de estudio suyo, ninguno lo interesó tanto como uno alemán, «Die Dopplehänger»[48], del doctor Heinrich von Aschenberg, anteriormente de Bonn. Allí conoció por primera vez casos en los que hombres habían llevado una doble existencia —con cada naturaleza muy aparte de la otra—, el cuerpo era siempre una realidad con un espíritu y un simulacro con la otra. No hace falta decir que el señor Markam se dio cuenta de que esta teoría se adaptaba exactamente a su propio caso. La ojeada que había tenido de su propia espalda la noche de su escape de las arenas movedizas; sus propias pisadas que desaparecían en las arenas sin que hubiese pisadas visibles de regreso; la profecía de Saft Tammie sobre reunirse consigo mismo y perecer en las arenas movedizas... todo eso contribuía a la convicción de que en su propia persona era un caso de *dopplegänger*. Al ser consciente entonces de una doble vida, dio los pasos necesarios para demostrar su existencia para su propia satisfacción. Con ese fin una noche, antes de irse a la cama, escribió su propio nombre con tiza en las suelas de sus zapatos. Esa noche soñó con las arenas movedizas y con

---

[48] El otro yo, o el doble. Ver el propio es presagio de males o de muerte.

su visita a ellas. Lo soñó tan vívidamente, que al despertar en el gris del amanecer no podía creer que no había estado allí. Se levantó sin molestar a su esposa y buscó los zapatos.

¡Las firmas con tiza estaban inalteradas! Se vistió y salió sigilosamente. Esta vez la marea estaba alta, de manera que cruzó las dunas y llegó a la orilla por el lado más alejado de las arenas movedizas. Y allí, ¡horror de los horrores!, vio sus propias pisadas que morían en el abismo.

Fue a casa como un hombre desesperado y triste. Le parecía increíble que él, un hombre mayor dedicado al comercio, que había tenido una larga vida sin sobresaltos en la búsqueda de negocios en medio del práctico y rugiente Londres, tuviera que verse enredado en el misterio y el horror y que tuviese que descubrir que tenía dos existencias. No podía hablar de su problema ni siquiera con su propia esposa, porque bien sabía él que ella solicitaría inmediatamente todos los detalles de esa otra vida, la que ella no conocía, y que ella empezaría, no sólo a imaginar, sino a acusarle de toda clase de infidelidades a la cabeza de todo ello. Y así, su melancolía se hizo cada vez más profunda. Una tarde —la marea bajaba y la luna estaba llena—, estaba sentado esperando la cena cuando la doncella anunció que Saft Tammie estaba haciendo un alboroto fuera porque ella no quería dejarlo entrar para verlo. Él estaba muy indignado, pero no le gustaba que la doncella pensase que le tenía miedo al asunto y le dijo que lo trajera. Tammie entró, caminando más bruscamente que nunca, con la cabeza alta y un aire de vigorosa decisión en los ojos, que por lo general estaban siempre gachos. En cuanto entró, dijo:

—He venido a verlo otra vez... otra vez, y ahí está, más quieto que una cacatúa en una percha. Bueno, vamos, ¡le perdono! Ponga atención a eso, ¡le perdono!

Y sin decir una palabra más, se volvió y salió de la casa, dejando al dueño en una indignación sin palabras.

Después de cenar, se decidió a hacer otra visita a las arenas movedizas, pero no reconocería ni ante sí mismo que estaba asustado de ir. Y así, a eso de las nueve, con todo el despliegue, fue a la playa y pasando por encima de las arenas se sentó en la falda de la roca cercana. La luna llena estaba detrás de él y su luz iluminaba la bahía de manera que su cerco de espuma, la oscura silueta del promontorio y los postes de las redes para el salmón estaban muy destacados. El brillante resplandor amarillo de las luces en las ventanas de Port Crooken y en las del distante castillo del terrateniente temblaba como las estrellas en el cielo. Se quedó sentado mucho tiempo y bebió en la belleza de ese escenario, y su alma sintió una paz que no había conocido en muchos días. Todas las pequeñeces, las molestias y los tontos miedos de las pasadas semanas se habían borrado, y una nueva y santa calma había ocupado el lugar vacante. En ese humor dulce y solemne revisó con calma sus últimos actos, y se sintió avergonzado de sí mismo por su vanidad y por la obstinación que la siguió. Y allí y en ese momento decidió que la actual sería la última vez que llevaría el traje que lo había separado de aquellos a quienes amaba y que le había causado tantas horas y días de disgusto, irritación y sufrimiento.

Pero en cuanto llegó a esa conclusión, habló otra voz dentro de él que burlonamente le preguntó si tendría la oportunidad de ponerse el traje otra vez, que era demasiado tarde, que había escogido el rumbo y que ahora tendría que seguir con el problema.

«No es demasiado tarde», dijo la rápida respuesta de su mejor yo y, lleno con ese pensamiento, se levantó para ir a casa y desvestirse enseguida de lo que ahora era un traje aborrecible. Hizo una pausa para echar una mirada al maravilloso escenario. La luz era pálida y delicada, suavizaba cada contorno de las rocas, los árboles y los tejados de las casas; hacía más profundas las sombras, de un negro aterciopelado, e iluminaba como con una llama pálida la marea ascendente, que ahora se arrastraba como un fleco sobre el llano desierto de arena. Entonces se alejó de la roca y se encaminó a la orilla.

Pero al hacerlo, un terrible espasmo de horror lo sacudió, y por un momento la sangre que subía corriendo a su cabeza apagó toda la luz de la luna llena. Una vez más vio la fatídica imagen de sí mismo moviéndose más allá de las arenas movedizas desde la roca opuesta a la orilla. El impacto fue mucho mayor por el contraste con el rato de paz que acababa de disfrutar y prácticamente lo paralizó en todo sentido. Se detuvo y observó la fatídica visión y las arrugadas y gateantes arenas movedizas, que se retorcían y ansiaban algo que había entremedias. Esta vez no podía haber error, porque, aunque desde atrás la luna dejaba en sombras, pudo ver allí las mismas mejillas afeitadas como las suyas, y el pequeño bigote rechoncho que le había crecido en unas semanas. La luz hacía destacar la brillante tela escocesa y la pluma del águila. Hasta el espacio calvo de uno de los lados del gorro de Glengarry relucía, igual que hacían el broche de cuarzo ahumado en el hombro y los botones de plata. Al mirar notó que sus pies se hundían ligeramente, pues todavía estaba cerca del borde del cinturón de arenas movedizas, y dio un paso atrás. Al hacerlo, la otra figura dio un paso adelante, de modo que se mantuvo el espacio que había entre ellos.

Los dos se quedaron mirándose el uno al otro, como si estuvieran en alguna extraña fascinación y, con el correr apresurado de la sangre por su cerebro, Markam oyó las palabras de la profecía: «Encuéntrate contigo mismo cara a cara, y arrepiéntete antes de que las arenas movedizas te traguen». Él estaba cara a cara consigo mismo, se había arrepentido, ¡y ahora se estaba hundiendo en las arenas movedizas! ¡El aviso y la profecía estaban haciéndose realidad!

Por encima de él chillaban las gaviotas, dando vueltas alrededor de la periferia de la marea ascendente, y como el ruido era enteramente mortal, lo trajo de nuevo a sí mismo. En ese instante dio unos cuantos pasos rápidos hacia atrás, porque hasta ahora sólo sus pies se habían mezclado con la arena blanda. Al hacerlo, la otra figura dio pasos hacia adelante, y al haber llegado al alcance del agarre mortal de las arenas movedizas, empezó a hundirse. Para Markam era como si se mirase a sí mismo descendiendo hacia su perdición, y en ese instante la angustia de su corazón encontró una salida en un grito terrible. En ese mismo instante hubo un grito terrible de la otra figura, y cuando Markam lanzó sus manos hacia arriba, la figura hizo lo mismo. Con ojos llenos de horror se vio sumergirse más profundamente en las arenas movedizas, y entonces, impulsado por un poder que no conocía, volvió a avanzar hacia las arenas para encontrarse con su destino. Pero cuando su pie más adelantado empezó a hundirse, oyó otra vez los chillidos de las gaviotas, que restauraron sus facultades entumecidas. Con un poderoso esfuerzo, sacó el pie fuera de la arena que lo había agarrado, dejándose atrás el zapato, y luego se volvió de puro terror y salió corriendo de aquel lugar, sin detenerse hasta que su respiración y sus fuerzas le fallaron, y se hundió medio desvanecido en el sendero de hierba que recorría los médanos.

Arthur Markam se decidió a no decirle a su familia su terrible aventura, al menos hasta el momento que fuese completamente dueño de sí mismo. Ahora que aquel doble fatídico —su otro yo— había sido tragado en las arenas movedizas, sintió algo de su antigua tranquilidad.

Aquella noche durmió profundamente y no soñó nada en absoluto, y por la mañana estaba bastante como su viejo yo. Realmente parecía como si su yo más nuevo y peor hubiese desaparecido para siempre, y muy extrañamente Saft Tammie estaba ausente de su puerta esa mañana y no volvió a aparecer por allí, sino que se quedó sentado en su viejo sitio mirando al vacío con ojos apagados, como era su vieja costumbre. Conforme a su decisión, no volvió a llevar su traje de las Tierras Altas, y una tarde hizo un paquete, con la espada, la daga, el *kilt* y todo lo demás, se lo llevó en secreto con él y lo arrojó a las arenas movedizas. Con una sensación de intenso placer lo vio tragado por debajo de la arena, que se cerró por encima con una suavidad de mármol. Entonces fue a casa y anunció alegremente a su familia, que estaba reunida para las oraciones de la tarde:

—Bueno, queridos, os alegrará saber que he abandonado la idea de llevar el traje de las Tierras Altas. ¡Ahora veo el vanidoso viejo insensato que era y lo ridículo que me hacía a mí mismo!

«¿Dónde está, padre?», preguntó una de las muchachas, que deseaba decir algo de modo que ese anuncio de sacrificio propio de su padre no pasara en un silencio absoluto. Él dio su respuesta de una manera tan dulce, que la muchacha se levantó de su asiento, se acercó a él y lo besó. Era esta:

—¡En las arenas movedizas, querida! Y espero que mi yo peor esté enterrado allí junto con él... ¡para siempre!

El resto del verano se pasó en Crooken con deleite por toda la familia, y a su regreso a la gran ciudad el señor Markam casi se había olvidado de todo el incidente de las arenas movedizas y de todo lo que se relacionaba con él. Un día recibió una carta del establecimiento Mac-Callum More que lo hizo pensar mucho, aunque no le dijo nada de ella a su familia, y por ciertas razones la dejó sin contestar. Aquella carta decía lo siguiente:

Compañía MacCallum More y Roderick MacDhu.
Mercado de ropa y tela escocesa de pura lana.
Copthall Court, E.C.
30 de septiembre de 1892.

Estimado señor:

Confío que me perdone la libertad que me tomo al escribirle, pero estoy deseoso de hacer una investigación y me han informado de que ha estado usted pasando una temporada durante el verano en la comarca de Aberdeenshire, en Escocia. Mi socio, el señor Roderick MacDhu —tal como aparece por razones comerciales en nuestros encabezamientos de cartas y facturas, y en nuestros anuncios, pues su nombre real es Emmanuel Moses Marks, de Londres— ha ido a principios del mes pasado a Escocia por una gira, pero como sólo he tenido noticias suyas poco después de su marcha, estoy inquieto por temor de que le haya sucedido alguna desgracia. Como he sido incapaz de conseguir noticias de él al hacer todas las indagaciones que podía llevar a cabo, me atrevo a recurrir a usted. Su carta estaba escrita en un profundo abatimiento, y mencionaba que temía que hubiese caído sobre él una sentencia por desear aparecer como un escocés en suelo escocés, ya que una noche de luna llena, poco después de llegar, había visto su «fantasma». Era evidente que aludía al hecho de que antes de su marcha se había comprado un traje de las Tierras Altas parecido al que tuvimos el honor de suministrarle a usted y con el que estaba muy impresionado, como tal vez recuerde. Sin embargo, es posible que no se lo pusiera nunca, ya que, por lo que sé, él era reticente a ponérselo, e incluso llegó hasta a decirme que al principio sólo se atrevería a llevarlo muy tarde por la noche o muy temprano por la mañana, y sólo en lugares apartados, hasta el momento que se hubiese acostumbrado a él. Desgraciadamente, no me informó de su trayecto, así que estoy en una ignorancia completa de su paradero, y me atrevo a preguntarle a usted si ha visto o sabido de un traje de las Tierras Altas semejante al suyo que se haya visto en algún lugar del vecindario en el que se me ha dicho que usted ha comprado recientemente la finca que ocupaba temporalmente. No esperaré respuesta a esta carta a menos que pueda usted darme alguna información relacionada con mi amigo y socio, de modo que le ruego que no se tome la molestia de responder a menos que haya causa para ello. Me animo a pensar que él puede haber estado en su vecindario ya que, aunque su carta no está fechada, el sobre está marcado con el sello de «Yelon», que he averiguado que está en Aberdeenshire, y no lejos de los Mains de Crooken.

Tengo el honor de ser, estimado señor, muy respetuosamente suyo.

Joshua Sheeny Cohen Benjamin.
(De la compañía MacCallum More).

LA GUARIDA DEL
GUSANO BLANCO

A mi amiga Bertha Nicoll,
con afectuosa estima.

NOTA EDITORIAL

La novela titulada *La guarida del gusano blanco (The Lair of the White Worm)* fue publicada por primera vez por la Editorial William Rider and Son en 1911. Posteriormente, en 1925, se publicó una versión abreviada y reducida de la misma, con veintiocho capítulos en lugar de los cuarenta originales. Presentamos aquí completa la primera versión de 1911.

CAPÍTULO PRIMERO
Llega Adam Salton

Cuando Adam Salton llegó al hotel Great Eastern, vio que lo esperaba una carta de puño y letra de su tío abuelo, Richard Salton, a quien conocía muy bien por las muchas cartas amables que había recibido de él en Australia occidental. La primera de ellas la había escrito menos de un año antes, y en ella el anciano caballero, que había reivindicado parentesco, manifestaba que había sido incapaz de escribir antes porque hasta entonces ni siquiera sabía de su existencia, y porque le había costado tiempo averiguar su dirección. La última que había enviado acababa justo de llegar y contenía una invitación muy cordial a Adam a quedarse con él en Lesser Hill durante todo el tiempo que estuviese libre.

De hecho —seguía su tío abuelo—, *tengo la esperanza de que establezcas tu casa aquí permanentemente. Ya ves, mi querido muchacho, que tú y yo somos todo lo que queda de nuestra estirpe, y es muy adecuado que tú me sucedas cuando llegue la hora, que ya no puede tardar mucho. Estoy acercándome a los ochenta años y, aunque hayamos sido una estirpe muy longeva, la duración de la vida no puede prolongarse más allá de los límites razonables. Estoy preparado para que me agrades y para hacer que tu estancia conmigo sea tan feliz como yo pueda conseguir. Así que ven inmediatamente cuando recibas esta carta y disfruta de la bienvenida que espero darte. En el caso de que esto pueda hacerte más fáciles las cosas, te envío una letra bancaria por quinientas libras. Ven pronto, y así ambos podremos tener tantos días felices como nos sea posible. Para mí es de suma importancia, ya que las horas de mi vida están acabándose, pero confío que para ti vendrán muchos años felices. Si puedes concederme el placer de verte, envíame en cuanto puedas una carta para decirme que te espere. Entonces, cuando llegues a Plymouth, o a Southampton o a cualquier puerto al que te dirijas, envíame un telegrama e iré a encontrarme contigo a la hora más temprana posible.*

El lunes llegó la carta de Adam Salton en el correo de la mañana, en ella decía que esperaba viajar en el barco que la llevaba, y que por lo tanto estaría preparado para encontrarse con su tío abuelo, ya que muy pronto después de la llegada de la carta a Mercia, él habría podido llegar a Londres. *Esperaré su llegada en el barco, señor* —decía en la carta— *De esa manera podremos evitar cualquier desencuentro.*

El señor Salton dio por descontado que, por rápido que viajase, su huésped estaría esperándolo ya, de modo que dio órdenes de que estuviese listo un carruaje a la mañana siguiente, a las siete, para salir hacia Stafford, donde podría tomar el tren de las 11:40 a Euston, que llegaba a las 2:10. Desde allí, viajando hacia Waterloo, podría tomar el de las 3 de la tarde, que llegaba a Southampton a la 5:38. Esa noche se quedaría con su sobrino nieto, o bien en el barco, lo que sería una experiencia nueva para él, o bien en un hotel, si su huésped lo prefería. En cualquier caso saldrían a primera hora de la mañana hacia la casa. Había dado órdenes a su administrador para que enviase el carruaje con el postillón a Southampton, que estuviese preparado para su viaje a casa y que arreglase el envío inmediato de sus propios caballos para los relevos. Tenía la intención de que su sobrino nieto, que había estado toda su vida en Australia, viese algo de la Inglaterra central en el viaje. Tenía muchos caballos jóvenes de su propia crianza y doma, y podía contar con un viaje memorable para el joven. El equipaje se enviaría por tren el mismo día a Stafford, donde lo recogería uno de sus propios carruajes. Durante el viaje a Southampton, el señor Salton se preguntó a menudo si su sobrino nieto estaba tan emocionado como él con la idea de reunirse con un pariente tan cercano por primera vez; y tuvo que hacer un esfuerzo para controlarse. Las interminables vías del tren y los cambios ferroviarios alrededor de los muelles de Southampton renovaron su impaciencia.

Mientras el tren se detenía en la dársena y él se ponía bien los gemelos, la portezuela del carruaje se abrió y un joven saltó adentro, diciendo al entrar:

—¿Cómo está, tío? Quería reunirme con usted en cuanto pudiese, pero todo es tan extraño para mí que no sabía muy bien qué hacer. Sin embargo, tuve la suerte de que la gente supiese algo de sus propios asuntos, y aquí estoy. Me alegro mucho de verlo, señor. He estado soñando con esta alegría durante miles de millas, ¡y ahora veo que la realidad supera todo lo soñado!

Mientras hablaba, el hombre viejo y el joven se estrechaban efusivamente las manos. El joven siguió diciendo:

—Creo que lo reconocí en cuanto le puse los ojos encima. ¡Cuánto me alegro de que ese sueño haya sido aumentado por la realidad!

La reunión que empezó tan favorablemente prosiguió muy bien. Al ver que el viejo estaba interesado en la novedad del barco, Adam sugirió tímidamente que se quedase a bordo por la noche, y que él mismo estaría listo a cualquier hora para salir al sitio que sugiriese el otro. Esa cariñosa disposición a estar de acuerdo con sus propios planes se ganó bastante el corazón del viejo. Aceptó calurosamente la invitación, e inmediatamente estuvieron en términos, no sólo de una relación cariñosa, sino casi como viejos amigos. El corazón del viejo, que había estado tanto tiempo vacío, encontró un nuevo deleite. Así que también, al desembarcar en el viejo país, el joven encontró una bienvenida y un entorno en completa armonía con todos sus sueños a través de sus andanzas y de su soledad, y la promesa de una vida nueva y aventurera. No pasó mucho tiempo antes de que el viejo lo aceptase en una relación plena llamándolo por su nombre de pila[1]. El otro aceptó la proposición con tanta cordialidad, que el viejo lo consideró pronto como el futuro compañero, casi el hijo, de su avanzada edad. Después de una larga conversación sobre sus intereses personales, se retiraron al camarote, que el mayor tenía que compartir. Richard Salton puso sus manos cariñosamente sobre los hombros del muchacho (aunque Adam tenía veintisiete años, para su tío abuelo era un muchacho y siempre lo sería), y dijo calurosamente:

—Estoy muy contento por encontrarte tal como eres, mi querido muchacho; un hombre tan joven como siempre esperé tener por hijo, en la época en la que aún tenía esas esperanzas. Pero, muchacho, todo eso es pasado. Gracias a Dios, para nosotros dos hay una vida nueva que empezar. Para ti debe ser la parte mayor, pero todavía hay tiempo para que tengamos algo de ella en común. He esperado hasta habernos visto para sacar el tema, porque he creído que era mejor no atar tu joven vida a la mía hasta que tengamos suficiente conocimiento personal para justificar una aventura así. De modo que, en lo que a mí respecta, puedo entrar en ello libremente, puesto que desde el momento que he depositado mis ojos en ti he visto a mi hijo —tal como serás, si Dios quiere—, si tú mismo eliges esa trayectoria.

—¡Por supuesto que sí, señor[2], de todo corazón!

—Te lo agradezco, Adam.

Los ojos del viejo se llenaron de lágrimas y le tembló la voz. Entonces, tras un largo silencio entre ellos, siguió hablando:

—Cuando supe que venías, hice mi testamento. Era bueno que tus intereses estuviesen protegidos a partir de ese momento. Esta es la escritura; guárdala tú, Adam. Todo lo que tengo te pertenecerá, y si el amor y los buenos deseos, o el recuerdo de ellos, pueden hacer más agradable la vida, la tuya será muy feliz. Y ahora, querido muchacho, vámonos a la cama. Hay que salir por la mañana temprano y tenemos un largo viaje por delante. Espero que no te importe llevar tú el carruaje. Iba a usar la

---

[1] Es decir, dando paso al tuteo. En inglés, llamarse por el nombre de pila implica el grado más cercano en la relación.

[2] Adam no tutea al tío abuelo, pues le llama «señor», signo de respeto.

vieja carroza de viaje en la que mi abuelo, tu tío bisabuelo, fue a la Corte cuando William IV era rey. Está muy bien —construían bien en aquella época— y se ha mantenido en perfectas condiciones. Pero creo que he hecho lo mejor: he utilizado el carruaje en el que viajo yo mismo. Los caballos son de mi propia crianza, y los relevos nos llevarán hasta el final. Espero que te gusten los caballos. Ellos han sido uno de los mayores intereses de mi vida.

—Me encantan, señor, y me alegra decir que tengo muchos caballos propios. Mi padre me dio una granja de caballos para mí cuando cumplí los dieciséis. Me he dedicado a ello, y ha ido bien. Antes de mi viaje, mi administrador me dio la nota de que tenemos más de mil en mi finca, buenos casi todos ellos.

—Me alegro, querido muchacho. Otro vínculo más entre nosotros.

—Imagínese que delicia va a ser, señor, ver tanto de la Inglaterra central... ¡y con usted!

—Gracias otra vez, muchacho. Voy a decírtelo todo sobre tu futura casa y sus alrededores según vamos. Viajaremos en lo que se llama «a la antigua usanza», te digo. Mi abuelo siempre llevó un carruaje de cuatro caballos, y así lo haremos nosotros.

—Oh, gracias, señor, gracias. ¿Puedo llevar las riendas alguna vez?

—Cuanto tú quieras, Adam. El tiro es todo tuyo. Todos los caballos que usemos hoy serán tuyos.

—¡Es usted demasiado generoso, tío!

—Ni en lo más mínimo. Es sólo un placer egoísta de viejo. No ocurre todos los días que regrese un heredero de la vieja casa. Oh, y ya que estamos... No, será mejor que ahora nos vayamos a la cama; te diré el resto por la mañana.

CAPÍTULO II
Los Caswall de Castra Regis

El señor Salton se había levantado temprano toda su vida, y consecuentemente, despertaba temprano a los demás. Pero aunque a la mañana siguiente se despertó pronto —y aunque había una excusa para no prolongar el sueño en el zumbido y el traqueteo de los cabrestantes «burros»[3] del motor del gran barco—, se encontró con que los ojos de Adam estaban fijos en él desde su litera. El sobrino nieto le había cedido el sofá, por lo que ocupaba la litera de abajo. El viejo, a pesar de su gran fuerza y su actividad normal, estaba algo cansado por su largo viaje del

---

[3]   Motores de vapor de uso secundario en los barcos, llamados con ese mote.

día anterior y por la prolongada y apasionante entrevista que lo siguió; así que se contentó con quedarse quieto para que su cuerpo descansase, mientras que su mente se ejercitaba activamente en asimilar todo lo que podía de su extraño entorno. También Adam, según la costumbre pastoral en la que se había educado, se despertó al amanecer y estaba listo para entrar en las experiencias del nuevo día cuando le conviniese a su compañero mayor. No había porqué extrañarse, pues, de que, en cuanto cada uno se dio cuenta de que el otro estaba dispuesto, se pusieran en pie simultáneamente y empezasen a vestirse. Por órdenes previas, el sobrecargo había preparado un desayuno temprano y no pasó mucho tiempo hasta que bajaron por la pasarela a la orilla buscando el carruaje.

Encontraron al administrador del señor Salton esperándolos en el muelle, y los llevó inmediatamente adonde aguardaba el carruaje en la calle. Richard Salton señaló con orgullo a su joven compañero la idoneidad del vehículo para cualquier viaje. Era una especie de calesa doble, excelentemente construida y con todos los dispositivos adaptados para la velocidad y la seguridad. A ella estaban aparejados cuatro buenos caballos de servicio, con un postillón en cada par.

—Observa —dijo el viejo orgullosamente— que tiene todos los lujos que son útiles para un viaje: silencio y aislamiento, a la vez que velocidad. No hay nada que obstruya la vista de los viajeros y nadie a quien escuchar lo que pueda decir. He utilizado este enganche por un cuarto de siglo, y no he visto nunca ninguno más indicado para viajar. Lo comprobarás enseguida. Vamos a pasar a través del corazón de Inglaterra, y conforme vayamos te diré eso de lo que hablaba anoche. Nuestro camino será por Salisbury, Bath, Bristol, Cheltenham, Worcester y Stafford, y luego ya en casa.

Adam permaneció en silencio unos minutos, durante los que parecía todo ojos, porque éstos oscilaban constantemente por todo el círculo del horizonte.

—¿Tiene nuestro viaje de hoy, señor —preguntó—, alguna relación en especial con lo que dijo anoche que quería decirme?

—No directamente, pero indirectamente, todo.

—¿No me lo dirá usted ahora?, pues veo que no pueden escucharnos, y si descubrimos algo de camino, interrúmpase simplemente. Lo entenderé.

De modo que el viejo Salton habló:

—Por empezar por el principio, Adam. Esa conferencia tuya sobre «Los romanos en Bretaña» me dejó pensando, además de decirme dónde estabas. Te escribí inmediatamente y te pedí que vinieras a casa, porque vi que si te gusta la investigación histórica, como de hecho parecía, este era el lugar exacto para ti, además de ser el hogar de tus propios antepasados. Si tú puedes aprender tanto de los británicos romanos desde tan lejos, en Nueva Gales del Sur, donde ni siquiera puede haber ninguna tradición de ellos, ¿qué no podrías hacer con el mismo estudio en el propio sitio? Donde vamos está en el verdadero corazón del antiguo reino de Mercia, donde hay rastros de todas las nacionalidades diferentes que construyeron el conglomerado que se convirtió en Bretaña.

Después de una corta pausa, Adam dijo:

—Yo más bien creí que tenía usted razones más definidas, más personales, para apresurarme. Después de todo, la Historia puede esperar, ¡excepto cuando se la hace!

—Completamente de acuerdo, muchacho. Yo tenía una razón, como has adivinado muy sabiamente. Estaba ansioso para que estuvieses aquí cuando ocurriese un episodio bastante importante de nuestra historia local.

—¿Y qué es ello, si puedo preguntar, señor?

—Indudablemente. El terrateniente principal de nuestra parte del país está de camino a casa y habrá un gran recibimiento, que podría gustarte ver. El hecho es que, durante más de un siglo, los diferentes propietarios sucesivos han vivido en el extranjero, excepto por un período muy corto.

—¿Y cómo es eso, señor, si puedo preguntar de nuevo?

—Por supuesto. Por eso deseaba que estuvieses aquí, y así podrías aprender. Tenemos ante nosotros una larga tirada sin incidentes hasta que tengamos Salisbury a la vista, así que será mejor que empiece ahora.

»En esta parte del mundo, la gran casa y finca es Castra Regis, la sede familiar de la familia Caswall. El último propietario que vivió aquí fue Edgar Caswall, tío bisabuelo del hombre que viene, y fue el único que se quedó, aunque fuese por poco tiempo. El abuelo de ese hombre, también llamado Edgar (mantienen la tradición de familia del nombre de pila), se peleó con su familia y se fue a vivir al extranjero. No mantuvo relación ninguna, buena o mala, con sus padres. Su hijo nació, vivió y murió en el extranjero. El hijo de éste, el último heredero, también nació y vivió en el extranjero hasta que cumplió los treinta, su edad actual. Esa fue la segunda línea de ausentes. El tatarabuelo del Edgar actual se desligó también de la familia y se fue al extranjero, de donde no regresó nunca. La consecuencia ha sido que la gran finca de Castra Regis no ha conocido a sus propietarios en cinco generaciones, lo que abarca más de ciento veinte años. Sin embargo, ha sido bien administrada, y ningún arrendatario o cualquier otro relacionado con ella ha tenido queja alguna. De todas formas, ha habido mucha ansiedad natural por ver al nuevo propietario y todos estamos emocionados con el acontecimiento de su venida. Hasta yo lo estoy, aunque tengo mi propia finca, que a pesar de ser adyacente, está bastante apartada de Castra Regis... Ahora estamos en un territorio nuevo para ti. Esa es la aguja de la catedral de Salisbury, cuando la dejemos atrás estaremos cerca del viejo condado romano y lo natural es que quieras tener los ojos bien abiertos. Así que en breve tendremos ocupadas nuestras mentes con la antigua Mercia. Sin embargo, no tienes que decepcionarte. Mi viejo amigo sir Nathaniel de Salis, que como yo es propietario vitalicio cerca de Castra Regis (su finca, Doom Tower, está más allá de los límites de Derbyshire, sobre el Pico), va a venir a estar conmigo para las fiestas de bienvenida a Edgar Caswall. Es justo el tipo de hombre que te gustará. Está dedicado a la Historia y es presidente de la Sociedad Arqueológica Merciana. Sabe más que nadie de nuestra parte del país, con su historia y sus gentes. Espero que haya llegado antes que nosotros, y los tres podremos tener una larga conversación después de la cena. También es el geólogo y el experto en historia natural de la localidad. Así que tú y él tendréis muchos intereses en común. Entre otras cosas, tiene un conocimiento especial del Pico y de sus cuevas y conoce las viejas leyendas de los tiempos en los que las épocas prehistóricas eran fundamentales.

Después de esto llegaron a Stafford. Los ojos de Adam estaban en constante movimiento por lo que veía en la carretera, y hasta que Salton declaró que habían entrado en la última etapa de su viaje, no se refirió a la venida de sir Nathaniel.

Cuando terminaba el atardecer llegaron a Lesser Hill, la casa del señor Salton. En ese momento estaba demasiado oscuro para ver detalles de los alrededores. Adam sólo pudo ver que estaba en lo alto de una colina, no tan alta como la que estaba coronada por el castillo, sobre cuya torre ondeaba la bandera, y que estaba iluminada por las luces móviles que se utilizaban evidentemente para los preparativos de las festividades del día siguiente. De modo que Adam pospuso su curiosidad hasta que fuese de día. Su tío abuelo fue recibido en la puerta por un anciano distinguido que lo recibió calurosamente.

—He venido temprano, como usted deseaba. Supongo que él es su sobrino nieto... Encantado de conocerlo, señor Adam Salton. Yo soy Nathaniel de Salis, y su tío es uno de mis más viejos amigos.

En el momento que sus ojos se encontraron, Adam se sintió como si ya fuesen amigos. El encuentro fue una nueva nota de bienvenida que añadir a las que ya habían sonado en sus oídos.

La cordialidad con la que se conocieron sir Nathaniel y Adam hizo que la información que el primero impartía fuese fácil de decir y de escuchar. Sir Nathaniel era un inteligente hombre de mundo, que había viajado mucho y que estudió profundamente cierto campo. Era un conversador brillante y todo lo que cabía esperar de un diplomático de éxito, incluso bajo condiciones nada estimulantes. Pero lo había emocionado, y encendido hasta cierto punto, la evidente admiración y disposición del joven para aprender de él. Por consiguiente, la conversación, que había empezado en los términos más amistosos, se caldeó pronto hasta ser de un interés a toda prueba, según habló de ella al día siguiente el anciano con Richard Salton. Ya sabía que su viejo amigo quería que su sobrino nieto aprendiera todo lo que pudiese sobre el asunto del que se trataba, y así, durante su viaje desde el Pico, había ordenado sus pensamientos para la narración y la explicación. Por lo tanto, Adam sólo tenía que escuchar y aprendería mucho de lo que quería saber. Cuando terminó la cena y se habían retirado los criados, dejando a los tres hombres con sus vinos, sir Nathaniel empezó.

—Entiendo por su tío abuelo..., por cierto, ¿hago bien en suponer que sería mejor hablar de ustedes como tío y sobrino, en lugar de acudir a la relación exacta? De hecho, su tío es un amigo tan viejo y tan querido que, con su permiso, dejaré las formalidades contigo completamente y te llamaré Adam, como si fueses su hijo.

—Lo desearía, señor —respondió el joven—, ¡no hay nada mejor en el mundo!

La respuesta caldeó los corazones de los dos ancianos. Todos los hombres estaban conmovidos, pero, con la acostumbrada elusión de los ingleses de los temas emocionales propios, volvieron instintivamente a la pregunta anterior. Sir Nathaniel tomó la iniciativa.

—¿Entiendo, Adam, que tu tío te ha informado respecto a las relaciones de la familia Caswall?

—En parte, señor, pero entendí que iba a oír detalles más minuciosos de usted... si es usted tan amable.

—Estaré encantado de decirte lo que sea, hasta donde lleguen mi conocimientos. Bueno, tenemos que recordar, en relación con el acontecimiento de mañana, que están involucradas no menos de diez generaciones de esa familia. Y creo de veras que para un conocimiento verdadero de las ramificaciones de la familia, no puede uno empezar mejor que teniendo la lista como base. Todo lo que podamos considerar según hacemos el recorrido adquirirá entonces su lugar natural sin problemas añadidos. La rama actual del asunto empieza hace algo más de ciento cincuenta años. Más adelante podríamos tener que ir más hacia atrás, pues la historia de la familia Caswall es coetánea con la de Inglaterra; no tenemos que molestarnos con las fechas, los hechos se entenderán más fácilmente de una manera general.

»El primer Caswall en nuestros registros más próximos es un Edgar, que fue cabeza de la familia y propietario de la finca, y que llegó a este reino justo al mismo tiempo que el rey George III. Tenía un hijo de unos veinticuatro años. Hubo una violenta disputa entre los dos. Nadie de esta generación tiene ninguna idea de la causa, pero, considerando las características de la familia, damos por sentado que, aunque fue profunda y violenta, fue trivial en la superficie.

»El resultado de la disputa fue que el hijo dejó la casa sin acercarse a una reconciliación, y sin decirle siquiera al padre dónde se iba. No volvió a la casa nunca más. Unos pocos años después, murió sin haber intercambiado en ese tiempo una palabra o una carta con su padre. Se casó en el extranjero y dejó un hijo, que se crio en la ignorancia de todo lo que le pertenecía. Al parecer, la brecha entre ellos era irreconciliable, porque, con el tiempo, ese hijo se casó y a su vez tuvo un hijo, pero ni la alegría ni la pena pudieron reunir a los separados. En tales condiciones, no se podía buscar reconciliación alguna, y una indiferencia total, basada como mucho en la ignorancia, tomó el lugar del cariño familiar, incluso de la comunidad de intereses. Sólo debido a la vigilancia de los abogados se hizo conocido el nacimiento de este nuevo heredero. Con el tiempo apareció un segundo hijo, pero sin efecto ni avance amistoso alguno.

»Al fin se presentó una pequeña esperanza de algún cese de hostilidades, porque, aunque ninguno de los separados hizo mención del hecho, cuyo conocimiento se debió otra vez a los abogados, de que un hijo había nacido del miembro más joven de los exiliados voluntarios, el biznieto de aquel Edgar al que había dejado su hijo. Después de aquello, el interés de la familia residía meramente en la herencia de la finca, cualquier interés exterior estaba sumergido en el hecho de que había nacido una hija del nieto del primer Edgar. Unos veinte años después, el interés aleteó cuando se hizo conocido, de nuevo por los abogados, que los dos últimos nacidos habían estado casados, con lo que se cortó cualquier posibilidad de disputar la herencia. Como no había otro niño que hubiese nacido en ninguna de las nuevas generaciones en los veinte años intermedios, toda esperanza de herencia se centraba ahora en el hijo de esa última pareja: el heredero cuya vuelta a casa celebraremos mañana. Todas las generaciones más viejas habían muerto y no había antepasados comunes, de manera que no había posibilidad alguna de que la herencia fuese disputada.

»Bien, será bueno para ti que tengas en cuenta las características dominantes de esa estirpe. Esas características estaban muy preservadas y no cambiaban. Todos y cada uno de ellos eran iguales: fríos, egoístas, dominantes, temerarios ante las consecuencias que se derivasen en la busca de que se hiciese su propia voluntad. No era que no mantuviesen la fe, aunque eso era un asunto que les daba pocas preocupaciones, pero procuraron pensar de antemano lo que debían hacer para conseguir sus propios fines. Si cometían un error, otro debía llevar la carga de él. Eso fue tan continuamente repetido, que parecía formar parte de una norma fija. De hecho no había que extrañarse de que, por los cambios que pudieran suceder, ellos estuviesen siempre seguros en sus propiedades. Eran absolutamente fríos y duros por naturaleza. Ninguno de ellos, hasta donde sabemos, fue conocido nunca por conmoverse ante los sentimientos más tiernos, por cambiar bruscamente de propósitos, o por retener su mano obedeciendo a los dictados de su corazón. Parte de esto se debía a su naturaleza dominante y autoritaria. Parecía que los rasgos aquilinos que los marcaban justificasen toda dureza. Los retratos y las efigies de todos ellos muestran su adhesión al tipo romano primitivo. Sus ojos eran grandes; sus cabellos, negros como cuervos, crecían espesos y rizados. Sus caras eran enormes y representativas de la fuerza.

»Su espeso cabello negro, que crecía hasta muy abajo en el cuello, expresaba una vasta y resistente fortaleza física. Pero la característica más notable eran los ojos. Negros, penetrantes, casi insoportables, era como si contuviesen en sí mismos una extraordinaria fuerza de voluntad que no se podía negar. Era un poder en parte racial y en parte individual: un poder impregnado de alguna cualidad enigmática, parcialmente hipnótica, parcialmente mesmérica, que parecía llevarse de los ojos que se cruzaban con los suyos todo el poder de resistencia... no, más que eso, toda la fuerza del deseo de resistir. Con unos ojos como aquellos, situados en esa cara tan aquilina e imponente, uno tenía que ser fuerte de verdad para pensar siquiera en resistirse a la voluntad inflexible que tenían detrás. Incluso el hábito y el ejercicio del poder que ellos significaban era un peligro para cualquiera que fuese consciente de una debilidad por su parte.

»Tú podrías pensar, Adam, que por mi parte todo esto es imaginación, especialmente porque yo no he visto nunca a ninguno que perteneciese a la generación de la que he hablado. Y así es, pero imaginación basada en un estudio profundo. He utilizado todo lo que sé o puedo suponer lógicamente respecto a esa extraña estirpe. Y con esos datos, aunque fuesen recibidos de otros, he pensado en los resultados lógicos, corrigiendo, enmendando, intensificando las conclusiones aceptadas, hasta que a veces veo como si varios miembros de la estirpe hubieran estado siempre bajo mi observación, y que seguían todavía bajo ella. Con unas cualidades de convicción tan extrañas, ¿hay que asombrarse de que en el extranjero haya una idea de que en la estirpe hay algo de posesión demoníaca, que tiende a una creencia más definida de que ciertos individuos de la misma se hayan vendido al diablo en el pasado? Debo decir en relación con esto que al diablo se lo menciona raramente *in propria persona,* sino generalmente bajo algún disfraz aceptado, «los poderes del mal», «el enemigo de la Humanidad», «el príncipe del aire», y etcétera. No sé cómo es en otros lugares, pero a lo largo de la costa este no se considera educado decir la verdad lisa y llanamente en tales asuntos, sino cubrir la idea con un velo de oscuridad en la que pueden ocultarse con seguridad y confianza.

»Pero creo que es mejor que ahora nos vayamos a la cama. Mañana tenemos mucho que recorrer y quiero que tengas la mente clara y toda tu receptividad fresca. Además, quiero que vengas conmigo a un paseo a primera hora, durante el que podemos percatarnos, mientras el asunto está reciente en nuestras mentes, de la peculiar disposición de este lugar... no sólo de la finca de tu tío abuelo, sino de la configuración del paisaje a su alrededor. Hay muchas cosas en las que podemos buscar esclarecimiento, y quizá encontrarlo. Cuanto más sepamos al principio, tanto más se desarrollarán las cosas que puedan llegar a nuestra vista.

Así que todos ellos se fueron a la cama.

CAPÍTULO III
Diana's Grove

La curiosidad sacó de la cama a Adam Salton a primera hora de la mañana, pero cuando se vistió y bajó las escaleras, encontró que, aunque había sido madrugador, sir Nathaniel se le había adelantado. El viejo caballero estaba preparado para un largo paseo y salieron inmediatamente. Sir Nathaniel, sin hablar, dirigió el camino un poco al este, colina abajo. Cuando habían descendido y volvieron a ascender se encontraron en el borde oriental de una colina empinada. Era de menor altura que aquella en la que estaba situado el castillo, pero estaba colocada de tal manera que dominaba sobre las diferentes colinas que formaban la cadena. A todo lo largo de esa cadena, las rocas se recortaban desnudas y lóbregas, pero rotas en irregulares almenas naturales. La forma de la cadena era la de un segmento de circunferencia, con los puntos más altos hacia dentro, en el oeste. En el centro se alzaba el castillo, en el punto más alto de todos. Entre las diferentes excrecencias rocosas había grupos de árboles de varios tamaños y alturas, y en medio de algunos de ellos había lo que parecían ruinas a la luz del amanecer. Fuesen lo que fuesen, eran de una piedra gris maciza, probablemente caliza toscamente cortada, si es que de hecho no tenían esa forma de manera natural. El mayor de aquellos grupos era de robles muy viejos. Cruzaron la menor de las colinas que había hacia el este. La bajada era pronunciada a todo lo largo de la cadena, tan pronunciada que aquí y allá tanto los árboles como las rocas y los edificios parecía que colgaban por encima de la llanura de más abajo. A través de ese nivel corrían muchos arroyos, y había gran cantidad de estanques azules, en los que evidentemente las aguas eran bastante profundas.

Sir Nathaniel se detuvo y miró alrededor, como para no perderse nada del efecto. El sol había ascendido por el cielo oriental y hacía claros todos los detalles. Él señaló con un gesto circular, como para llamar la atención de Adam sobre la extensa vista. Lo hizo muy rápidamente, como para sugerir que deseaba que en esa primera vista el otro echase un vistazo general más que a cualquier detalle concreto. Después de hacerlo, recorrió el suelo de manera parecida, pero más despacio, como si invitase a poner atención en los detalles. Adam era un alumno dispuesto y atento, y siguió sus movimientos al pie de la letra, sin perderse nada, o intentando no hacerlo. Cuando habían hecho la evaluación preliminar de toda la extension del horizonte oriental, sir Nathaniel habló:

—Te he traído aquí, Adam, porque creo que este es el punto donde empezar nuestras investigaciones. Ahora tienes ante ti casi todo el antiguo reino de Mercia. De hecho, en teoría, si no en la práctica, lo vemos entero, excepto esa parte más alejada, que está cubierta por las Marcas Galesas, y aquellas partes que están ocultas desde donde estamos por el terreno más elevado inmediatamente al oeste. Podemos ver, de nuevo en teoría, si no en la práctica, el límite oriental completo del reino, que va al sur desde Humber hasta Wash. Quiero que tengas presente la tendencia del suelo, porque en algún momento, antes o después, haremos bien en tenerla en nuestra mente cuando consideremos las antiguas tradiciones y supersticiones y estemos intentando averiguar la lógica que tengan. Creo que haríamos mejor en no intentar diferenciar entre ellas, sino en dejar que tomen su lugar de manera natural según avancemos. Cada leyenda y cada superstición que recibamos ayudará al conocimiento de las demás y a su posible explicación. Y como todas tienen una base local, podemos acercarnos a la verdad, o a su probabilidad, conociendo las condiciones locales conforme caminemos. Nos ayudará a traer en nuestra ayuda incluso las verdades geológicas que podamos tener entre nosotros. Por ejemplo, los materiales de construcción utilizados en varias épocas pueden proporcionar sus propias lecciones para los ojos que comprendan. Las mismas alturas, formas y materiales de estas colinas... no, incluso de la amplia llanura que descansa entre nosotros y el mar, tienen en sí mismas los materiales de los libros de iluminación.

—¿Por ejemplo, señor? —dijo Adam, que se arriesgó a hacer una pregunta.

—Bueno, por ejemplo mira esas colinas que rodean a la principal, donde se eligió sabiamente el emplazamiento del castillo: en el punto más alto. Considera las demás. Hay algo ostensible en cada una de ellas, y con toda probabilidad algo invisible y no demostrado, pero que también puede ser imaginado.

—¿Por ejemplo? —siguió Adam.

—Vamos a considerarlas en serie. Que al este, donde están los árboles más abajo, fue una vez la situación de un templo romano, fundado posiblemente sobre un templo druída que ya existía anteriormente Su nombre implica lo primero, y el bosquecillo de viejos robles sugiere lo último.

—Explíquelo, por favor.

—El nombre antiguo, traducido, significa «bosque de Diana». Luego, al siguiente, más alto que este, pero justo más allá de él, lo llaman *Mercy,* con toda probabilidad una corrupción o tal vez una familiarización de la palabra *Mercia,* con un retruécano romano incluido. Por los manuscritos primitivos sabemos que el lugar fue llamado *Vilula Misericordiae.* Originalmente fue un convento de monjas fundado por la reina Bertha, del que luego se deshizo el rey Penda, el reaccionario del paganismo después de san Agustín. Luego viene el sitio de tu tío: Lesser Hill[4]. Aunque está tan cerca del castillo, no está conectado con él. Es una propiedad vitalicia y, por lo que sabemos, de la misma época. Ha pertenecido siempre a tu familia.

—Entonces, ¡sólo queda el castillo!

—Eso es todo lo que queda, pero su historia contiene las historias de todos los demás; de hecho, la historia completa de la Inglaterra primitiva.

Al ver el aspecto impaciente en la cara de Adam, sir Nathaniel continuó:

—La historia del castillo no tiene principio, por lo que sabemos. Los registros más antiguos, o las conjeturas y las deducciones más antiguas, simplemente lo aceptan como algo que existe. Algunas de esas, llamémoslas suposiciones, muestran que allí había alguna clase de estructura cuando vinieron los romanos, por lo tanto debe haber sido un lugar de importancia en la época druídica, si es que de hecho ese fue el principio. Los romanos lo aceptaron de manera natural, como hicieron con todo lo que de esa clase fuese útil o pudiera serlo. El cambio se muestra, o se deduce, en el nombre *Castra*[5]. Fue el terreno protegido más alto, así que se convirtió naturalmente en el más importante de sus campamentos. Un estudio sobre el mapa te mostrará que debe haber sido un centro de la mayor importancia estratégica. Protegía los avances ya realizados al norte, y contribuía a dominar la costa este hasta el punto de dar refugio a

---

[4] *Colina Menor.*
[5] Campamento militar romano.

las marchas al oeste, más allá de las cuales se extiende la salvaje Gales...
y el peligro. Proporcionaba un medio de llegar al río Severn, alrededor
del cual se extienden las grandes carreteras romanas que entonces estaban apareciendo, e hizo posible el gran río navegable al corazón de
Inglaterra a través del Severn y sus afluentes. Unió el este con el oeste
por los caminos más rápidos y más fáciles conocidos en aquellos tiempos. Y, por último, proporcionó los medios de descender sobre Londres
y toda la extensión del territorio regado por el Támesis.

»Con un centro así, ya conocido y organizado, podemos ver fácilmente que a cada nueva oleada de invasores —los anglos, los sajones,
los daneses y los normandos— les pareciese una posesión deseable y
la defendieran. En los primeros siglos fue simplemente un terreno ventajoso, pero cuando los romanos victoriosos se trajeron las pesadas y
macizas fortificaciones invulnerables a las armas de la época, ya sólo
su posición dominante aseguró su construcción y equipamiento adecuados. Fue entonces cuando el campamento fortificado de los Césares se
convirtió en el castillo del rey. Como todavía desconocemos hasta los
nombres de los primeros reyes de Mercia, ningún historiador ha podido
adivinar cuál de ellos hizo la fortificación definitiva; y supongo que ahora no lo sabremos nunca. Con el tiempo, conforme se desarrollaban las
artes de la guerra, aumentó de tamaño y de fuerza y, aunque carecemos
de detalles documentados, la historia no sólo está escrita en la piedra de
su edificación, sino que puede deducirse por los cambios de estructura.
Los extensos cambios que siguieron a la Conquista Normanda aniquila-
ron todas las crónicas menores que la suya propia. Hoy debemos aceptarlo como uno de los primeros castillos de la Conquista, probablemente
no después de la época de Henry I. Los romanos y los normandos eran
sensatos a la hora de retener lugares de fuerza o utilidad ratificada. Y así
fue como se retuvieron estas colinas circundantes, ya establecidas y hasta cierto punto probadas. De hecho, se preservaron tales características
como algo que ya les pertenecía, y hoy nos permiten enseñanzas respecto a cosas que desaparecieron hace tiempo.

»Ya basta de colinas fortificadas, también las hondonadas tienen su
propia historia. Pero, ¡cómo pasa el tiempo! Debemos apresurarnos a
volver a casa, o tu tío va a preguntarse qué habrá pasado con nosotros.

Cuando hablaba, se apresuró con grandes zancadas hacia Lesser
Hill, y Adam pronto tuvo que correr furtivamente para mantener su paso.
Cuando habían llegado cerca de la casa, dijo sir Nathaniel:

—Siento haber interrumpido nuestra interesante conversación, pero
sólo se ha pospuesto. Quiero decirte, y estoy seguro de que quieres saber, todo lo que sé de este lugar. Y si no me equivoco, nuestra próxima
entrega de Historia será más interesante todavía que la primera.

CAPÍTULO IV
Lady Arabella March

El desayuno acababa de empezar cuando dijo el señor Salton:

—Ahora no hay prisa, pero en cuanto los dos estén listos, empezaremos. Quiero llevarlos primero a ver una notable reliquia de Mercia, y luego iremos a Liverpool a través de lo que llaman «el Gran Valle de Cheshire». Es posible que te decepcione —le dijo a Adam— pero cuídate de predisponer tu mente hacia nada que sea formidable o heroico. Tú no pensarías en lo más mínimo que el lugar por el que pasas sea un valle, a menos que te lo dijeran de antemano y tuvieses confianza en la veracidad de quien te lo dice. Deberíamos llegar al embarcadero a tiempo de que llegue el *West African* y alcanzar al señor Caswall cuando llegue a la orilla. Queremos honrarlo, y además será más agradable tener las presentaciones hechas antes de que vayamos a su fiesta en el castillo.

El carruaje estaba preparado, era el mismo que habían utilizado el día anterior. También los postillones eran los mismos, pero había dos parejas de caballos diferentes, unos animales magníficos y deseosos de trabajar. El desayuno terminó pronto y en breve ocuparon sus sitios en el carruaje. Los postillones ya tenían sus órdenes y se pusieron rápidamente en camino con un ritmo estimulante.

Inmediatamente, obedeciendo a la señal del señor Salton, el carruaje llegó al lado opuesto de un gran montón de piedras junto al camino.

—Adam, aquí hay algo —dijo— que tú, especialmente, no debes pasar por alto. Este montón de piedras nos lleva inmediatamente a los albores del reino anglo. Empezó hace más de mil años —en la última parte del siglo séptimo— en conmemoración de un asesinato. Wulfere, rey de Mercia y sobrino de Penda, mató aquí a sus dos hijos por haber adoptado éstos el cristianismo. Como era la costumbre de la época, cada transeúnte añadía una piedra al montón conmemorativo. Penda representaba la reacción de los paganos después de la misión de san Agustín. Sir Nathaniel puede decirte todo lo que desees acerca de esto y, si quieres, te pondrá sobre la pista de un conocimiento tan acertado como pueda haber.

Mientras miraban el montón de piedras, vieron que había llegado otro carruaje a su lado, y que el pasajero —sólo había uno—, los miraba con curiosidad. El carruaje era uno de viaje, pesado y antiguo, con espléndidos escudos de armas. La coronita de encima de los escudos, que estaban muy acuartelados, era la de un conde. Al ver que el ocupante era una dama, los hombres se quitaron el sombrero. La ocupante habló:

—¿Cómo está usted, sir Nathaniel? ¿Cómo está usted, señor Salton? Espero que no hayan tenido algún accidente. ¡Mírenme a mí!

Al hablar señaló donde uno de los pesados muelles se había roto y el metal brillaba en la rotura. Adam dio su opinión inmediatamente:

—¡Oh!, eso puede arreglarse pronto.

—¿Pronto? Tendré que esperar hasta que lleguemos a Wolverhampton. No hay nadie cerca que pueda arreglar una rotura así.

—Yo puedo.

—¡Usted! —ella miró con incredulidad al elegante caballero joven que había hablado—. Usted... bueno, es un trabajo de obrero.

—De acuerdo, yo soy un obrero, aunque no es ese el único tipo de trabajo que hago. Soy australiano y, como tenemos que movernos rápido por ahí, todos estamos entrenados en herrajería y en los incidentes mecánicos que ocurren en los viajes. Estoy completamente a su servicio.

—Apenas sé cómo agradecerle su amabilidad —dijo ella con dulzura—, de la que me serviré con mucho gusto. No sé qué otra cosa puedo hacer. Mi padre es el lord Teniente del condado[6] y me pidió que tomase su carruaje, ya que él está en el extranjero, para encontrarme con el señor Caswall de Castra Regis, que llega a casa hoy desde África. Es una vuelta a casa muy señalada, ya que su predecesor en el acontecimiento hizo su entrada hace más de un siglo, y todo el campo quiere honrarlo.

Ella miró a los ancianos y decidió rápidamente la identidad del extraño.

—Usted debe ser el señor Adam Salton, de Lesser Hill. Yo soy *lady* Arabella March, de Diana's Grove.

Al hablar se volvió ligeramente hacia el señor Salton, que captó la insinuación y se puso a hacer las presentaciones formales.

En cuanto quedaron hechas, Adam agarró algunas herramientas del carruaje de su tío y se puso a trabajar inmediatamente en el muelle roto. Era un trabajador experto y la rotura quedó pronto reparada. Adam estaba recogiendo las herramientas que había utilizado —y que, al uso de todos los trabajadores, estaban esparcidas por todo alrededor— cuando se dio cuenta de que varias serpientes negras se habían arrastrado del montón de piedras y se estaban juntando a su alrededor. Eso, naturalmente, ocupó su pensamiento y no estaba pensando en nada más cuando vio a *lady* Arabella, que había abierto la portezuela del carruaje y se bajaba de él en un rápido movimiento deslizante. Ella estaba ya entre las serpientes cuando la avisó. Pero no parecía que el aviso fuese necesario. Las serpientes se habían dado la vuelta y serpentearon de vuelta al montón tan aprisa como pudieron. Se rio para sí y susurró, «aquí no hay nada que temer; las serpientes están más asustadas de ella, que ella

---

6 · El lord Teniente del condado era la máxima autoridad ejecutiva de la zona y el jefe de la magistratura.

de las serpientes». De todas maneras, empezó a golpear el suelo con un palo que había cerca de él con la aptitud de quien está acostumbrado a tales alimañas. En un momento estuvo solo junto al montón de piedras con *lady* Arabella, que parecía bastante despreocupada por el incidente. Entonces él le lanzó una larga mirada, ya sólo su vestido era bastante para llamar la atención. Estaba vestida con alguna clase de suave tela blanca, que se ceñía a sus formas y mostraba completamente cada movimiento de su sinuosa figura. Era alta y extremadamente delgada. Sus ojos debían ser débiles, por lo que tenía puestas unas lentes grandes de vivo color verde. Llevaba puesto un sombrero ajustado de alguna clase de piel fina de un blanco deslumbrante.

Enrollado en torno a su blanca garganta había un gran collar de esmeraldas, cuya abundancia de color brillaba más que sus lentes verdes, incluso cuando el sol las tocaba. Su voz era muy peculiar, muy grave y dulce, y tan suave que la nota que predominaba era sibilante. También sus manos eran peculiares: largas, flexibles, blancas y con un extraño movimiento, como si estuviese saludando amablemente aquí y allá.

Parecía estar bastante cómoda y, después de agradecer a Adam, dijo que si alguien del grupo de su tío iba a Liverpool, ella estaría muy contenta de unir fuerzas. Añadió cordialmente:

—Mientras usted esté aquí, señor Salton, debe considerar el territorio de Diana's Grove como si fuera propio, de modo que puede usted ir y venir como lo hace en Lesser Hill. Hay algunas vistas muy buenas y no pocas curiosidades naturales que seguro le interesarán. Y si es usted estudioso de la historia natural, sobre todo las del tipo más primitivo, cuando el mundo era más joven, no habrá hecho en vano su trabajo de descubrimiento.

La cordialidad con la que hablaba y la calidez de sus palabras —no de su actitud, que era anormalmente fría y distante— lo repelieron e hicieron que sospechase. Se sintió como si estuviese de guardia. Mientras tanto, su tío y sir Nathaniel le habían agradecido su invitación, la cual, sin embargo, dijeron que no podían utilizar. Adam tuvo la sospecha de que, aunque ella había respondido pesarosamente, en realidad estaba aliviada. Cuando él volvió al carruaje con los dos ancianos y ya se alejaban, no lo sorprendió que dijese sir Nathaniel:

No he podido sino sentir que estaba contenta de librarse de nosotros. ¡Ella puede hacer mejor su juego sola!

—¿Cuál es su juego, señor? —preguntó Adam sin pensar, pero el anciano respondió sin comentarios:

—Todo el condado lo sabe, muchacho. Caswall es un hombre riquísimo. El marido de ella era rico cuando se casó con él, o lo aparentaba. Cuando él se suicidó, se pudo averiguar que no tenía nada en absoluto.

El padre de ella tiene una gran posición y grandes posesiones... sobre el papel. Pero las posesiones están hipotecadas hasta arriba, y se mantiene sólo en línea masculina, así que su única esperanza está en un matrimonio con un rico. Supongo que no tengo que sacar conclusiones, tú puedes hacerlo tan bien como yo.

Adam se mantuvo en silencio casi todo el tiempo que estuvieron viajando por el supuesto Valle de Cheshire. Pensó mucho durante ese viaje y llegó a varias conclusiones, aunque no se le movieron los labios. Una de esas conclusiones era que él tendría mucho cuidado de prestar cualquier atención a *lady* Arabella. Él mismo era un hombre rico, ni siquiera su tío tenía la menor idea de cuánto y se habría sorprendido si lo hubiese sabido. La otra resolución era que él tendría mucho cuidado de cómo iba por la noche en Diana's Grove, sobre todo si iba sin compañía.

Ya en Liverpool subieron a bordo del *West African,* que acababa de llegar al embarcadero. Allí su tío se presentó él mismo al señor Caswall y a continuación le presentó a sir Nathaniel y a Adam. El recién llegado los recibió amablemente y dijo que era un placer estar de vuelta en casa después de una ausencia tan larga de su familia de la vieja sede, y que esperaba que se viesen mucho unos a otros en el futuro. A Adam le gustó la calidez de la bienvenida, pero no pudo evitar una sensación de repugnancia por la cara de aquel hombre. Estaba intentando superarla, cuando se produjo una distracción por la llegada de *lady* Arabella. La distracción fue bienvenida por todos: los dos Salton y sir Nathaniel estaban sorprendidos por la cara de Caswall, tan rígida, tan implacable, tan egoísta y tan dominante. El pensar común era: «que Dios ayude a quien esté bajo el dominio de un hombre así».

Su sirviente africano se le acercó poco después, y los pensamientos de ellos cambiaron inmediatamente a una tolerancia mayor, porque en comparación con ese hombre, la cara de Caswall llegó a adquirir cierta nobleza de la que carecía hasta el momento. En efecto, Caswall parecía un salvaje, pero un salvaje refinado. En él había huellas de la moderación de las épocas civilizadas y de algunas de las aptitudes más altas de la educación del hombre, por rudimentaria que pudiera ser. Pero la cara de Ulanga, como le llamó enseguida su amo, era puramente la de un salvaje sin mejorar ni suavizar, e intrínsecas en ella estaban todas las horrorosas posibilidades de un hijo de la selva y del pantano perdido y endiablado, la más baja de todas las criaturas que de alguna manera podrían considerarse aparentemente humanas.

CAPÍTULO V
Regreso al hogar

Como *lady* Arabella y Ulanga llegaron casi a la vez, Adam empezó a suponer el efecto que tendría su apariencia en cada uno de ellos. Eran lo exactamente opuesto en cada aspecto y, por lo que podía juzgar, también en los dones o rasgos mentales o morales. La mujer, del tipo caucásico, hermosa, de un rubio sajón, con una tez de leche y rosas, altamente educada, inteligente y de naturaleza serena. El otro era un negroide del tipo más bajo, espantosamente feo, con los instintos animales desarrollados como en las bestias más salvajes; cruel, carente de todas las facultades mentales y morales, de hecho, tan brutal que apenas era humano. Si Adam esperaba que ella mostrase alguna repugnancia, quedó decepcionado. En todo caso, su orgullo se elevó hasta el desdén. Era como si ella no quisiese —no pudiese— condescender a mostrar ninguna inquietud ni interés por una criatura así. Por otra parte, los modales del negro eran tales que justificaban por sí mismos el orgullo de ella. Él la trató no sólo como un esclavo trata a su amo, sino como un devoto trataría a una deidad. Se arrodilló ante ella con las manos extendidas y la frente en el suelo. Mientras ella siguió quieta, él no se movió, sólo cuando ella fue hacia Caswall relajó su actitud de devoción y se puso respetuosamente en pie. Su vestimenta, que era una mezcla grotesca, se veía más absurda que nunca. Llevaba puesto un traje de tarde mal cortado, una camisa blanca anormalmente floreciente con cuello y puños exagerados, llevando en ellos joyas falsas de varios colores. En su nariz había un anillo de plata, y en sus orejas grandes adornos compuestos por trofeos de dientes. Llevaba un sombrero de copa, que alguna vez tuvo forma de algo, con una banda de encaje dorado. En conjunto, parecía una horrible caricatura del sirviente de un caballero. Todos los que estaban alrededor sonreían o se burlaban abiertamente. Uno de los sobrecargos, que llevaba parte del equipaje ligero del señor Caswall y se hacía el importante, según los modales de los sobrecargos con los pasajeros que desembarcaban, era atento incluso con él.

Adam habló a su propio administrador, Davenport, que estaba esperando y que había llegado con el de Lesser Hill, quien había seguido al señor Salton en un enganche de ponis. Al hablar, señaló a un atento sobrecargo y en ese momento los dos hombres estaban conversando.

Tras un rato, el señor Salton le dijo a Adam:

—Creo que debemos seguir adelante, tengo algunas cosas que hacer en Liverpool, y estoy seguro de que tanto al señor Caswall como a *lady* Arabella les gustaría ponerse en camino a Castra Regis.

A lo que dijo Adam:

—Señor, a mí también me gustaría hacer algo —replicó Adam—. Quiero averiguar donde vive Ross, el tratante de animales, ya sabe, el gran explorador local. Quiero llevarme a casa una casita de animales conmigo, si a usted no le importa. Es sólo una cosita y no habrá problemas.

—Por supuesto que no me importa, muchacho. Lo que tú quieras. ¿Qué clase de animal quieres?

—Una mangosta.

—¡Una mangosta! ¿Y para qué diablos la quieres?

—Para matar serpientes.

—¡Bien!

El anciano se acordó del montón de piedras. No hacía falta explicar nada más.

Ross, el tratante de animales, había tenido tratos con Adam, principalmente relativos a las mangostas. Cuando oyó lo que se quería, preguntó:

—¿Quiere usted algo en especial, o una mangosta corriente irá bien?

—Bien, por supuesto, quiero una buena. Pero no veo la necesidad de algo en especial. Es para uso ordinario.

—Puedo dejarle que elija una ordinaria. Sólo lo he preguntado porque tengo en existencia una muy especial que he recibido últimamente de Nepal. Tiene su propio registro. Mató a una cobra reina que habían visto en el jardín del rajá. Pero creo que no tenemos serpientes de esa clase en este clima frío... Seguro que una ordinaria irá bien.

El trato se llevó a cabo. Cuando Adam se iba con la caja bajo el brazo, le dijo a Ross:

—No sé nada de las serpientes de aquí. No habría creído que hubiese ninguna en absoluto, sólo que hoy he visto algunas. Probaré esta mangosta, y si es buena estaré contento de quedármela. Pero no se desprenda de la otra todavía. Le diré algo si la quiero.

Cuando Adam regresó al carruaje, llevando con cuidado la caja con la mangosta, sir Nathaniel dijo:

—¡Hola! ¿Qué tienes ahí?

—Una mangosta.

—¿Y para qué?

—¡Para matar serpientes!

Sir Nathaniel se rio.

—Bueno, incluso hasta ahora, parece que hayas venido al lugar indicado.

—¿Qué quiere usted decir? ¿Por qué «hasta ahora»?

—Recuerda las serpientes de ayer. Pero eso es sólo el principio.

—¡El principio! ¿Y cómo es eso?

—Eso, muchacho, pertenece a la segunda parte de nuestra investigación. Tendrá una relación directa con ellas.

—Quiere decir, ¿con las leyendas?

—Empezaremos por ellas.

—¿Y luego?

—Oí la invitación que te hizo *lady* Arabella para ir a Diana's Grove en el crepúsculo.

—Bueno, ¿y eso qué demonios tiene que ver con ello?

—Nada directamente, que yo sepa. Pero ya veremos.

Adam esperó y el anciano siguió:

—¿Has oído por casualidad el otro nombre que se le daba hace tiempo a este lugar?

—No, señor.

—Lo llamaban... Mira ese tema requiere hablar y escuchar mucho de él. Supón que esperamos hasta que estemos solos y tengamos mucho tiempo por delante.

—De acuerdo, señor. ¡Esperemos!

Adam estaba lleno de curiosidad, pero pensó que era mejor no acelerar las cosas. Todo llegaría a su tiempo.

Su atención fue reclamada entonces por los acontecimientos del día. Poco después, el grupo de Lesser Hill se puso en marcha hacia Castra Regis, y durante un rato no pensó más en Diana's Grove ni en los misterios que había contenido, o que podría contener aún.

Los invitados estaban apiñándose y se marcaron sitios especiales para personas importantes. Se ocuparon algún tiempo en encontrar sus asientos. Al ver a tantas personas de varios niveles, Adam buscó por todas partes a *lady* Arabella, pero no pudo encontrarla. Sólo cuando vio acercarse el anticuado vehículo de viaje y oyó el sonido de la aclamación que iba con él, se dio cuenta de que Edgar Caswall había llegado. Entonces, mirando con más atención, vio que *lady* Arabella, vestida como la última vez que la vio, estaba sentada a su lado. Cuando el carruaje llegó a la escalera central, el anfitrión bajó de un salto, le dio la mano a ella y la llevó a la gran mesa del estrado, colocándola en el asiento de la derecha del que guardó para sí.

Resultaba evidente para todos que ella era la invitada principal de las fiestas. No pasó mucho tiempo hasta que se llenaron los asientos del estrado, mientras los inquilinos y los invitados de menor importancia habían ocupado todos los rincones con vistas que no estaban reservados. El orden del día había sido arreglado cuidadosamente por un comité. Entonces hubo algunos discursos, afortunadamente no muchos, ni largos, y luego las festividades se suspendieron hasta que llegase la hora del festín. En el intervalo, Caswall caminó entre sus invitados, hablando con todos de una manera amistosa y expresando una bienvenida general. Los otros invitados bajaron del estrado y siguieron su ejemplo, de manera que hubo una reunión y unos saludos poco ceremoniosos, entre amables y sencillos. Por supuesto, Adam Salton siguió con los ojos todo lo que ocurría al alcance de su vista, tomando nota de todo lo que ofrecía algún interés. Él era un hombre joven y un extranjero venido desde muy lejos, de modo que a cuenta de todo ello hizo inventario más bien de las mujeres que de los hombres, y de éstas, aquellas que eran jóvenes y atractivas. Había muchas muchachas bonitas entre la multitud, y Adam, que era un joven bien parecido y proporcionado, tuvo su buena ración de miradas admiradoras. Éstas no lo afectaban mucho y se quedó sin moverse hasta que llegó un grupo de tres personas, que por sus vestidos y modales eran de la clase granjera. Una de ellas era un viejo robusto, las otras dos eran muchachas atractivas, una de poco más de veinte años, la otra un poco más joven, diecisiete como mucho. De modo que en cuanto los ojos de Adam se cruzaron con los de la muchacha más joven, que estaba cerca de él, hubo un destello de algún tipo de electricidad: esa chispa divina que empieza por el reconocimiento y termina en la obediencia. Los hombres lo llaman «amor».

Los dos mayores del grupo se dieron cuenta de lo muy atrapado que estaba Adam por la bonita muchacha, y ambos le hablaron de ella de una manera que hizo que se le caldease el corazón.

—¿Te has dado cuenta del grupo que acaba de pasar? El hombre mayor es Michael Watford, uno de los arrendatarios del señor Caswall. Tiene ocupada la granja Mercy, me dice sir Nathaniel que te la señaló hoy. Las muchachas son sus nietas. La mayor, Lilla, es la hija única de su hijo mayor, que murió cuando ella no tenía aún un año de edad. Su esposa murió el mismo día. Es una buena muchacha, tan buena como bonita. La otra es su prima hermana, la hija del segundo hijo de Watford. Éste se hizo soldado cuando acababa de cumplir los veinte y fue destinado al extranjero. No era un buen corresponsal, aunque era un buen hijo. Llegaron unas pocas cartas, y entonces Watford supo por el coronel del regimiento de su hijo que lo habían matado unos bandidos en Birmania[7]. Por la misma fuente supo que su muchacho había estado casado con una mujer de allí y que había una hija de tan sólo un año de edad. Watford hizo que trajesen a la niña a su casa y ella creció junto a Lilla. Lo único que supieron de su nacimiento fue que su nombre era Mimi. Las dos niñas se adoraban la una a la otra, y hoy siguen haciéndolo. ¡Qué extraño es lo diferentes que son! Lilla es muy blanca, como la vieja estirpe sajona de donde ha salido; Mimi es casi tan oscura como las más oscuras de la raza

---

[7] Myanmar en la actualidad.

de su madre. Lilla es amable como una paloma, pero los ojos negros de Mimi pueden llegar a brillar cuando está enojada. Lo único que la enoja es cuando pasa algo que dañe, amenace o fastidie a Lilla. Entonces le brillan los ojos como los de un pájaro cuando sus crías están amenazadas.

CAPÍTULO VI
El gusano blanco

El señor Salton presentó a Adam al señor Watford y a sus nietas, y todos ellos se quedaron juntos. Por supuesto, los vecinos de la posición de los Watford lo sabían todo de Adam Salton, sus relaciones, sus circunstancias y sus perspectivas, de manera que habría sido extraño de veras que ambas muchachas no soñasen con posibilidades de futuro. En la Inglaterra rural son escasos los hombres disponibles de cualquier clase. Ese hombre en concreto era especialmente disponible, pues no pertenecía a una clase en la que las barreras de casta fuesen sólidas. Así que cuando empezó a saberse que él iba al lado de Mimi Watford y que buscaba su compañía, todas sus amigas se empeñaron en echar una mano al prometedor asunto. Cuando sonaron las campanas para el banquete, él fue con ella a la tienda donde tenía asientos el abuelo de Mimi. El señor Salton y sir Nathaniel se dieron cuenta de que el joven no había venido a reclamar su sitio designado en la mesa del estrado, pero lo entendieron y no hicieron comentario alguno, y de hecho aparentaron que no se habían dado cuenta de su ausencia. *Lady* Arabella se sentó como antes, a la derecha de Edgar Caswall. Indudablemente, ella era una mujer muy hermosa, y a todos les pareció adecuado por su rango y cualidades personales que fuese la compañera elegida del heredero en su primera aparición. Por supuesto, nada se dijo abiertamente por aquellos de su propia clase que estaban presentes, pero las palabras no eran necesarias cuando podía expresarse tanto con inclinaciones de cabeza y sonrisas. Parecía algo aceptado que al final hubiese una señora de Castra Regis y que ella estuviese presente entre ellos. No faltaban algunos que, aunque admitían todo su encanto y belleza, la situaban en segunda posición de la belleza, al estar marcada Lilla Watford como la primera. Había la suficiente diferencia de tipo, así como de belleza individual, para permitir comentarios imparciales: *lady* Arabella representaba el tipo aristocrático, y Lilla el de la gente común.

Cuando el atardecer empezó a hacerse más oscuro, el señor Salton y sir Nathaniel fueron a casa caminando —el enganche había sido despedido a primera hora del día—, dejando que Adam siguiese su propio horario. Él llegó antes de lo esperado, y parecía enojado por algo. Ninguno de los ancianos hizo comentario alguno. Todos ellos encendieron sus cigarrillos y, como se acercaba la hora de cenar, fueron a sus habitaciones a prepararse. Evidentemente, Adam había estado pensando durante ese intervalo. Se reunió con los demás en la sala de estar con aspecto alterado e impaciente, cosas que se veían en él por primera vez. Los demás, con la paciencia —o la experiencia— de la edad, confiaron que el tiempo desplegase y explicase las cosas. No tuvieron que esperar mucho. Después de sentarse y ponerse en pie varias veces, Adam estalló de repente:

—Ese hombre se cree el dueño del mundo. ¡No puede dejar a la gente en paz! Parece que crea que sólo tiene que echarle el pañuelo a cualquier mujer para ser su dueño.

El estallido era revelador por sí mismo. Sólo un afecto frustrado en algún aspecto podía producir ese sentimiento en un joven amigable. Sir Nathaniel, como antiguo diplomático, tenía una forma de comprender, como por precognición, la verdadera intimidad de las cosas y preguntó de repente, pero con una voz indiferente y objetiva:

—¿Estaba él detrás de Lilla?

—Sí, y el tipo tampoco perdió el tiempo. Casi en cuanto se conocieron, él empezó a dorarle la píldora y a decirle lo hermosa que era. Por eso, antes de que ella se apartara, se invitó a sí mismo a tomar el té mañana en la granja Mercy. ¡Qué imbécil! ¡Debería ver que la muchacha no es de su tipo! No he visto nunca nada así. Eran justo como un halcón y una paloma.

Cuando Adam estaba hablando, sir Nathaniel se giró y lanzó al señor Salton una mirada que implicaba un entendimiento completo. Entonces, este último dijo en voz baja:

—Háblanos de ello, Adam. Quedan aún algunos minutos para la cena y todos tendremos mejor apetito cuando hayamos llegado a alguna conclusión sobre este asunto.

Adam habló con una desacostumbrada timidez:

—No hay nada que decir, señor, eso es lo peor de todo. Estoy obligado a decir que no se dijo ni una palabra a la que un ser humano pudiese objetarle nada. Él estuvo muy civilizado y fue todo lo que era apropiado, justo lo que un propietario puede ser para la hija de un arrendatario... Pero... pero... bueno, no sé qué fue, pero sencillamente me hizo hervir la sangre.

—¿Cómo es que aparecieron el halcón y la paloma?

La voz de sir Nathaniel era suave y tranquilizadora, no había nada de contradicción ni de curiosidad excesiva en ella, un tono claramente adecuado para crear confianza.

—Apenas puedo explicarlo. Sólo puedo decir que él parecía un halcón y ella una paloma. Y, ahora que lo pienso, eso es lo que parecía cada uno y es el aspecto que tienen en condiciones normales.

—¡Eso es así! —llegó la suave voz de sir Nathaniel.

Adam prosiguió:

—Tal vez ese aspecto suyo de romano primitivo me sacó de quicio. Pero quise protegerla, parecía estar en peligro.

—De alguna manera, ella está en peligro con todos vosotros, los jóvenes. No pude evitar darme cuenta la manera que tú también la mirabas, ¡como si quisieras absorberla!

Entonces intervino la voz bondadosa y tranquila del señor Salton:

—Espero que los dos jóvenes, Caswall y tú, mantengáis fría la cabeza —agregó el señor Salton—. Ya sabes, Adam, que no funcionará que tengáis disputas entre vosotros, especialmente tan pronto después de su vuelta a casa y de tu llegada aquí. Debemos pensar en los sentimientos y en la felicidad de nuestros vecinos, ¿no es verdad?

—Así lo espero, señor. Le aseguro que pase lo que pase, o incluso lo que amenace pasar, obedeceré los deseos de usted en esto como en todo lo demás.

—¡Guardemos silencio! —susurró sir Nathaniel, que había oído por el pasillo a los sirvientes que traían la cena.

Después de la cena, con las nueces y el vino, sir Nathaniel volvió al tema de las leyendas locales, diciendo:

—Quizá para nosotros sea un tema menos peligroso del cual hablar que los más recientes.

—De acuerdo, señor —dijo Adam cordialmente—. Creo que ahora pueden confiar en mí respecto a cualquier tema. Incluso puedo hablar del señor Caswall. De hecho, podría reunirme con él mañana. Como he dicho, él va a hacer una visita a la granja Mercy a las tres en punto, pero yo tengo una cita a las dos.

—Veo que no has perdido el tiempo —dijo el señor Salton.

—No, señor. Quizá sea la razón de que el lema de la parte de donde vengo sea «¡Avanza, Australia!».

—Muy bien, muchacho. Avanzar es bueno, siempre y cuando te ocupes de dónde vas y de cómo lo haces. Hay una frase en las obras de Shakespeare, «Se tropiezan los que corren mucho», merece la pena tenerla en cuenta.

—De acuerdo otra vez, señor, pero no creo que tenga que temer ahora que me han dado la patada.

Los dos ancianos se miraron seguido otra vez. Eso era como decir, «¡Bien!, el muchacho ha tenido su lección. ¡Estará perfectamente!». Entonces, no fuera a ser que el estado de ánimo de su oyente cambiase con el retraso, sir Nathaniel empezó inmediatamente:

—No me propongo contarte todas las leyendas de Mercia, ni siquiera una selección de ellas. Creo que sería mejor para nuestro propósito que consideremos unos pocos hechos nuevos —documentados, o no— acerca de este vecindario. Intentaré recordar, y tú, Adam, me harás preguntas a medida que avanzamos. Todos queremos estimular la memoria. Cuando no tengamos nada entre nosotros que recordar, sera más que hora de inventar. Propongo que vayamos donde lo dejamos ayer por la mañana sobre los pocos sitios de los alrededores de los que hablamos. Creo que podríamos empezar por Diana's Grove. Tiene raíces en épocas diferentes de nuestra historia, y seguro que cada una tiene su plantel de leyendas. Los druídas y los romanos están demasiado alejados en el pasado para asuntos de detalle, pero me parece que los sajones y los anglos están lo bastante cerca como para rendir material para el acervo popular legendario. Si hubiera algo bien recordado de un período más temprano, podemos considerar que ha tenido algún comienzo en el que fue aceptado como un hecho. Hemos averiguado que este lugar concreto tuvo otro nombre o apodo además de Diana's Grove. Éste es, manifiestamente, de origen romano, o de griego aceptado como romano. El otro nombre está más preñado de aventura y de romance que el romano. En la lengua merciana fue «la Guarida del Gusano Blanco». Esto necesita que se explique desde el principio.

»En el amanecer del lenguaje, la palabra «gusano»[8] tenía un significado algo diferente del que utilizamos hoy. Era una adaptación del anglosajón *wyrm,* que significa dragón o serpiente; o del gótico *waurms,* serpiente; o del islandés *ormur,* o del alemán *wurm.* Entendemos que originalmente expresaba una idea de tamaño y de poder, no como ahora, con el diminutivo de esos dos significados. En esto nos ayuda la historia legendaria. Tenemos la leyenda muy conocida del «Pozo del Gusano» en el castillo de Lambton, y la de el «Gran Gusano de Spindleston Heugh», cerca de Bamborough. En ambas leyendas, el «gusano» era un gusano de enorme tamaño y poder, un verdadero dragón o serpiente, tal como la leyenda atribuye a los vastos pantanos o ciénagas donde había espacio ilimitado para la expansión. Un vistazo a un mapa geológico te mostrará cualquier verdad que podría haber habido de la realidad de tales monstruos en los períodos geológicos primitivos, o al menos que estaban llenos de posibilidades. En la parte oriental de Inglaterra hubo originalmente vastas llanuras donde podía juntarse el copioso suministro de agua. Los arroyos eran profundos y lentos, y había agujeros de una

---

[8] «Worm» en el inglés original.

profundidad abismal donde cualquier clase y tamaño de monstruo antediluviano podía encontrar un hábitat. En algunos lugares, que ahora podemos ver desde nuestras ventanas, había agujeros en el barro de treinta metros de profundidad, o más. ¿Quién puede decirnos cuándo llegó a su fin la era de los monstruos que florecieron en el limo? Si existió de hecho esa época, sus límites sólo se podían aplicar al gran número de tales peligros. Tiene que haber habido épocas, lugares y condiciones adecuados para una longevidad mayor, un tamaño mayor y una fuerza mayor que lo que era habitual. Tales solapamientos pueden haber llegado hasta nuestros primeros siglos. Es más, ¿no hay criaturas ahora de una corpulencia que la mayoría de los hombres considera imposible? Incluso en nuestros días se ven aquí y allá huellas de animales, si no los animales mismos, de un tamaño tremendo; verdaderos supervivientes de las eras primitivas, preservados por algunas cualidades especiales de su hábitat. Recuerdo haber conocido en India a un hombre muy distinguido que tenía fama de ser un gran cazador, quien me dijo que la mayor tentación que había tenido jamás en su vida fue la de disparar a una serpiente gigante con la que se había cruzado en Terai, al norte de la India. Él estaba en una expedición de caza de tigres, y cuando su elefante estaba cruzando un arroyo se puso a barritar. Miró hacia abajo desde su asiento en el lomo del elefante, y vio que éste había pisado el cuerpo de una serpiente que se arrastraba por la jungla. «Por lo que pude ver —dijo—, debía tener entre veinticinco y treinta metros de largo. Doce o quince metros estaban a cada lado del camino y, aunque el peso que arrastraba la había estrechado al mínimo, en su centro era tan gruesa como el cuerpo de un hombre. Supongo que usted sabe que cuando uno va a la caza del tigre es honroso no dispararle a nada más, pues la vida puede depender de ello. Podría haber matado ese monstruo fácilmente, pero sentí que no debía hacerlo; así que, lamentándolo mucho, tuve que dejar que se fuese.

»Ahora imaginemos a un monstruo así en cualquier lugar de este país, y podremos tener inmediatamente algún tipo de idea de los «gusanos», que era posible que frecuentasen las grandes ciénagas que se extienden alrededor de las bocas de muchos de los grandes ríos europeos.

Adam había estado pensando, y al final habló:

—No tengo ni la más mínima duda, señor, de que debe haber habido tales monstruos como los que ha dicho que existían aún en un período mucho más tardío que lo que se acepta generalmente —replicó Adam—; asimismo, si existiesen esas cosas, estoy seguro de que este sería el lugar exacto para ellos. He intentado darle vueltas al asunto desde que usted señaló la configuración del suelo. Si no se ofende usted con mi expresión, que de hecho no es una duda, sino un problema, me parece que hay un hiato por alguna parte.

—¿Dónde? ¿De qué tipo? Dime francamente dónde está ese problema tuyo. Ya sabes que estoy contento siempre con una opinión sincera sobre cualquier problema.

—Bueno, señor, todo lo que usted dice puede ser cierto, y probablemente lo es. Pero, ¿no hay problemas mecánicos?

—¿Como cuáles?

—Bueno, nuestro antiguo monstruo debió haber sido sumamente pesado, las distancias que tenía que recorrer eran largas y difíciles los caminos. Desde donde estamos sentados ahora, hasta el nivel de los agujeros en el barro, incluso la parte alta de ellos, hay una distancia de varios centenares de metros, y eso dejando aparte totalmente cualquier distancia lateral. ¿Es posible que hubiese alguna manera de que un monstruo pudiese desplazarse a uno y otro lado y, sin embargo, ninguna posibilidad de que se registrase haberlo visto? Por supuesto, tenemos las leyendas, pero, ¿no son necesarias evidencias más exactas en una investigación científica?

—Mi querido Adam, todo lo que dices es perfectamente correcto y, desde donde nos encontramos en tal investigación no podemos hacer nada mejor que seguir tu razonamiento. Pero, mi querido muchacho, tienes que recordar que todo eso ocurrió hace miles de años. Debes recordar también que carecemos de todos los registros del tipo que podría ayudarnos. Asimismo, que los lugares a considerar estaban desiertos, en lo que se refiere a habitación o población humana. En la enorme desolación de un lugar así que cumpla con las condiciones necesarias, debe haber habido tal profusión de crecimiento natural, que habría impedido el progreso de hombres formados tal como nosotros. La guarida de un monstruo como ese que imaginamos no tendría que haber sido molestada durante cientos —o miles— de años. Además, esas criaturas deben haber ocupado lugares bastante inaccesibles para el hombre. Una serpiente que pudiera ponerse cómoda en un barrizal de treinta metros de profundidad, estaría protegida de los alrededores por esas ciénagas enormes que ya no existen, o que, si es que existen en algún sitio, puede ser en muy pocos lugares de la superficie terrestre. Está lejos de mí decir, ni siquiera pensarlo por un momento, que en épocas más elementales no podrían haber existido esas cosas. La condición de las cosas de las que hablamos pertenece a la era geológica; al gran nacimiento y crecimiento verdadero del mundo, cuando las fuerzas naturales estaban desbocadas, cuando la lucha por la existencia era tan salvaje que ninguna vida que no estuviese fundada en una forma gigante no tendría siquiera una posibilidad de supervivencia. De que esa época existió tenemos evidencias en la Geología, pero sólo ahí, no podemos esperar nunca pruebas como las que exige esta época. Sólo podemos imaginar o suponer esas cosas; o esas condiciones y esas fuerzas que las superaron.

—Venga, vayamos a la cama —dijo el señor Salton—. Difruto de la conversación como ustedes dos; pero una cosa es cierta: no podemos resolver nada antes del desayuno.

CAPÍTULO VII
El halcón y la paloma

A la mañana siguiente, a la hora del desayuno, sir Nathaniel y el señor Salton estaban ya sentados cuando Adam entró precipitadamente en la sala.

—¿Alguna noticia? —le preguntó su tío mecánicamente.

—Cuatro.

—¿Cuatro, qué? —preguntó sir Nathaniel.

—Serpientes —dijo Adam mientras se servía un riñón a la parrilla.

—¿Cómo cuatro serpientes? No lo comprendo.

—La mangosta —dijo Adam, y luego añadió a modo de explicación—: Salí con la mangosta justo después de las tres.

—¡Cuatro serpientes en una mañana! Vaya, no sabía que hubiera tantas en el Brow (el nombre local del precipicio occidental); espero que no sea a consecuencia de nuestra conversación de anoche.

—Lo fue, señor, pero no directamente.

—Pero, que Dios me bendiga, tú no esperarías conseguir aquí una serpiente como el gusano de Lambton, ¿verdad? Vaya, una mangosta para enfrentarse a un monstruo así... Si hubiese uno, la mangosta tendría que haber sido más grande que un almiar.

—Estas eran serpientes comunes, sólo tan grandes como un bastón.

—Bien, es bueno librarse de ellas, grandes o pequeñas. Esa mangosta es buena, estoy seguro, retirará todas las alimañas de por aquí —dijo el señor Salton.

Adam siguió en silencio con su desayuno. Matar a unas cuantas serpientes en una mañana no era una experiencia nueva para él. Salió de la sala en el momento que terminó el desayuno y fue al estudio que su tío había arreglado para él. Sir Nathaniel y el señor Salton supusieron que quería estar solo, para evitar así cualquier pregunta o conversación acerca de la visita que iba a hacer ese mediodía. Se quedó a solas en la casa, o paseando hasta una media hora antes de la cena. Entonces entró en silencio en el salón fumador, donde el señor Salton y sir Nathaniel estaban sentados y ya vestidos. Él también estaba vestido y el antiguo diplomático se dio cuenta de que su mano estaba más firme que lo habitual, si eso era posible. De hecho se había afeitado al hacer su aseo, pero no había señal de corte alguno y ni siquiera un temblor en su mano. Sir Nathaniel sonrió para sí en silencio cuando dijo en voz alta:

—Él está muy bien. Eso es señal de que no hay error... para un hombre enamorado. Sin duda estaba enamorado ayer, y de alguna manera, si puede librarse de ello, o superar problemas de corazón como ese, creo que no tenemos que padecer ninguna recelo especial de él.

Así que volvió a la revista que había estado leyendo. Después de unos minutos de silencio general, Adam dio una evidencia más de su aplomo. Mirando a los demás, dijo de repente:

—Supongo que es inútil esperar. Será mejor que nos pongamos a ello inmediatamente.

Su tío, pensando en hacerle las cosas más fáciles, dijo:

—¿Ponernos a qué?

Hubo un momento como de timidez en él. Al principio tartamudeó un poco, pero su voz se hizo más estable a medida que hablaba.

—A mi visita a la granja Mercy.

El señor Salton esperó con impaciencia. El antiguo diplomático simplemente sonrió con facilidad.

—¿Supongo que ustedes dos saben que yo ayer estaba muy interesado en los Watford?

No hubo negativa ni elusión de la pregunta. Ambos ancianos sonrieron con consentimiento. Adam siguió adelante:

—Quiero decir si lo vieron ustedes, los dos. Usted, tío, porque es mi tío y lo más cercano a mí sobre la tierra, de mi propia familia y, además, no podría haber sido más amable conmigo o hacerme sentir más bienvenido que si hubiera sido mi propio padre.

El señor Salton no dijo nada. Le tendió simplemente la mano y el otro la agarró y la sujetó unos segundos.

—Y usted, señor, porque me ha mostrado el mismo cariño que ni en mis sueños de hogar más locos tenía derecho a esperar.

Se detuvo un momento, muy conmovido. Sir Nathaniel respondió suavemente, apoyando la mano en el hombro del joven.

—Tienes razón, muchacho, mucha razón. Es la forma apropiada de mirarlo. Y puedo decirte que nosotros, unos viejos que no tenemos hijos propios, sentimos que el corazón se nos calienta cuando oímos palabras como esas.

Entonces Adam se apresuró, hablando con prisa como si quisiera llegar al punto esencial.

—El señor Watford no había venido, pero Lilla y Mimi estaban en casa y me hicieron sentir muy bienvenido. Las dos tienen en gran consideración a mi tío. Estoy contento por eso de todas maneras, porque me gustan todos ellos... mucho. Estábamos con el té cuando el señor Caswall llegó a la puerta, acompañado del juglar de Christy[9].

—¡El juglar de Christy! —repitió sir Nathaniel. Su voz sonó simplemente como reconocimiento, no como un comentario de alguna clase.

—La propia Lilla abrió la puerta. La ventana del salón de la granja es grande, como por supuesto sabe usted, y desde dentro no se puede evitar ver que viene alguien. El señor Caswall dijo que se había atrevido a acudir, ya que deseaba llegar a conocer a todos sus arrendatarios de una manera más informal y más individualmente que lo que le había sido posible el día anterior. Las muchachas lo hicieron sentirse muy bienvenido. Esas muchachas son muy dulces, señor, alguien será muy feliz algún día... con cualquiera de ellas.

—Y ese alguien podrías ser tú, Adam —dijo el señor Salton efusivamente.

Un velo de tristeza cubrió los ojos del joven, y se apagó el fuego que su tío había visto en ellos. Igualmente, el timbre sonoro dejó su voz haciendo que sonase terriblemente solitaria cuando habló:

—Algo así podría coronar mi vida. Pero me temo que esa felicidad no sea para mí... o no lo sea sin dolor, fracaso y aflicción.

—¡Bueno, estamos todavía en los primeros días! —exclamó sir Nathaniel cordialmente.

El joven volvió hacia él sus ojos, que ahora se habían puesto excesivamente tristes, y respondió:

—Ayer —hace pocas horas—, ese comentario me habría dado nuevas esperanzas... nuevo valor, pero desde entonces he aprendido demasiado.

El anciano, cualificado en el corazón humano, no intentó discutir en un asunto así. Cambió simplemente de idea y continuó:

—Es demasiado pronto para darse por vencido, muchacho.

—Yo no soy del tipo de los que abandonan —replicó el joven con seriedad—, pero, después de todo, es sensato darse cuenta de la verdad. Y cuando un hombre, aunque sea joven, se siente como yo... como me he sentido desde ayer, cuando vi por primera vez los ojos de Mimi..., su corazón da un salto. No necesita aprender las cosas. Las sabe.

Se hizo un silencio en la sala, durante el que el ocaso avanzó imperceptiblemente. Fue Adam quien rompió de nuevo el silencio cuando le preguntó a su tío:

—¿Sabe usted, tío, si tenemos algún sexto sentido en nuestra familia?

—¿Sexto sentido? No, no que yo haya sabido nunca. ¿Por qué?

---

[9] Famoso grupo de músicos-juglares con la cara pintada de negro formado por Edwin Christy a mediados del siglo XIX. En adelante será un eufemismo por «negro».

—Porque —respondió Adam lentamente— tengo una convicción que parece cumplir todas las condiciones que he sabido del sexto sentido.

—¿Y entonces? —preguntó el anciano, muy preocupado.

—Y entonces lo inevitable habitual. Lo que en las Hébridas, y en otros sitios donde la Visión es un culto o una creencia, llaman «fatalidad», el tribunal del que no hay apelación. He oído hablar con frecuencia del sexto sentido... En Australia tenemos muchos escoceses del oeste, pero me he percatado más de su verdadero significado intrínseco en un momento de este mediodía, que lo que había hecho anteriormente en toda mi vida: un muro de granito que se extiende hasta los propios cielos, tan alto y tan oscuro que ni siquiera el ojo de Dios puede ver más allá de él. Bueno, si la fatalidad tiene que acudir, que acuda. Eso es todo.

La voz de sir Nathaniel interrumpió, suave, dulce y grave, pero muy seria.

—¿No puede haber una lucha por ello? La hay para la mayoría de las cosas.

—Para la mayoría de las cosas, sí, pero para la Fatalidad, no. Yo haré lo que un hombre puede hacer. Habrá una lucha, tiene que haberla. Cuándo, dónde y cómo, no lo sé, pero una lucha habrá. Pero, después de todo, ¿qué es un hombre en un caso así?

—¡*Un* hombre! Adam, nosotros somos tres.

Al hablar, Salton miró a su viejo amigo, y los ojos de ese viejo amigo resplandecieron.

—Sí, somos tres —dijo, y su voz resonó.

De nuevo hubo una pausa, y sir Nathaniel, ansioso por volver a un terreno menos emotivo y más neutro, dijo en voz baja:

—Cuéntanos el resto de la reunión. No omitas ningún detalle, podría ser útil. Recuerda que todos estamos comprometidos en esto. Es una lucha a ultranza, y no podemos permitirnos desperdiciar ni descartar ninguna posibilidad.

Adam dijo en voz baja, mirándolo:

—No desperdiciaremos ni perderemos nada que pueda ayudarnos. Luchamos para vencer, y la apuesta es una vida, quizá más de una. Ya veremos.

Luego siguió en un tono de conversación, como el que había utilizado para hablar de la visita de Edgar Caswall a la granja:

—Cuando vino el señor Caswall, el juglar de Christy se llevó la mano al ridículo sombrero y se marchó, al menos a corta distancia, y allí se quedó. Eso le daba a uno la idea de que esperaba que lo llamasen y que tenía la intención de permanecer a la vista, o al alcance del oído. Entonces Mimi trajo otra taza e hizo un té nuevo, y todos juntos seguimos adelante.

—¿Hubo algo fuera de lo común... estaban todos ustedes muy amistosos? —preguntó sir Nathaniel en voz baja.

Adam respondió enseguida:

—Bastante amistosos. No hubo nada que pudiese observar como fuera de lo común... excepto —él siguió adelante con un leve endurecimiento de la voz—, excepto que él mantuvo sus ojos fijos en Lilla, de una manera que era muy intolerable para cualquier hombre que pudiese apreciarla.

—Bueno, ¿y de qué manera miraba? —preguntó sir Nathaniel—. No estoy dudando, sólo pido información.

—Apenas puedo decirlo —fue la respuesta—. No había nada que fuese ofensivo en sí mismo, pero nadie pudo evitar darse cuenta de ello.

—Tú lo hiciste. La propia señorita Watford, que fue la víctima, y el señor Caswall, que fue el infractor, están fuera de la categoría de testigos. ¿Había alguien más que se diera cuenta?

—Mimi lo hizo. Su cara se encendió de ira cuando vio la mirada.

—¿Qué clase de mirada fue? ¿Muy fogosa, demasiado admiradora, o qué? ¿Era la mirada de un enamorado, o la de uno que lo sería con agrado? ¿Comprendes?

—Sí, señor, comprendo bastante bien. Por supuesto, me daría cuenta de algo así. Sería parte de mi preparación para mantener el control de mí mismo... algo a lo que estoy comprometido.

—Si no era amorosa, ¿era amenazadora? ¿Dónde estaba la ofensa?

Adam sonrió amablemente al anciano.

—No era amorosa. Incluso si lo hubiese sido, habría sido de esperar. Yo sería el último hombre de este mundo que objetase, puesto que yo mismo soy un infractor en ese aspecto. Además, no sólo he sido educado para luchar con limpieza, sino que creo que soy justo por naturaleza. Yo sería tan tolerante y tan liberal con un rival como esperaría que él lo fuese conmigo. No, la mirada a la que me refiero no era nada de esa clase. Y siempre y cuando no careciese del respeto apropiado, por mi parte no debería condescender a darme cuenta de ella. Intentaré describírsela. ¿Ha estudiado usted los ojos de un perro de caza alguna vez?

—¿En reposo?

—¡No, cuando sigue sus instintos! O mejor aún —siguió Adam—, ¿los ojos de un ave de presa cuando sigue sus instintos? No cuando está abatiéndose, sino simplemente cuando está vigilando a su presa.

—No —dijo sir Nathaniel—, no creo que lo haya hecho nunca. ¿Puedo preguntar por qué?

—Pues esa era la mirada. Sin duda no era amorosa ni nada de esa clase... aunque era más peligrosa, y eso me afectó, pero era no tan mortal como una amenaza propiamente dicha.

De nuevo hubo un silencio, que sir Nathaniel rompió al ponerse en pie:

—Creo que sería bueno que todos pensemos sobre esto por nuestra cuenta. Entonces podremos retomar el tema.

CAPÍTULO VIII

Ulanga

El señor Salton tenía una cita a las seis en Walsall. Cuando se alejó en su carruaje, sir Nathaniel agarró a Adam del brazo y le dijo:

—¿Puedo ir contigo un momento a tu estudio? Quiero hablar contigo en privado sin que tu tío se entere ni de qué va el asunto siquiera. No te importa, ¿verdad? No es por frívola curiosidad, no, no. Es sobre el tema con el que todos estamos comprometidos.

Adam dijo con cierta reserva:

—¿Es necesario que mi tío se quede a oscuras en esto? Podría ofenderse.

—No es necesario, pero es aconsejable. Lo pido por su beneficio. Mi amigo es un hombre viejo y eso podría preocuparlo indebidamente, incluso alarmarlo. Te prometo que en nuestro silencio no habrá nada que pueda inquietarlo, ni nada por lo que pueda resentirse.

—¡Pues, adelante, señor! —dijo Adam simplemente.

Cuando estuvieron encerrados en el estudio, sir Nathaniel habló:

—Ya ves que tu tío es ahora un hombre viejo. Lo sé porque fuimos niños juntos. Ha llevado una vida sin incidentes y algo solitaria, de modo que cualquier clase de cosas como las que han surgido ahora son propensas a dejarlo perplejo por su misma rareza. De hecho, cualquier asunto nuevo es difícil para los viejos, porque tienen sus propias perturbaciones e inquietudes, y ninguna de esas cosas es buena para las vidas que deberían ser sosegadas. Tu tío es un hombre fuerte, de una naturaleza feliz y plácida. Dada su salud y sus condiciones habituales de vida, no hay razón para que no llegue a los cien años. Por lo tanto, tú y yo, que lo queremos, aunque de forma diferente, debemos encargarnos de protegerlo de todas las influencias perturbadoras. Sin duda alguna, ese cuidado se añadirá a su esperanza de vida y a la felicidad de sus días. Estoy seguro de que estarás de acuerdo conmigo en que cualquier trabajo con ese fin estará bien empleado. ¡Muy bien, muchacho! Veo tu respuesta en tus ojos, así que no necesitamos decir nada más. Y ahora —en ese momento cambió su voz   dime todo lo que ocurrió en esa entrevista. No te dejes nada por decir, no hay nada que sea demasiado trivial. Hay cosas extrañas ante nosotros, y ahora no podemos suponer siquiera cómo de extrañas. Indudablemente, algunas de las cosas difíciles de comprender, que se sitúan detrás del velo, con el tiempo se nos mostrarán para que las veamos y las comprendamos. Mientras tanto, todo lo que podemos hacer es pensar y trabajar con paciencia, sin miedo y sin egoísmo para un fin que creemos que es correcto. Dímelo lo mejor que puedas, intentaré ayudarte. Has llegado hasta cuando Lilla abrió la puerta para el señor Caswall, y el juglar de Christy, que lo había seguido, se alejó un poco y se quedó merodeando. Observaste también que Mimi estaba afectada mentalmente por la forma en que el señor Caswall miraba a su prima.

—Sin duda... aunque «afectada» es una mala manera de expresar su oposición.

—¿Puedes recordar lo bastante bien como para describir los ojos de Caswall, y cómo miraba a Lilla, y lo que hizo y dijo Mimi? También del juglar de Christy, que supongo que es Ulanga, el sirviente de África occidental de Caswall. Cuando hayas dicho todo lo que sabes de esas cosas, quiero que me digas lo que hayas oído de alguna manera del «juglar de Christy», me parece que será la forma más humorística de llamarlo, aunque dudo mucho que sea sujeto de humor de alguna manera concebible. Más probablemente, la tragedia está en su séquito.

—Haré lo que pueda, señor. Todo el tiempo que el señor Caswall estaba mirando, mantenía los ojos fijos e inmóviles, pero no como si estuviese muerto o en trance. Su frente estaba fruncida, como cuando uno intenta ver a través o dentro de algo. En el mejor momento, su cara no tenía una expresión amable, pero cuando se retorcía así era casi diabólica. Asustó tanto a la pobre Lilla, que temblaba, y un poco después se puso tan pálida que creí que se había desmayado. Sin embargo, aguantó e intentó devolver la mirada, pero de una manera débil. Entonces se acercó Mimi y agarró su mano. Eso la reafirmó y, todavía sin dejar de devolver la mirada, volvió a tener color y pareció más ella misma.

—¿Él también miraba?

—Más que nunca. Cuanto más débil parecía Lilla, más fuerte parecía ponerse él, justo como si estuviese alimentándose de la fuerza de ella. De repente, ella se dio la vuelta, alzó las manos y cayó en un desmayo. Justo entonces no pude ver qué más pasó, porque Mimi se arrojó de rodillas a su lado y la ocultó de mí. Entonces hubo algo como una sombra negra entre nosotros, y ahí estaba la agradable forma del juglar de Christy, con más aspecto de diablo maligno que nunca. Sería mejor que él estuviese atento. Habitualmente no soy un hombre paciente, y ver a ese horrible diablo basta para hacer que le hierva la sangre a un esquimal. Cuando él vio mi cara, pareció que se daba cuenta del peligro, del peligro inmediato, y se escabulló de la sala tan silenciosamente como si lo hubiesen lanzado de un soplo. Sin embargo, he aprendido una cosa: él es un enemigo, donde los tenga un hombre.

—¡Esto nos deja todavía tres a dos! —agregó sir Nathaniel.

—Entonces Caswall se escabulló, igual que había hecho el negro. Cuando se hubo marchado, Lilla se recuperó inmediatamente. ¡Espero no ver que el señor Caswall mira de ese modo a Lilla otra vez! Cuando hablaba se sacó del bolsillo un revólver niquelado y volvió a guardarlo con un comentario amenazante:

—No sé si desea que lo entierren en suelo inglés. Puede elegir, si quiere. Hablando normalmente, no se merece un cartucho, pero cuando hay una dama en el caso... —el revólver chasqueó.

—Bueno —dijo sir Nathaniel, preocupado por restaurar la paz—, ¿has averiguado algo ya respecto a tu amigo el juglar de Christy? Estoy ansioso de que se me informe al respecto. Me temo que habrá, o que puede haber, algún problema grave con él.

—Sí, señor, he oído muchas cosas sobre él... por supuesto, no es oficial, pero las habladurías deben guiarnos al principio. Usted conoce a mi administrador Davenport, creo. Verdaderamente es mi *alter ego:* mi secretario privado, mi hombre de negocios de confianza y mi factótum en general. Vino conmigo en un viaje de exploración a través del desierto, me salvó la vida muchas veces. Está dedicado a mí y tiene toda mi confianza.

Le pedí que subiese a bordo del *West African* para que echase un buen vistazo alrededor y que averiguase lo que pudiera sobre el señor Caswall. Naturalmente, se quedó impresionado con el salvaje aborigen. Encontró a uno de los sobrecargos del barco que había estado en viajes regulares a Sudáfrica. Conocía a Ulanga y lo había estudiado. Es un hombre que se lleva bien con los negros, que le abren su corazón. Al parecer, el tal Ulanga es una persona de bastante importancia en el mundo negro de la costa occidental de África. Tiene las dos cosas que respetan los hombres de su mismo color: puede hacer que se asusten y es generoso con el dinero. No sé el dinero de quién, pero tampoco importa. Ellos están siempre dispuestos a proclamar su grandeza. Su grandeza diabólica, quiero decir, pero eso tampoco importa. Esa es su historia, en pocas palabras. Originalmente era un buscador de brujas, una de las ocupaciones más bajas que existen entre los salvajes aborígenes, en los pantanos de manglares. Luego se metió en el mundo y se convirtió en un Obiman, que proporciona la oportunidad a la riqueza mediante la extorsión. Finalmente, alcanzó el más alto honor en el servicio diabólico. Se convirtió en un practicante del vudú, que es un servicio de la mayor bajeza y crueldad. Me contaron algunas de sus hazañas de crueldad que son sencillamente nauseabundas. Me hicieron anhelar una oportunidad de ayudarlo a regresar al infierno. Al mirarlo, uno podría pensar que podía medir de alguna manera la amplitud de su vileza, pero sería una esperanza vana. Los monstruos como él pertenecen a una fase primitiva y más rudimentaria de barbarie. Quienquiera que lo mate cuando llegue la hora no tendrá que temer el castigo, sino que esperar la alabanza. A su manera es un hombre listo, para ser un negro, pero no por ello es menos peligroso ni aborrecible. Los hombres del barco me dijeron que era un coleccionista, algunos de ellos habían visto sus colecciones. ¡Y qué colecciones! Todo lo que era potente para el mal en los pájaros y en los animales, incluso en los peces. Picos que podían romper, arrancar y desgarrar. Todas las aves representadas eran predadoras. Hasta los peces eran de los que nacen para destruir, herir y torturar. Le aseguro que la colección era una lección objetiva de la maldad humana. Ese ser tiene el suficiente mal en su cara como para intimidar hasta un hombre fuerte. ¡Hay muy poco de qué asombrarse porque la vista de esa cara pusiese a esa pobre muchacha en un desmayo rotundo! Si ese otro salvaje tiene la intención de mantenerlo por aquí, tendrían que construir una cárcel nueva inmediatamente, porque no habrá ningún hombre ni mujer decente en su vecindad que no sea un criminal desde el primer momento, si es que de verdad es un crimen destruir una cosa así.

Adam se levantó a primera hora de la mañana y se dio un rápido paseo alrededor del Brow. Cuando pasaba por Diana's Grove, le echó un vistazo a la corta avenida de árboles, y vio las serpientes que la mangosta había matado la mañana anterior. Todas ellas estaban puestas en fila, derechas y rígidas, como si una mano las hubiese colocado así. Sus pieles parecían húmedas y pegajosas, y estaban cubiertas por todas partes de hormigas y otros insectos. Resultaban repugnantes, así que, después de mirarlas, siguió adelante. Un poco más tarde, cuando sus pasos lo llevaron de manera natural más allá de la entrada a la granja Mercy, lo adelantó el juglar de Christy, que se movía rápidamente bajo los árboles, allá donde hubiera sombra. Colgadas de uno de sus brazos, extendido, y con aspecto de toallas sucias sobre una barandilla, llevaba las serpientes de aspecto horroroso. Al parecer no había visto a Adam, para agradable sorpresa de éste. No se veía a nadie en Mercy, con excepción de unos cuantos trabajadores en la granja, así que, después de esperar la oportunidad de ver a Mimi, Adam empezó a irse despacio a casa.

Lo adelantaron otra vez por el camino. En esta ocasión era *lady* Arabella, que caminaba apresuradamente y estaba tan furiosamente enojada que no lo reconoció, hasta el punto de no reconocer siquiera su reverencia de saludo. Él se quedó pensando, pero siguió su camino sencillamente. Cuando Adam llegó a Lesser Hill, fue a la cochera donde se guardaba la caja con la mangosta, y se la llevó consigo con la intención de terminar en el Montón de Piedras lo que había iniciado la mañana anterior respecto a la exterminación. Vio que la mangosta atacaba a las serpientes con más facilidad que el día precedente, mató a seis en la primera media hora. Como no aparecieron más, dio por descontado que el trabajo de la mañana había concluido y fue hacia la casa. A esas alturas, la mangosta se había acostumbrado a él y estaba dispuesta a permitir que la manejase libremente. Adam la levantó del suelo, se la puso al hombro y siguió andando. Inmediatamente vio que una señora avanzaba hacia él, y reconoció a *lady* Arabella. Hasta ese momento la mangosta había estado tranquila, como un gatito juguetón y cariñoso, pero cuando los dos estuvieron cerca, Adam se horrorizó al ver que el animal, hecho una furia y con todo el pelo erizado, saltó de su hombro y corrió hacia *lady* Arabella. La mangosta parecía tan furiosa y tan decidida a atacar, que él gritó para avisarla:

—¡Tenga cuidado! ¡Tenga cuidado! ¡El animal está furioso y quiere atacar!

Lady Arabella parecía más desdeñosa que nunca y seguía adelante. La mangosta saltó hacia ella en un ataque furibundo. Adam corrió hacia allá con un palo, la única arma que tenía, pero justo cuando llegó a la distancia adecuada para golpear, *lady* Arabella sacó un revólver y disparó al animal, rompiéndole la columna. No satisfecha con eso, le descargó tiro tras tiro hasta que se agotó el cargador. Ahora no había en ella ni frialdad ni altivez, parecía más furiosa incluso que el animal, con la cara transformada por el odio y tan decidida a matar como se veía que estaba. Adam, sin saber exactamente qué hacer, se levantó el sombrero como disculpa y se apresuró de vuelta a Lesser Hill.

CAPÍTULO IX

Supervivencias

En el desayuno, sir Nathaniel se dio cuenta de que Adam estaba indignado por algo, pero no dijo nada. La lección del silencio se recuerda mejor con la edad que con la juventud. Cuando ambos estuvieron en el estudio, donde sir Nathaniel lo había seguido, Adam empezó inmediatamente a contarle a su compañero lo que había ocurrido. Sir Nathaniel tenía un aspecto cada vez más serio a medida que avanzaba la narración, y, cuando Adam se detuvo, permaneció en silencio durante varios minutos. Al fin dijo:

—Esto es muy grave. Todavía no me he formado ninguna opinión, pero a primera vista me parece que es peor que cualquier cosa en la que hubiera pensado.

—¿Por qué, señor? —dijo Adam—. ¿Es que matar a una mangosta, sin que importe quién lo haga, es algo tan serio como todo eso?

Su compañero siguió fumando en silencio durante varios minutos antes de hablar.

—Cuando lo haya pensado apropiadamente, podría moderar mi opinión, pero mientras tanto me parece que hay algo terrible detrás de todo esto, algo que podría afectar a todas nuestras vidas, que podría significar un problema de vida o muerte para cualquiera de nosotros.

Adam se sentó rápidamente.

—Dígame lo que piensa, señor, si, por supuesto, no tiene ninguna objeción o no cree que sea mejor retenerlo.

—No tengo ninguna objeción, Adam... De hecho, si la tuviera debería haberla superado. Me temo que no puede haber más pensamientos reservados entre nosotros.

—En efecto, señor, eso suena muy serio, ¡peor que serio!

Siguieron otra vez con sus cigarros, y en breve sir Nathaniel dijo muy seriamente:

—Adam, mucho me temo que ha llegado la hora para nosotros, para ti y para mí, en cualquier caso, de hablar claramente el uno al otro. ¿No parece haber algo muy misterioso en todo esto?

—Así lo he creído todo este tiempo, señor. El único problema que tiene uno es lo que uno tiene que pensar y por dónde empezar.

—Empecemos por lo que me has dicho. Consideremos primero la conducta de la mangosta.

Adam esperó, y el otro continuo:

—Estaba tranquila, incluso amistosa y cariñosa contigo. Ella sólo atacaba a las serpientes, lo que a fin de cuentas es su trabajo en la vida.

—¡Así es!

—Entonces debemos intentar encontrar o imaginar alguna razón para que atacase a *lady* Arabella.

—Me temo que tendremos que imaginar, no hay una respuesta lógica a esa cuestión.

—Imaginemos, entonces. ¿Hasta entonces no había mostrado ninguna propensión a atacar a los extraños?

—No, todo lo contrario. Se hacía amiga inmediatamente de todo aquel con el que se cruzaba.

—Entonces, incluso si su acción estuviese basada en el instinto, ¿por qué eligió a una persona concreta de esa manera?

—En eso, señor, veo un problema, o, si me da su permiso, podría ser sólo un defecto de su razonamiento.

—¡Permiso! Me alegrará. Sigue.

—Me parece que usted considera el «instinto» como algo definido y fijo, respecto a lo cual sólo puede haber una interpretación, incluso por la creación más salvaje.

—Continúa, Adam, esto es muy interesante.

—Los dos podríamos estar equivocados en nuestra idea de lo que es el «instinto». ¿Y no podría ser que las mangostas tienen simplemente el instinto de atacar, y que la naturaleza no les permite ni les proporciona las fuerzas de razonamiento fino para discriminar a quién tienen que atacar?

—¡Muy bien! Claro que podría ser así. Pero, por otra parte, ¿no debería calmarnos el por qué desea atacar lo que sea? Si durante siglos este animal en concreto es conocido en todo el mundo por atacar sólo a una clase de animal, ¿no nos justificaría que supusiéramos que cuando un caso desconocido para nosotros se nos pone delante, si uno del primer tipo ataca a un animal sin clasificar es porque reconoce en ese animal alguna cualidad que tenga en común con el animal hasta entonces clasificado?

—Ese es un buen argumento, señor —prosiguió Adam—, pero es peligroso. Si lo siguiéramos con la pura lógica, nos llevaría a creer que *lady* Arabella es una serpiente. Y dudo que nosotros, cualquiera de los dos, estemos preparados para llegar tan lejos.

—En lo que a mí respecta, voy a seguir ciegamente la guía de la lógica. Pero antes de hacer eso, tenemos que cumplir un deber.

—¿Y qué deber es ese, señor?

—El primero de todos los deberes: la verdad. Antes de llegar a ese extremo, debemos estar seguros de que no hay ningún punto que todavía no hayamos considerado y que explicase eso desconocido que nos desconcierta.

—¿De qué forma?

—Bueno, supongamos que el instinto trabaja sobre alguna base física, la vista, por ejemplo, o el olor. Si hubiera algo que estuviese recientemente junto al atacado que pudiese parecer la causa o que llevase el olor, sin duda eso nos suministraría la causa que nos falta.

—¡Por supuesto! —dijo Adam con convicción.

Sir Nathaniel continuó:

—Bueno, por lo que me dices, tu juglar de Christy había venido por el camino de Diana's Grove y llevaba las serpientes muertas que la mangosta había matado la mañana anterior. ¿No podría haber sido llevado el olor en esa dirección?

—Claro que podría, y probablemente lo fue. No lo había pensado. Mire, señor, creo de veras que sería prudente por nuestra parte no extraer conclusiones finales hasta que sepamos más. En cualquier caso, ese episodio es una pista sugerente para nosotros, una que podemos seguir sin decirle nada a nadie. Entonces estaremos en una posición más segura para seguir adelante.

—¡Eso es bueno y sensato! —dijo sir Nathaniel con aprobación.

Y así se arregló tácitamente entre los dos que esperarían. Pero mientras estaban sentados en silencio, se le ocurrió una idea a Adam y creyó que era prudente dársela a conocer al anciano.

—Dos cosas quiero preguntarle si me lo consiente, señor. Una es una especie de corolario de la otra.

Sir Nathaniel escuchaba y él siguió adelante.

—¿Hay alguna posibilidad de calcular siquiera aproximadamente cuánto tiempo dura un olor? Ya ve, ese es un olor natural y podría venir de un lugar donde ha sido eficaz durante miles de años. Entonces, ¿lleva consigo un olor de cualquier clase alguna forma o cualidad de otro tipo, tanto buena como mala? Se lo pregunto porque un antiguo nombre de la casa en la que vive la señora que atacó la mangosta fue «La guarida del Gusano Blanco». Si alguna de esas cosas es así, nuestros problemas se habrán multiplicado indefinidamente. Incluso podrían ser de otro tipo. Podríamos meternos en entrelazamientos morales, y antes de que nos diésemos cuenta estaríamos en medio de una lucha entre el bien y el mal.

Tras una pausa, sir Nathaniel preguntó:

—¿Es esa la pregunta que querías hacerme?

—Sí, señor.

Sir Nathaniel sonrió seriamente.

—No sé en qué se apoya el corolario. Respecto a la primera pregunta, o la primera parte, hasta donde sé no hay períodos fijos en los que pueda ser activo un olor..., creo que podemos entender que ese período no dura miles de años. Respecto a si acompaña algún cambio moral a uno físico, sólo puedo decir que no he encontrado ningún argumento o prueba de ese hecho. Al mismo tiempo, debemos recordar que «bueno» y «malo» son palabras tan amplias como para asimilar a todo el plan de la creación, y que todo eso se implica por ellas y por su mutua acción y reacción. En general, yo podría decir que en el plan de una Causa Primera es posible cualquier cosa. Mientras las fuerzas o las tendencias inherentes a una cosa concreta estén veladas para nosotros, debemos esperar que haya algún misterio. Esto nos oculta más que lo que concebimos al principio, y según pase el tiempo y llegue alguna luz a los lugares más oscuros, seremos capaces de comprender que existen otras oscuridades. Y etcétera, hasta que llegue el momento en el que la luz completa de la comprensión nos ilumine.

—Entonces supongo, señor —dijo Adam—, que al menos será sensato por nuestra parte dejar en paz esas cuestiones hasta que sepamos más.

—Indudablemente. Escuchar y recordar debería ser nuestra guía de principio en una investigación como esta.

—Hay otro asunto del que me gustaría pedirle su opinión. Es la última de mis preguntas generales por el momento. Supongamos que hay algunas fuerzas permanentes que pertenecen al pasado, a las que podemos llamar «supervivencias», ¿pertenecen tanto al bien como al mal? Por ejemplo, si el olor del monstruo primigenio puede permanecer en proporción a su fuerza original, ¿puede ser verdad lo mismo para las cosas que significan el bien?

Sir Nathaniel se quedó pensando un rato y luego respondió:

—Debemos ser cuidadosos desde el principio para no confundir lo físico con lo moral, para diferenciar los dos y mantenerlos separados. Veo que ya has cambiado completamente a lo moral, así que tal vez sea mejor que sigamos por ese campo primero. Del lado de lo moral, tenemos cierta justificación para creer en las expresiones de la religión revelada. Por ejemplo, *la oración ferviente y eficaz de un hombre justo sirve de mucho*[10] es decididamente para el bien. No tenemos nada de una clase parecida en la parte del mal. Pero si aceptamos esa máxima, no debemos tener ya más miedo de los «misterios», a partir de entonces, se convierten simplemente en obstáculos.

Adam aguardó en silencio, como tenía que ser, y fue respetuoso. Entonces cambió de repente a otra fase del asunto.

—Y ahora, señor, ¿puedo dirigirme por unos momentos a las cosas puramente prácticas, más que a asuntos de hechos históricos?

Sir Nathaniel asintió con un gesto. Adam continuó:

—Ya hemos hablado de la historia, hasta donde se conoce, de algunos de los lugares de nuestro alrededor: «Castra Regis», «Diana's Grove» y «La guarida del Gusano Blanco». Me gustaría preguntar: ¿hay algo que no sea necesariamente de significado maléfico acerca de cualquiera de estos lugares?

—¿Cuál de ellos? —preguntó sir Nathaniel astutamente.

—Bueno, por ejemplo, ¿esta casa y la granja Mercy?

—Aquí nos vamos al otro lado —dijo sir Nathaniel—, el lado ligero de las cosas. Consideremos primero la granja Mercy. ¿No te opones?

—Gracias, señor —el comentario del joven fue completo y claro.

---

[10] Epístola de Santiago, 5:16.

—Tal vez sea mejor que recordemos la historia de ese sitio concreto. Los detalles podrían ayudarnos más adelante para llegar a alguna conclusión útil, o interesante en cualquier caso.

»Cuando san Agustín fue enviado por el papa Gregorio a cristianizar Inglaterra, en la época de los romanos, fue recibido y protegido por Ethelbert, rey de Kent, cuya esposa, hija de Charibert, rey de París, era cristiana e hizo mucho por el santo. Ella fundó un convento de monjas en memoria de Columba, que se llamó *Sedes misericordiae,* la Casa de la Misericordia[11], y como la zona era merciana, los dos nombres se enredaron inextricablemente. Como Columba significa *paloma* en latín, la paloma se convirtió en una especie de emblema del convento. Ella se aprovechó de la idea e hizo del recién fundado convento una casa de palomas. Alguien le envió una paloma recién descubierta, una especie de paloma mensajera, cuyas plumas de la cabeza y del cuello eran blancas y tenían la forma de una cogulla o capucha religiosa. Así que el pájaro especial se convirtió en el símbolo de las monjas de Mercy. El convento floreció durante más de un siglo, cuando entró en decadencia en la época de Penda, que era el reaccionario de los paganos. Mientras tanto, las palomas, protegidas por el sentimiento religioso, habían aumentado poderosamente y eran conocidas en todas las comunidades católicas. Cuando el rey Offa rigió en Mercia, unos ciento cincuenta años después, restauró el cristianismo y bajo su protección el convento de santa Columba fue restaurado y sus palomas volvieron a florecer. Con el tiempo, esa casa religiosa volvió a caer en desuso, pero antes de desaparecer había conseguido un gran nombre por sus buenos trabajos, y en especial por la piedad de sus integrantes. Creo que ahora veo dónde lleva tu argumento. No sé si lo empezaste habiéndolo pensado por completo, pero en cualquier caso voy a aventurarme a una opinión: que si los hechos, las oraciones, las esperanzas y el pensamiento sincero dejan algún efecto moral en algún sitio, la granja Mercy y todo lo de alrededor de ella tienen casi el derecho a que se les considere suelo sagrado.

—Gracias, señor —dijo Adam sinceramente, y se quedó callado.

Una vez más, sir Nathaniel lo comprendió.

CAPÍTULO X

Oler la muerte

Aunque Adam hablaba poco, no se quedaba quieto en cualquier asunto que hubiese emprendido, o en el que estuviera interesado. Había

---

[11]   *House of Mercy,* en el original.

acordado con sir Nathaniel que no harían nada respecto al enigma del miedo de *lady* Arabella a la mangosta, pero prosiguió incesantemente su actividad de estar preparado para actuar en cuanto fuera que llegase la oportunidad. Mentalmente, estaba buscando de continuo información o pistas que pudiesen llevar a posibles líneas de actuación. Desconcertado por la muerte de la mangosta, buscó otra línea que seguir. No tenía intención de abandonar la idea de que hubiese una relación entre la mujer y el animal, pero ya estaba preparando una alternativa. Su idea nueva era utilizar las facultades de Ulanga todo lo que pudiese al servicio del descubrimiento. Su primera gestión fue enviar a Davenport a Liverpool para que intentase encontrar al sobrecargo del *West African* que le habló de Ulanga y, si era posible, que entonces intentase convencer al negro (por el soborno o por cualquier otro método) de que fuese al Brow. En cuanto él mismo tuviese noticias del hombre del vudú, podría aprender algo útil de él. Davenport salió a primera hora de la mañana y tuvo éxito en ambas misiones, pues tenía que hacer que Ross enviase otra mangosta y que tuviese otra preparada para enviarla cuando se le dijera, y pudo decirle a Adam que había visto al sobrecargo, quien le contó mucho de lo que él quería saber, y también organizó que Ulanga fuese a Lesser Hill al día siguiente. En ese momento, Adam vio su camino suficientemente despejado como para describirle con exactitud lo que deseaba que averiguase. Había llegado a la conclusión de que sería mejor, sobre todo al principio, no aparecer él mismo en un asunto con el que Davenport podía tratar muy competentemente. Habría tiempo para que interviniese de manera personal cuando el asunto hubiese avanzado un poco más.

Cuando Davenport llegó aquella tarde, tuvo una larga entrevista con Adam en la que le contó lo que había sabido, en parte por el sobrecargo, en parte por los demás africanos de servicio en el barco, y en parte por la jactancia del propio Ulanga. Si lo que el negro había dicho era cierto, el hombre tenía un extraño don que podría ser útil en la búsqueda en la que estaban. Él podía, digamos, «oler la muerte». Si alguien estaba muerto, si alguien había muerto o si se había utilizado un lugar relacionado con la muerte, parecía que él supiese el hecho a grandes rasgos por intuición. Adam preparó mentalmente que para comprobar esa facultad respecto a varios lugares sería su primera tarea. Naturalmente, estaba ansioso por ello, y el tiempo pasaba despacio. El único consuelo fue la llegada a la mañana siguiente de una fuerte caja de embalaje de parte de Ross, cerrada con una llave que estaba bajo la custodia de Davenport. En la caja había otras dos más pequeñas, también cerradas con llave. Una de ellas contenía la mangosta que remplazaría a la que mató *lady* Arabella, la otra era la mangosta especial que ya había matado a la cobra reina en Nepal. Cuando ambos animales fueron puestos bajo llave con seguridad en el lugar preparado para ellos, sintió que podía respirar más libremente. Nadie de la casa podía conocer el secreto de su existencia, excepto él mismo y Davenport. Organizó que Davenport llevase de paseo a Ulanga por el vecindario, deteniéndose en cada uno de los lugares que había designado. Al haber recorrido todo el Brow, tenía que volver por el mismo camino y convencerlo de que abordase los mismos temas al hablar con Adam, que iba a reunirse con ellos como por casualidad en la parte más alejada, más allá de la granja Mercy. Davenport no tenía que perderlo de vista, debía llevarlo de nuevo a Liverpool con seguridad y dejarlo a bordo del barco, donde tenía que esperar a que su amo enviase a buscarlo.

Los incidentes del día fueron justo lo que esperaba Adam. En la granja Mercy, en Diana's Grove, en Castra Regis y en unos cuantos lugares más, el negro se detuvo y, abriendo las ventanas de su nariz como para olfatear claramente, dijo que olía la muerte. No siempre era de la misma manera. En la granja Mercy dijo que había muchas muertes pequeñas. En Diana's Grove su comportamiento fue diferente. En él había una sensación clara de disfrute, en especial cuando hablaba de muchas muertes grandes de hacía mucho tiempo. Allí también olfateó de una extraña manera, como un sabueso que revisa, y pareció perplejo. No dijo palabra alguna para alabar o menospreciar, pero en el centro del bosquecillo, donde, oculto entre antiguos tocones de roble, había un bloque de granito ligeramente ahuecado en la parte de arriba, se dobló mucho hacia adelante y puso la frente en el suelo. Ese fue el único lugar en el que mostró una marcada reverencia. En el castillo, aunque habló de muchas muertes, no mostró ninguna señal de respeto. Era evidente que había algo en Diana's Grove que lo interesaba y lo desconcertaba. Antes de marcharse, se movió insatisfecho por todo el lugar, y en un punto, donde había un agujero profundo cerca del límite del Brow, pareció que se asustaba. Después de volver varias veces a ese lugar, se dio repentinamente la vuelta y echó a correr en pánico a un terreno más elevado, pasando sobre el saliente de piedra cuando lo hacía. Entonces pareció que respiraba con más libertad y que hasta recuperaba algo de su desenvuelta insolencia.

Todo esto satisfacía las expectativas de Adam. Regresó a Lesser Hill con una calma serena y establecida.

Cuando estuvo de vuelta en la casa, Adam se reunió con sir Nathaniel, que lo siguió hasta su estudio y dijo cuando cerraba la puerta tras él:

—Por cierto, he olvidado pedirte detalles de una cosa. Cuando ese episodio extraordinario de las miradas del señor Caswall tuvo lugar, ¿cómo lo tomó Lilla?, ¿cómo lo soportó?

—Estaba aterrada, y temblaba como he visto a una paloma con un halcón, o a un pájaro con una serpiente.

—Gracias, es suficiente. Es justo como esperaba. Ha habido circunstancias en la familia Caswall que lo llevan a uno a creer que ya desde los primeros tiempos ha habido en ella alguna facultad mesmérica o hipnótica. En efecto, un ojo hábil puede leer mucho en su fisionomía. Esa imagen tuya del halcón y la paloma, sea por instinto o sea por intuición, fue singularmente apropiada. Creo que podemos decidirnos con eso como un rasgo fijo que sea aceptado a lo largo de nuestra investigación.

Cuando cayó el crepúsculo, Adam agarró a la mangosta nueva, no la de Nepal, y llevando la caja colgada del hombro dio un paseo hacia Diana's Grove. Cerca de la entrada desde la carretera se encontró con *lady* Arabella, vestida como siempre en un blanco muy ceñido que mostraba su extraordinariamente esbelta figura.

Para gran sorpresa de Adam, la mangosta permitió que ella la tocase, que la agarrase en sus brazos y que la acariciase. Como ella iba en la misma dirección que él, la dejó con ella y siguieron caminando juntos.

En el camino entre las entradas de Diana's Grove y de Lesser Hill había muchos árboles de finos y altos troncos, sin demasiado follaje salvo en lo alto. En el crepúsculo ese lugar era sombrío, y la vista de cualquiera estaba obstaculizada por los troncos acumulados. Bajo la luz insegura y trémula que caía a través de las copas de los árboles, era difícil distinguir nada con claridad, y cuando Adam miró hacia atrás vio que *lady* Arabella estaba bailando de hecho de una manera fantástica. Sus brazos se abrían y cerraban y serpenteaban por todas partes de una manera extraña; la piel blanca que llevaba alrededor de la garganta también se retorcía, o lo parecía. No se oía sonido alguno. Había algo insólito en todo ese movimiento silencioso que Adam consideró digno de darse cuenta, de modo que esperó, se detuvo casi por completo y caminó con pasos lentos como para dejar que ella lo adelantase. Pero como el ocaso estaba muy avanzado, no pudo distinguir más que lo que había podido al principio. Al final, la perdió de vista por completo y se dio la vuelta sobre sus pasos para encontrarla. Al poco se cruzó con ella cerca de su propia entrada. Se inclinaba sobre unas ramas de roble recortadas que formaban la empalizada de la avenida. Adam no pudo ver a la mangosta, así que le preguntó dónde había ido.

—Se deslizó de mis brazos cuando estaba acariciándola —respondió—, y desapareció bajo los setos.

Cuando ella habló empezó a caminar de vuelta con él, que buscaba al pequeño animal. La encontraron en un sitio donde se ensanchaba la avenida como para permitir que los carruajes se adelantasen uno a otro. La pequeña criatura parecía muy cambiada. Había estado muy animada y activa, y ahora estaba apagada y sin ánimo, estaba como aturdida. Permitía que la levantase cualquiera de ellos, pero cuando estaba con *lady*

Arabella seguía mirando a su alrededor de una manera extraña, como si tratase de escaparse. Cuando salieron del camino, Adam mantuvo a la mangosta apretada contra él y, levantando el sombrero hacia su acompañante, se fue rápidamente hacia Lesser Hill; él y *lady* Arabella dejaron de verse en la oscuridad creciente.

Cuando Adam llegó a la casa puso a la mangosta en su caja y cerró con llave la puerta de la habitación donde había estado. La otra mangosta, la de Nepal, estaba encerrada con seguridad en su propia caja, pero estaba en silencio y no se movió. Al llegar a su estudio entró sir Nathaniel, que cerró la puerta detrás de él.

—He venido —dijo—, mientras tenemos la oportunidad de estar solos, para decirte algo de la familia Caswall que creo que te interesará. Esta tarde nos hemos interrumpido cuando estábamos a punto de llegar al tema.

Adam se preparó para escuchar. El otro empezó inmediatamente:

—El punto al que quería llegar hoy, cuando nos hemos desviado del tema, es el siguiente: hay, o solía haber, una creencia en esta parte del mundo de que la familia Caswall tenía el extraño poder de hacer que la voluntad de otras personas estuviese subordinada a la suya. Hay muchas alusiones al tema en biografías y demás trabajos sin importancia, pero sólo conozco una donde se habla del asunto categóricamente. Es *Mercia y sus personajes ilustres,* escrito por Ezra Toms hace más de cien años. El autor deduce que era un poder mesmérico, porque entra en la cuestión de la estrecha asociación del entonces Edgar Caswall con Mesmer[12] en París. Dice que Caswall era alumno y compañero de trabajo de Mesmer, y afirma que, sin embargo, cuando este último salió de Francia y se llevó consigo una gran cantidad de instrumentos filosóficos y eléctricos, no se supo que volviese a utilizarlos nunca. Una vez le dijo a un amigo que se los había dado a su antiguo alumno. La palabra que utilizó era extraña, porque habló de «legado», pero no se supo nunca que Mesmer hubiese hecho un legado así. En todo caso, los instrumentos estaban perdidos y no aparecieron nunca más. Creí que debía orientar tu atención hacia esto, pues podrías querer tomar nota de ello. No hemos llegado todavía en todos los acontecimientos al misterio de «el halcón y la paloma».

Justo cuando acabó de hablar, un criado entró en el estudio para decirle a Adam que había algunos ruidos raros que venían de la habitación cerrada a la que había ido cuando llegó. Adam salió inmediatamente del lugar, sir Nathaniel iba con él. Habiendo cerrado la puerta tras ellos,

---

[12] Franz Anton Mesmer, médico y filósofo alemán del siglo XVIII, descubridor del «magnetismo animal», llamado también mesmerismo. Sus ideas sirvieron para desarrollar la hipnosis.

Adam abrió la caja de embalaje donde estaban encerradas las cajas de las dos mangostas. No había ruido en una de ellas, pero de la otra salía un extraño e inquieto ruido de lucha. Abrió ambas cajas y vio que el ruido provenía del animal de Nepal, que, sin embargo, se quedó silencioso al instante. En la otra caja yacía muerta la otra mangosta, con todo el aspecto de haber sido estrangulada.

No había nada que hacer esa noche, de modo que Adam cerró otra vez las cajas y la habitación, se llevó las llaves y él y sir Nathaniel se fueron a la cama.

CAPÍTULO XI
El primer encuentro

Adam Salton se levantó al amanecer, se hizo con un caballo veloz y salió hacia Liverpool llevando consigo, colgada del hombro, la caja con el cuerpo de la mangosta. Llegó tan temprano que tuvo que despertar al señor Ross. No obstante, obtuvo de él lo que quería, la dirección de un anatomista comparativo que lo ayudase a tratar con la salud de sus animales. El doctor Cleaver no vivía muy lejos, y en poco tiempo Adam fue conducido a su estudio. Quitó las correas de la caja, sacó el cuerpo de la mangosta, ahora tan tieso como la madera, pues el *rigor mortis* se había instalado hacía tiempo. Depositó el cadáver sobre la mesa del doctor Cleaver y dijo:

—Anoche estaba vivaracha en mis brazos. Ahora está muerta. ¿De qué ha muerto?

El doctor hizo metódicamente su trabajo y llevó a cabo un examen completo. Entonces dijo seriamente:

—Podría ser necesario hacer un examen más exhaustivo, pero mientras tanto podría decir que ha sido estrangulada hasta la muerte. Y, teniendo en cuenta la naturaleza de sus costumbres y sus enemigos, creo que la mató alguna serpiente poderosa del tipo *constrictor.* Debe haberse ejercido una presión enorme, ya que le ha roto todos los huesos del cuerpo.

Cuando el doctor acompañaba a la puerta a Adam, dijo:

—Por supuesto, no es asunto mío, pero como anatomista comparativo esas cosas tienen un agudo interés para mí. Le estaría verdaderamente agradecido si en algún momento me diese usted detalles de la muerte, y si puede usted hacerlo, suminístreme pesos y medidas de ambos animales.

Cuando Adam le pagaba sus honorarios, se lo agradeció calurosamente, le dio su tarjeta y le prometió que en algún momento, más adelante, se alegraría de decirle todo lo que supiera. Entonces regresó a

Lesser Hill y llegó justo cuando su tío y sir Nathaniel se sentaban a desayunar.

Al terminar el desayuno, sir Nathaniel fue con Adam a su estudio. Cuando cerró la puerta y Adam le contó todo hasta la noche anterior, miró al joven con una mirada seria e inquisitiva y dijo:

—¿Y bien?

Adam le contó todo lo que había ocurrido en su visita al doctor Cleaver. Y acabó diciendo:

—Me encuentro desorientado, señor. Estoy buscando su opinión.

—Y yo la tuya —dijo sir Nathaniel—. Esto se pone cada vez peor. Me parece que los misterios no han hecho más que empezar. Ahora tenemos además una historia de detectives añadida. Supongo que no hay nada más que hacer que esperar, como estamos haciendo, a las demás partes del misterio.

—¿Me necesita especialmente para algo esta tarde? —preguntó Adam, y añadió—: Por supuesto estoy a sus órdenes si es así. Si no, he pensado en hacer una visita a la granja Mercy.

Dijo eso con una timidez que hizo que se relajasen los rasgos del anciano.

—¿He de suponer que no deseas que vaya contigo? —preguntó en broma.

Adam respondió inmediatamente:

—Me encantaría, señor, pero creo que hoy sería mejor que no.

Entonces, al ver la mirada inquisitiva del otro, siguió diciendo:

—El hecho es que el señor Caswall va a tomar el té hoy, y creo que sería más sensato si yo estuviera presente.

—Muy acertado. Claro está que después me dirás si ha ocurrido algo que sería bueno que yo supiese.

—Indudablemente. Intentaré verlo a usted en cuanto llegue a casa.

No dijeron nada más, y un poco después de las cuatro Adam salió para Mercy.

Estaba de vuelta en casa justo cuando los relojes marcaban las seis. Estaba pálido y enojado, pero por lo demás parecía fuerte y alerta. El anciano resumió su aspecto y su conducta de esta manera: «Preparado para la batalla». Dándose cuenta de que Adam deseaba hablar con él, fue discretamente a la puerta y la cerró con llave.

—¡Ahora! —dijo sir Nathaniel, y se instaló para hablar con Adam sin interrupciones y escuchar atentamente de manera que no se perdiese nada, ni siquiera la inflexión en una palabra.

—Encontré a Lilla y a Mimi en casa. A Watford lo habían retrasado algunos asuntos de la granja. La señorita Watford me recibió tan amablemente como antes; Mimi también estaba contenta de verme. El señor

Caswall vino tan enseguida después de llegar yo, que él mismo, o alguien de su parte, debía haber estado vigilando mi llegada. Lo seguía muy de cerca el juglar de Christy, que resoplaba muy fuerte como si hubiese estado corriendo, así que debía ser él quien vigilaba. El señor Caswall estaba muy tranquilo y sereno, pero en su cara había, más que lo habitual, esa mirada de hierro que no me gustaba. Sin embargo, él y yo nos llevamos bastante bien. Habló agradablemente de toda clase de asuntos. El negro esperó un poco y luego desapareció como en la otra ocasión. Los ojos del señor Caswall estaban fijos en Lilla, como de costumbre. Ciertamente, esos ojos parecían muy profundos y serios, pero no había ofensa alguna en ellos. De no haber sido por el dibujo descendente de las cejas y por la rigidez de la mandíbula, al principio yo no me habría dado cuenta de nada. Pero la mirada, cuando empezó de verdad, aumentó de intensidad. Pude ver que Lilla empezó a sufrir de los nervios, como en la primera ocasión, pero se comportó con valentía. Sin embargo, cuanto más nerviosa se ponía, con tanta más dureza la miraba el señor Caswall. Me resultaba evidente que él había venido preparado para alguna clase de batalla mesmérica o hipnótica. Después de un rato, él empezó a arrojar miradas a su alrededor y entonces levantó la mano, sin dejar que ni Lilla ni Mimi viesen su gesto. Evidentemente, estaba destinado a darle alguna señal al juglar de Christy, pues vino, con su habitual manera sigilosa, silenciosamente por la puerta principal, que estaba abierta. Entonces, los esfuerzos de la mirada del señor Caswall se intensificaron, y los nervios de la pobre Lilla aumentaron. Al ver que su prima estaba angustiada, Mimi se acercó a ella, como para confortarla o fortalecerla con la consciencia de su presencia. Evidentemente, eso fue un problema para el señor Caswall, porque, sin aparentar que se hubiesen debilitado, sus esfuerzos fueron menos eficaces. Esto siguió así por un rato, y Lilla y Mimi eran las vencedoras. Entonces se produjo una distracción. Sin una palabra o excusa, se abrió la puerta y *lady* Arabella March entró en la sala. La habíamos visto venir a través del gran ventanal. Sin decir una palabra, cruzó la sala y se quedó al lado del señor Caswall. Verdaderamente era como una lucha de una clase muy peculiar, y cuanto más se mantuvo, tanto más seria se hizo, o más feroz. Esa combinación de fuerzas, el jefe supremo, la mujer blanca y el hombre negro, les habría costado a algunos de ellos, probablemente a todos, sus vidas en el sur de los Estados Unidos. Para todos nosotros fue sencillamente horrible. Pero todo eso puede comprenderlo usted. Esta vez, por usar una frase de los deportes, todos comprendíamos que era una «lucha hasta el final», y el variado grupo no aflojó ni un momento ni relajó sus esfuerzos. En Lilla la tensión empezó a manifestarse desastrosamente. Se puso pálida, con una palidez desigual, lo que significaba que todos sus nervios estaban descompuestos. Temblaba como un álamo temblón y, aunque luchó con valentía, me di cuenta de que sus piernas apenas la sostendrían. Una docena de veces pareció que estaba a punto de desmayarse, pero cada vez, al ver los ojos de Mimi, renovaba la lucha y se recuperaba.

»Para entonces, la cara del señor Caswall había perdido su apariencia de pasividad. Ya no estaba inmóvil. Sus ojos resplandecían con una feroz luz rojiza. Seguía siendo el antiguo romano por la inflexibilidad de su propósito, pero injertada en lo romano había una nueva furia de guerrero frenético. La fuerza estática de su naturaleza había entrado en una fase nueva, se había vuelto dinámica. Era como si que sus compañeros en el siniestro trabajo hubieran adquirido algo de ese sentimiento. *Lady* Arabella parecía un ser desalmado y despiadado, no humano, a menos que reviviese viejas leyendas de seres humanos transformados que habían perdido su humanidad en alguna mutación, o barridos por un salvajismo natural. En cuanto al juglar de Christy, la única comparación que puedo sugerir es la de un demonio del infierno, comprometido en la búsqueda activa de su propósito natural. Creo que ya le he dado mi impresión de su elevada belleza natural. Eso lo retiro, porque entonces yo sólo hablaba de posibilidades... Ahora que he visto su perversidad al máximo, tal creencia es inadecuada. Sólo puedo decir que fue debido únicamente al autocontrol que usted me recalcó el que no lo aniquilase tal como estaba, sin avisarlo ni jugar limpio, sin ninguna de las gracias de la vida y de la muerte. Lilla estaba callada en la concentración desamparada de miedo mortal; Mimi era todo resolución y olvido de sí misma, tan decidida en la lucha de almas en la que estaba comprometida, que no había posibilidad de ningún otro pensamiento. En cuanto a mí, los lazos de voluntad con los que me tenía inactivo parecían bandas de acero que paralizaban todas mis facultades, menos la vista y el oído. Estaba absolutamente limitado al poder de la espera. Era como si estuviésemos fijos en un callejón sin salida. Algo tenía que pasar, aunque el poder de adivinar qué sería ese algo estaba inactivo. Vi como en sueños que la mano de Mimi se movía de manera inquieta, como si buscase algo a tientas. Era como una mano que se hubiese vuelto ciega. Tocó mecánicamente la de Lilla, y en ese instante se transformó. Era como si la juventud y la fuerza entrasen de nuevo en algo que ya estaba muerto para la sensibilidad y la intención. Como si fuera por inspiración, ella agarró la otra mano con una fuerza que le hizo palidecer los nudillos. Su cara resplandeció de repente, como si alguna luz divina brillase a través de ella. Su forma se elevó y se expandió hasta que estuvo en pie majestuosamente. Levantó la mano derecha, se dirigió hacia Caswall, y con un audaz barrido de su brazo pareció que guiaba a una fuerza extraña hacia él. El gesto fue repetido una y otra vez y el hombre se apartaba de ella con cada movimiento. Se retiró hacia la puerta y ella lo siguió. Hubo un sonido como de un zureo de palomas que se multiplicó y se redobló a cada segundo. El sonido de causa invisible se elevó cada vez más cuando él se retiraba, hasta que finalmente se hinchó en un repique triunfante cuando ella, con un feroz barrido del brazo, fue como si le arrojase algo a su enemigo, y él, moviendo las manos a ciegas ante la cara, fue barrido a través de la puerta y sacado fuera al sol. En el momento que él se marchó, la luz del día disminuyó de repente, como si una sombra poderosa hubiera barrido el rostro de la tierra. El aire estaba repleto de un feroz ruido continuo, como un zumbido de alas.

»Inmediatamente, todas mis facultades quedaron restauradas por completo, podía verlo y oírlo todo, y estar plenamente consciente de lo que ocurría. Hasta las figuras del siniestro grupo estaban allí, aunque se las veía tenuemente, como a través de un velo... un sombrío velo. Vi que Lilla se hundía en un desmayo, y que Mimi levantaba los brazos en un gesto de triunfo. Cuando miré a través del gran ventanal, la luz del sol inundaba el paisaje que, sin embargo, estuvo eclipsado momentáneamente por la avalancha de una infinidad de pájaros.

¡Escuchemos el ajetreo de sus alas!

CAPÍTULO XII
La cometa

A la mañana siguiente, la luz del día mostró el peligro real que amenazaba el este de Inglaterra. De todas partes de los condados orientales se recibían informes relativos a la enorme migración de los pájaros. Los expertos enviaban, por su propia cuenta y de parte de las sociedades ilustradas, informes que trataban del asunto y que sugerían soluciones. Como era de esperar, estas últimas eran inútiles en su mayoría. Había avisos, tanto disimulados como no, con algún objetivo personal, o, como alternativa, simplemente palabrerías de personas deseosas de notoriedad sobre una base casi científica. El sufrido público mostró con su indiferencia a tales informes que se les imponían que no era tan insensato como se suponía que era. Por supuesto, los informes más cercanos al lugar eran los más perturbadores, aunque también los más monótonos, pues Castra Regis era el centro mismo de la perturbación. Parecía que durante todo el día, e incluso toda la noche, los pájaros venían cada vez más de todas partes. Sin duda, se iban tantos como venían, pero la masa no parecía disminuir nunca. Cada pájaro parecía lanzar alguna nota de miedo, o de ira, o de busca, y el zumbido de alas no cesó ni disminuyó. El aire estaba repleto de una pulsación susurrada. Ninguna ventana o barrera podía apagar el sonido, hasta que por el ruido incesante se paralizaron en parte los oídos de todo aquel que lo oyera. Era tan monótono, tan deprimente, tan descorazonador y tan melancólico, que todo el mundo anhelaba en vano alguna variedad, por terrible que fuese.

La segunda mañana, los informes de todos los distritos de alrededor fueron más alarmantes que nunca. Los granjeros empezaron a temer la llegada del invierno cuando vieron menguar temprano la fecundidad de la tierra. Y como hasta ahora había sido sólo un aviso del mal, no el mal cumplido, el suelo empezó a verse desnudo cuando algún ruido pasajero asustaba temporalmente a los pájaros.

Edgar Caswall se torturó el cerebro en vano mucho tiempo, pensando en algún medio para librarse de lo que él, así como sus vecinos, habían llegado a considerar una plaga de pájaros. Al final, se acordó de una circunstancia que prometía una solución para el problema. La experiencia ocurrió unos años antes en China, en un territorio al norte, hacia la cabecera de aguas del Yangtsé, donde los afluentes más pequeños se esparcen en una especie de plan natural de irrigación para suministrar agua a los campos de arroz de la tierra salvaje. Era la temporada de maduración del arroz, y la naturaleza de los pájaros que venían a alimentarse de la futura cosecha era una amenaza muy seria, no sólo para el distrito, sino para el país en general. Los granjeros, que estaban más o menos afectados por el mismo problema cada temporada, sabían tratar con ello. Hacían una cometa muy grande a la que hacían volar sobre el punto central de la incursión. La cometa tenía forma de gran halcón y en el momento en que se alzaba en el aire los pájaros empezaban a acobardarse y a buscar protección, y luego desaparecían. Mientras la cometa estuviera volando por encima, los pájaros pasaban desapercibidos. La cosecha se salvaba. Por consiguiente, Caswall y sus hombres construyeron una cometa inmensa que seguía el dibujo de un halcón lo mejor que pudieron. Entonces él y sus hombres, con cuerda suficiente, empezaron a hacerla volar muy alto. Se repitió la experiencia de China. En el momento que se alzó la cometa, los pájaros se ocultaron o buscaron refugio. A la mañana siguiente, con la cometa volando alto, no había pájaro alguno a la vista desde Castra Regis. Pero a su vez siguió lo que se demostró como un mal peor. Todos los pájaros estaban acobardados y sus sonidos se detuvieron. No se oían cantos ni piares, era como si el silencio hubiese tomado el lugar de las miles de voces de los pájaros. Pero eso no fue todo, el silencio se extendió a todos los animales.

El miedo y la represión que se incubaron entre los habitantes del aire empezó a afectar a toda la vida. No sólo los pájaros dejaron de cantar y de piar, sino que los mugidos del ganado se detuvieron en los campos y se extinguieron los innumerables sonidos de la vida. En lugar de todo ello sólo había una tristeza muda, más desagradable, más desalentadora y más asesina del alma que cualquier asamblea de sonidos, por más llenos de miedo y pavor que estuviesen. Personas y asociaciones piadosas alzaron oraciones constantes para el alivio de la intolerable soledad. Tras un corto tiempo hubo señales de una depresión general que eran legibles para todos. Todas y cada una de las caras de los hombres y las mujeres parecían despojadas de vitalidad, de interés, de pensamiento y, sobre todo, de esperanza. Parecía que los hombres hubieran perdido la capacidad de expresar sus pensamientos. Era como si el aire mudo tuviese el mismo efecto que la oscuridad general *cuando los hombres roían sus lenguas con tristeza*[13].

No había alivio para esta imposición de silencio. Todo estaba afectado, la pesadumbre era la nota predominante. La alegría había muerto como un factor de la vida y ese impulso creativo no tenía nada que lo remplazase. Aquel punto gigante muy arriba en el aire era una plaga de influencia maléfica. Una nueva creencia misantrópica había caído sobre los seres humanos, llevando con ella la negación de toda esperanza. Tras unos días, los hombres empezaron a desesperarse. Sus mismas palabras estaban encadenadas, así como sus sentidos. Edgar Caswall se atormentó el cerebro de nuevo para encontrar algún antídoto o paliativo para este mal, mucho mayor que el de antes. Habría destruido la cometa con mucho gusto, o habría provocado que dejase de volar, pero no se atrevió. En el momento que la bajaban, se alzaban los pájaros en cantidades incluso mayores; todos aquellos que dependían de alguna manera de la agricultura enviaban protestas lastimeras a Castra Regis.

En efecto, era extraña la influencia que ejercía esa cometa. Hasta los seres humanos estaban afectados por ella, como si la cometa y ellos fuesen realidades. En cuanto a la gente de la granja Mercy, aquello fue como una muestra de la muerte real. Lilla lo sintió más que si hubiera sido una paloma de verdad, con una cometa de verdad colgando sobre ella en el aire, no podría estar más asustada ni más afectada por el temor que aquello le causaba.

Por supuesto, algunos de los que ya estaban atraídos en el vórtice se dieron cuenta del efecto que había en las personas. Quienes estaban interesados se ocuparon de comparar sus informaciones. Creyeron que podría ser útil más adelante. Muy extrañamente, como les pareció a los demás, la persona que menos a pecho se tomó el horrible silencio fue el juglar de Christy. Por naturaleza no era un hombre susceptible a los nervios, ni lo afectaban. Sólo con eso no se habría producido la indiferencia aparente, de modo que se pusieron a pensar para descubrir la causa real.

---

[13] Alusión al *Apocalipsis* de san Juan.

Adam llegó rápidamente a la conclusión de que para Ulanga existía alguna compensación que los demás no compartían, y pronto creyó que esa compensación era de alguna manera el disfrute por el sufrimiento de los demás. De ese modo tenía una fuente infalible de diversión. Ya sólo con los pájaros era como si lo dejaran satisfecho. Disfrutaba con la opresión de las aves de presa sobre los demás. Y entonces, hasta en ellas encontró la ocasión de añadir a su colección de picos. La naturaleza fría de *lady* Arabella la hacía inmune a todo lo relativo al dolor, o a los problemas, o a los demás. Y Edgar Caswall era una persona demasiado arrogante y rígida por naturaleza como para preocuparse siquiera por la gente pobre o desamparada, y mucho menos por los más bajos de los simples animales. El señor Watford, el señor Salton y sir Nathaniel estaban preocupados por el problema, en parte por bondad de corazón, pues ninguno de ellos podía ver el sufrimiento sin conmoverse, ni siquiera el de los pájaros silvestres, y en parte a cuenta de sus fincas, que tenían que ser protegidas o la ruina los miraría de frente antes de que pasara mucho tiempo. Lilla sufría agudamente. Conforme pasó el tiempo, su cara se volvió enjuta y se le apagaron los ojos de tanto mirar y llorar. Mimi sufría también a cuenta del sufrimiento de su prima, pero como no pudo hacer nada, se preparó mentalmente para el autocontrol y la paciencia. Los habitantes del distrito de alrededor se tomaron el asunto con indiferencia. Los habían liberado de los ruidos y el silencio no los molestaba. Como ocurre a menudo, la gente puso un nombre diferente y más idealista a sus propios propósitos. Por ejemplo, aquella gente consideraba probablemente que su propio punto de vista estaba fundamentado en un bienestar común, mientras que era simplemente indiferencia basada en el interés personal.

CAPÍTULO XIII
El baúl de Mesmer

Después de que pasaran un par de semanas, se vio que la cometa le daba a Edgar Caswall un nuevo disfrute por la vida, como si tuviese una influencia satisfactoria en él. No se cansaba nunca de contemplar sus movimientos. Hizo que sacasen a la torre un sillón cómodo, donde a veces se sentaba a mirar todo el día, como si la cometa fuese un juguete nuevo y él un niño que lo hubiese tenido recientemente. No pareció que hubiera perdido interés en Lilla, porque aún hacía visitas a la granja Mercy.

De hecho, sus sentimientos hacia ella, fueran los que fuesen los que había tenido al principio, habían cambiado tanto que se habían transformado en un marcado afecto de un tipo puramente animal. En el cambio del tipo de afecto, lo extrañamente impersonal, filosófico y casi platónico había perdido todas las mejores cualidades que le habían pertenecido. En efecto, era como si la naturaleza de aquel hombre se hubiese corrompido, y que todas las cualidades más bajas, más egoístas y más temerarias se hubieran vuelto más evidentes. No había tanta rigidez aparente en su naturaleza, porque había menos autocontrol. La determinación se había convertido en indiferencia. La sensibilidad, tal como había sido, se convirtió en frialdad. En conjunto, no estaba en su naturaleza la misma singularidad de propósito, tanto en tipo como en grado. De una manera extraña, como si él cediera inconscientemente a ese proceso desmoralizador, estaba consiguiendo un nuevo parecido con Ulanga. A veces, cuando Adam, siempre vigilante, se daba cuenta del cambio creciente, empezó a preguntarse si el cuerpo respondía a la mente, o la mente al cuerpo. En consecuencia, en él era un pensamiento constante cuál impulso era precedente, si el moral o el físico. Lo que más lo desconcertaba era que las cualidades prohibidas del africano, que al principio habían suscitado su atención y su repulsa, permanecían igual. Si fuese que los dos hombres hubieran sido afectados, uno cambiándose por el otro a pasos lentos en una especie de metabolismo moral, lo habría comprendido mejor y con más facilidad. La transmutación de cuerpos diferentes es, de alguna manera, más comprensible que los cambios en un cuerpo que no tiene un contrapeso equivalente en el otro. En él era recurrente la idea de que quizá cuando una naturaleza ha alcanzado el punto más bajo de decadencia, perdía la facultad de cambios de cualquier tipo. Fuera como fuese, el hecho permaneció. Ulanga conservó toda su brutal decadencia original, mientras Caswall se deterioraba sin señal alguna de resiliencia.

El cambio visible en Edgar es que se volvió morboso, triste y silencioso; los vecinos creyeron que estaba loco. Se volvió absorto con la cometa, y la miraba no sólo de día, sino a menudo toda la noche. Se volvió una obsesión para él.

Adam mantuvo abiertos los ojos y los oídos, y la boca cerrada. Sintió que estaba aprendiendo. Y de hecho no se equivocaba cuando actuaba como si el silencio fuese una virtud. Se tomó cierto interés (placer sería una palabra demasiado suave) en las opiniones expresadas en general por los vecinos de Castra Regis. Respecto a Caswall, se mantenía por lo común que estaba loco. Tenía un interés personal en mantener volando la gran cometa. Tenía un gran rollo de cuerda, eficaz para ese propósito, que funcionaba con un rodillo fijado sobre el parapeto de la torre. Había una manivela para tirar de la cuerda cuando se aflojaba, la línea saliente estaba controlada por una raqueta. Invariablemente había un hombre como mínimo, día y noche, en la torre para atenderla. A una altura tan grande había siempre un viento fuerte, y a veces la cometa subía a una altura enorme, y también viajaba lateralmente a grandes distancias. De hecho, la cometa se convirtió en poco tiempo en una de las curiosidades de Castra Regis y sus alrededores. Edgar empezó a atribuirle en su mente cualidades casi humanas. Se convirtió para él en una entidad distinta, con una mente y un alma propias. Al estar ocioso todo el día, empezó a aplicar a lo que consideraba servicio de la cometa parte de su tiempo libre, y encontró un placer nuevo —un nuevo objetivo en la vida— en el viejo juego escolar de enviar «corredores» a lo alto de la cometa. La manera de hacer eso es hacerse con piezas redondas de papel cortadas de manera que hubiese un agujero en el centro a través del que pasar la cuerda de la cometa. La acción natural de la presión del viento se lleva el papel instalado así a lo largo de la cuerda, hasta que pensó pronto que escribiría mensajes en esos papeles de manera que pudiese dar a conocer sus ideas a la cometa. Es posible que su cerebro cediese bajo las oportunidades dadas por su ilusión inevitable de la entidad del juguete y su capacidad de pensamiento diferenciado. De mandar mensajes llegó a hablarle directamente a la cometa, pero sin dejar de enviar los corredores. Indudablemente, la altura de la torre, asentada como estaba sobre lo alto de la colina, el ímpetu incesante del viento, el efecto hipnótico de la gran altitud en el cielo de la mota a la que miraba, y el ímpetu de los mensajeros de papel por la cuerda arriba hasta que se perdían de vista en la distancia, contribuían todos ellos a afectar todavía más a su cerebro, que sin duda cedía el paso bajo la presión de una concatenación de creencias y circunstancias que eran estimulantes para la imaginación, a la vez que ocupaban y absorbían su mente.

El paso siguiente de su declive intelectual fue conseguir mantener en la identidad consciente de la cometa la idea principal de toda clase de temas que tuviesen una fuerza o tendencia imaginativa propia. En Castra Regis tenía una gran colección de cosas curiosas e interesantes que habían reunido en el pasado sus antepasados, de gustos semejantes a los suyos. Allí había toda clase de extraños especímenes antropológicos, nuevos y viejos, que habían sido recogidos a través de varios viajes a lugares extraños: antiguas reliquias de tumbas egipcias y curiosidades de momias de Australia, Nueva Zelanda y los Mares del Sur; ídolos e imágenes, desde iconos tártaros a los antiguos objetos de adoración de Egipto, de Persia y de la India; objetos de tortura y muerte de los indios americanos y, sobre todo, una enorme colección de armas mortales de todas clases y de todos sitios: «pinzas altas» chinas, cuchillos dobles, cimitarras de doble corte afganas hechas para cortar un cuerpo en dos, cuchillos pesados de todos los países del Este, dagas fantasma del Tíbet, el terrible *kukri* de los gurkas y de otras tribus de las colinas de la India; armas de asesinos de Italia y España, incluso el cuchillo que antiguamente llevaban los tratantes de esclavos de la zona del Misisipi. La muerte y el dolor de todas clases estaban completamente representados en aquella espantosa colección. No hace falta decir que aquello fascinaba a Ulanga. No se cansaba nunca de visitar el museo de la torre y se pasaba horas interminables inspeccionando las piezas, hasta que estaba completamente familiarizado con cada uno de sus detalles. Pidió permiso para limpiarlas, pulirlas y afilarlas, un favor que le fue concedido sin reparos. Además de los objetos mencionados, había muchas cosas de una clase que despertaba el miedo humano. Serpientes embalsamadas del tipo más horrible e inaceptable; insectos gigantes de los trópicos, aterradores en cada detalle; peces y crustáceos cubiertos de extraños pinchos; pulpos desecados de gran tamaño. Y también otras cosas que no eran menos mortíferas aunque pareciesen inocuas: hongos desecados, cuyo toque era mortal y cuyo veneno se transportaba por el aire; también trampas destinadas a pájaros, animales, peces, reptiles e insectos; máquinas que podían producir daños de cualquier clase e intensidad, cuya única clemencia era la capacidad de producir una muerte rápida. Caswall, que no había visto nunca ninguna de esas cosas excepto las que él mismo había coleccionado, encontró un constante entretenimiento e interés en ellas. Las estudió, analizó sus usos y sus mecanismos —las que los tenían—, averiguó su lugar de origen, hasta que tuvo un conocimiento amplio y real de todo lo relativo a ellas. Muchas eran secretas y complejas, pero no descansó hasta averiguar todos los secretos. Una vez que se había interesado en los objetos extraños y en la manera de utilizarlos, empezó a explorar varios lugares donde tales hallazgos eran posibles. Empezó a preguntar a los de su casa dónde se guardaban las maderas extrañas. Varios hombres hablaron de un tal Simon Chester como de quien lo sabía todo de la casa, por dentro y por fuera. Por consiguiente, envió a que buscasen al viejo, quien vino inmediatamente. Era muy viejo, de casi noventa años y muy débil. Había nacido en el castillo y desde entonces sirvió a toda la serie de sus dueños, presentes o ausentes. Cuando Edgar empezó a preguntarle sobre el asunto por el que lo había hecho llamar, el viejo Simon mostró mucha turbación. De hecho, se puso tan aterrado que su dueño, creyendo plenamente que ocultaba algo, le ordenó que dijera inmediatamente lo que permanecía invisible y dónde se ocultaba. Enfrentado a tener que descubrir su secreto, el viejo, en un lamentable estado de preocupación, se expresó aún más completamente que lo que el señor Caswall había esperado:

—Ciertamente, señor, ciertamente; todo lo que fue traído o guardado en mis tiempos está aquí en la torre... excepto... excepto —en ese momento empezó a agitarse y a temblar—, excepto el baúl que el señor Edgar, el que era el señor Edgar cuando empecé a dar mis servicios, se trajo de Francia después de que estuviera con el doctor Mesmer. El baúl ha estado guardado en mi habitación por seguridad, pero lo enviaré aquí ahora mismo.

—¿Qué hay en él? —preguntó Edgar rápidamente.

—Eso no lo sé. Además es un baúl muy especial que no tiene medios visibles de abrirlo.

—¿No tiene cerradura?

—Lo supongo, señor, pero no lo sé. No hay agujero para la llave.

—Envíalo aquí y luego vente conmigo.

El baúl, muy pesado y con bandas de acero a su alrededor, pero sin candado ni agujero para la llave, se acarreó por cuatro hombres. Poco después, el viejo Simon acudió con su dueño. Cuando entró en la habitación, el propio señor Caswall fue y cerró la puerta, y luego preguntó:

—¿Cómo se abre esto?

—No lo sé, señor.

—¿Quieres decir que no lo has abierto nunca?

Con una dignidad considerable y patética, el viejo respondió:

—Con toda seguridad se lo digo, su señoría. ¿Cómo habría podido? Se me confió con las demás cosas de mi dueño. Abrirlo habría sido violar la confianza.

Caswall hizo una mueca cuando dijo:

—¡Qué extraordinario! Déjalo conmigo. Cierra la puerta detrás de ti. Quédate. ¿Nadie te dijo nunca nada sobre el baúl? ¿Nadie te dijo nada respecto a él, o hizo algún comentario?

El viejo Simon se puso pálido, y juntó sus temblorosas manos como si implorase:

—¡Oh, señor! Le ruego que no lo toque. Probablemente el baúl contiene secretos que el doctor Mesmer le contó a mi dueño. ¡Se los contó para su ruina!

—¿Qué quieres decir? ¿De qué ruina hablas?

—Señor, fue él quien vendió su alma al Maligno, dicen los hombres, yo creía que ese tiempo y su diablo habían desaparecido.

—Es suficiente. Márchate, pero mantente en tu propio cuarto o al alcance de la voz, puedo necesitarte.

El viejo hizo una profunda reverencia y se marchó temblando, pero sin pronunciar palabra.

CAPÍTULO XIV
El baúl abierto

Edgar Caswall se quedó solo en la habitación de la torre, cerró con cuidado la puerta y colgó un pañuelo sobre el agujero de la llave. Seguidamente inspeccionó las ventanas y vio que no tenía vista desde ningún ángulo del edificio principal. Entonces examinó cuidadosamente el baúl, repasándolo con una lupa. Vio que estaba intacto, las bandas de acero estaban perfectas, todo el baúl era compacto como una unidad. Después de sentarse frente a él durante algún tiempo y que las sombras de la tarde empezaran a fundirse en oscuridad, abandonó la tarea y fue a su dormitorio, después de cerrar con llave la puerta de la habitación de la torreta tras él y de llevarse la llave.

Se despertó por la mañana con la luz del día y reanudó su estudio paciente, pero infructuoso, del baúl metálico. Eso continuó durante todo el día con el mismo resultado: una decepción humillante que alteró sus nervios y le dio dolor de cabeza. El resultado de tan larga tensión se vio después a mediodía, cuando se sentó encerrado en la torrecilla ante el todavía desconcertante baúl, distraído, apático aunque agitado, hundido en una pesadumbre instalada en él. Cuando caía el anochecer, le dijo al administrador que le enviase cuatro hombres fuertes. A éstos les dijo que llevasen el baúl a su dormitorio. En esa habitación se sentó entonces hasta la noche, sin descansar siquiera para comer algo. Su mente era un torbellino, una fiebre de excitación. El resultado fue que, cuando a la madrugada se encerró en su habitación, su cerebro estaba repleto de raras imaginaciones, estaba en el camino al trastorno mental. Se echó en su cama a oscuras, todavía pensativo por el misterio del baúl cerrado.

Poco a poco, cedió a las influencias del silencio y de la oscuridad. Después de estar tumbado allí en silencio durante algún tiempo, su mente volvió a ponerse activa, pero esta vez no había a su alrededor influencias que lo perturbasen; su cerebro estaba activo y era capaz de funcionar libremente y de tratar con la memoria. Abarrotaban su mente mil incidentes olvidados, o sólo conocidos a medias, fragmentos de conversaciones, o teorías supuestas y olvidadas hacía mucho tiempo. Le parecía que oía de nuevo a su alrededor las legiones de alas zumbadoras a las que se había acostumbrado tanto últimamente. Incluso para sí mismo sabía que eso era un esfuerzo de la imaginación basado en una memoria imperfecta; pero se alegraba de que la imaginación funcionase, porque de ella podría venir alguna solución al enigma que lo rodeaba. Y en ese estado mental el sueño hizo otro intento, con más éxito. Disfrutó esta vez de un duermevela pacífico, reconfortante para su agotado cuerpo y su recargado cerebro.

De su dormir en la oscuridad se levantó y, como si fuese por obediencia a alguna influencia más allá de él y mayor que él, levantó el gran baúl y lo colocó sobre una mesa fuerte en un lado de la habitación, de la que había retirado previamente algunos libros. Para hacer esto tuvo que utilizar una fuerza que estaba muy lejos de él en su estado normal, y él lo sabía. Tal como fue, pareció muy fácil, todo cedía ante su toque. Entonces fue consciente de que de alguna manera —nunca pudo recordar cómo— el baúl estaba abierto. Otra maravilla. Abrió su puerta y con el baúl al hombro lo llevó a la habitación de la torreta, cuya puerta también abrió. Incluso en ese momento estaba asombrado de su propia fuerza, y se preguntaba infructuosamente de dónde habría venido. Su mente, perdida en conjeturas, estaba demasiado distante para darse cuenta de las cosas más inmediatas. Sabía que el baúl era enormemente pesado. En una especie de visión que iluminó la oscuridad absoluta de su alrededor, se le antojó que veía a los cuatro hombres fornidos tambaleándose bajo su gran peso. Volvió a encerrarse con llave en la habitación de la torreta, puso el baúl abierto sobre una mesa y empezó a desempaquetarlo cuidadosamente a oscuras, colocando fuera los contenidos, que principalmente eran de metal y de cristal, piezas grandes de formas extrañas, sobre otra mesa. Era consciente de que todavía estaba dormido, y de que actuaba más en obediencia a alguna orden no vista ni conocida que de acuerdo con algún plan razonable que siguiera con los resultados que él comprendía y a los que apuntaba. Completada esa fase, procedió a colocar en orden las partes componentes de algunos instrumentos grandes, formados principalmente de cristal. Sus dedos habían adquirido una sutileza nueva y exquisita, e incluso una voluntad propia. Entonces sacó alguna fuerza para organizar —cómo y dónde, no lo sabía— y en poco tiempo la habitación estaba llena con el zumbido de una maquinaria que se movía a gran velocidad. Cerca de él, a través de la oscuridad, venían irregularmente rápidos e intermitentes destellos de una luz cegadora. Todo lo demás estaba inmóvil. Entonces le cayó encima el agotamiento cerebral, la cabeza se le hundió en el pecho y poco a poco todo quedó envuelto en la oscuridad.

Se despertó a primera hora de la mañana en su habitación y —ahora con la cabeza despejada— miró a su alrededor con asombro. En su sitio sobre la mesa fuerte estaba el gran baúl de flejes de acero sin cerrojo ni llave, pero ahora estaba cerrado. Se levantó despacio y salió corriendo hacia la habitación de la torreta. Allí todo estaba como la tarde anterior. Miró por la ventana, muy arriba en el aire, volaba como de costumbre la cometa gigante. Desbloqueó la puertecilla de la escalera de la torreta y salió al tejado. Cerca de él estaba el gran rollo de cuerda en su carrete. La cuerda resonaba por la brisa de la mañana, y cuando la tocó le envió como una rápida corriente eléctrica a través de la mano y del brazo. No había señal en ninguna parte de que hubiese habido perturbación o desplazamiento de nada durante la noche.

Completamente desconcertado, se sentó en su habitación a pensar. Ahora sintió por primera vez que estaba dormido y soñaba. Inmediatamente volvió a quedarse dormido, y durmió durante mucho tiempo. Se despertó con hambre y comió abundantemente. Entonces, hacia la tarde, después de haberse encerrado, se quedó dormido de nuevo. Cuando se despertó lo rodeaba la oscuridad y estaba bastante perdido sobre dónde estaba. Empezó a tantear la oscura habitación, y la rotura de una pieza grande de cristal le trajo a la memoria las consecuencias de su situación. Consiguió una luz, y descubrió que eso era una rueda de cristal, parte de un elaborado mecanismo que mientras dormía debió haber sacado del baúl, que estaba abierto. Lo había abierto una vez más mientras estaba dormido, pero no tenía clase alguna de recuerdo de las circunstancias. Llegó a la conclusión de que había habido algún tipo de acción doble en su mente que podía llevar a alguna catástrofe o a algún descubrimiento de sus planes secretos, de modo que decidió que se abstendría por cierto tiempo del placer de hacer descubrimientos con relación al baúl. Con ese fin, se puso con un asunto muy diferente: una investigación de los demás tesoros y objetos extraños de sus colecciones. Se metió entre ellas con simple curiosidad ociosa, su objetivo principal era descubrir algún artículo que pudiera utilizar para experimentar con la cometa. Ya se había decidido a probar algunos corredores distintos de los que estaban hechos de papel. Tenía una vaga idea de que la fuerza con que la gran cometa tensaba su amarre, podía utilizarse para levantar hasta la altitud de la cometa misma cosas más pesadas. Su primer experimento con cosas de poco peso, que iba aumentando, tuvo un éxito notable. De manera que fue añadiendo gradualmente cada vez más peso hasta que encontró que el poder de elevación de la cometa era considerable. Entonces se decidió a dar un paso más allá y utilizar algunas de las cosas que estaban en el baúl de flejes de acero para mandarlas a la cometa. La última vez que lo abrió en sueños no había vuelto a cerrarse, pues había insertado una cuña de manera que pudiese abrirse a voluntad. Hizo un examen del contenido, pero llegó a la conclusión de que los objetos de cristal eran inadecuados. Eran demasiado ligeros para comprobar el peso, y eran tan frágiles que resultaba peligroso enviarlos a tal altitud. Así que buscó por alrededor algo más sólido con lo que experimentar. Vio un objeto que lo atrajo inmediatamente. Era una pequeña copia de uno de los antiguos dioses egipcios, Bes, que representaba el poder destructor de la naturaleza. Era tan extraña y misteriosa como para que él se encomendase a su talante. Al levantarla del armario le sorprendió su gran peso en proporción a su tamaño. Hizo un examen riguroso de ella con la ayuda de algunos instrumentos filosóficos, y llegó a la conclusión de que había sido tallada de un trozo de calamita. Recordó que había leído en algún sitio sobre un antiguo dios egipcio tallado en una sustancia semejante, y, pensándolo detenidamente llegó a la conclusión de que debía haberlo leído en *Errores populares,* de sir Thomas Brown, un libro del siglo diecisiete. Se hizo con el libro en la biblioteca y buscó el pasaje:

Un gran ejemplo que tenemos de la observación de nuestro erudito amigo, el señor Graves, es un ídolo egipcio tallado en calamita y encontrado entre las momias, que todavía retiene su poder de atracción a pesar de que probablemente lo sacaron de la mina hace unos dos mil años. (Libro 11, capítulo 7).

La rareza de la figura y el que fuera tan semejante a su propia naturaleza lo atrajeron. Hizo un gran corredor circular con madera fina, sobre él colocó el pesado dios y lo mandó hasta la cometa voladora a lo largo de la cuerda pulsante.

CAPÍTULO XV
Las alucinaciones de Ulanga

Durante los últimos días, *lady* Arabella se había puesto sumamente impaciente. Sus deudas, que siempre oprimían, estaban creciendo hasta una cantidad embarazosa. La única esperanza que tenía de comodidades en la vida era un buen matrimonio, pero el buen matrimonio en el que había fijado su vista no parecía moverse lo bastante aprisa en la dirección correcta, de hecho no se movía en absoluto. Edgar Caswall no era un pretendiente ardoroso. Desde el mismo principio fue difícil, pero ahora se había mantenido en su propia habitación desde su lucha con Mimi Watford. En esa ocasión, ella le había mostrado de manera inequívoca cuáles eran sus sentimientos, en efecto, le hizo que supiera, de una manera más abierta que lo que el orgullo debería permitir, que ella deseaba ayudarlo y apoyarlo. El momento en el que ella cruzó la sala para quedarse a su lado en su lucha mesmérica había sido el límite mismo de su acción voluntaria. *Lady* Arabella sintió que ya era bastante amargo que él no viniese a ella, pero ahora que había hecho ese avance, sintió que cualquier retirada por su parte sería, para una mujer de su clase, nada menos que un insulto provocador. ¿No se había clasificado ella misma a la par que su sirviente negro, que era un salvaje sin rehabilitar?

¿No había mostrado ella su preferencia por él en la fiesta de su vuelta a casa? ¿No había ella...? *Lady* Arabella era fría y estaba preparada para atravesar todo lo que fuese necesario, incluso la indiferencia y el insulto, para convertirse en la castellana[14] de Castra Regis. Mientras tanto, no mostraría prisa alguna y esperaría. Hasta podría ser que ella fuese a él otra vez, de una manera modesta. Ahora lo conocía y podía hacer una suposición correcta sobre los deseos de él respecto a Lilla Watford. Con ese secreto en su posesión, podía aplicarle una presión que haría que no le fuese fácil evitarla. El gran problema que tenía era cómo acercarse a él, que estaba encerrado en su castillo y guardado por una defensa o una convención que ella no podía traspasar sin peligro de hacerse con una mala reputación. Pensó y pensó sobre este asunto días y noches. Al fin creyó que había visto una forma de conseguirlo: iría a él abiertamente en Castra Regis. Su rango personal y su posición lo harían posible si se hacía con cuidado. Entonces, cuando estuviesen a solas, algo de lo que se encargaría, utilizaría sus artes y su experiencia para que él se comprometiera con ella. A fin de cuentas, él sólo era un hombre con las actitudes masculinas de desagrado, de problema o de torpeza. Sentía la suficiente confianza en que su feminidad la llevaría a través de cualquier problema que pudiera surgir. Oía cada día desde Diana's Grove el toque de la campana del almuerzo de Castra Regis, y sabía la hora en la que los sirvientes estarían en la parte trasera. Entraría en la casa a esa hora y, pretendiendo que no podía hacer que nadie la oyera, lo buscaría en su propia habitación. Sabía que la torre estaba alejada de los sonidos habituales de la casa y además sabía que los sirvientes tenían órdenes estrictas de no interrumpirlo cuando estaba en la habitación de la torreta. Había averiguado, en parte con la ayuda de unos binoculares de teatro, en parte por interrogatorios acertados, que últimamente un baúl pesado se había llevado varias veces dentro y fuera de su habitación y que se quedaba en ella cada noche. Por lo tanto, estaba segura de que él tenía algún trabajo importante entre manos que lo mantendría ocupado largos ratos. Y así estaba satisfecha de que todo fuese bien con ella y que sus deseos estuviesen madurando.

Al mismo tiempo, otro miembro del servicio de Castra Regis había tenido ideas que creyó que daban resultado. Un hombre en la posición de sirviente tiene muchas oportunidades de observar a sus superiores y de formarse opiniones respecto a ellos. Ulanga, que ahora vivía en el castillo, era a su manera un hombre listo y sin escrúpulos, y sintió que, con las cosas que se movían a su alrededor en aquel gran hogar, debería haber oportunidades para su avance personal. Al carecer de escrúpulos

---

14   En el sentido de propietaria de un castillo.

y ser sigiloso (además de salvaje) buscó medios fraudulentos. Vio muy claramente que *lady* Arabella estaba empecinada con su dueño, y estaba vigilante hasta de la menor señal que pudiera materializar ese conocimiento. Como los demás hombres de la casa, sabía del acarreo a un lado y otro del gran baúl, y se le había metido en la cabeza que el cuidado que se tenía para llevarlo indicaba que estaba lleno de grandes tesoros. Estaba acechando siempre alrededor de las habitaciones de la torreta por la oportunidad de hacer algún descubrimiento útil. Pero era tan cauteloso como sigiloso, y se encargó de que nadie lo observase. Fue de esa manera como se dio cuenta de la entrada en la casa de *lady* Arabella, que creyó que no la habían visto. Puesto que él estaba vigilando a otro, tuvo más cuidado que nunca de que sus posiciones no se invirtieran. Mantuvo los ojos y los oídos más abiertos y la boca más cerrada que nunca. Al ver a *lady* Arabella deslizarse escaleras arriba hacia la habitación de su dueño, dio por descontado que ella no estaba allí por nada bueno, y redobló la intensidad y la precaución de su vigilancia. Oculta en su habitación, *lady* Arabella esperó pacientemente a que Caswall volviese arriba después del almuerzo. Tuvo mucho cuidado de no asustarlo ni sobresaltarlo de ninguna manera. Como ella no sabía que alguien estuviese observando y escuchando, sus movimientos eran meramente de cautela. Sabía que las ocasiones de sorpresa repentina suenan repentinamente, y que por ello, a su vez, otros que estuviesen escuchando se traicionarían a sí mismos casi por necesidad. Ulanga estaba decepcionado, pero no se atrevió a mostrar sentimiento alguno sobre el tema, no fuera a ser que traicionase que estaba ocultándose. Por lo tanto, se escabulló escaleras abajo otra vez silenciosamente y esperó una oportunidad más favorable para llevar adelante sus planes. Debe tenerse presente que él creía que el pesado baúl estaba lleno de objetos de valor y que *lady* Arabella había venido a intentar robarlos. El propósito que tenía de utilizar para su propio beneficio la combinación de esas dos ideas se vio más tarde ese mismo día. Después de algún tiempo, cuando *lady* Arabella había abandonado la idea de ver a Caswall ese mediodía, salió silenciosamente del castillo, teniendo cuidado de que no la viesen ni en la casa ni fuera de ella, y Ulanga la siguió en secreto. Él era experto en ello y tuvo un éxito admirable en esa ocasión. La observó entrar por la puerta privada de Diana's Grove y luego, tomando un camino con rodeos y manteniéndose completamente fuera de la vista de ella, al seguirla la adelantó al final en una parte espesa del bosquecillo donde nadie podía ver la reunión. En ese momento *lady* Arabella se quedó muy sorprendida. No lo había visto en varios días y casi se había olvidado de su existencia. Ulanga se habría sorprendido si hubiera sabido y hubiese sido capaz de comprender la valía real puesta sobre él, su belleza y sus méritos por otras personas, y lo comparó con la valía en esos asuntos en la que se tenía él mismo. Pero en algunos casos, si la ignorancia es dicha, la dicha tiene una cualidad dinámica que lleva después a la destrucción. Indudablemente Ulanga tenía sus sueños, como los demás hombres. En tales casos él se veía sin duda —o lo habría hecho de haber tenido el conocimiento con el que hacer la comparación— como un joven dios-sol de color no manifiesto, tan hermoso como el ojo con el que la feminidad oscura, o incluso blanca, se hubiese obcecado alguna vez. Se habría llenado con todas las cualidades nobles y cautivadoras que se consideraban como tales en el este de África. Las mujeres lo habrían amado y se lo habrían dicho en la manera abierta y apasionada habitual en los asuntos del supuesto corazón en las sombrías profundidades de la selva de la Costa de Oro[15]. A fin de cuentas, la etiqueta es un factor valioso en los círculos más altos incluso en África, para reducir el caos al orden social y evitar errores que terminaban realmente en violencia mortal. Si hubiera sabido esa influencia de la educación, el ambicioso Ulanga podría haber lamentado no tenerla en su trayectoria; pero tal como era, decidido a sus propios fines, siguió adelante con ignorancia ciega de la ofensa. Se acercó a *lady* Arabella desde atrás y con una voz tranquila apropiada para la importancia de su tarea, y como deferencia al respeto que tenía por ella y por el lugar, empezó a revelar la historia de su amor. Normalmente, *lady* Arabella no era una persona humorística, pero ninguna persona nacida con las habituales facultades irrisorias de la raza blanca podría haber controlado la risa que le subió espontáneamente a los labios. Las circunstancias eran demasiado grotescas, y el contraste demasiado violento hasta para reprimir la risa. El hombre era un ejemplar envilecido de una de las razas más degradadas de la tierra y de una fealdad que era simplemente diabólica; la mujer era de alto nivel, hermosa y dotada. Ella pensó que su primer momento de consideración del ultraje —porque ante sus ojos no era menos que eso— le había proporcionado el material completo para el pensamiento; pero después, cada momento arrojaba luces nuevas y variadas sobre la afrenta. Su indignación era demasiado grande para conmoverla, sólo la ironía o la sátira podían enfrentarse con la situación, de modo que su temperamento pudo soportar el examen. Calmada por unos momentos de ironía, recuperó la voz. Su naturaleza fría y despiadada la ayudó y no se redujo a someter ni siquiera al pobre salvaje ignorante al cruel látigo de fuego de su desprecio. Ulanga era vagamente consciente, como mucho, de que era desdeñado de la manera que menos comprendía, pero su rabia no era menos aguda por causa del alcance de su ignorancia. De modo que cedió ante ella como lo hace un animal torturado. Hizo que

---

[15]   Actualmente Ghana.

sus grandes dientes rechinasen, despotricó, pataleó, juró en lenguas bárbaras y con bárbaras imágenes. *Lady* Arabella sintió que bien podría ser ella quien necesitase ayuda, o él podría presentarle su violencia brutal, incluso matarla.

—¿Tengo que comprender —dijo ella con frío desdén, mucho más eficaz para herir que la pasión ardiente— que me estás ofreciendo tu amor? ¿El tuyo?

Como respuesta, él afirmó con la cabeza. El desprecio de su voz, en una especie de maligno siseo, sonó y se sintió como el restallido de un látigo.

Entonces ella siguió y su pasión ascendía a medida que hablaba:

—¡Y te has atrevido! ¡Tú, un salvaje, un esclavo, la alimaña más baja del mundo! ¡Ten cuidado! No valoro tu mezquina vida más que la de una rata o una araña. No me muestres otra vez tu espantosa cara, o libraré a la tierra de ti. ¿Tienes algo que decir por ti por lo que no debiera matarte?

Mientras estaba hablando había sacado el revólver y lo apuntaba con él. Ante la presencia inmediata de la muerte, su insolencia lo abandonó e hizo un débil esfuerzo para justificarse. Su discurso fue corto y consistió en palabras sueltas. A *lady* Arabella le sonó a mera jerigonza, pero hablaba en su propio dialecto y querían decir amor, matrimonio, esposa. Por la entonación de las palabras adivinó su significado con su rápida intuición de mujer, pero no consiguió comprender cuando, aumentando la presión, él siguió urgiendo su demanda en una mezcla de la pasión animal más grosera y amenazas ridículas. Entre esas amenazas, dijo que sabía que ella había intentado robar el tesoro de su dueño y que él la había sorprendido en el acto. Así que si ella fuese suya, compartiría el tesoro con ella y vivirían entre lujos en las selvas africanas. Pero si se negaba, se lo contaría a su dueño, quien la azotaría y la torturaría, y después la entregaría a la Policía, que la mataría.

En general era una buena mezcla de bajos proyectos contrapuestos, justo como se podía esperar que un salvaje como él desarrollase de sus pasiones.

CAPÍTULO XVI

La batalla renovada

Las consecuencias de esa reunión al anochecer en Diana's Grove fueron graves y de largo alcance, y no sólo para los dos involucrados en ella. De Ulanga podría haberse esperado por cualquiera que conociese el carácter del salvaje del África tropical. Para esa gente había dos pasiones inagotables e insaciables: la vanidad y lo que les complace llamar amor. Ulanga dejó el bosquecillo con un odio absorbente en el corazón. Su lujuria y su codicia estaban en llamas, y su vanidad había sido herida hasta lo más profundo. La helada naturaleza de *lady* Arabella no estaba tan profundamente revuelta, aunque también ella estaba apasionadamente furiosa. Ella estaba más decidida que nunca a lanzarse para llevar a sus pies a Edgar Caswall. Los obstáculos con los que se había encontrado y los insultos que había soportado eran sólo un impulso para el propósito de venganza que la consumía.

Cuando estuvo en sus propias habitaciones de Diana's Grove, repasó todo el asunto una vez y otra, encontrando siempre en la cara de Lilla Watford una clave para el problema que la desconcertaba, el problema de encontrar una forma de volver los poderes de Caswall, y su misma existencia, en ayuda de su propósito.

En su tocador escribió una nota, teniendo tanto problema con ella que escribió, destruyó y volvió a escribir, hasta que su diminuta papelera estuvo medio llena de hojas de papel desgarradas. Cuando estuvo lo bastante satisfecha, copió la última hoja en limpio y luego quemó cuidadosamente todos los trozos estropeados. Puso esa copia en un sobre ornamentado y se la dirigió a Edgar Caswall en Castra Regis. Después se la envió con uno de sus criados. La carta decía:

Estimado señor Caswall:

Deseo tener una pequeña conversación con usted sobre un asunto que creo que le interesa. ¿Será tan amable de hacerme una visita hoy después del almuerzo? Digamos a las tres o las cuatro, y podremos dar un paseíto juntos. Sólo hasta la granja Mercy, donde quiero ver a Lilla y Mimi Watford. Podremos tomar una taza de té en la granja. No se traiga a su sirviente africano con usted, porque me temo que su cara asuste a las muchachas. Después de todo, no es muy bien parecido, ¿verdad? Tengo una idea con la que estará encantado en su visita de esta vez.

Sinceramente suya,

Arabella March.

Edgar Caswall visitó Diana's Grove a las tres y media. *Lady* Arabella se reunió con él en la carretera, fuera del portón del camino de entrada, pues deseaba que los sirvientes se enterasen lo menos posible. Se giró cuando lo vio venir y caminó con él hacia la granja Mercy, manteniendo su paso mientras andaban. Cuando llegaron cerca de Mercy, ella se giró y miró a su alrededor, esperando ver a Ulanga o alguna señal de él. Sin embargo, no estaba visible, había recibido órdenes perentorias de su dueño para mantenerse fuera de la vista, unas órdenes por las que anotó una nueva ofensa contra ella. Encontraron a Lilla y a Mimi en casa y en apariencia contentas de verlos, aunque ambas muchachas estaban sorprendidas por una visita que venía tan pronto después de la otra.

Los actos fueron una simple repetición de la batalla de almas de la visita anterior. Sin embargo, en esta ocasión fue como si Edgar Caswall estuviera vencido incluso antes de que empezase la lucha. Eso fue lo más extraño, ya que en esta ocasión él sólo tenía la presencia de *lady* Arabella para apoyarse, pues Ulanga estaba ausente. Además, Mimi carecía en esta ocasión del apoyo de Adam Salton, que había sido un servicio tan eficaz antes. Esta vez, la lucha por la supremacía de las voluntades fue más larga y más decidida. Caswall sintió que si en esta ocasión no podía conseguir la supremacía, sería mejor que abandonase la idea de intentar establecerse en Castra Regis, así que todo su orgullo estaba empleado contra Mimi. Cuando estuvieron esperando a que se abriese la puerta, *lady* Arabella, que creía en un ataque repentino, le había dicho en voz baja y adusta que de alguna manera evocaba convicción:

—Esta vez debería ganar usted. A fin de cuentas, ella es sólo una mujer. No le muestre compasión, eso es debilidad. Luche con ella, golpéela, pisotéela, mátela si es necesario. Se ha entrometido en su camino, y la odio. No le quite nunca los ojos de encima. Lilla no importa, está asustada de usted, ya es su dueño. La otra, Mimi, intentará que usted mire a su prima. No lo haga, ahí está la derrota. No deje que nada, ni siquiera la muerte misma, no importa la de quién, aparte su atención de Mimi y usted ganará. Si ella lo estuviera superando, agarre mi mano con fuerza mientras la mira a los ojos. Si ella es demasiado fuerte para usted, intervendré yo. Crearé una distracción, y bajo su cobertura debe usted retirarse invicto, si no victorioso. ¡Silencio, calle!, ya vienen. Sea decidido y esté tranquilo.

Las dos muchachas llegaron juntas a la puerta. Habían estado arreglando una arpa eólica[16] que le había dado Adam a Mimi. Ante la puerta abierta se quedaron escuchando unos momentos. Sobre el Brow llegaban sonidos extraños desde el este. Eran los crujidos y los chasquidos de los juncos y las plantas secas de las tierras bajas en el lado de acá del mar del este. La estación había sido desacostumbradamente seca. El sonido venía también por otra causa: el fuerte viento del este estaba ayudando a avanzar a unas enormes bandadas de pájaros, la mayoría palomas de cogullas blancas. No sólo zumbaban sus alas, también su zureo era completamente audible. De una multitud así de pájaros, la masa del sonido, que individualmente es pequeño, adquiría el volumen de una tormenta. Sorprendidos por la afluencia de los pájaros, que habían estado desconocidos por tanto tiempo, los dos miraron hacia Castra Regis, desde cuya

---

[16] Instrumento musical que produce sonidos mediante el viento que pasa entre sus cuerdas.

alta torre había estado volando la gran cometa como de costumbre; pero cuando miraban, se rompió la cuerda y la cometa cayó de cabeza en una serie de amplias zambullidas. Su propio peso y la fuerza del aire que se le oponía, que había provocado que ascendiera, combinados con la fuerte brisa del este, habían sido demasiado para la gran longitud de la cuerda que la sujetaba.

De alguna manera, el incidente de la cometa le dio nuevas esperanzas a Mimi. Era como si los problemas secundarios hubieran sido cortados, de modo que la lucha principal era desde ese momento sobre líneas más sencillas. En su corazón sentía como si algún acorde religioso se hubiese tocado nuevamente. Por supuesto, podía haber sido que con la renovación de las voces de los pájaros viniese también un valor nuevo, una nueva creencia en el buen resultado de la lucha. También podría haber sido que los inusuales sonidos del arpa eólica hubiesen despertado nuevos hilos de pensamiento. En la tristeza del silencio, con la que todos habían sufrido durante tanto tiempo, cualquier nuevo hilo de pensamiento estaba casi destinado a ser una bendición. Como continuaba el influjo de los pájaros, golpeando con sus alas los crujientes juncos, *lady* Arabella se puso pálida de repente y casi se desmayó. Escuchaba con oídos tensos, y preguntó súbitamente:

—¿Qué es eso?

Para Mimi, criada en Siam[17], el sonido era extrañamente como una exageración del sonido producido por un encantador de serpientes. Sin duda era la unión de la crepitación de los juncos y el extraño sonido del arpa, pero nadie pidió una explicación y nadie la ofreció.

Edgar Caswall fue el primero en recobrarse de la interrupción por la caída de la cometa. Tras unos minutos pareció que había recuperado bastante de su sangre fría y que pudo utilizar el cerebro para el objetivo que tenía previsto. También Mimi se recuperó rápidamente, pero por un motivo diferente. Para ella fue la profunda convicción religiosa de que la lucha a su alrededor era entre los poderes del Bien y del Mal y de que el Bien triunfaba. La misma llegada de los pájaros blancos, con las cogullas de Santa Columba, aumentaban la impresión. Con esa convicción tan fuerte en ella, apenas hay que asombrarse de que siguiese la extraña batalla con un vigor renovado. Parecía que destacaba sobre Caswall y que él cedía ante su aproximación. Una vez más, los vigorosos pases de ella lo llevaron hasta la puerta. Él estaba a punto de salir andando hacia atrás, cuando *lady* Arabella, que lo había estado mirando con los ojos fijos, agarró su mano e intentó detener su movimiento retrógrado. Sin embargo, fue incapaz de detenerlo, y así, agarrados de la mano, salieron

---

17   Actualmente Tailandia.

fuera juntos. Mientras lo hacían, la extraña música que había inquietado tanto a *lady* Arabella se detuvo súbitamente. Miraron instintivamente hacia la torre de Castra Regis y vieron que los trabajadores habían arreglado la cometa, la cual se había alzado de nuevo y empezaba a volar hacia su posición anterior.

Cuando estaban mirando se abrió la puerta y Michael Watford entró en la sala. En ese momento todos habían recobrado la compostura y no había nada fuera de lo común que atrajese su atención. Al entrar, como vio miradas inquisitivas a su alrededor, dijo:

—Ha llegado un telegrama del departamento de Agricultura. La nueva entrada de pájaros es sólo la migración anual de las palomas desde África. Dicen que se acabará pronto.

CAPÍTULO XVII
El cierre de la puerta

La segunda victoria de Mimi Watford hizo que Edgar Caswall estuviera más malhumorado que nunca. Se sintió devuelto a sí mismo, y eso, sobreañadido a su absorbente interés en la esperanza de una victoria de su voluntad, era ahora un propósito de venganza profundo y establecido. Por supuesto, el objetivo principal de su hostilidad era Mimi, cuya voluntad había superado a la suya, pero ésta estaba oscurecida en mayor o menor grado por todo lo que se le había opuesto. Lilla iba después de Mimi en su odio. Lilla, la inofensiva muchacha de tierno corazón y dulce naturaleza, cuyo corazón estaba tan lleno de amor por todas las cosas, que no tenía sitio en él para las pasiones de la vida corriente; aquella cuya naturaleza se asemejaba a esas palomas de Santa Columba, cuyo color llevaba y cuya apariencia reflejaba. Adam Salton era el siguiente, a cierta distancia, porque Caswall no tenía hostilidad directa contra él. Lo miraba como una interferencia, una dificultad en el camino de la que tendría que librarse, o destruirla. El joven australiano había sido tan discreto que lo más que tenía en contra de él era su conocimiento de lo que había sido. Caswall no lo comprendía, y para una naturaleza como la suya, la ignorancia era causa de inquietud y de temor. Reanudó su costumbre de observar a la gran cometa que tiraba de su cuerda, cambiando sus observaciones de esa manera por un examen más extenso de los misteriosos tesoros de su casa, sobre todo el baúl de Mesmer. Se sentaba mucho en el techo de la torre, dándole muchas vueltas a todas sus frustradas esperanzas. Uno podría haber pensado que la gran extensión de sus propiedades que le eran visibles desde esa altura habría restaurado en algo su autocomplacencia; pero no era así, la mera extensión de su propiedad, tan constantemente traída ante él, creó una nueva sensación de agravio. ¿Cómo podía ser —pensaba— que con tanto a su mando que los demás deseaban, él no pudiera lograr los deseos más queridos de su corazón? Eso era el propio grito de la humanidad falible, que, debido a que anhela algo que todavía es inalcanzable, considera la decepción de sus deseos como una injusticia personal y maliciosa que se le había hecho por las autoridades. En ese estado de depravación intelectual y moral, encontró consuelo en la renovación de sus experimentos con las fuerzas mecánicas de la cometa. Ese estudio contribuyó a sacarlo de sí mismo y a llevar sus infortunios esotéricos al pensamiento exotérico, incluso en sus desconciertos tenía un elemento de consuelo, aunque melancólico. Durante un par largo de semanas no vio a *lady* Arabella, que estaba siempre vigilando la oportunidad de encontrarse con él; y tampoco vio a las muchachas Watford, que deliberadamente se mantenían lejos de su camino. Adam Salton marcaba sencillamente el tiempo, manteniéndose preparado para tratar con cualquier cosa a mano que pudiese afectar a sus amigos. De Mimi oyó la última batalla de voluntades, pero eso sólo había tenido una consecuencia de un tipo. Recibió de Ross varias mangostas más, incluyendo a una segunda que mató también a una cobra reina, y que por lo general llevaba consigo en su caja cuando salía a caminar.

Veía continuamente a sir Nathaniel de Salis, los dos hablaban sobre las cosas que habían ocurrido y recordaban todas las cosas que habían sucedido antes que ésas, de manera que los dos que pensaban y recordaban conocían también lo que podría pasar antes de que ocurriese.

Los experimentos del señor Caswall con la cometa siguieron adelante con éxito. Cada día intentaba levantar un peso mayor, y parecía casi como si la máquina tuviera una sensibilidad propia que aumentaba con los obstáculos que se ponían ante ella. Durante todo ese tiempo, la cometa colgaba del cielo a una enorme altitud. El viento era constante desde el norte, así que la tendencia de la cometa era hacia el sur.

Corredores de tamaño creciente se enviaban durante todo el día. Éstos eran sólo de papel o de cartón fino, o de cuero, o de otros materiales flexibles. La gran altura a la que colgaba la cometa formaba una gran curva cóncava en la cuerda, de manera que cuando los corredores iban hacia arriba hacían un sonido aleteante. Si uno le ponía una mano o un dedo a la cuerda, el sonido respondía al aleteo del corredor con una especie de murmullo hueco intermitente. Edgar Caswall, que ahora ya estaba completamente obsesionado con la cometa y todo lo que le perteneciera, encontró una marcada similitud entre ese murmullo intermitente y la música de encantador de serpientes producida por las palomas que volaban a través de los juncos secos mientras sonaba el harpa eólica.

Un día hizo un descubrimiento en el baúl de Mesmer que creyó que podía utilizar en relación con los corredores. Era un cable de una gran longitud «tan fino como el cabello humano», enrollado alrededor de una rueda muy bien hecha, que corría libremente a una distancia asombrosa y era muy ligero. Lo probó con sus corredores y vio que funcionaba admirablemente. Tanto si el corredor estaba solo, como si llevaba algo mucho más pesado que él mismo, funcionaba igualmente bien. También era lo bastante fuerte y ligero como para hacer que el corredor volviera fácilmente sin esfuerzos innecesarios. Lo probó muchas veces con éxito, pero en ese momento se estaba haciendo oscuro y tuvo algún problema para mantener el corredor a la vista, de modo que buscó algo lo suficientemente pesado para mantenerlo quieto. Colocó aquello, que por casualidad era la imagen egipcia de Bes, en el cable fino que cruzaba la plataforma de madera que lo protegía. Entonces oscureció completamente, se metió para adentro y se olvidó completamente de él. Esa noche tuvo una extraña sensación de desasosiego, que no era insomnio, porque era consciente de estar dormido. Cuando llegó el día, se levantó y como de costumbre estuvo atento a la cometa. No la vio en su posición habitual en el cielo, así que se hizo con unos anteojos y miró por todo alrededor. Se quedó asombradísimo cuando vio inmediatamente la cometa perdida luchando como de costumbre contra la cuerda que la controlaba; pero se había ido al lado más alejado de la torre y ahora colgaba y tensaba hacia el norte *contra el viento*. Creyó que aquello era tan extraño que se decidió a investigar el fenómeno y a no decir nada sobre él mientras tanto. En sus muchos viajes, Edgar Caswall se había acostumbrado al uso del sextante y ahora era un experto en la materia. Con ayuda de ese y otros instrumentos del mismo tipo, consiguió fijar la posición exacta de la cometa y del punto sobre el que colgaba. Se quedó realmente sorprendido al encontrar que exactamente bajo la cometa, por lo que podía asegurar, estaba Diana's Grove. Tuvo la inclinación de hacer confidente en el asunto a *lady* Arabella, pero lo pensó mejor y se abstuvo sensatamente de ello. Por alguna razón que ni siquiera intentaba explicarse, se alegraba de su silencio. Cuando miró a la mañana siguiente, vio que el punto sobre el que se cernía entonces la cometa era la granja Mercy. Cuando lo verificó con sus instrumentos, se sentó ante la ventana de la torre, mirando hacia afuera y pensando. La nueva localización le gustaba más que la otra, pero el porqué de ello lo desconcertaba de todas las maneras posibles. Se pasó el resto del día en la habitación de la torreta, de donde no salió en ningún momento. Sentía que ahora estaba arrastrado por fuerzas que no podía controlar, de las que de hecho no tenía conocimiento alguno, en direcciones que no podía comprender y que estaban sin su propia voluntad. En una pura incapacidad indefensa para pensar el problema de forma satisfactoria, llamó a un sirviente y le dijo que le dijera a Ulanga que quería verlo inmediatamente en la habitación del torreón. Llegó una respuesta que decía que no se había visto al africano desde la tarde anterior. Edgar estaba ahora tan irritable que hasta las cosas más pequeñas lo enojaban. Como estaba distraído y quería hablar con alguien, mandó que buscasen a Simon Chester, que vino enseguida, sin aliento por la prisa y nervioso por la convocatoria inesperada. Caswall hizo que se sentara, y cuando el viejo estaba en un estado de ánimo menos inquieto, volvió a preguntarle si había visto alguna vez lo que había en el baúl de Mesmer, o si había oído decir algo de él. Chester admitió que en la época del que «entonces era el señor Edgar» había visto abierto el baúl, lo que, sabiendo algo de su historia y suponiendo aún más, lo descompuso tanto que se desmayó. Cuando se recuperó, el baúl estaba cerrado. Desde esa vez, el que entonces era el señor Edgar no habló nunca más de ello.

Cuando Caswall le pidió que describiese lo que había visto cuando el baúl estaba abierto, se puso muy nervioso y, a pesar de todos sus esfuerzos por permanecer en calma, cayó de repente en un desmayo mortal. Caswall llamó a los sirvientes, que aplicaron los remedios habituales, pero el viejo seguía sin recuperarse. Después de un lapso considerable de tiempo, apareció el médico al que habían llamado. Le fue suficiente una mirada para decidirse. Aun así, se arrodilló junto al viejo y llevó a cabo un cuidadoso examen. Luego se puso de pie y en voz baja dijo:

—Me apena decir que ha muerto, señor.

CAPÍTULO XVIII

Sobre la pista

Quienes habían visto habitualmente a Edgar Caswall desde su llegada y habían estimado ya su fría naturaleza con su verdadero valor, se sorprendieron de que se tomase tan a pecho la muerte del viejo Chester. El hecho es que ninguno de ellos había valorado correctamente su carácter. Las almas buenas y sencillas lo habían calculado según el que ellas tenían. Pensaron, de manera bastante natural, que el interés que sentía era el de un dueño con un viejo sirviente fiel de su familia. Poco pensaron que era sencillamente la expresión egoísta de su decepción por haber perdido la única pista que quedaba de una parte interesante de la historia familiar, que ahora y siempre quedaría envuelta en el misterio. Caswall conocía lo suficiente de la vida de su antepasado en París como para desear conocer más completa y minuciosamente todo lo que había sido. El período cubierto por la vida de ese antepasado en París invitaba a todas las formas de la curiosidad. La única persona que parecía creer en la sinceridad de su pena era *lady* Arabella, que tenía que jugar su propio juego y que vio en el oficio de amiga compasiva una serie de reuniones con el hombre a quien quería conseguir. Hizo el primer uso de la oportunidad el día después de la muerte del viejo Chester, de hecho, en cuanto la noticia se filtró por la puerta trasera de Diana's Grove. Ella interpretó tan bien su papel en esa reunión, que hasta la fría naturaleza de Caswall quedó impresionada. Ulanga fue el único que no creyó que ella tuviese siquiera buenos sentimientos por el asunto; pero eso era muy natural, porque quizás él era el único que no sabía qué significan los buenos sentimientos. En lo emocional, como en otros asuntos, Ulanga era claramente utilitarista, y como no podía comprender que nadie sintiese pena excepto por el dolor de sus propios sufrimientos o por la pérdida de dinero, no podía comprender que alguien simulase una emoción así excepto como un espectáculo destinado a engañar. Él creyó que ella había venido a Castra Regis otra vez en busca de una oportunidad para robar algo, y estaba decidido a que en esta ocasión no debería dejar pasar la oportunidad de presionar su ventaja sobre ella. Por lo tanto, sintió que la ocasión requería cuidados extraordinarios en la vigilancia de todo lo que ocurría. Desde que llegó a la conclusión de que *lady* Arabella estaba intentando robar el baúl del tesoro, sospechó que casi todo el mundo tenía el mismo proyecto y, como por lo general la noche es amistosa para los ladrones, puso empeño en vigilar todas las personas y lugares sospechosos cuando la noche se funde con el alba y el alba con el día. A esas horas las facultades activas de la mente no están en su mejor momento. Dormir es un factor de descuido con el que contar y, como afecta tanto al ladrón como al guardián, sería doblemente útil aprender y hacer. Por lo tanto, el alba lo encontraba generalmente de vigilancia, y como ese período era también cuando Adam estaba comprometido en sus propias investigaciones respecto a *lady* Arabella, era muy natural que los caminos de uno y otro se cruzasen. Eso fue lo que pasó. La Naturaleza es lógica, y lo que ocurre es por lo general lo que tiene que ocurrir si las oportunidades están a su favor. Adam había salido a primera hora de la mañana para hacer una inspección del lugar en el que estaba interesado, llevando con él como de costumbre a la mangosta en su caja. Llegó al portón de entrada de Diana's Grove justo cuando *lady* Arabella se estaba preparando para salir para Castra Regis en lo que ella consideraba que era una misión de consuelo. Ella, al ver desde su ventana que Adam iba de manera misteriosa bajo la sombra de los árboles de alrededor del portón, creyó que él estaría metido en algún propósito parecido al suyo. Así que hizo rápidamente su aseo y salió de la casa discretamente sin despertar a nadie y, aprovechándose de todas las sombras y los bultos que pudiesen ocultarla de la vista de él, lo siguió en su camino. Ulanga, el rastreador experto, la siguió, pero consiguió ocultar sus movimientos mejor que ella. Vio que Adam llevaba colgada del hombro una caja misteriosa, que creyó que contenía algo valioso. Ver que *lady* Arabella estaba siguiéndolo secretamente confirmó esa idea. Su mente —tal como era— estaba fija en que ella intentaba robar, y le reconoció el mérito inmediatamente por hacer uso de esa nueva oportunidad. En su camino, Adam fue hasta los terrenos de Castra Regis y Ulanga vio que ella lo seguía allí con gran secreto. Temía ir más cerca, pues ahora había enemigos en ambos lados que podrían descubrirlo. Por lo tanto, cuando estuvo seguro de que *lady* Arabella se dirigía al castillo, se dedicó a seguirla con un único propósito. Por eso se perdió ver que Adam se desvió del camino que seguía y regresaba a la carretera, y que ella, al parecer no interesada en sus demás movimientos, siguió camino del castillo.

Aquella noche, Edgar Caswall durmió muy mal. Tenía presente el trágico suceso del día y estuvo despertándose y pensando en ello varias veces. Con la primera luz del alba, se levantó y, envolviéndose en una pesada bata, se sentó ante la ventana abierta, mirando la cometa y pensando en muchas cosas. Desde su habitación podía ver el vecindario por todas partes, y según avanzaba la mañana, su reveladora luz le mostró todos los pequeños acontecimientos del lugar. En su vida no le habían interesado mucho los quehaceres de otras personas, y no tenía una idea clara de cómo formaban las muchas cosas pequeñas la suma de la vida diaria de una persona corriente. Esta vista de pájaro de una comunidad metida en sus ocupaciones corrientes, incluso a hora tan temprana, era algo nuevo para él. Se puso a observarlo con un nuevo interés. No había espacio en su fría naturaleza para la afinidad con cosas menores que él mismo, pero ese era un estudio que seguir, igual que habría observado los movimientos de una colonia de hormigas, de abejas o de otras criaturas de poco interés individual. Cuando la creciente luz le permitió examinar más a fondo, vio el inicio del día de la gente humilde y los movimientos que seguían al despertar. Entonces empezó a ejercitar su imaginación para comprender los porqués y los cuándos de cada movimiento individual. En cuanto pudo reconocer las casas individuales según iban surgiendo de la masa de la oscuridad, se interesó especialmente en todo lo que pasaba a su alrededor. Los dos lugares que más lo interesaban eran la granja Mercy y Diana's Grove. Al principio, los movimientos eran de tipo humilde: los que pertenecían al servicio doméstico o a las necesidades agrarias, la apertura de puertas y ventanas, los de barrer y cepillar, y en general los de la restauración del orden habitual. Después, los sirvientes de la granja hicieron preparaciones para el ganado y los demás animales: el sacar agua, el llevar comida, el arreglo de los lugares donde dormir, la eliminación de los desperdicios y los mil trabajos que implican las necesidades de los seres vivos. Para Caswall, egocéntrico, desdeñoso y egoísta, esa vista de pájaro era una experiencia nueva e interesante de la revolución del esfuerzo cósmico. Estaba tan interesado en esa nueva experiencia, que las tenues horas de la mañana pasaron sin que se diese cuenta. El día estaba en su plenitud cuando él se puso a considerar su entorno. Ahora podía distinguir cosas y personas hasta desde lejos. Pudo ver a *lady* Arabella, cuyas cortinas estaban descorridas y tenía las ventanas abiertas, moverse por su habitación, con el vestido blanco que llevaba destacando sobre los oscuros muebles de la estancia. Vio que ya estaba vestida para salir. Mientras miraba, vio que se levantaba de repente y miraba desde la ventana, manteniéndose cuidadosamente oculta tras la cortina. Siguiendo la dirección hacia la que había vuelto la cara, vio a Adam Salton que, con una caja colgada del hombro, se movía bajo la sombra del grupo de árboles de fuera del portón de ella. Se dio cuenta de que ella salía de la habitación rápidamente y de que al momento siguiente estaba siguiendo a Salton por la carretera en dirección a Castra Regis, evitando cuidadosamente que la viese mientras lo seguía. Entonces se sorprendió al ver la cara negra y los ojos blancos de Ulanga observando desde una mata de siempreverdes de la avenida. Él también estaba vigilando.

Desde su alta ventana, cuya sola altura era ya una pantalla para la observación de los demás, vio que la cadena de vigilantes se movía hacia sus propios terrenos y que ahora se separaba, con Adam Salton yendo por un sitio y *lady* Arabella por otro, seguida por el negro. Entonces Ulanga desapareció entre los árboles, pero Caswall pudo ver que todavía estaba observando. *Lady* Arabella, después de mirar a su alrededor, se deslizó por la puerta abierta y, por supuesto, ya no pudo verla más.

Sin embargo, oyó en breve un leve toque en su puerta, un toque tan leve que sólo supo que había sido un toque cuando se repitió. Entonces la puerta se abrió muy despacio y pudo ver el destello del vestido blanco de *lady* Arabella a través de la abertura.

CAPÍTULO XIX
Una visita de apoyo

Caswall se quedó verdaderamente sorprendido cuando vio a *lady* Arabella, aunque no tenía que haberse sorprendido después de lo que ya había ocurrido de la misma manera antes. La mirada de sorpresa en su cara era mucho mayor que lo que había esperado *lady* Arabella. Aunque ella creyó que estaba preparada para enfrentarse a cualquier cosa que pudiera ocurrir, se quedó quieta, con los ojos muy abiertos de pura sorpresa. Fría como era y preparada para todas las emergencias sociales, se quedó desconcertada para seguir adelante. Sin embargo, era intrépida y empezó inmediatamente a hablar, aunque no tenía ni la menor idea de lo que iba a decir. Si se le hubiese dicho que empezaba a proponerse a un hombre, lo habría negado muy indignada.

—Vengo a ofrecerle mi apoyo más caluroso en la pena que ha experimentado tan últimamente.

Había una sorpresa nueva en su voz cuando él replicó:

—¿Mi pena? Me temo que debo ser muy torpe, pero de veras que no comprendo.

Ella se sintió ya en desventaja, y dudo mientras continuaba:

—Quiero decir por el anciano que murió tan repentinamente, su viejo... sirviente.

La cara de Caswall relajó un poco su perpleja concentración.

—¡Oh, él! Espero que no crea que él fue origen de pena alguna. Vaya, él era sólo un sirviente, y ha permanecido más de veinte años más allá de sus setenta. Debía tener unos noventa, ¡si llevaba la cuenta!

—Aun así, como antiguo sirviente...

Las palabras de Caswall no fueron tan frías como su entonación.

—Yo no me entrometo nunca con los criados. Además, no lo vi nunca ni supe de él. Se lo mantenía aquí solamente porque había estado tanto tiempo en las instalaciones, o por cualquier otra razón idiota. Supongo que el administrador pensó que se haría impopular si lo despidiese. Todo eso es un sinsentido. En los negocios no hay sentimientos, y si él es un sentimental, ¡no tiene derecho a ser administrador de las propiedades de otro hombre!

De alguna manera, ese tono casi la horrorizó. ¿Cómo demonios iba a proceder ella con una tarea como la suya si esa era la máxima cordialidad que podía esperar? De modo que inmediatamente intentó otro rumbo, esta vez personal.

—Lamento muchísimo haberlo molestado. Me he tomado una gran libertad al hacerlo. Realmente no soy inconformista, y ciertamente no soy esclava de lo convencional. Pero hay límites... Ya es lo suficientemente malo inmiscuirse de esta manera, y no sé lo que pueda usted decir o pensar del momento elegido para la intromisión.

Después de todo, Edgar Caswall era un caballero por costumbre o hábito, de modo que estuvo a la altura de la ocasión:

—Sólo puedo decir, *lady* Arabella, que usted es bienvenida siempre en cualquier momento que se digne honrar mi casa con su presencia.

Ella le sonrió con mucha dulzura mientras decía:

—Muchísimas gracias. Usted le pone a una a gusto. Una infracción de lo convencional con usted me hace sentir contenta en lugar de lamentarlo. Siento que puedo abrir mi corazón a usted sobre cualquier cosa.

Caswall sonrió a su vez.

—Una consideración y una comprensión como las suyas son casi inasequibles a una infracción de lo convencional.

—Póngame a prueba. Si supero el examen, será otro enlace entre nosotros.

—Eso sería un verdadero privilegio. Vamos, la pondré a prueba.

Ella procedió inmediatamente a hablarle de Ulanga y de sus extrañas conjeturas sobre la honestidad de ella. Él se rio de veras con su interpretación de los proyectos de Ulanga, que él no dignificó siquiera con el apodo de insolencia. Su comentario final fue revelador.

—Deje que le dé un consejo: si tiene usted la más mínima falta que encontrar en ese negro infernal, dispárele al verlo. Un negro de cabeza hinchada con una avispa en el gorro es uno de los peores problemas del mundo con el que tratar. Así que será mejor hacer un trabajo limpio con ello, ¡aniquílelo inmediatamente!

—Pero, ¿qué pasa con la Ley, señor Caswall?

—Oh, la Ley está muy bien. Pero hasta a la Ley no le preocupan mucho los negros muertos. Unos cuantos de ellos de más o de menos no importan. ¡Para mí es más bien un alivio!

—Me asusta usted —fue el único comentario de ella, y lo hizo con una sonrisa dulce y con voz suave.

—¡Muy bien! —dijo él—. Dejémoslo ahí. De todos modos, ¡tenemos que librarnos de uno de ellos!

—Yo no quiero a los negros más que usted —dijo ella—, pero supongo que una no debe ser demasiado particular en lo que concierne a esa clase de limpieza.

Entonces, *lady* Arabella cambió de voz y de comportamiento y preguntó cordialmente:

—Y ahora, dígame, ¿estoy perdonada?

—Lo está, querida señora... si hubiera algo que perdonar.

Mientras hablaba vio que ella se había movido para marcharse, fue a la puerta con ella y la acompañó de la manera más natural a la planta baja. Cruzó la puerta del salón con ella y con ella siguió por la avenida. Cuando él iba de vuelta a su casa, ella se sonrió y se tomó como confidente a sí misma en un susurro: «Bueno, todo está bien. No creo que la mañana se haya desperdiciado del todo».

Y fue caminando lentamente de regreso a Diana's Grove.

Cuando Adam Salton se separó de *lady* Arabella, continuó el camino que había empezado. Siguió la línea del Brow y refrescó su memoria para las distintas localizaciones. Llegó a la casa de Lesser Hill justo cuando sir Nathaniel empezaba el desayuno. El señor Salton se había ido a Walsall por una cita temprana, de manera que estaba completamente solo. Cuando terminó el desayuno, sir Nathaniel, viendo en la cara de Adam que tenía algo de lo que hablar, lo siguió al estudio y cerró la puerta.

Cuando los dos hombres hubieron encendido sus pipas, sir Nathaniel empezó:

—Desde que hablamos he recordado un hecho interesante sobre Diana's Grove que tenía intención de mencionar antes, sólo que algo me lo sacó de la cabeza. Es sobre la casa, no sobre el bosquecillo. Hace tiempo que comprendí que hay algún misterio extraño en esa casa. Puede que sea interesante, o puede ser trivial en esa madeja tan enredada que tratamos de desenmarañar.

—Lo escucho. Por favor, dígamelo todo, todo lo que sepa o que sospeche y yo intentaré formarme una opinión. Para empezar, entonces, ¿de qué clase es el misterio? ¿Físico, mental, moral, histórico, científico, oculto?... Cualquier clase de pista me ayudará.

—Bien, mi querido muchacho, ¡el hecho es que no lo sé!

—¿No lo sabe, señor?

—No es tan extraño como puede parecer. Puede pertenecer a alguna de esas categorías, o a todas. Naturalmente, no puedes creerte que tenga una ignorancia tan completa.

—Oh, señor, yo no dudaría de usted.

—No, claro que no. Pero de todas maneras tú podrías no ser capaz de creer o de comprender. Claro está que comprendo tu reticencia para hablar de una duda, pero eso no se aplica al hecho, sino a la manera de expresarlo, estate seguro. Acepto por completo tu creencia en mi buena fe. Pero tenemos problemas para encontrar y barreras que atravesar, de modo que debemos confiar que uno y otro diremos la verdad incluso si nosotros mismos no la comprendemos.

—Creo, señor, que la mejor manera de seguir adelante con esto es contarnos los hechos uno a otro. La explicación puede traer dudas necesarias, ¡pero tendremos algo para seguir adelante!

—Muy cierto. Intentaré decirte lo que pienso, pero no he colocado mis pensamientos sobre el asunto, así que tendrás que perdonarme si no mantengo el orden debido en mi narración. ¿Puedo suponer que has visto la casa de Diana's Grove?

—La parte de afuera, pero la tengo en mi imaginación y puedo encajar en mi memoria cualquier cosa a la que usted me pida que preste atención.

—¡Bien! Para empezar te diré justo lo que sé, y podría suceder que sepa más de ello que tú:

»La casa es antiquísima, probablemente sea la primera casa de algún tipo que se levantó allí en tiempos de los romanos. Probablemente fue renovada, quizá varias veces en períodos posteriores. La casa se levanta, o más bien, solía levantarse tal como es cuando Mercia era un reino. No creo que el sótano sea más tardío que la Conquista Normanda. Hace algunos años, cuando yo era presidente de la Sociedad Merciana de Arqueología, repasé todo eso muy cuidadosamente. Eso fue antes de que la comprase el capitán March. Entonces reformó la casa hasta que fue apta para traer a la esposa. El sótano es muy extraño, casi tan fuerte y pesado como si estuviese destinado a ser una fortaleza. Profundamente bajo el suelo, hay una serie de habitaciones. Una de ellas en concreto me chocó. La habitación misma es de un tamaño considerable, pero la mampostería es completamente maciza. En el medio de la habitación hay un pozo hundido, construido hasta el nivel del suelo, sin brocal, y que evidentemente va profundamente bajo tierra. No hay cabrestante ni señal alguna de que haya habido alguno, no hay cuerda, no hay nada. Ahora bien, nosotros sabemos que incluso los romanos tenían pozos de una profundidad inmensa de los que se elevaba el agua con la «vieja cuerda de trapo», que en Woodhull solía ser de casi mil pies[18] de largo. Entonces, aquí tenemos simplemente un agujero de un pozo enormemente profundo. Cuando la vi, la puerta de esa estancia era maciza, y estaba cerrada con un candado de casi dos pies cuadrados. Evidentemente estaba destinada a alguna clase de protección de algo o de alguien, pero en aquellos días que la visité nadie había oído hablar nunca de que alguien tuviese permitido ver siquiera la estancia. Todo esto es a propósito del indicio del que he deducido que el agujero del pozo era un camino por el que el Gusano Blanco (fuera lo que fuese) iba y venía. En aquella época yo habría hecho una búsqueda, incluso excavaciones a costa mía si fuera necesario, pero todas mis sugerencias se respondieron con una negativa rápida y explícita. Así que, claro, no di ningún paso más en el asunto. Entonces se borró del recuerdo, hasta del mío.

—¿Recuerda usted, señor —preguntó Adam—, cuál era el aspecto del lugar donde estaba el agujero del pozo? ¿Había allí muebles, o de hecho cualquier clase de cosa en esa estancia?

—No lo recuerdo. Todo estaba muy oscuro, tan oscuro que resultaba difícil distinguir nada. Lo único que recuerdo es una especie de luz verdosa, muy confusa y muy tenue, que venía desde el pozo. No era una

---

[18] Unos trescientos metros.

luz fija, sino intermitente e irregular. Muy distinta de todo lo que hubiera visto nunca.

—¿Recuerda usted cómo llegó a esa estancia, la del pozo? ¿Había una puerta separada desde fuera, o había alguna estancia o pasadizo que daba a ella?

—Creo que debe haber alguna estancia con un paso hacia ella. Recuerdo haber subido algunos escalones empinados y desgastados por el largo uso o por algo de esa clase, porque apenas podía mantener mis pies en ellos al subir. Me tropecé una vez y casi caí en el agujero del pozo. Después de eso fui más cuidadoso.

—¿Había algo extraño sobre ese lugar, algún olor raro, por ejemplo?

—¿Algún olor raro? Sí, como de cloaca o de pantano fétido. Era perceptiblemente nauseabundo; recuerdo que cuando salí sentí que había estado a punto de enfermar físicamente. Voy a intentar revisar mi visita y ver si recuerdo algo más que viera o sintiese.

—Entonces quizá hoy, más tarde, señor, tendrá la bondad de decirme cualquier cosa que tenga ocasión de recordar.

—Estaré encantado, Adam. Si para entonces tu tío aún no ha vuelto, me reuniré contigo en el estudio después de cenar y reanudaremos esta interesante conversación.

CAPÍTULO XX
El misterio de «el bosquecillo»

Cuando, después de dejar a *lady* Arabella, Adam siguió por su propio camino por fuera de Castra Regis, Ulanga lo siguió en secreto. Al principio, Adam tuvo una idea, o más bien una sospecha, de que lo seguían y miró a su alrededor muchas veces con esperanza de descubrir a su perseguidor. Como no tuvo éxito en ninguno de esos intentos, abandonó la idea poco a poco y aceptó la alternativa de que podría haberse equivocado. Se preguntaba qué había pasado con el negro a quien con toda seguridad había visto al principio, así que mantuvo una vigilancia intensa por él cuando seguía por su camino. Cuando pasó por el bosquecillo de fuera del portón de entrada hacia Diana's Grove, por un segundo creyó ver la cara del africano. Sabía que tenía que ser él, de lo contrario debía haber un diablo deambulando suelto por el vecindario. Así que se metió más profundamente en el sotobosque y siguió a lo largo, paralelo a la avenida hacia la casa. De alguna manera se alegraba de que no hubiese por ahí ningún trabajador o sirviente, porque no quería que nadie del personal de *lady* Arabella lo encontrase deambulando por sus terrenos a esa hora. Aprovechando la espesura de los árboles, se acercó a la casa y la rodeó.

Fue recompensado por su esfuerzo, porque en el lado más alejado de la casa, cerca de donde caía el frente rocoso del acantilado, vio a Ulanga agachado tras el tronco irregular de un gran roble. El hombre estaba tan decidido a observar a alguien, o a algo, que no vigiló si él mismo era observado. Eso le vino bien a Adam, porque de esa manera podía hacer un escrutinio a voluntad. El espeso bosque, aunque los árboles eran en su mayoría de contorno pequeño, arrojaba una sombra pesada, añadida a la que hacía el sol de la mañana que estaba en el este, de manera que el empinado declive, en cuyo frente crecía el árbol tras el que se ocultaba el africano, estaba prácticamente sumido en la oscuridad. Adam se acercó tanto como pudo y se sorprendió al ver una zona de luz sobre el suelo delante de él; cuando se dio cuenta de lo que era, se decidió más que nunca a seguir su investigación. El negro llevaba una linterna en la mano e iba iluminando la pronunciada pendiente. El resplandor mostraba que de la pendiente, que estaba como hundida, emergía una serie de escalones de piedra que terminaban en una pesada puerta baja de hierro fijada en el costado de la casa. Su mente era un torbellino. Todas las cosas extrañas que le había oído a sir Nathaniel, y todas aquellas, grandes y pequeñas, de las que se había dado cuenta él mismo, abarrotaban su mente de una manera caótica, como las marcas que expresaba la inteligencia en una pesadilla. Instintivamente, se refugió tras un grueso tronco de roble por la posibilidad de que Ulanga lo viera y se agachó para observar lo que ocurriese.

Tras un tiempo muy breve, era evidente estaba intentando averiguar lo que había detrás de la pesada puerta. No había manera de echar un vistazo, porque la puerta estaba muy ajustada a los grandes bloques de piedra. La única posibilidad para la entrada de luz era a través de un pequeño agujero que quedó en el edificio entre las grandes piedras de encima de la puerta. Ese agujero estaba situado demasiado arriba para mirar por él desde el nivel del suelo. El negro estaba tan decidido en su esfuerzo para ver más allá, que Adam vio que no había necesidad de que se ocultase él mismo tan cuidadosamente, lo que le era una ayuda considerable en su tarea. Ulanga, que había intentado ponerse sobre las puntas de los pies sobre el punto cercano más elevado, sujetando la linterna tan arriba como pudo, iluminó alrededor de los bordes de la puerta para ver si podía encontrar algún agujero o defecto en el metal a través del que pudiera echar una ojeada. Como falló en ello, sacó de entre los arbustos un tablón que apoyó sobre la parte alta de la puerta, y luego subió por él con gran destreza. Eso no lo acercó lo bastante al agujero de la ventana para que pudiese mirar por él, o ni siquiera para arrojar la luz de la linterna a su través, de manera que bajó y se llevó el tablón al lugar de donde lo había conseguido. Luego se escondió cerca de la puerta de hierro y esperó, claramente con la intención de quedarse allí hasta que se acercase alguien. Al poco rato, *lady* Arabella, que se movía silenciosamente por la sombra, se acercó a la puerta. Cuando Ulanga vio que estaba tan cerca como para tocarla, dio un paso adelante desde donde se ocultaba y dijo en un susurro, que en la oscuridad sonó como un siseo:

—*Quiero véla, señoíta, pronto y secreto.*

—Ya me ves ahora. ¿Qué quieres? ¿Qué es ello?

—*Lo sabe mú bien, señoíta. Ya lo dije.*

Ella se volvió hacia él con los ojos centelleantes, tanto, que el tono verde de sus ojos brilló como esmeraldas.

—Vamos, nada de eso. Si hay algo sensato que quieras decirme, podrás verme aquí, justo donde estamos, a las siete.

Él no hizo réplica alguna con palabras, pero puso juntos los dorsos de sus manos y se dobló hacia adelante cada vez más abajo, hasta que su frente tocó el suelo. Ella se quedó quieta como una piedra, y al verlo él, se levantó y se marchó lentamente. Desde su escondite, Adam Salton lo vio todo y se quedó pensando. Pocos minutos después, se movió de ese lugar y se fue a la casa de Lesser Hill, completamente decidido a estar a las siete en algún lugar oculto detrás de Diana's Grove.

Al llegar a la casa, colocó la caja que contenía la mangosta en el cuarto de armas. Como no tenía intención de utilizar al animal, se le fue completamente de la cabeza.

Un poco antes de las siete, Adam salió sigilosamente de la casa y siguió el camino trasero hacia la parte de atrás de Diana's Grove. El lugar parecía silencioso y desierto, de manera que aprovechó la oportunidad para ocultarse cerca del punto desde donde había visto que Ulanga intentaba investigar lo que estuviese oculto tras la puerta de hierro. Se alegró mucho al verse cobijado con seguridad en su escondite. Esperó, completamente inmóvil, y al final vio un brillo blanco que pasaba silenciosamente a través del sotobosque. No se sorprendió al reconocer la forma y el color del vestido de *lady* Arabella. Ella se acercó y esperó, con la cara vuelta hacia la puerta de hierro. Ulanga apareció de algún escondite próximo y se acercó a ella. Adam se dio cuenta con sorprendida diversión de que llevaba sobre el hombro su caja con la mangosta. Por supuesto, el africano no sabía que alguien lo veía, y menos aún el hombre cuya propiedad llevaba en la mano. Aunque sus pisadas eran silenciosas, *lady* Arabella lo oyó venir y se giró para encontrarse con él. Era bastante difícil ver nada en la oscuridad, porque, como de costumbre, él estaba completamente vestido de negro, sólo el cuello y los puños mostraban algo de blanco. El negro de su cara contribuía con el de sus ropas a comerse la poca luz que había. *Lady* Arabella abrió la conversación que siguió entre los dos:

—Veo que estás aquí. ¿Qué quieres, robarme o asesinarme?

—*¡No, amála!*

Esto, que se hizo explícito tan pronto, la asustó un poco e intentó cambiar de tono.

—¿Es un ataúd eso que llevas contigo? Si es así, estás malgastando el tiempo, no cabré en él.

Cuando un negro sospecha que se están riendo de él, toda la ferocidad de su naturaleza sale a relucir, y como el hombre era por naturaleza del tipo más bajo, era de esperar lo habitual.

—*'To no é ningún ataúd pa naide. Batante opueto. 'Ta caja é pausté. Argo usté amar. ¡Yo dar usté!*

Todavía nerviosa por no acercarse al tema del cariño, con el que creía que él se había enloquecido, ella hizo otro esfuerzo para que él se mantuviera pensando en otra cosa.

—¿Es esto por lo que querías verme?

Él asintió con la cabeza. Ella continuó:

—Entonces, da la vuelta a la otra puerta. Y guarda silencio. ¡No tengo ningún deseo especial de que me vean tan cerca de mi propia casa conversando con un negro como tú!

Ella había escogido deliberadamente las palabras deshonrosas, deseaba enfrentarse a la pasión de él con algo distinto. En cualquier caso, eso contribuiría a mantenerlo callado. En la profunda oscuridad, ella no podía ver la rabia que cubrió la cara de él. Sin embargo, el rodar de los ojos y el chirriar de los dientes son suficientes indicios de ira para ser descifrables en la oscuridad. Ella dio la vuelta a la esquina de la casa, a su mano derecha; Ulanga la seguía cuando lo detuvo alzando la mano.

—No, esa puerta, no —dijo—, esa no es para negros. ¡La otra puerta servirá bien para eso!

Había tal desprecio en su voz —desprecio llevado a una cualidad clara con la maldad añadida—, que el africano se retorció. De repente, se detuvo como si se hubiese vuelto de piedra, y dijo con una voz cuya misma calma era peligrosa:

—Dar a mí el arma.

Sin pensar, ella sacó el revólver, que llevaba en el pecho, y se lo pasó a él.

—¿Quieres matarme? —dijo—. Adelante. No te temo, pero recuerda, vas a colgar por ello. ¡Esto no es Benin ni Ashanti! ¡Esto es Inglaterra!

Él respondió con una voz tranquila:

—*No miedo, señoíta. Arma no matar naide, sólo pa protegéme.*

Él vio la sorpresa en la cara de ella, y se explicó.

—'Ta mañana oí qué amo decir en su habitación. Tú no pensar que yo oí. Él decir: «Si usté tiene arguna farta que vé en negro inferná —él decir eso—, dispare a él cuando ver». Ahora usté llama a mí negro, habla a mí como perro. Y quiere que vaya su casa por puerta que no sé. Arma ahora má segura con mí. Má seguro pa Ulanga si arma quiere hacer daño.

—¿Qué tienes en esa caja?

—Eso tesoro pá usté, señoíta. Yo cuídalo y dar a usté cuando entrar.

Lady Arabella tomó en su mano una llave pequeña que colgaba al final de su leontina y se movió hacia una puerta pequeña que estaba más abajo, a la vuelta de la esquina y un poco colina abajo desde el borde del Brow. Ulanga, obedeciendo a su gesto, volvió a la puerta de hierro. Cuando el africano se alejó, Adam miró con cuidado a la caja con la mangosta y le alegró ver que estaba cerrada con el candado. Mientras miraba, tocó inconscientemente con los dedos la llave que tenía en el bolsillo de su chaleco. Cuando Ulanga estuvo fuera de la vista, lady Arabella, que había esperado muy quieta, le dijo:

—Señor Salton, ¿me haría el favor de venir conmigo un momento? Tengo que ver a ese... a esa persona de color en un asunto de negocios y no quiero verlo a solas. Estaré más contenta con un testigo. ¿Le importa hacerme el favor de venir? Sería muy amable de su parte.

Él se inclinó cortésmente y fue con ella a la puerta de la vuelta de la esquina.

CAPÍTULO XXI

Sale Ulanga

En el momento que salieron de la vista del negro, Adam le dijo a lady Arabella:

—Un momento mientras estamos solos. ¡Será mejor que no confíe en ese negro!

La respuesta de ella fue definida y concisa:

—No lo hago.

—Estar mejor prevenido es estar mejor armado. Dígame si quiere, es por su propia protección, ¿por qué desconfía de él?

—Es una historia extraña, pero será mejor que se la cuente de verdad, en cierto modo es humillante y perturbadora para mi amor propio. Él es un ladrón, al menos eso es lo que deduzco de su disposición a cometer un crimen. Usted vio que se hizo con mi pistola casi bajo amenazas. Además, quiere extorsionarme... Oh, tengo muchas razones para desconfiar de él.

—¡Que él la extorsiona a usted! ¡El muy canalla! Pero, ¿cómo pudo pensar en hacer algo así?

—Amigo mío, no tiene usted idea de la insolencia de ese hombre. ¿Creería usted que quiere casarse conmigo?

—¡No! —dijo Adam con incredulidad, divertido a su pesar.

—Sí, y para hacerlo quería sobornarme compartiendo un baúl de tesoros, o al menos cree que lo es, robado al señor Caswall. ¿Y usted por qué desconfía de él, señor Salton?

—Le daré un ejemplo. ¿Se ha dado cuenta de la caja que colgaba de su hombro? Esa caja me pertenece, la dejé en el cuarto de las armas cuando fui a almorzar. Debe haber entrado a hurtadillas y la ha robado. Sin duda cree que eso también está lleno de tesoros.

—¡Lo cree!

—¿Cómo es posible que lo sepa usted? —preguntó Adam.

—Hace un momento se ofreció a dármela, otro soborno que aceptar de él. ¡Qué asco! Me avergüenzo de contarle una cosa así. ¡El muy bestia!

—¿Dice usted que él tenía una cita para verla? —preguntó Adam.

—Sí, ese fue el motivo de que llevase mi revólver. Él creyó quizá, muy naturalmente, que yo querría dispararle.

—Usted no tendría problemas por algo de esa clase con él... si yo estuviera en el jurado.

—Oh, él no lo vale. A fin de cuentas, hasta una bala tiene algo de valor, aunque sea poco.

—No se inquiete, *lady* Arabella. No tendrá que hacer ningún trabajo sucio. ¡Yo tengo un arma!

Mientras hablaba, se sacó del bolsillo de la pistola un revólver que llevaba balas de una onza[19] de peso.

—Lo menciono para que descanse su mente. Además, soy un tirador bueno y rápido.

—¡Gracias!

—Por cierto, en caso de que se necesitase saber después, ¿qué revólver utiliza usted?

—Un Weiss de París, número 3 —respondió ella—. ¿Y usted?

—Un Smith & Wesson, número 2, «el rápido».

—¿Puedo suponer que se dio usted cuenta de lo hábilmente que lo robó?

Adam estaba estupefacto, con una sorpresa completamente nueva. Había estado tan oscuro que él mismo sólo pudo ver el movimiento general cuando Ulanga se hizo con la pistola. Y a pesar de eso, esta mujer

---

[19] Unos treinta gramos.

había visto hasta los menores detalles. ¡Debía tener unos ojos maravillosos para ver así en la oscuridad!

Mientras estaban hablando, ellá abrió la puerta, una estrecha de hierro bien colgada, pues se había abierto fácilmente y se cerró muy ajustada, sin crujidos ni ruidos de ninguna clase. Dentro todo estaba oscuro, pero ella entró tan libremente y con tan poca duda o limitación como si hubiera sido plena luz del día. Para Adam había justo la suficiente luz verde que venía de algún lado para ver que había unas anchas escaleras de pesados escalones de piedra que llevaban arriba, pero *lady* Arabella, después de cerrar detrás de ella la puerta, que se quedó muy ajustada sin ruido alguno, subió los escalones ligera y rápidamente. Durante un momento todo volvió a estar oscuro, pero volvió la leve luz verdosa que le permitió ver los perfiles de las cosas. Otra puerta de hierro, estrecha como la primera y bastante alta, abría sobre otra estancia grande, cuyas paredes eran de enormes piedras tan unidas entre sí, que mostraban sólo una superficie continua y suave. Eso también presentaba el aspecto de haber sido pulido alguna vez. En el lado más alejado, también suave como las paredes, estaba la parte de atrás de una puerta de hierro ancha, pero no alta. Allí había un poco más de luz, pues la alta abertura sobre la puerta daba al aire libre. *Lady* Arabella sacó de su ceñidor otra llave pequeña y la insertó en un pequeño ojo de cerradura que había en el centro de un candado enorme, que era la contraparte y reverso del candado de unos dos pies cuadrados que Adam había notado en la parte de afuera de la puerta. La gran cerradura parecía estar instalada maravillosamente, porque en el momento que se giró la llave, los pernos del gran candado se movieron silenciosamente y la puerta de hierro se abrió. Ulanga estaba sobre los escalones de piedra de afuera, con la caja de la mangosta colgada del hombro. *Lady* Arabella se quedó un poco en un lado y se echó para atrás unos pasos; el africano, aceptando el movimiento como una invitación, entró de una manera servil. Sin embargo, en el momento que estuvo dentro echó un rápido vistazo a su alrededor, y con una voz empalagosa, que hizo que Adam se estremeciera, dijo con un resoplido:

—Mucha muerte aquí, muerte grande. Muchas muertes. ¡Bueno, bueno!

Olisqueó por todas partes como si disfrutase de un aroma. El asunto y las maneras de su habla eran tan repulsivos, que la mano de Adam se acercó a su revólver y, con el dedo en el gatillo, se satisfizo al estar preparado para cualquier emergencia.

Ulanga parecía más «sabandija» que nunca en sus movimientos. Se descolgó la caja del hombro y la puso sobre un saliente de piedra que corría a lo largo del costado de la estancia a la derecha de la puerta de hierro, y dijo mientras miraba a Adam:

—*He traío su caja, amo, creí podía queréla. También la yave que ma dao su sirviente.*

La puso junto a la caja y empezó a olisquear otra vez con una excusa excelente para disfrutar, levantando la nariz mientras giraba en redondo la cabeza, como para respirar toda la fragancia que pudiera.

Ciertamente había ocasión para ese disfrute, pues el agujero abierto del pozo estaba casi bajo su nariz y salía de él un hedor tal, que casi hizo vomitar a Adam, aunque a *lady* Arabella parecía no importarle en absoluto. Era totalmente distinto a todo lo que Adam se hubiera encontrado alguna vez. Lo comparó con todas las experiencias perniciosas que había tenido en su vida: el drenaje de los hospitales de guerra o de los mataderos, o los deshechos de las salas de disección. Ninguno de aquellos era como ese olor, aunque tenía algo de todos ellos, a lo que se añadía la acidez de los desperdicios químicos y el efluvio venenoso de la sentina de un barco anegado donde se hubiera ahogado una multitud de ratas. Sin embargo, se alegró de no haber ido más lejos en busca de una analogía, ya era bastante malo tener que soportar aquél siquiera por un momento como para pensar en ello además. Aparte de eso, estaba perdido en el asombro por una peculiaridad física de *lady* Arabella. Parecía ser capaz de ver tan bien en la oscuridad como en la luz. En la oscuridad que había bajo los árboles, ella había seguido cada movimiento de Ulanga. En la profundísima oscuridad de la estancia interior no había estado perdida ni un momento. Era maravilloso. Se decidió a estar atento para ver el desarrollo de ese extraño poder, cuando tal cosa ocurriera. Mientras tanto, tenía plenamente el uso de su vista para ver lo que pasaba a su alrededor. Ya sólo los movimientos de Ulanga eran suficientes para tener los ojos ocupados. Desde que el africano había depositado la caja y la llave, Adam sólo les había quitado los ojos de encima para mirar algo aparentemente más apremiante. Tenía la idea, o la intuición, de que antes de mucho tiempo esa caja sería de una importancia enorme. Fue también por una intuición por lo que había agarrado su revólver y lo sujetaba con fuerza. Pudo ver que Ulanga se preparaba mentalmente para dar algún paso del que dudaba en ese momento. Todo se explicó en un instante. Ulanga sacó del pecho la pistola de *lady* Arabella y le disparó, fallando por suerte. El propio Adam era normalmente un tirador rápido, pero esta vez su mente estaba en otro sitio y él no estaba preparado. Sin embargo, fue rápido para llevar a cabo una intención y no era un cobarde. Al segundo siguiente, ambos hombres estaban agarrados. Estaban al lado del oscuro agujero del pozo, con ese espantoso efluvio que salía de sus misteriosas profundidades. Adam y Ulanga tenían pistolas. *Lady*

Arabella, que no tenía ninguna, era probablemente la que más preparada estaba de todos para disparar, pero como eso era imposible, hizo un esfuerzo de otra manera.

Deslizándose hacia adelante con una rapidez inconcebible, intentó atrapar al africano, pero él evitó su agarre, y al hacerlo estuvo a punto de caer en el agujero misterioso. Cuando se bamboleó hacia atrás para buscar un punto de apoyo firme, volvió el propio arma de *lady* Arabella contra ella y disparó. Adam saltó instintivamente hacia el asaltante, se agarraron el uno al otro y se tambalearon hasta el mismo borde. La ira de *lady* Arabella, ahora completamente despierta, era toda contra Ulanga. Se echó hacia delante contra él con las manos desnudas extendidas, y justo lo había agarrado cuando, por algunos movimientos de dentro de ella, el cerrojo de la caja se abrió, y el matador de la cobra reina voló hacia *lady* Arabella con una furia malvada imposible de describir. Cuando la mangosta se apoderó de su garganta, ella la agarró y, con una furia superior a la suya propia, la desgarró en dos justo como si hubiera sido una hoja de papel. La fuerza utilizada en un acto así debió haber sido terrible. En un instante, de la mangosta salían sangre y entrañas a borbotones, y fue arrojada al agujero del pozo. En el momento siguiente, ella agarró a Ulanga, y con una veloz agresión lo arrastró con ella al enorme agujero, rodeándolo con sus blancos brazos. Mientras las formas destellaban a su lado, Adam vio una mezcla de luces verdes y rojas que brillaban en un torbellino circular, y mientras se hundía en el pozo, un par de ardientes ojos verdes se quedaron fijos, se hundieron cada vez más abajo con una rapidez aterradora y desaparecieron, arrojando hacia arriba la luz verde que a cada segundo se hacía más vívida. Cuando la luz se hundió en las dañinas profundidades, de allí llegó un chillido que heló la sangre de Adam, una agonía prolongada de dolor y de terror que no tenía fin.

Adam Salton sintió que no podría liberar su mente jamás del recuerdo de esos últimos momentos espantosos. La oscuridad que rodeaba aquel horrible pozo de cadáveres, que parecía bajar hasta las entrañas mismas de la tierra, transmitía desde muy abajo las vistas y los sonidos del infierno más profundo. El horrible destino del africano cuando se hundía a su terrible muerte, con su cara negra volviéndose gris de terror, sus blancos ojos, que ahora eran como heliotropos venosos, rodaban en el desamparo del miedo extremo. La misteriosa luz verde era en sí misma un entorno de horror. Y a través de todo ello llegó el espantoso grito desde ese pozo insondable, cuya entrada estaba inundada de gotas de sangre fresca. Incluso la muerte de la valiente pequeña mataserpientes —tan feroz, tan aterradora, como si estuviera manchada con una ferocidad que no hablaba de ninguna fuerza viva sobre la tierra, sino solamente de los diablos del pozo— fue sólo un incidente. Adam se hallaba en un tumulto intelectual que no tenía igual en su existencia. Intentó salir corriendo de aquel horrible lugar, incluso la maligna luz verde que se arrojaba hacia arriba por el oscuro pozo se estaba apagando mientras su fuente se hundía más profundamente en el lodo primigenio. La oscuridad se cerraba sobre él con una densidad sobrecogedora. ¡Oscuridad en un lugar así y con tal recuerdo de ello! Corrió alocadamente hacia adelante, en los escalones se resbaló sobre alguna masa pegajosa y de olor acre que se sentía y olía a sangre y, cayéndose hacia adelante, tanteó el camino en la estancia interior, donde no estaba el pozo. Una débil luz verde empezó a crecer a su alrededor hasta que fue suficiente para ver. Y entonces se frotó los ojos de puro asombro. Encima de los escalones de piedra, junto a la estrecha puerta por la que había entrado, se deslizaba la figura vestida de blanco de *lady* Arabella. El único otro color que se veía en ella eran las marcas de sangre en su cara, sus manos y su garganta. Por otra parte, estaba calmada y serena, como cuando antes se hizo a un lado para que él pasara por la estrecha puerta de hierro.

CAPÍTULO XXII
Autojustificación

Adam Salton fue a dar un paseo antes de regresar a Lesser Hill. Sintió que podía ser bueno, no sólo para estabilizar sus nervios, perturbados por la horrenda escena, sino para poner sus pensamientos en alguna clase de orden, de manera que estuviese preparado para entrar en el asunto con sir Nathaniel. Estaba un poco cohibido por contárselo a su tío, porque los asuntos ya habían avanzado tan enormemente en relación con lo que él sabía originalmente, que se sintió un poco dudoso de cómo sería la actitud del viejo caballero cuando oyese todos esos acontecimientos por primera vez. Podría resentirse por no haber sido consultado, o que al menos le hubiesen dicho los acontecimientos más tempranos. Al principio sólo había habido deducciones por circunstancias totalmente ajenas a su tío y a las gentes de su hogar; ahora había en calendario ejemplos de la mitad de los crímenes, de los que ya había pruebas irrefutables, junto con los misterios oscuros y sangrientos suficientes para perturbar a toda la campiña. Ciertamente, el señor Salton no estaría satisfecho por haber sido tratado como alguien ajeno respecto a esas cosas, la mayoría de las cuales tenían puntos de contacto con el interior de su propia casa. Adam oyó con una inmensa sensación de alivio que él había telegrafiado al ama de llaves para decirle que estaba retenido por negocios en Walsall, donde se quedaría a pasar la noche, y que estaría de vuelta por la mañana, a tiempo para el desayuno. Cuando Adam regresó a casa después de su paseo, encontró que sir Nathaniel se iba a la cama. No le dijo nada de lo que había pasado, pero se contentó con arreglar que se diesen un paseo a primera hora de la mañana, pues él tenía mucho que decir y eso requería una atención seria.

Muy extrañamente, durmió bien y se despertó al alba con la mente clara y los nervios en su habitual condición impasible. La doncella le trajo, junto a su taza de té de la mañana, una nota que se había encontrado en el buzón. Era de *lady* Arabella, y estaba destinada, evidentemente, a ponerlo en guardia sobre lo que debería decir acerca de la tarde anterior. La leyó por entero varias veces antes de estar convencido de que había asimilado su significado implícito por completo.

Estimado señor Salton:

No podré irme a la cama hasta que le haya escrito, de manera que tendrá que perdonarme si lo molesto a una hora tan impropia. De hecho, deberá perdonarme también si al tratar de hacer lo correcto me equivoco al decir demasiado, o demasiado poco. El hecho es que estoy bastante molesta y enervada por todo lo que ha ocurrido en esta noche terrible. Me parece difícil hasta escribir, me tiemblan tanto las manos que no puedo controlarlas, y estoy temblando por todo el recuerdo de los horrores representados ante nuestros ojos. Me entristece enormemente que yo sea, aunque fuese parcial o remotamente, una causa de esta conmoción y del horror que ha caído sobre usted. Perdóneme si puede, y no piense en mí con dureza. Esto lo pido con confianza, puesto que compartimos el peligro, las garras mismas de la muerte. Siento que uno y otro debemos ser más que meros amigos, que debo apoyarme y confiar en usted, segura de que su apoyo y su compasión son para mí. Dicen que un peligro común llega a reunir a los hombres. Qué justo debe ser, entonces, el agarre de una pobre y débil mujer para usted, un joven fuerte y valiente, y juntos hemos mirado a la muerte a los ojos. De veras que tiene que dejarme que le agradezca su amistad, su ayuda, su confianza y su apoyo real en un momento de peligro y miedo mortales que me mostró usted. A ese hombre horrible lo veré para siempre en mis sueños. Su negra y maligna cara dejará afuera todo recuerdo de luz del sol y de felicidad. Veré constantemente sus diabólicos ojos cuando se arrojó a ese agujero de pozo en un vano esfuerzo de escapar de las consecuencias inevitables de sus propias faltas. Cuanto más pienso en ello, más aparente se me hace que había premeditado todo el asunto, excepto, claro está, su propia muerte horrible. Debió haber tenido la intención de asesinarme, y si no, ¿por qué me quitó la pistola, el único arma en mi posesión? Probablemente tenía la intención de matarlo a usted también. Si él hubiera sabido que usted tenía un revólver, habría intentado hacerse con él también, estoy segura. Usted sabe que las mujeres no deducimos —lo sabemos— que él tenía la intención de robarme mis esmeraldas.

La siguiente vez que Adam la vio, le preguntó:

—¿Cómo sucedió todo aquello?

Ella se explicó sencillamente, con dulzura y como si dijera lo que podía a favor del hombre, pero condenándolo doblemente cuando lo hizo.

—Quizá se haya dado cuenta usted, claro está que no lo culpo si no lo hizo, de que no se supone que los hombres recuerden cosas tan triviales como un cuello de piel que me pongo de cuando en cuando, como ahora, o que más bien me ponía. Es uno de mis tesoros más valiosos, un cuello de armiño tachonado de esmeraldas. Son unas esmeraldas muy buenas, si eso es justificación para algo. Es un cuello antiguo, con piezas colgantes, así como las del propio cuello. A menudo vi los ojos del negro relucir codiciosamente cuando lo miraba. Desgraciadamente, lo llevaba puesto ayer. Eso puede haber sido la causa definitiva que atrajo al pobre hombre a su perdición. Espero que no crea que soy completamente insensible. Por supuesto, como cristiana, debo perdonar a mis enemigos, y ese individuo era mi enemigo. Intentó asesinarme y me robó, pero está por encima de mi naturaleza perdonarle que robase mis esmeraldas, que eran una recuerdo de familia y, aunque eran valiosas por sí mismas, para mí tenían un valor mayor por asociación histórica. Menciono esas cosas ahora porque podría no tener oportunidad de referirme a ellas otra vez.

La carta proseguía:

Cuando el negro se hundió en ese pozo terrible, vi una mirada en la cara de usted que me confundió, quizá equivocadamente, pero me pareció que estaba usted sorprendido de ver lo que parecían ser mis brazos alrededor de su cuello. El hecho es que en el mismo borde del abismo me arrancó el cuello de piel y se lo echó al hombro. Eso fue lo último que vi de él. Cuando se hundió en el agujero, yo estaba corriendo desde la puerta de hierro, de la que tiré detrás de mí. Me alegro de decir que lo hice, porque me bloqueó la espantosa visión. Cuando oí aquel grito repugnante que señaló su desaparición en el abismo profundo y tenebroso, estaba más contenta que lo que puedo decir de que a mis ojos se les ahorrase el sufrimiento y el horror que mis oídos tuvieron que soportar. Incluso con el miedo y el horror que tuve que soportar tan recientemente y los últimos momentos espantosos que él tuvo que sufrir, aunque fueron por medio de sus propios actos, no podría perdonarlo. Desde entonces he orado, y oraré siempre, por el perdón de mi poco cristiano espíritu. Y eso podrá llegar un día a la misericordia de Dios. Ya he soportado el castigo, la dulzura del perdón por ese error podrá llegar con el tiempo. ¿Rezará usted por mí también?

»*Cuando me solté del agarre de aquel malvado mientras se hundía en el agujero del pozo, volé arriba para estar a salvo otra vez con usted; pero no fue hasta que salí a la noche y vi las benditas estrellas brillar y parpadear por encima de mí con su belleza infinita cuando pude percatarme de lo que significa la libertad. ¡Libertad, libertad! No sólo de esa nociva prisión, que ahora está en el recuerdo, sino del abrazo de aquel monstruo, más nocivo aún. Mientras viva, le estaré agradecida siempre por mi libertad. Debe usted permitírmelo. A veces una mujer debe expresar su agradecimiento, en caso contrario es demasiado grande para aguantarlo. Yo no soy una muchacha sentimental a quien le gusta darle las gracias simplemente a un hombre, soy una mujer que conoce todo lo que la vida puede dar, tanto bueno como malo. He sabido lo que es amar y perder. Pero no debe permitirme que traiga ninguna infelicidad a su vida. Tengo que seguir viviendo sola, como he vivido, y además soportar con otros infortunios el recuerdo de este último insulto y horror. Apenas sé cuál es el mayor ni cuál el peor. Mientras tanto, debo alejarme tan rápidamente como sea posible de Diana's Grove. Por la mañana iré a la ciudad, donde me quedaré una semana. No puedo quedarme más tiempo, ya que ciertos asuntos de negocios exigen mi presencia aquí después. Sin embargo, creo que una semana en el ajetreo del concurrido Londres, rodeada de multitudes de gentes atareadas y corrientes, ayudará a desgastar —no puedo esperar una erradicación total— las imágenes terribles de la noche pasada. Cuando pueda dormir con facilidad, cosa que espero que ocurra en un par de días, estaré preparada para volver a casa y me ocuparé otra vez de la carga que supongo que estará siempre conmigo.*

»*Estaré muy contenta de verlo a usted a mi vuelta, o antes, si mi buena suerte le envía a usted a hacer algún recado en Londres. Estaré en el hotel Great Eastern. En ese lugar concurrido podremos olvidar algunos de los peligros y horrores que ya hemos compartido. Adiós, y gracias otra vez, por toda su amabilidad y su consideración conmigo.*

Naturalmente, Adam estaba sorprendido en cierto modo por esa efusiva epístola, pero decidió que no le diría nada de ella a sir Nathaniel hasta haberla pensado bien.

CAPÍTULO XXIII
Un enemigo en la oscuridad

Cuando Adam Salton se reunió con sir Nathaniel de Salis en el desayuno, se alegró de haberse tomado el tiempo de darle vueltas a las cosas.

El resultado había sido que no sólo estaba familiarizado con los hechos de todo, sino que hasta ahora ya los había diferenciado de manera que podía arreglarlos en su mente según sus valores. Por lo tanto, estaba en una situación en la que podía formarse sus propias opiniones y aceptar cualquier hecho, o cualquier interpretación del mismo como creíble; tanto si era misterioso como si lo parecía, lo aceptaba francamente como tal y lo situaba aparte en su mente para futuras investigaciones y debates. La utilidad de ese proceder se le hizo aparente cuando empezó a hablar con sir Nathaniel, cosa que ocurrió en cuanto se terminó el desayuno y ambos se retiraron al estudio. Estaban solos, pues no esperaban al señor Salton hasta el mediodía. El desayuno se había hecho en silencio, de manera que no interfiriese de ningún modo con el proceso del pensamiento.

En cuanto la puerta estuvo cerrada, sir Nathaniel empezó:

—Adam, veo que han ocurrido muchas cosas y que tienes mucho que decirme y que consultarme.

—Así es, señor. ¿Debo suponer que será mejor que empiece por decirle a usted todo lo que sé, todo lo que ha ocurrido desde que lo dejé a usted ayer por la tarde?

—De acuerdo, dímelo todo. Habrá suficiente tiempo para buscar los sentidos cuando conozcamos los hechos, es decir, cuando los conozcamos como entendemos que son.

Por consiguiente, Adam empezó y le dio detalles de todo lo ocurrido la tarde anterior, Se limitó rígidamente a la narración de las circunstancias, con cuidado de no influir en los acontecimientos, ni siquiera implícitamente, con algún comentario suyo o cualquier opinión sobre el sentido de las cosas que todavía no comprendía del todo. Al principio, sir Nathaniel parecía dispuesto a formular preguntas, pero al poco rato lo dejó al reconocer que la narración estaba muy bien pensada, que era concisa y se explicaba por sí misma. Desde ese momento se contentó con lanzar miradas rápidas fácilmente interpretables, o con algunos gestos de asentimiento de las manos, cuando eran convenientes para dar énfasis a su idea de que las deducciones eran correctas. Estaba tan evidentemente compenetrado con Adam, que éste se vio ayudado y alentado cuando llegó el momento de que declarase lo que creía y lo que deducía que eran los significados de las cosas. Esto era exactamente apropiado para Adam, y también sir Nathaniel llegó a un entendimiento más rápido, más conciso y más completo que lo que de otra manera podía haber conseguido. Hasta que Adam dejó de hablar, pues evidentemente había llegado al final de lo que tenía que decir respecto a esta parte de la historia, el anciano no hizo absolutamente ningún comentario y permaneció en silencio, excepto en las pocas ocasiones en las que a veces hizo una pregunta para esclarecer algo. Incluso cuando Adam, que había terminado la parte puramente narrativa de lo que había visto y oído, se sacó del bolsillo la carta de *lady* Arabella con la intención manifiesta de leerla, no hizo comentario alguno. Por último, cuando Adam plegó la carta y la metió en su sobre y luego otra vez en el bolsillo como una señal de que ahora había terminado, el antiguo diplomático apuntó cuidadosamente unas cuantas notas en su cuaderno de bolsillo. Después de volver a considerarlas atentamente, dijo:

—Eso, mi querido Adam, es completamente admirable. Es una lástima que tu deber en la vida no te llame a escribir despachos políticos o militares, o informes jurídicos, porque muy probablemente en todas esas áreas de trabajo te habrías hecho un nombre. Creo que ahora podemos decir que los dos estamos bien versados en los hechos reales, y que será mejor que nuestras reuniones tengan la forma de un intercambio mutuo de ideas. Hagamos los dos las preguntas según vayan surgiendo, y no tengo duda de que llegaremos a algunas conclusiones reveladoras.

—Sin oposición alguna. ¿Será usted tan amable de empezar, señor? Y entonces lo tendremos todo en orden. No tengo duda de que con su experiencia logrará disipar algo de la niebla que envuelve algunas de las cosas que tenemos que considerar.

—Eso espero, mi querido muchacho. Entonces, para empezar, permíteme que diga que la carta de *lady* Arabella deja claras algunas cosas que ella había deseado, y también algunas otras que no. Pero antes de que empiece a hacer comentarios y a sacar conclusiones, déjame que te haga algunas preguntas, muy pocas. Sé que esto no es necesario, pero como dos hombres adultos hablando de asuntos que son de una clase singularmente íntima y que pueden tener en consideración a otras personas, será bueno que tengamos una comprensión completa, sin dejar nada a la suerte o al accidente.

—¡Bien está, señor! Por favor, pregúnteme lo que quiera, no voy a guardarme nada.

—Correcto, muchacho. Esa es la mentalidad con la que empezar una verdadera reunión, si debe tener algún resultado.

El anciano se quedó pensando unos momentos, y luego formuló una pregunta que claramente lo había perturbado todo el tiempo y que se había preparado para hacer:

—Adam, ¿eres sincero, muy sincero, en el asunto de *lady* Arabella?

Él respondió inmediatamente, cada uno mirando al otro directamente a los ojos durante la pregunta y la respuesta.

—Señor, *lady* Arabella es una mujer muy cautivadora, y hasta el momento he considerado un privilegio conocerla y hablar con ella, e incluso, puesto que estoy de confesión, de coquetear un poco con ella. Pero si lo que quiere usted preguntar es si mi cariño está comprometido de alguna manera, puedo responder rotundamente «¡no!», como comprenderá de verdad cuando en breve le dé el motivo.

—¿Podrías... querrías darme ese motivo ahora? Nos ayudaría a comprender lo que tenemos delante relativo al problema y en qué podemos confiar.

—Indudablemente, señor, puedo hablar inmediatamente, y me gustaría. Mi motivo, del que puedo depender completamente, ¡es que amo a otra mujer!

—Eso cierra el asunto. ¿Puedo ofrecerte mis buenos deseos y, espero, mis felicitaciones?

—Sus buenos deseos me honran, señor, y se los agradezco; pero es demasiado pronto para las felicitaciones, la dama ni siquiera conoce aún mis deseos. De hecho, hasta este momento apenas los conocía yo mismo como algo definitivo. En estas circunstancias será más sensato esperar un poco.

—Exactamente, una precaución muy prudente. No puede haber daño nunca en un retraso así. Recuerda que no es una revisión, sino sólo una planificación sensata. Entonces, Adam, ¿puedo suponer que a su debido tiempo se me permitirá saber quién es la dama?

Adam se rio con una risa grave y dulce, como ondas de un corazón feliz.

—En ese asunto no tiene que haber un retraso de una hora, ni de un minuto. Me alegraré de compartir con usted mi pequeño secreto, señor. Creo que los dos estamos «protegidos», ¡de modo que no puede haber error ni daño para nadie más en la ampliación de los límites de nuestra confianza!

—Ninguno. En cuanto a mí, prometo discreción absoluta y silencio, a menos que sea con tu consentimiento.

Los dos hombres sonrieron y se inclinaron cortésmente.

—Señor, la dama a la que soy tan afortunado de amar y en la que se centran mis sueños de una larga vida de felicidad, ¡es Mimi Watford!

—Entonces, querido Adam, no tengo que esperar para ofrecer esperanzas y felicitaciones. De veras que es una dama muy cautivadora. No creo haber visto nunca una muchacha que reúna con tanta perfección las cualidades de fuerza de carácter y dulzura de disposición. Te felicito de todo corazón. Entonces, ¿debo entender que mi pregunta sobre tu sinceridad se responde afirmativamente?

—Sí, señor, y ahora, ¿puedo preguntar a mi vez por qué esa pregunta?

—¡Indudablemente! Lo he preguntado porque me parece que estamos llegando a un punto en el que esas preguntas serían dolorosas, imposibles por grandes amigos que seamos.

Adam sonrió:

—Ahora comprenderá usted por qué he hablado tan favorablemente. No es sólo que ame a Mimi, ¡sino que tengo motivos para contemplar a *lady* Arabella como su enemiga!

—¿Su enemiga?

—Sí. Una enemiga total y sin escrúpulos que está inclinada hacia su destrucción.

Sir Nathaniel hizo una pausa.

—Adam, esto se está poniendo cada vez peor. No te contradigo, no lo dudes, sólo quiero estar seguro.

Siguió adelante con una tristeza infinita en su tono:

—Deseo por Dios, mi joven y querido amigo, que pudiera estar en desacuerdo contigo. Deseo también que ella o que tú, si no los dos, pudiera mantenerse completamente aparte de este asunto, pero me temo que eso sea imposible. Ahora, por un momento, deja que me remonte a tu historia de anoche. Es mejor que aclaremos un asunto importante aquí mismo, entonces podremos seguir adelante con más facilidad.

Adam no dijo nada, pero su mirada era interrogadora. El otro siguió:

—Es sobre la carta de *lady* Arabella en relación con la noche pasada. Y en efecto, casi me atemoriza abordarla, no a cuenta de ella, sino sobre la tuya y la de Mimi.

Cuando su amigo mencionó a Mimi con tanta familiaridad, Adam sintió que su corazón se caldeaba inmediatamente del escalofrío que acompañó al agorero inicio de su discurso. Sir Nathaniel vio la mirada y sonrió. Entonces fue a la puerta, miró fuera y regresó, cerrándola cuidadosamente tras él.

CAPÍTULO XXVI

Metabolismo

—¿Tengo aspecto serio? —preguntó sir Nathaniel intrascendentemente cuando volvió a entrar en la habitación.

—Ciertamente lo tiene, señor.

—Sí. Tengo que estarlo. ¡Me siento como si llevase puesta la Gorra Negra!

Luego siguió con más calma, sentía que debía permanecer en calma si podía. La calma era una condición necesaria para lo que tenía que decir.

—En realidad, esto es un asunto de gorra negra. Poco pensábamos cuando nos conocimos, hace tan sólo unos días, que nos veríamos atraídos a un vórtice así. Ya nos hemos mezclado con un robo, con la muerte de un hombre y probablemente con el asesinato, pero, mil veces peor que todos los crímenes de la lista, con un asunto de pesadumbre y misterio que no tiene fondo ni fin; con la magia y la demonología, incluso con fuerzas de la clase más perturbadora que tienen su origen en una época en la que el mundo era diferente del que conocemos hoy. Estamos regresando al origen de la superstición, a la época en la que los dragones primordiales se desgarraban entre sí en su cieno. Regresaré ahora a todas esas cosas. No debemos temer nada, ni las conclusiones, por improbables y casi imposibles que sean. En este momento, la vida y la muerte están pendientes de nuestro buen juicio. La vida y la muerte no sólo para nosotros, sino para los demás a quienes amamos. Por lo tanto, tenemos que pensar con exactitud, que andar con cautela y que actuar con valentía. Recuerda, cuento contigo como espero que tú cuentes conmigo.

—Lo hago, señor, y con toda confianza.

—Entonces —dijo sir Nathaniel— pensemos debidamente y con valentía, y no temamos nada, por aterrador que sea. ¿Debo considerar como exacto en todos sus detalles tu relato de todas las cosas extrañas que ocurrieron mientras estabas en Diana's Grove?

—Hasta donde sé, sí. Por supuesto, puedo haberme equivocado en el recuerdo y la valoración en aquel momento de algún detalle que otro, pero estoy seguro de que por lo general lo que he dicho es correcto.

—Entonces no te ofenderás si te pido que los repitas, si la ocasión lo pide.

—Estoy completamente a su servicio, señor, y orgulloso de servirle.

—Tenemos un relato de lo que ocurrió de un testigo presencial, a quien creemos y en quien confiamos, ese eres tú. Tenemos también otro relato escrito por *lady* Arabella con su propia mano. Esos dos relatos no concuerdan, por lo tanto debemos considerar que uno de los dos miente.

—Aparentemente, señor.

—¡Y *lady* Arabella es quien miente!

—Aparentemente, ya que yo no lo soy.

—Por lo tanto, intenta encontrar un motivo para que mienta. Ella no tiene nada que temer de Ulanga, que está muerto. Por consiguiente, el único motivo que podría impulsarla sería convencer a alguien de que ella estaba libre de culpa. Ese «alguien» no puedes ser tú, porque tuviste la evidencia con tus propios ojos. No estaba presente nadie más, por lo que tenía que haber sido a una persona ausente.

—Eso parece indiscutible, señor.

—Sólo hay una persona cuya buena opinión desee mantener ella. Sabemos que esa persona es Edgar Caswall. Es el único que encaja.

El anciano sonrió y siguió adelante:

—Sus mentiras señalan otras cosas además de la muerte del africano. Evidentemente, ella quería que se aceptase que Ulanga había matado a la mangosta, pero que su caída en el pozo fue por un acto suyo propio. No puedo suponer que esperase convencerte a ti, el testigo presencial, pero si más adelante deseaba difundir la historia, al menos fue prudente por su parte intentar hacerte que la aceptases.

—¡Eso es!

Sir Nathaniel sonrió otra vez. Notó que su argumento era convincente.

—Entonces hubo otros asuntos de falsedad. Por ejemplo, ese cuello de armiño bordado de esmeraldas. Si se requiriese un motivo comprensible para esto, sería el de desviar la atención de las luces verdes que se vieron en la estancia, sobre todo en el agujero del pozo. Cualquier persona sin prejuicios aceptaría que aquellas luces verdes eran los ojos de una gran serpiente, como la que la tradición señala que vive en el agujero del pozo. En resumen, por lo tanto, *lady* Arabella quería que la creencia general fuese que no había una serpiente de esa clase en Diana's Grove. Vamos a reconsiderar eso. Por mi parte, no creo en un mentiroso parcial, ese arte no trata de apariencias, un mentiroso es un mentiroso de arriba abajo. El interés propio puede dar pie a la falsedad de la lengua, pero si alguien demuestra que es un mentiroso, nada de lo que diga podrá creerse nunca. Esto nos lleva a la conclusión de que, como ella dijo o dio a entender que no había serpiente alguna, nosotros tengamos que buscar una, y esperar encontrarla también.

»Ahora permíteme que en este punto me desvíe del tema. Vivo y he vivido muchos años en Derbyshire, un condado más célebre por sus cuevas que ningún otro condado de Inglaterra. He estado en todas ellas y estoy familiarizado con cada uno de sus giros, así como también con otras cuevas grandes de Kentucky, de Francia, de Alemania y de una multitud de lugares. Todas ellas son, de hecho, cuevas muy profundas de abertura estrecha que tan valoradas son por los exploradores intrépidos, quienes descienden por estrechas gargantas de una profundidad inmensa y que a veces no vuelven nunca. Estoy convencido de que en muchas de las cuevas de El Pico algunos de los pasajes más pequeños fueron utilizados en tiempos primigenios como guaridas de algunas de las grandes serpientes de la leyenda y la tradición. Bien pudiera ser que tales cuevas se formasen de la manera geológica habitual, burbujas o defectos en la corteza terrestre, y que después se utilizaron por los monstruos del período en que el mundo era joven. Por supuesto, podría haber sido que al menos algunas de ellas hubiesen sido excavadas originalmente por el agua, pero con el tiempo todas ellas tuvieron uso cuando era apropiado para los monstruos vivientes. Eso podría ser, yo sólo lo doy como una sugerencia para pensarla.

»Eso nos lleva a otro punto más difícil de aceptar y de comprender que cualquier otro que necesite la creencia, sobre una base que habitualmente no se acepta o en la que ni siquiera se entra: si tales crecimientos anormales, como podría haber sido en el caso de los habitantes más primitivos, podría haber cambiado su naturaleza. El estudio del metabolismo podría progresar tanto algún día como para posibilitarnos aceptar cambios estructurales que procedan de una base intelectual o moral. Si eso fuese probable alguna vez, podemos inclinarnos hacia la creencia de que una gran fuerza animal podría ser una base firme para cambios de toda clase. Y si es así, ¿qué tema podría encajar mejor que los monstruos primitivos, cuya fuerza fue tal que permitió una supervivencia de miles de años? Pon atención, yo no lo afirmo, sino que lo sugiero como un tema para pensarlo. No sabemos todavía si el cerebro puede aumentar y desarrollarse independientemente de las demás partes de la estructura viva. De nuevo, sólo lo sugiero como tema de pensamiento. Ahora trataremos de mi motivo para hacerlo.

»A fin de cuentas, la creencia medieval en la Piedra Filosofal, que podía transmutar los metales, tiene su contraparte en la aceptada teoría del metabolismo, que cambia el tejido vivo. Por eso fue llevada adelante por un gran científico la teoría de que la existencia del radio y sus productos demuestra la teoría de la transformación del metal. En una época de investigación como la nuestra, casi de milagros, debemos ser lentos para rechazar los hechos aceptados, por imposibles que parezcan. Somos capaces de ser empecinados sobre una teoría cuando empezamos a aprender. En una época más informada, cuando la base del conocimiento no sólo haya sido examinada, sino ampliada, quizá lleguemos a un entendimiento de esa maravillosa definición de «fe» por san Pablo: *Ahora la fe es la sustancia de las cosas que esperamos, la evidencia de las cosas invisibles*[20].

»Y ahora, mi querido Adam, perdona estas disgresiones en asuntos que están tan lejos de aquello que nos ocupa como los polos lo están entre sí, pero incluso éstas pueden ayudarnos a aceptar, incluso si no pueden ayudarnos a dilucidar. Estamos en un atolladero, muchacho, tan grande y tan profundo como ese cenagal en el que los monstruos de las eras geológicas encontraron refugio y quizá progreso.

»Bueno, creo que hemos hablado suficiente por ahora de muchas cosas difíciles de comprender. Quizá sea mejor si las dejamos a un lado por este momento. Cuando tú y yo reemprendamos esta conversación,

---

[20] Epístola a los hebreos, 2,1.

tendremos la cabeza más despejada para aceptar deducciones evidentes, más firmes y mejor satisfechas para actuar sobre ellas. Aplacémoslo hasta mañana.

CAPÍTULO XXV
El decreto

Cuando a la mañana siguiente se reunieron sir Nathaniel y Adam después del desayuno, el anciano, después de preguntar a su compañero cómo había dormido y de responderle por su propia experiencia en ese mismo asunto, dijo:

—Creo que podemos pensar que los dos estamos calmados de nervios y de cabeza, y que estamos preparados para reanudar ese tema tan crucial que aplazamos. Supongamos que empezamos tomando un caso de hechos problemáticos basado en nuestras conclusiones de ayer. Vamos a suponer un monstruo de los días primitivos del mundo, un dragón de los primeros, de una gran edad que perdura durante miles de años, al que se le ha transmitido de alguna manera, no importa cuál, un cerebro incluso del tipo más rudimentario; algún indicio por pequeño que sea, justo suficiente para el inicio del crecimiento. Supongamos que el monstruo es de un tamaño inimaginable y de una fuerza bastante anormal, una verdadera encarnación de la fuerza animal. Supongamos que a ese animal se le permitió permanecer en un lugar, siendo preservado de esta manera de accidentes o interrupciones del desarrollo, ¿no tendría, no habría desarrollado esta criatura con el tiempo —con las eras, si fuese necesario— esa inteligencia rudimentaria? No hay imposibilidad en todo ello. Es sólo el proceso natural de la evolución, no sacado de géneros y especies, sino de ejemplos individuales. La atmósfera, que es condición para la vida vegetal y animal, como un producto inmediato del tamaño. En el origen, los instintos animales estaban limitados a la alimentación, a la autoprotección y a la multiplicación de su especie. Según pasa el tiempo y se hacen más complejas las necesidades de la vida, el poder sigue a la necesidad. Permíteme que haga otro paréntesis. Ya estamos preparados para el crecimiento anormal, es el corolario del crecimiento normal. Hace mucho tiempo que nos hemos acostumbrado a considerar el crecimiento como algo que se aplica casi exclusivamente al tamaño en sus muchos aspectos, pero la Naturaleza, que no tiene ideas doctrinarias, puede aplicarlo igualmente a la concentración. Algo que se está desarrollando puede expandirse de alguna manera dada en cualquier forma. Bueno, es una ley científica que el incremento implica ganancias y pérdidas de varias clases, lo que gana algo en una dirección, puede perderlo en otra. En la

Física, la dirección es una condición del aumento o limitación de la velocidad o de la fuerza. ¿Por qué no aplicar esto más ampliamente? Bien pudiera no ser que la Madre Naturaleza haya animado deliberadamente la disminución así como el aumento. ¿Podría ser un axioma que lo que se gane en concentración se pierda en tamaño? Por ejemplo, considera los monstruos que la tradición ha aceptado y localizado, como el Gusano de Lambton o el de Spindleston Heugh. Si por su propio proceso de metabolismo uno de ellos fuese a cambiar gran parte de su tamaño por un poco de crecimiento intelectual, llegaríamos enseguida a una nueva clase de criatura, quizá más peligrosa que todo lo que el mundo hubiera experimentado: una fuerza que piensa, que no tiene alma ni moral alguna, y por lo tanto, sin aceptación de la responsabilidad. Un gusano o una serpiente serían una buena ilustración de esto, pues son de sangre fría y por lo tanto están apartados de las tentaciones que debilitan o limitan a menudo a las criaturas de sangre caliente. Si, por ejemplo, el Gusano de Lambton, si es que tal ser existió alguna vez, estuviese guiado a sus propios fines por una inteligencia organizada capaz de expansión, ¿qué forma de criatura podemos imaginar que podría igualársele en su potencialidad para el mal? Pues un ser como ese podría asolar un país entero. Bueno, todas esas cosas requieren pensar mucho y nosotros queremos aplicar el conocimiento de manera útil, por lo que debemos ser exactos. ¿No sería bueno tomarse otro momento «cómodo» y reanudar el tema después durante el día?

—Estoy muy de acuerdo, señor. Ya estoy muy confuso y quiero poner atención en lo que usted dice, de modo que pueda intentar asimilarlo.

Ambos hombres estuvieron refrescados y mejorados por el momento «cómodo», y cuando se reunieron por la tarde cada uno de ellos había pensado y tenía algo que aportar al conjunto general de la información. Adam, que por naturaleza tenía una disposición más combativa que su anciano amigo, se alegró al ver que la reunión adquiriría inmediatamente una tendencia práctica. Sir Nathaniel se dio cuenta de ello y, como un viejo diplomático, hizo que girase a su uso actual.

—Y ahora dime, Adam, ¿cuál es para ti el resultado de nuestras conversaciones anteriores?

Él respondió inmediatamente:

—Que todo el problema adquiere ya una forma práctica, pero con peligros añadidos que al principio ni imaginé.

—¿Cuál es esa forma práctica, y cuáles son los peligros añadidos? No estoy discutiendo, sino intentando solamente de aclarar mis propias ideas considerando las tuyas.

Sir Nathaniel se quedó esperando, de modo que Adam continuó:

—¿Le aburriría, señor, que pusiese frente al argumento sus propias ideas de usted tal como yo las veo?

—En absoluto, me gustaría si me ayuda a aclarar mi propia mente.

—Entonces empezaré con su argumento, sólo en general, no en detalle. Y por favor, tenga presente, señor, que estoy intentando exponer no tanto lo que dijo usted, sino las ideas trasmitidas a mi mente, posiblemente erróneas, pero con la sincera creencia de entender totalmente.

—Prosigue, querido muchacho, no temas. Yo lo comprenderé, y si es necesario te daré permiso.

De modo que Adam prosiguió:

—En el pasado, en los primeros días del mundo, hubo monstruos que eran tan enormes que podían existir durante miles de años. Algunos de ellos deben haber coincidido con la época cristiana. Estos monstruos deben haber avanzado intelectualmente con el tiempo. Si progresaron así de alguna manera, o hubiesen tenido aunque fuera la forma más rudimentaria de cerebro, serían las cosas más peligrosas que ha habido nunca en este mundo. La tradición dice que uno de esos monstruos vivía en el Pantano del Este y se vino a una cueva en Diana's Grove que también se llamó la Guarida del Gusano Blanco. Esas criaturas debieron haber disminuido de tamaño, así como crecido a lo largo. Podrían haber crecido como seres humanos, o algo parecido. *Lady* Arabella tiene naturaleza de serpiente. Que sepamos, ha cometido crímenes. Aún retiene parte de la fuerza enorme de su ser primigenio: ve en la oscuridad y tiene ojos de serpiente. Utilizó al negro y luego lo arrastró a través del agujero de la serpiente al pantano; está decidida al mal y odia a algunos que amamos. El resultado...

—Sí, ¿el resultado al que llegaste?

—Lo primero es que Mimi Watford debe ser llevada lejos inmediatamente, yo sugeriría Australia occidental. Y luego...

—¿Sí?

—Que el monstruo debe ser destruido.

—¡Bravo! Esa es una conclusión verdadera y valiente. Cueste lo que cueste, debe llevarse adelante.

—¿Inmediatamente?

—Pronto, en cualquier caso. La propia existencia de esa criatura es ya un peligro, y su presencia en esta vecindad hace que el peligro sea inminente.

Mientras hablaba, la boca de sir Nathaniel se endureció y sus cejas bajaron hasta unirse. No había duda de su coincidencia en la decisión, ni en su disposición para ayudar a llevarla a cabo. Pero era un hombre anciano con mucha experiencia y conocimiento de la Ley y la diplomacia. Le parecía que era un deber muy serio evitar que cualquier cosa irrevocable tuviese lugar hasta que se hubiese pensado bien y Adam estuviera listo. Había toda clase de puntos cruciales en los que pensar, no sólo respecto a eliminar una vida, incluso la de una monstruosidad en forma humana, sino también de pertenencias. *Lady* Arabella, tanto si era una mujer como si era una serpiente o un diablo, era propietaria de los terrenos por los que se movía según la ley británica, y la ley tiene celo y rapidez para vengarse de los males cometidos dentro de su conocimiento. En el plazo de trescientos años, la ley ha aceptado hechos y evidencias que en años posteriores no serían admitidos ni por los escolares. Todos esos problemas podrían evitarse, y se debían evitar, en beneficio del señor Salton, y sobre todo del de Mimi Watson. Antes de volver a hablar, sir Nathaniel pensó que debía intentar posponer los actos decisivos hasta que las circunstancias de las que se dependía, que después de todo eran sólo problemáticas, hubiesen sido comprobadas satisfactoriamente de alguna manera. Cuando habló, Adam creyó al principio que su amigo vacilaba en su intención, o que estaba «encogiéndose» ante la responsabilidad. Sir Nathaniel no podía tener un pensamiento así respecto a Adam. La fuerte y expresiva cara de aquel joven estaba ahora tan fija como el pedernal. Sus ojos estaban llenos de fuego, no un fuego abrasador, sino soñoliento, que es mucho más indicativo del peligro. Sus cejas eran una línea recta en su cara y sus ojos estaban paralelos a ellas. En cuanto al propósito, estaba decidido, lo único que se preguntaba era, ¿cuándo?

Sin embargo, le tenía un respeto tan grande a sir Nathaniel que no actuaría, y ni siquiera llegaría a una conclusión sobre un punto vital sin su aprobación.

Se acercó a él y le susurró al oído:

—¿Quiere usted hablar de esto conmigo otra vez, digamos, cuando mi tío se haya ido a la cama y estemos tranquilos?

Sir Nathaniel asintió con la cabeza. Los dos habían decidido esperar.

CAPÍTULO XXVI
Una fortificación viva

Cuando el señor Salton se retiró aquella noche, Adam y sir Nathaniel fueron al estudio de común acuerdo. Las cosas iban con gran regularidad en Lesser Hill, así que sabían que no habría interrupciones en su conversación.

Una vez encendieron los cigarros, sir Nathaniel dijo:

—Espero, Adam, que no pienses que soy flojo o que cambio de propósitos. Realmente no lo soy, y tengo la intención de recorrer este asunto hasta su amargo final, sea el que sea. Alégrate de que mi cuidado principal sea, y será, la protección de Mimi Watford. A eso me he comprometido, mi querido muchacho, ya que los interesados estamos en cierta forma bajo el mismo peligro. Ese monstruo del pozo nos odia y quiere destruirnos a ti y a mí, y probablemente a tu tío. Estamos justo a punto de llegar a un tiempo tormentoso para todos nosotros. Quería muy especialmente hablar contigo esta noche, porque no puedo evitar pensar que está llegando rápidamente el momento, si es que no ha llegado ya, de que debamos tener a tu tío en nuestras confidencias. Una cosa era cuando los males imaginarios amenazaban, pero ahora él, así como nosotros, está señalado para morir y es justo que lo sepa todo.

—Estoy con usted, señor. Las cosas han cambiado desde que estuvimos de acuerdo en mantenerlo apartado del problema. Ahora no nos atrevemos, y tener consideración por sus sentimientos podría costarle la vida. Es un deber que tenemos, y no es ligero ni agradable. No tengo ni sombra de duda de que él querrá estar unido a nosotros en esto. Pero recuerde que somos huéspedes en su casa, y hay que pensar en su nombre y en su honor, además de en su seguridad. Yo sigo estando con usted a muerte. Sólo que si hay algún peligro especial para él, deje que lo asuma, o que lo comparta en todo caso.

—Todo será como deseas, Adam. No tenemos que decir nada más de eso, estamos unidos. Y vamos a ser prácticos. ¿Qué vamos a hacer? Obviamente, no podemos hacernos con *lady* Arabella y matarla sin pensarlo bien. Por lo tanto, tendremos que poner en orden las cosas para el asesinato, y de tal manera que no puedan acusarnos de un crimen vulgar. Por eso sugiero que esperemos hasta que tengamos alguna prueba definitiva y completa.

Adam se puso en pie, y su voz fue sonora cuando dijo enérgicamente:

—Tiene usted toda la razón, señor, como de costumbre. Tenemos que ser al menos tan exactos como si estuviésemos en un tribunal de la Ley. Lo veo.

Sir Nathaniel accedió de una manera tan cordial, que hizo que la mente de su amigo descansara. Adam volvió a sentarse y reanudó la conversación, utilizando un tono uniforme y reflexivo que hizo que la deliberación fuese enteramente útil:

—Señor, me parece que nos encontramos en un momento sumamente tenso. Nuestro primer problema es saber por dónde empezar. Nuestro adversario tiene prácticamente todos los triunfos. No creí nunca que esta lucha con un monstruo antediluviano fuese un trabajo tan complejo. Y éste es una mujer, con toda la sabiduría e ingenio de mujer combinados con la falta de humanidad de una prostituta y la carencia de principios de una sufragista. Tiene en reserva la fuerza y la invulnerabilidad de un diplodocus. Podemos estar seguros de que en la lucha que tenemos por delante no habrá nada semejante al juego limpio. ¡Y también de que nuestra adversaria inescrupulosa no se traicionará a sí misma!

Sir Nathaniel hizo un comentario sobre esto:

—Así es. Pero al ser de la especie femenina, probablemente se estirará demasiado. Eso es mucho más probable, más a la manera de mujer. Bueno, Adam, me da la impresión de que, como tenemos que protegernos a nosotros mismos y a otros contra esa naturaleza femenina, nuestra mejor jugada será la de nuestro masculino contra su femenino. Los hombres pueden esperar mejor que las mujeres.

Lanzó una risa sin alegría que venía toda del cerebro y que no tenía corazón en absoluto, y siguió diciendo:

—Debes recordar que esa mujer ha tenido miles de años de experiencia en la espera. Tal como es, nos vencerá en ese juego.

Como respuesta, Adam empezó a preparar su revólver, que estaba medio amartillado:

—¡Siempre hay una forma rápida de resolver las diferencias de esa clase! —fue todo lo que dijo, pero sir Nathaniel lo comprendió y volvió a pronunciar un aviso:

—¿Y cómo se resuelven las diferencias con una criatura de esa clase? Daría igual que luchar con una fortificación, ella es invulnerable hasta donde se refiere al daño físico a nuestras manos.

—¡Hasta las fortificaciones se vuelan algunas veces! —dijo Adam.

—¡Ah! Las fortificaciones no están vivas en todos los aspectos y, por lo que sabemos, no se recuperan a sí mismas. ¡No! Tenemos que pensar en algún plan que tener preparado por si falla todo lo demás. Será mejor que lo consultemos con la almohada. *Lady* Arabella es una criatura de la noche, y la noche puede darnos algunas ideas.

De modo que ambos se fueron a la cama.

Adam llamó a la puerta de sir Nathaniel a primera hora de la mañana, y al ser invitado entró en la habitación. Llevaba varias cartas sin cerrar en la mano. Sir Nathaniel se sentó en la cama.

—¿Y bien?

—Me gustaría leerle unas cartas, pero, por supuesto, no las enviaré a menos que usted las apruebe. De hecho —esto lo dijo con una sonrisa y un rubor— hay varias cosas que quiero hacer, pero sujetaré mi mano y mi lengua hasta que tenga su aprobación.

—¡Adelante! —dijo el otro amablemente—. Dímelo todo y en cualquier caso cuenta con mi apoyo y mi aprobación, y te ayudaré si puedo ver una manera.

En consecuencia, Adam siguió adelante:

—Cuando le dije las conclusiones a las que había llegado, puse en primer plano que, en beneficio de la seguridad de Mimi Watford, ella debía mudarse, sugerí que Australia occidental, y que el monstruo que había provocado todo el daño debía ser destruido.

—Sí, lo recuerdo.

—Señor, para llevar eso a la práctica se necesitan unos preliminares, a menos que haya que enfrentarse a daños de otra clase.

Parecía que sir Nathaniel tuviese puesta su gorra de reflexionar. Entonces siguió adelante, a partir del argumento del otro:

—Antes de que se vaya a Australia, o a cualquier otro lugar, Mimi debe tener algún protector que todo el mundo pueda reconocer. ¡Y la única forma de seguridad reconocida por la convención es el matrimonio!

—Sí, señor. ¡Veo que se da cuenta!

Sir Nathaniel sonrió de modo paternal.

—Para casarse hace falta un esposo. Y ese esposo deberías ser tú.

—Sí, sí.

—Y ese matrimonio debería ser inmediato y secreto, o al menos, que no se hablase de él fuera de nuestro círculo... Y ahora debo hacerte una pregunta un poco delicada, ¿estaría la joven dama de acuerdo con ese procedimiento?

—¡No lo sé, señor!

—¿No lo sabes? ¿Y entonces cómo vamos a seguir?

—Supongo que nosotros, o uno de nosotros, debemos preguntárselo. Ese debo ser yo, y estoy preparado.

—¿Es esto una idea repentina, Adam, una decisión súbita?

—Una decisión súbita, señor, pero no una idea repentina. La decisión es súbita porque la necesidad es súbita e imperativa. Si hablase en hipérbole, ¡podría decir que la idea es tan antigua como el Destino y que la decisión estaba esperando ya desde antes del inicio del mundo!

—Me alegra oírlo. Espero que al final resulte que la venida del Gusano Blanco haya sido una bendición disfrazada. Pero ahora, si las cosas tienen que apresurarse así, ¿cuál va a ser la secuencia de los acontecimientos?

—Lo primero es que le pida a Mimi que se case conmigo. Si está de acuerdo, todo irá perfectamente bien. La secuencia es evidente.

—¿Y tendrá que mantenerse en secreto entre nosotros?

Adam respondió inmediatamente:

—No quiero secretos, señor, excepto por el bien de Mimi. En cuanto a mí, ¡me gustaría ir a gritarlo desde los tejados! Pero veo que tenemos que ser discretos. Para nuestra enemiga, un prematuro conocimiento puede hacer un daño incalculable.

—¿Y cómo sugerirías tú, Adam, que combinemos la cuestión trascendental con el secreto?

En ese momento Adam se puso colorado y se movió nerviosamente. Luego habló con prisa repentina:

—Alguien tiene que pedírselo... ¡tan pronto como sea posible!

—¿Y quién es ese alguien?

—Señor, he estado pensando en el asunto desde que estamos aquí. Se necesita prontitud para conseguir seguridad, y todos haremos lo que necesite el deber.

—Indudablemente. Y confío que ninguno de nosotros esquive un deber así. Pero esto es una cosa concreta. Nosotros podemos considerar y proponer en abstracto, pero la acción es concreta. De nuevo, ¿quién va a ser ese «alguien»? ¿Quién va a preguntárselo?

—He pensado que usted sería muy indicado, señor.

—¡Que Dios me bendiga! Esto es una nueva clase de deber que echarme encima, a mi edad. Adam, ¡espero que sepas que puedes contar conmigo en todo lo que pueda!

—He contado con usted, señor, cuando me he aventurado a hacer esa sugerencia. Sólo puedo pedir, señor —añadió—, que sea más amable que nunca conmigo, con nosotros, y que considere ese penoso deber como un acto de gracia voluntario motivado por la amabilidad y el cariño.

Sir Nathaniel dijo con una voz tímida, pero no dudosa:

—¡Penoso deber!

—Sí, penoso para usted —dijo Adam con osadía—, aunque para mí sería completamente gozoso.

—Sí, lo comprendo —dijo el otro amablemente.

Entonces siguió adelante:

—¡Es un trabajo extraño tan temprano por la mañana! Bueno, todos vivimos y aprendemos. Supongo que cuanto antes vaya, mejor será. Recuerda que estoy en tus manos, que haré justo lo que deseas y que intentaré hacerlo justo como deseas. Ahora será mejor que escribas unas líneas para que me las lleve conmigo. Porque ya ves que esto es en cierto modo una negociación inusual, y que podría se embarazosa para la dama, incluso para mí mismo. De modo que debemos tener alguna clase de garantía, algo que mostrar como un aditamento de que todo el tiempo hemos sido conscientes de sus sentimientos. No funcionará que demos el consentimiento por descontado, aunque actuemos por su bien. Será mejor que escribas esa carta para que esté lista, y será mejor que yo no conozca lo que haya en ella, excepto el propósito principal de presentar el tema. Según vayamos adelante, le explicaré completamente cualquier cosa que pueda desear.

—Es usted un verdadero amigo, sir Nathaniel, y estoy completamente seguro de que Mimi y yo le estaremos agradecidos todas nuestras vidas, ¡por largas o cortas que sean!

Así que los dos lo hablaron y estuvieron de acuerdo sobre los puntos que el embajador debía tener presentes. Daban las seis cuando sir Nathaniel salió de la casa. Adam lo vio marcharse en silencio.

Según lo seguía el joven con ojos anhelantes, casi celoso del privilegio que su amable gesto estaba a punto de brindarle, sintió que su propio corazón estaba en el pecho de su amigo.

CAPÍTULO XXVII
La luz verde

El recuerdo de aquella mañana fue como un sueño para todos los concernidos en ella. Sir Nathaniel tenía un recuerdo confuso en detalles y secuencia, aunque los hechos principales se alzaban en su memoria visible y claramente. El recuerdo de Adam Salton fue el de un tiempo ilimitado lleno de preocupación, esperanza y pesar, todo ello unido y dominado por la sensación del paso lento del tiempo y acompañado de vagos y nebulosos miedos. Durante mucho tiempo, Mimi no pudo pensar en absoluto o recordar nada, excepto que Adam la amaba y que la estaba salvando de un peligro terrible. En el tiempo amargo mismo, mientras conocía aquellas verdades, encontró su propio corazón. Cuando más adelante tuvo tiempo para pensar, se preguntó cómo y cuándo había ignorado los hechos de que Adam la amaba y de que ella lo amaba con todo su corazón. Todo, cada recuerdo por pequeño que fuese y todo sentimiento, parecía encajar en esos hechos elementales como si hubiesen sido moldeados juntos. El recuerdo principal y supremo era el de ella diciéndole adiós a sir Nathaniel y encomendándole mensajes amorosos directos de su corazón a Adam Salton, y de su comportamiento cuando, con un impulso que no pudo y que no quiso controlar, puso sus labios sobre los de él y lo besó. Después, cuando estuvo sola y tuvo tiempo para pensar, fue una pena pasajera para ella que tuviese que estar callada por un tiempo con Lilla sobre los felices acontecimientos de aquella extraña misión a primera hora de la mañana.

Por supuesto, estuvo de acuerdo en mantenerlo todo en secreto hasta que Adam le diese permiso para hablar.

El consejo y la asistencia de sir Nathaniel de Salis fue una gran ayuda para que Adam Salton llevase a cabo su idea de casarse con Mimi Watford sin hacerlo público. Ella fue a Londres con él, y con su conocimiento y su influencia el joven consiguió la licencia de matrimonio del arzobispo de Canterbury para una boda privada. Sir Nathaniel se los llevó a vivir en su propia casa hasta que el matrimonio pudiera hacerse solemne. Todo se hizo debidamente y, con todas las formalidades arregladas, Adam y Mimi se casaron en Doom.

Adam había intentado arreglar que él y su esposa saliesen para Australia inmediatamente, pero el primer barco que les convenía no saldría en diez días. Así que se llevó a su novia a la isla de Man mientras tanto. Deseó colocar un brazo de mar entre Mimi y el Gusano Blanco, ese era el único modo de asegurar protección a su esposa. Cuando llegó el día de la partida, fueron desde Douglas[21] a Liverpool en el *King Orrey*. Al llegar al embarcadero viajaron a Congleton, donde sir Natahaniel se reunió con ellos y los llevó inmediatamente a Doom, teniendo cuidado en el viaje de evitar a todo el que conociese. Viajaron a gran velocidad y llegaron a Doom Tower antes del anochecer.

Sir Nathaniel se había ocupado de tener las puertas y ventanas cerradas y trabadas, todas menos la puerta que utilizaron para entrar. Los postigos estaban cerrados y las persianas bajadas. Además, unas cortinas pesadas cubrían las ventanas. Cuando Adam lo comentó, sir Nathaniel dijo en un susurro:

—Espera a que estemos solos y te diré por qué hemos hecho esto, mientras tanto, ni una palabra ni señal. Tú lo aprobarás cuando hayamos hablado.

No dijeron nada más del tema hasta después de la cena, cuando se habían acomodado a solas en el estudio de sir Nathaniel, que estaba en el último piso de la torre. Doom Tower era una estructura elevada, asentada sobre una protuberancia en la parte más alta del Peak. La parte alta de la torre dominaba una amplia perspectiva que iba desde las colinas sobre el río Ribble hasta el lado cercano del Brow, que marcaba el límite norte de la antigua Mercia. Era del período normando primitivo, menos de un siglo más reciente que Castra Regis. Las ventanas del estudio tenían rejas y estaban cerradas, y unas cortinas oscuras y pesadas las cerraban. Cuando se hacía esto, ni un solo hilo de luz proveniente de la torre se veía desde fuera.

Cuando estuvieron solos, sir Nathaniel habló, manteniendo su voz un poco por encima del susurro:

—Es bueno ser cuidadoso de más. A pesar de que vuestro matrimonio se ha mantenido en secreto y también vuestra ausencia temporal, los dos sois conocidos.

—¿Cómo? ¿Para quién?

—Lo de cómo, no lo sé, pero empiezo a tener una idea. ¿Para quién es lo peor? Donde sea lo más peligroso.

—¿Para ella? —preguntó Adam en consternación momentánea.

---

[21] Capital de la isla de Man.

Sir Nathaniel temblaba perceptiblemente mientras respondía:

—Para el Gusano Blanco... ¡sí!

Adam se dio cuenta de que a partir de allí él no habló nunca entre ellos de *lady* Arabella de otra forma, excepto cuando deseaba desviar las sospechas de los demás o cubrir las suyas. Luego, abrió la puerta, miró afuera y la cerró otra vez. Entonces puso los labios al oído de Adam y susurró todavía más suavemente:

—Ni una palabra, ni un ruido que moleste a tu esposa. Su ignorancia puede ser aún su protección. Tú y yo lo sabemos todo y vigilaremos. A toda costa, ¡ella no debe tener sospecha alguna!

Adam apenas se atrevía a respirar. Se puso el dedo en los labios y al final dijo en voz baja:

—Haré lo que me diga que haga, y todo el agradecimiento de mi corazón es para usted.

Sir Nathaniel apagó la luz eléctrica, y cuando la habitación estuvo completamente a oscuras fue a Adam, lo agarró de la mano y lo llevó a un asiento preparado en la ventana al sur. Entonces retiró suavemente un trozo de la cortina e hizo un gesto para que su compañero mirase.

Adam lo hizo, e inmediatamente se echó para atrás como si sus ojos se hubieran abierto sobre un peligro apremiante. Su compañero tranquilizó su mente diciendo en voz baja, no en un susurro:

—Está bien, puedes hablar, pero hazlo en voz baja. Aquí no hay peligro... por el momento.

Adam se inclinó hacia delante, pero teniendo cuidado de no apoyar su cara en el cristal. En circunstancias ordinarias, lo que vio no le habría causado preocupación a nadie excepto a él. Con su conocimiento, era simplemente horroroso, aunque la noche era en ese momento tan oscura que en realidad había poco que ver.

En el lado oeste de la torre se alzaba un bosquecillo de árboles viejos que tenía dimensiones de bosque. No estaban agrupados de cerca, sino que se levantaban un poco separados entre sí, produciendo el efecto de una fila extensamente plantada. Sobre sus copas se veía una luz verde, parecida a la señal de peligro[22] en un paso a nivel. A la altura de la torre la luz no era suficiente para ver nada, ni siquiera de cerca. Al principio parecía estar muy quieta, pero, en el momento que los ojos de Adam se acostumbraron, vio que se movía un poco, como si temblara. Esto le hizo recordar a Adam todo lo que había ocurrido. Le parecía ver otra vez la misma luz repetida que temblaba sobre el agujero del pozo en la oscuridad de aquella estancia interior de Diana's Grove, que oía de nuevo el alarido prolongado de Ulanga y que veía la horrorosa cara negra, enton-

---

[22]   Esto se cambió posteriormente por las luces rojas de advertencia que se utilizan hoy.

ces gris de terror, desaparecer en la impenetrable oscuridad del orificio misterioso. Puso instintivamente la mano sobre el revólver y se levantó, preparado para proteger a su esposa. Luego, al ver que no pasaba nada y que la luz de fuera de la torre seguía igual, corrió suavemente la cortina sobre la ventana y fue a sentarse junto a sir Nathaniel, que miró hacia arriba un momento con una mirada aguda y dijo con una voz plana:

—Veo que comprendes. No tengo que decirte nada.

—Comprendo —replicó Adam con el mismo tono suave.

Sir Nathaniel volvió a encender la luz, y en su resplandor reconfortante ellos empezaron a hablar sin reservas.

CAPÍTULO XXVIII

De cerca

—Ella tiene un ingenio diabólico —dijo sir Nathaniel—. Desde que te fuiste, ha estado deambulando a lo largo del Brow y de cualquier otro sitio que tuvieses la costumbre de frecuentar. No he sabido de dónde le llegó el conocimiento de tus movimientos, ni he podido averiguar ningún dato en el que hubiese podido fundamentar una opinión. Parece que ella ha sabido de tu matrimonio y de tu ausencia, pero deduzco que no sabe donde estáis tú y tu esposa, ni que hayáis vuelto. Así que en cuanto cae el anochecer ella sale a dar sus vueltas y antes del alba recorre todo el terreno de alrededor del Brow y hasta arriba en el corazón de El Pico. Supongo que no se rebaja a descansar ni a comer. Eso no es una sorpresa para una dama que ha tenido la costumbre de dormir por mil años seguidos y de consumir una cantidad de comida de una sentada que haría que un elefante de tamaño medio pareciese ligero. Sin embargo, sea como sea, su señoría está ahora al acecho cada noche, y en su propia forma, la que utilizaba antes de la época de los romanos. Definitivamente, tiene grandes facilidades para el asunto en el que está comprometida ahora. Puede mirar por las ventanas de cualquier casa corriente. Felizmente, esta casa está fuera de su alcance, especialmente si desea, como claramente hace, seguir irreconocible; pero incluso a esta altura es prudente no mostrar luces, no fuera a ser que ella pudiese saber algo de tu presencia o ausencia.

En ese punto, Adam volvió a levantarse y habló:

—¿Y no sería bueno, señor, que alguno de nosotros pudiera ver de cerca a ese monstruo en su forma real? Estoy dispuesto a correr el riesgo... porque imagino que no habrá riesgos ligeros al hacerlo. No creo que nadie de nuestra época la haya visto de cerca y haya sobrevivido para contarlo.

Sir Nathaniel se levantó y tendió una mano de protesta mientras decía:

—¡Santo Dios, muchacho! ¿Qué estás insinuando? Piensa en tu esposa y en todo lo que está en juego.

Adam lo interrumpió:

—Es en mi esposa en quien pienso, en su nombre estoy dispuesto a arriesgar todo lo que haya que arriesgar; pero esté usted seguro de que no la arrastraré a ello y ni siquiera le diré nada que la asuste. Cuando yo salga, ella no debe saberlo.

—Pero si haces alguna mención al asunto ella va a sospechar.

—El hecho de que la serpiente esté de vigilancia debe decírsele para avisarla, pero lo haré de modo que no se cree ninguna sospecha indebida respecto a ella misma. De hecho, he pensado qué decirle hace algún tiempo, cuando me hice cargo de avisarla acerca de mantener oscuro el lugar. Con permiso de usted, iré ahora a decírselo, y cuando regrese aquí usted podrá prestarme una llave de forma que yo pueda entrar.

—Pero, ¿quieres decir que irás solo?

—Desde luego. Con toda certeza es suficiente que una persona corra el riesgo.

—Eso podría ser, Adam, pero habrá dos.

—¿Y eso por qué? ¿Seguramente no querrá usted decir que Mimi venga conmigo?

—¡Dios, no! Pero si ella supiese que te ibas estaría segura de querer ir también, así que ten cuidado y no le des ninguna pista.

—Esté usted seguro de que no lo haré. Entonces, ¿quién va a ser la otra persona?

—¡Yo mismo! Tú no conoces el terreno y estoy seguro de que tendrías problemas. Ahora bien, yo conozco cada centímetro de él y puedo guiarte para ir con seguridad al lugar que quieras. Adam, esto de ceder a alguna de las leyes de acción de la que ninguno de los dos sabe nada es algo excepcional. ¡Y en cuanto al peligro! ¡Qué hay de eso para ti y para mí cuando la seguridad de tu esposa está afectada! Te digo que ninguna esperanza abandonada de la que cualquiera de nosotros tenga noticia tiene ni la centésima parte del peligro en el que vamos a meternos. A pesar de eso, lo hago de todo corazón, igual que tú.

Adam le hizo una profunda reverencia a quien era merecedor de tal honor, pero no dijo ninguna palabra más sobre el asunto. Después de apagar la luz, miró otra vez por la ventana y vio que la luz verde seguía colgada temblando por encima de los árboles. Antes de que se corriese la cortina y de que las luces se encendieran de nuevo, sir Nathaniel dijo:

—Mientras su señoría no sepa dónde estamos, tendremos tanta seguridad como nos queda, así que ten presente que no podemos ser demasiado cuidadosos.

Cuando los dos hombres se fueron discretamente por la puerta trasera de la casa, caminaron cautelosamente a lo largo de la avenida que iba hacia el oeste. Todo estaba completamente oscuro, tan oscuro que a veces tuvieron que tantear el camino por las orillas, las estacas y los troncos de los árboles. Aún podían ver, aparentemente lejana frente a ellos y muy arriba, la siniestra luz doble, que con la altura y la distancia parecía una línea borrosa. Como ellos estaban ahora a nivel del suelo, la luz se veía muchísimo más alta que lo que parecía desde lo alto de la torre; en realidad parecía que cuando temblaba se movía entre las estrellas. Ante esa vista, el corazón de Adam desfalleció y todo el peligro de la empresa desesperada que había emprendido se abalanzó sobre él. Pero poco después ese sentimiento fue seguido por otro que lo restauró: un odio y una aversión feroces, y un deseo de matar como no había experimentado nunca, ni lo había soñado.

Durante cierta distancia siguieron adelante sobre una carretera nivelada bastante ancha desde la que la luz verde era todavía visible. En ese momento, sir Nathaniel volvió a hablar suavemente, acercando los labios a la oreja de Adam para más seguridad.

—Tenemos que ser muy silenciosos. No sabemos nada de los poderes de esta criatura para oír y oler, aunque suponemos que ninguno tiene mucha fuerza. En cuanto a ver, podemos suponer lo contrario, pero en cualquier caso debemos mantenernos a la sombra o escondidos tras los troncos de los árboles. El más pequeño error sería fatal para nosotros.

Adam no respondió, sólo asintió muy levemente con la cabeza, en caso de que hubiera alguna posibilidad de que el monstruo detectase el movimiento.

Después de un rato que pareció interminable, salieron del bosque circundante. Era como salir a la luz del sol en comparación con la neblinosa oscuridad que habían tenido a su alrededor. En realidad había algo de luz, suficiente para ver, aunque no lo bastante para distinguir cosas a lo lejos o con detalle. Naturalmente, los ojos de Adam buscaron la luz verde en el cielo. Estaba todavía sobre el mismo lugar, pero los alrededores estaban más visibles. Ahora estaba en la cima de lo que podría ser un largo poste blanco, cerca de cuya parte alta había dos masas blancas que colgaban como brazos rudimentarios. De manera bastante extraña, la luz verde no estaba disminuida por las estrellas que la rodeaban, sino que tenía un efecto más claro y un verde más profundo. Mientras estaban mirando eso cuidadosamente —Adam con la ayuda de unos binoculares plegables—, sus narices fueron atacadas por un horrible hedor, semejante al que se alzó del agujero del pozo en Diana's Grove. Eso los hizo pensar en el Gusano Blanco e intentaron examinar su posición tal como se veía contra el cielo en la débil luz de las estrellas. Poco a poco, cuando los ojos de los dos encontraron el enfoque correcto y lo mantuvieron, vieron una masa inmensa que se alzaba blanca como la nieve. Era alta y extraordinariamente delgada. La parte baja estaba oculta por los árboles que había entremedias, pero pudieron seguir el alto y blanco fuste y las luces dobles que lo coronaban. Mientras miraban hubo un movimiento, como si aquel fuste se doblase, y vieron que la línea de luces verdes descendía entre los árboles. Pudieron ver parpadear las luces cuando pasaban a través de las ramas que las obstruían. Al ver dónde estaba la cabeza del monstruo, los dos hombres se aventuraron un poco más adelante y, con la ayuda de un oportuno rayo de luz de luna, vieron que la masa oculta de la base del fuste estaba compuesta por los enormes bucles del gran cuerpo de la serpiente, que formaban un sustrato o base desde el que se alzaba la masa erguida. Mientras ellos seguían mirando, aquella masa de abajo se movió, los relucientes pliegues se iluminaron con la luz de la luna y pudieron ver que el monstruo avanzaba sobre el terreno. Venía hacia ellos a paso rápido, así que de modo instintivo se dieron la vuelta y corrieron, teniendo cuidado según iban de hacer el menor ruido posible, tanto por sus pisadas como por desordenar el sotobosque cercano a ellos. No se detuvieron ni hicieron pausa alguna hasta que vieron ante ellos la alta y oscura torre de Doom. Entraron rápidamente, atrancando la puerta tras ellos. No necesitaron hablar, con un recuerdo tan horrible detrás de ellos y que los acompañaba todavía. Así que encontraron sus distintas habitaciones en la oscuridad y se fueron a la cama.

CAPÍTULO XXIX
En la casa del enemigo

Sir Nathaniel estaba en la biblioteca a la mañana siguiente después del desayuno cuando entró Adam, que llevaba una carta. Al entrar en la habitación, dijo:

—Su señoría no pierde el tiempo. ¡Ya ha empezado a trabajar!

Sir Nathaniel, que estaba escribiendo en una mesa cercana a la ventana, miró hacia arriba.

—¿Qué ocurre?

Adam le tendió la carta que llevaba. Estaba en un sobre blasonado.

—¡Ja! —dijo sir Nathaniel—. ¡De *lady* Arabella! Me esperaba algo así.

—Pero, señor, ¿cómo podía saber que estábamos aquí? Anoche no lo sabía.

—No creo que tengamos que molestarnos con eso, Adam. Hay mucho que no sabemos y que no podemos comprender. Esto es sólo otro misterio. Basta con que ella no lo sepa. Todo será mejor y más seguro para nosotros.

—¿Mejor y más seguro? —replicó sorprendido Adam.

—Definitivamente. Es mejor saber el peligro que tenemos ante nosotros, y esto es un aviso, aunque no tenía esa intención. Permíteme verlo. ¡Está dirigida al señor Adam Salton! Entonces es que lo sabe todo. Mucho mejor así.

—¿Cómo? —dijo Adam con una mirada perpleja—. ¿Cómo que es mucho mejor?

—Por el proceso general de razonamiento, muchacho, y por la experiencia de algunos años en el mundo diplomático. Justo es como estamos más seguros con una criatura que sigue sus propios instintos. Esta criatura es un monstruo sin corazón ni consideración por nada ni por nadie. Al aire libre no es tan peligrosa como cuando tiene a la oscuridad para protegerla. Además, sabemos por nuestra propia experiencia de sus movimientos que, por alguna razón, rehúye la publicidad. Quizá sea porque sabe que eso no va a interferir en sus planes con Caswall, o más bien con las propiedades de Caswall. A pesar de su enorme corpulencia y se su fuerza anormal, está asustada de atacar abiertamente. A fin de cuentas, por enorme que sea es sólo una serpiente con una naturaleza de serpiente, que consiste en mantenerse abajo, retorcerse y proceder con sigilo y astucia. Nunca atacará cuando puede alejarse corriendo, aunque sabe bien que salir corriendo probablemente sería fatal para ella. ¿De qué trata la carta?

La voz de sir Nathaniel era calmada y tranquila. Cuando estaba metido en cualquier lucha de ingenios era todo un diplomático.

—Está pidiendo que Mimi y yo vayamos a tomar el té esta tarde en Diana's Grove, y espera que usted también quiera hacerle el honor.

Sir Nathaniel sonrió cuando respondió directamente:

—Por favor, pídele a la señora Salton que acepte por todos nosotros.

—¿Aceptar ir allí? Tiene la intención de hacernos un daño mortal. Seguramente... seguramente será más prudente no ir.

—Es un viejo truco que aprendemos pronto en diplomacia, Adam: luchar en el terreno que uno elija. Es cierto que en esta ocasión ella inició el lugar, pero al aceptarlo lo hacemos nuestro. Además, ella no será capaz de entender nuestro motivo, o cualquier otro motivo, para que lo hagamos, y su propia mala conciencia, si es que tiene alguna, buena o mala, y sus propios miedos y dudas jugarán a nuestro favor. No, mi querido muchacho, vamos a aceptar sin falta.

—¿Debemos aceptar por usted también, señor? Estoy poco dispuesto a que corra usted un riesgo así. Con toda certeza estará usted mejor fuera de ello.

—¡No!, es mejor que yo esté con vosotros. En primer lugar, será menos sospechoso. Sabe que sois mis huéspedes y será mejor mantener la convención que romperla. En siguiente lugar, y razón principal para que vaya, estaremos nosotros dos para proteger a tu esposa en caso de necesidad. En cuanto a temer por mí, no tiene importancia. En cualquier caso, no soy un hombre timorato, y en este caso aceptaré todo el peligro que pueda amontonarse sobre mí.

Adam no dijo nada, pero tendió silenciosamente la mano, que el otro sacudió. No hacían falta las palabras.

Cuando se acercaba la hora del té, Mimi le preguntó a sir Nathaniel:

—¿Iremos andando? Está sólo a un paso.

—No, querida —respondió él—, tenemos que dejar claro el punto de que estamos en condiciones. Queremos toda la publicidad posible.

Ella lo miró inquisitivamente.

—Por supuesto, querida. En las circunstancias actuales, la publicidad es parte de la seguridad. No te sorprenda que mientras estemos en Diana's Grove, lleguen mensajes esporádicos para ti, para cualquiera de nosotros o para todos.

—Ya veo —dijo la señora Salton—, usted no quiere tomar ningún riesgo.

—Ninguno, querida. Todo lo que aprendí en tribunales extranjeros y entre gentes civilizadas e incivilizadas va a utilizarse en el próximo par de horas.

—Aprenderé con mucho gusto —dijo ella—, puede ayudarme en otro momento.

—¡Por Dios, espero que no sea así!

La voz de sir Nathaniel estaba colmada de seriedad, que hacía que su mirada también fuera seria. De alguna manera le brindó a ella la imponente gravedad de la ocasión de una manera convincente. Antes de que llegasen a la puerta, sir Nathaniel le dijo:

—He arreglado con Adam algunas señales que podrían ser necesarias si ocurren ciertas contingencias. Éstas no tienen nada que ver contigo directamente. Ten presente sólo que si os pido a ti o a Adam que hagáis algo, por favor no perdáis ni un segundo para hacerlo. Todos intentaremos pasar por esos momentos con la apariencia de estar despreocupados. Con toda probabilidad, no ocurrirá nada que necesite esas precauciones. Ella no intentará la fuerza, aunque tiene tanta de sobra. Lo que sea que pueda intentar hoy para hacerle daño a cualquiera de nosotros será a la manera de un plan secreto. Alguna otra vez podría intentar la fuerza, pero no será hoy, si puedo pronosticar una cosa así. Los mensajeros que preguntarán por ti o por cualquiera de nosotros no serán solamente testigos, pueden ayudar a mantener a raya el peligro.

Al ver una consulta en su cara, él siguió adelante:

—De qué clase pueda ser el peligro, no lo sé y no puedo adivinarlo. Sin duda serán algunas situaciones triviales y corrientes, pero ninguna es menos peligrosa por ello. Hemos llegado a la puerta; ahora estad tranquilos y sed cuidadosos en todos los temas, por pequeños que sean. Que tengáis la cabeza firme es la mitad de la batalla.

En el vestíbulo había una gran cantidad de sirvientes vestidos de librea. Las puertas del verde salón principal estaban abiertas, *lady* Arabella se adelantó y les ofreció una cordial bienvenida. Una vez hecho esto, *lady* Arabella fue a la otra estancia, donde un sirviente sostenía una bandeja sobre la que había una carta grande sellada. En el momento que ella se volvió de espaldas, sir Nathaniel le susurró a Adam:

—¡Cuidado! Recuerdo una nube de sirvientes como esta en el palacio de verano del Kremlin, el día que el Gran Duque Alexipov fue asesinado en la recepción que se le daba al Khan de Bojara.

Con un ligero movimiento de su mano izquierda dejó el asunto a un lado, imponiendo silencio. En ese momento llegó un sirviente de paisano, se inclinó ante *lady* Arabella y dijo:

—Su señoría, el té está servido en el patio interior.

Se abrieron parcialmente las puertas de una serie de estancias, la más lejana mostraba las líneas y los colores de una villa romana. Adam, que estaba sumamente atento y sospechaba de todo, vio en el extremo más lejano de esa estancia recientemente abierta una puerta de hierro panelada, del mismo color y forma que la puerta exterior de la estancia interior donde estaba el agujero de pozo en el que Ulanga había desaparecido. Algo en aquella visión lo inquietó, fue adelante discretamente y se quedó en pie cerca de la puerta. No hizo ningún movimiento, ni siquiera de ojos, pero pudo ver que sir Nathaniel lo observaba atentamente, y se imaginó que con aprobación.

Iban a sentarse todos cerca de la mesa desplegada para el té, Adam se mantenía aún cerca de la puerta. *Lady* Arabella se había llevado a Mimi con ella, los dos hombres las siguieron y se sentaron de cara a la puerta de hierro. Ella se abanicó, quejándose mucho del calor, y le dijo a uno de los sirvientes que abriese todas las puertas exteriores. El té seguía adelante cuando de repente Mimi empezó a tener un aire de temor en su cara; en ese mismo momento, los hombres fueron conscientes de que un espeso humo empezó a difundirse por la salita, un humo que hizo que todos los que lo experimentaban jadeasen y se sofocasen. Los hombres, incluso los sirvientes, empezaron a acercarse lenta y dificultosamente hacia la puerta interior. Sólo *lady* Arabella se quedó inmóvil. Estaba sentada muy quieta en su asiento a la mesa, con un aire de despreocupación en su cara que inquietaba a todos los presentes, excepto a sir Nathaniel, y más tarde a Adam, en cuanto captó la mirada de sir Nathaniel. El humo se hizo cada vez más denso y con un olor más acre. Poco después, Mimi, hacia quien la corriente de la puerta abierta arrastraba el humo, se levantó asfixiándose y corrió a la puerta, la cual abrió del todo, descubriendo en la parte de fuera de ella una cortina de seda fina, no fijada a la puerta, sino a las jambas de la misma. Cuando la puerta se abrió más libremente, la corriente de la puerta abierta meció la fina seda hacia ella, envolviéndola en una especie de nube. En su temor, desgarró la cortina que la envolvía de los pies a la cabeza. Entonces corrió hacia la puerta exterior, que estaba abierta, inconsciente o descuidada del hecho de que no podía ver dónde iba. En ese momento, Adam, seguido por sir Nathaniel, se lanzó hacia adelante y se juntó con ella; Adam la agarró del brazo y la sujetó firmemente. Fue bueno que hiciera eso, porque justo ante ella estaba el orificio negro del agujero del pozo, lo que por supuesto ella no podía ver con la cortina de seda liada alrededor de su cabeza. El suelo estaba sumamente resbaladizo, algo como un aceite espeso se había derramado por donde tenía que pasar, y cerca del borde del agujero se le resbalaron los pies y fue tropezándose hacia el agujero del pozo.

CAPÍTULO XXX

Una carrera por la vida

Cuando Adam vio que Mimi se resbalaba, saltó hacia adelante, sujetándola todavía del brazo y así, según se movían los dos hacia adelante a la misma velocidad, no hubo ninguna sacudida innecesaria. Instintivamente, él se echó para atrás, sujetándola todavía. Aquí su peso valió y, como su agarre la mantenía firmemente, la arrastró del pozo y ellos cayeron juntos sobre el suelo, fuera de la zona resbaladiza. En un momento, Adam saltó sobre sus pies y levantó a Mimi, de modo que se apresuraron a salir al sol juntos a través de la puerta abierta; sir Nathaniel iba cerca de ellos por detrás. Todos estaban pálidos excepto el viejo diplomático, que parecía calmado e indiferente. Tanto a Adam como a su esposa les sostuvo y les animó verlo así, dueño de sí mismo. El señor y la señora Salton consiguieron seguir su ejemplo, para asombro de los sirvientes, que vieron que los tres que acababan justo de escaparse de un peligro tremendo caminaban juntos alegremente, pues bajo la guía de la mano de sir Nathaniel se dieron la vuelta y regresaron a la casa. Cuando estuvieron fuera del alcance del oído de los sirvientes, sir Nathaniel susurró suavemente:

—Guardad silencio, ni un ruido. Que no parezca que os habéis dado cuenta de que ha ocurrido algo. Todavía no estamos a salvo, no hemos salido de esta experiencia terrible.

Y así, charlando y riendo volvieron al patio interior donde *lady* Arabella estaba sentada todavía en su sitio, tan inmóvil como una estatua de mármol. De hecho, todos los que estaban en la estancia estaban tan quietos, que le dieron a los recién llegados la impresión de que estaban mirando una fotografía instantánea. Sin embargo, en unos segundos se renovaron los sonidos y movimientos normales. *Lady* Arabella, cuya cara había palidecido hasta estar mortalmente blanca, ahora parecía que estaba de muy buen humor, reanudó sus ayudas con el té como si no hubiese ocurrido nada inusual. El cuenco para las hojas usadas estaba lleno del papel marrón medio quemado sobre el que se había vertido el té.

Sir Nathaniel, que había estado observando limitadamente a su anfitriona, aprovechó la primera oportunidad que le permitió para susurrar a Adam:

—Sé más cuidadoso que nunca. El ataque verdadero todavía está por venir. Ella está demasiado callada para que sea real. Cuando yo le dé la mano a tu esposa para llevarla fuera, por la puerta que sea, todavía no sé cual, ven con nosotros rápido y avísala de que se dé prisa. No pierdas ni un segundo, incluso si tienes que hacer una escena. ¡Chis-s-s-s-sh!

Entonces recuperaron sus lugares cerca de la mesa, y los sirvientes, obedeciendo la orden de *lady* Arabella, trajeron té nuevo.

A partir de ese momento en adelante, el té le pareció como un sueño terrible a Adam, cuyas facultades estaban en su mayor intensidad. En cuanto a la pobre Mimi, estaba tan alterada por el miedo presente y futuro, y por el horror del peligro del que se había escapado, que sus facultades estaban adormecidas. Sin embargo, estaba preparada para una prueba, y se sentía segura de que pasara lo que pasase sería capaz de pasar por ella. Sir Nathaniel estaba justo como de costumbre, cortés, digno y considerado, perfectamente dueño de sí mismo y de sus intenciones. A su marido le resultaba evidente que Mimi estaba a disgusto. Simplemente la forma en que volvía la cabeza constantemente para mirar a su alrededor, el ir y venir del color en su cara, su agitada respiración, alternando todo con períodos de calma sospechosa, eran para aquellos que tenían la capacidad de discernir una evidencia sutil de perturbación mental. Para ella, la actitud de *lady* Arabella se componía de amabilidad social y de consideración personal. Sería difícil imaginar una amabilidad más atenta y más tierna con un huésped distinguido. Incluso Adam parecía conmovido con ello, aunque no rebajó nunca su vigilancia ni apartó los ojos de los movimientos de la dama. Cuando terminó el té y vinieron los criados a recoger las tazas, *lady* Arabella puso sus brazos en torno a la cintura de Mimi y fue paseándose con ella hasta la sala contigua, donde ella coleccionaba gran cantidad de fotografías, que estaban desperdigadas, y sentándose al lado de su huésped empezó a mostrárselas. Mientras lo hacía, los sirvientes cerraron todas las puertas de la serie de habitaciones, que daban también a la habitación de fuera, la del agujero del pozo en la avenida. Al poco rato, volvieron a la sala donde estaban sir Nathaniel y Adam, y *lady* Arabella se sentó en el sofá en el que Mimi ya había tomado asiento. De repente, sin causa visible, la luz empezó a oscurecerse. La luz de fuera pareció afectada de modo similar, hasta el cristal de la ventana se hizo oscuro. Sir Nathaniel, que estaba sentado cerca de Mimi, se puso en pie y gritó, «¡aprisa!», le agarró la mano derecha y empezó a arrastrarla fuera de la sala. Adam la agarró de la otra mano, y entre los dos se la llevaron por la puerta exterior, que los sirvientes estaban empezando a cerrar. Al principio era difícil encontrar el camino, por lo grande que era la oscuridad, pero para su alivio una multitud de pájaros con cogulla se precipitó a través de la puerta abierta, y entonces, echándose hacia atrás, formaron un pasillo en el aire que no podía confundirse. Con una precipitación casi frenética, se abalanzaron por la avenida hacia el portón de la entrada. Adam silbaba estridentemente. El carruaje doble del señor Salton, con los cuatro caballos y los dos postillones, que había estado esperando muy quieto en el rincón de la avenida, se echó a correr. Su marido y sir Nathaniel levantaron —casi arrojaron— a Mimi al carruaje. Los postillones aplicaron látigo y espuelas, y el vehículo, balanceándose por la velocidad, pasó rápidamente por el portón y se precipitó por la carretera. Tras ellos había una barahúnda: sirvientes apresurándose, órdenes que se cancelaban, puertas que se cerraban, y en algún lugar, aparentemente muy atrás en la casa, un extraño ruido como el de una carretilla pesada moviéndose sobre hielo delgado. No hubo disminución de ritmo. Todos los nervios de los hombres, e incluso los de los caballos, estaban tensos cuando corrían precipitadamente por la carretera. Los dos hombres agarraban a Mimi entre los dos, con los brazos de ambos alrededor de ella, como protegiéndola. Conforme iban, hubo una subida repentina en el suelo, pero los caballos, que respiraban pesadamente como si estuvieran locos, se precipitaron a velocidad de carrera, sin disminuir su paso siquiera cuando la colina volvió a caer, dejando que se apresurasen por la cuesta abajo. A la máxima velocidad de la que eran capaces los caballos, se dirigieron a Macclesfield. Desde allí a Congleton. Una vez que pasaron por este último lugar, miraron para atrás y vieron una gran masa informe detrás de ellos. Su blancura se mostraba en el insidioso anochecer, toda su forma se perdía en su rápido pasar. Desde Congleton se dirigieron a Runcorn, donde había grupos de luces en el puente y una sarta de luces solas, o de pequeños grupos de luces, a lo largo del canal para barcos. Los caballos corrían alocadamente hacia adelante, aparentemente con terror extremo, y su carrera estaba seguida por un olor nauseabundo como el que surgió por el agujero del pozo. En Runcorn se dirigieron a Liverpool, jubilosos hasta en medio de su terror cuando vieron el resplandor de las luces en el embarcadero, que se extendían río abajo hasta desaparecer en la línea de los muelles y las boyas flotantes. Conforme se acercaban, oyeron con oídos contentos la sirena de un gran vapor, brillante de luces de la proa a la popa.

«Llegamos a tiempo», dijo Adam, pero no hizo ningún otro comentario. En Runcorn vieron una masa blanca deslizándose cuesta abajo desde la carretera al Mersey, y oyeron la zambullida de un cuerpo grande que se deslizó en el canal de marea. Los postillones, que tenían su objetivo a la vista, redoblaron sus esfuerzos y corrieron por las calles con ritmo temerario, sin prestar atención a los gritos de aviso y de amenaza de la policía y de los muchos conductores de varios vehículos. Corrieron por la empinada pasarela hacia el embarcadero, justo a tiempo de ver al gran barco moverse por el río y de oír el zumbido de sus máquinas.

Los corazones de Adam y su esposa se quedaron helados, porque su última oportunidad se había ido. Pero al pie del puente movedizo estaba Davenport, reloj en mano. En el momento que llegó el carruaje, levantó su mano en una señal para el capitán de un gran vapor de la isla de Man, que evidentemente lo estaba vigilando. Cuando vio la mano levantada, hizo que funcionase el telégrafo y el gran barco movido por palas empezó a girar. El *Manx Maid* era el barco más rápido que navegaba desde Liverpool, y desde el momento en que los rebordes de las palas golpearon el agua, empezó a alcanzar al barco australiano. No tuvieron que ir mucho río abajo hasta que adelantó al otro y se colocó a su lado sin disminuir la velocidad. Los asuntos ya habían sido arreglados entre los dos barcos con un tiempo que se podía calcular en segundos. Adam y su esposa, sir Nathaniel y Davenport fueron transferidos al vapor transoceánico, que iba a la velocidad máxima permitida en ese punto del río, y el otro barco se desvió de su camino. Davenport bajó a su cabina con Adam, diciéndole la manera en que se habían hecho los arreglos, cómo había recibido el mensaje desde Diana's Grove y que los viajeros podrían apearse en Queenstown, como podían desear.

CAPÍTULO XXXI
Regreso a Doom

Había una excitación grande y desacostumbrada en el río y a lo largo de las dos orillas cuando el *Manx Maid* seguía rápidamente su camino. Desde lo alto de los faros y de las torretas de recreo, desde las vergas de los grandes barcos veleros que iban o que venían, se apuntaban catalejos y se utilizaron binoculares; había carreras de un lado para otro en todos los muelles, y se oyeron muchos disparos. Sir Nathaniel salió al puente intentando averiguar la causa; al final un contramaestre le dijo que, por lo que podían saber por las señales de los semáforos de banderas, una gran ballena había bajado por el río y se dirigía al mar. Que se la había visto por primera vez en Runcorn, dijo, y que iba corriente abajo, pero que de dónde había venido no lo sabía nadie, porque no había sido vista antes de ese momento. Para sir Nathaniel y sus amigos esto era suficiente. El peligro no se había terminado aún. Adam fue directamente al capitán y le pidió que el reflector con el que estaba equipado el barco se mantuviese sobre la presunta ballena día y noche, mientras estuviese a la vista. Eso se cumplió inmediatamente y, mientras hubiese algo que pudiera verse, hubo informes constantes. Adam y sus amigos tuvieron muchas oportunidades de ver al monstruo, más de una vez reconocieron el contorno de su cabeza y los destellos verdes de sus ojos. Justo antes de medianoche llegó el informe de que se había visto que la ballena daba la vuelta y que ahora se dirigía hacia el Mersey. Después todo fue oscuridad, y cesaron los informes. La persecución se daba por terminada.

Adam, Mimi y sir Nathaniel durmieron profundamente esa noche. Refrescados por el buen sueño, que durante muchas noches les había sido desconocido a todos ellos, el grupo se levantó con el valor renovado y las buenas intenciones que van con ello.

Cuando Queenstown estuvo a la vista, Adam dejó a su esposa en la cabina, se llevó a sir Nathaniel al bar, vacío por entonces, y lo dejó asombrado al decirle que iba a apearse cuando se detuviera el barco y que iba a regresar inmediatamente al Brow.

—Pero, ¿qué hay de tu esposa? —preguntó sir Nathaniel—. ¿Es que va a seguir adelante sola?

—No, señor, ella regresa conmigo —fue la sorprendente respuesta.

Sir Nathaniel paseó arriba y abajo varias veces antes de hablar:

—Supongo, mi querido muchacho, que has pensado bien lo que estás a punto de hacer y que has sopesado las posibles consecuencias. Yo no soy muy dado a entrometerme en los asuntos del prójimo, y una cosa así es la responsabilidad propia de un hombre que él mismo decide por completo. Por supuesto, cuando ese hombre tiene esposa, los deseos de ella son primordiales. ¿Ella qué dice?

—Estamos muy de acuerdo, sir Nathaniel. Los dos lo vemos como la obligación de estar en el lugar y de hacer lo que podamos de lo que le debemos a otra gente.

—Pero —protestó sir Nathaniel—, con las terribles experiencias que habéis tenido y con el recuerdo de los peligros tremendos de los que habéis escapado, ¿es prudente colocar una carga tan espantosa, con una posible repetición o incluso una ampliación de esas cosas, sobre los hombros de una joven que justo está entrando, y muy felizmente, en la vida? Perdona mi intromisión. No os presionaré exageradamente con mis puntos de vista a ninguno de vosotros dos, pero llevar ese punto de vista mío ante tu atención también es una obligación, y una oblgación muy sagrada, de la que no debo abstenerme.

—Eso lo sé, señor, y de todo corazón Mimi y yo le damos gracias por su amabilidad; pero es justamente por esa experiencia que ya se ha tenido, y que quizá también se ha pagado, por lo que han crecido en la misma proporción nuestro poder para ayudar a otros y nuestra responsabilidad.

Sir Nathaniel dijo solemnemente:

—No permita Dios que me entrometa entre un hombre, o mujer, y un deber. Recuerda que estoy con vosotros en cuerpo y alma, que desde el principio he compartido problemas y riesgos, y quiera Dios que lo haga hasta el final, ¡sea cual sea!

Sir Nathaniel no dijo nada más, pero fue servicial en todos los aspectos, aceptando lealmente los deseos de sus amigos y apoyándolos. Mimi le agradeció con la calidez de su apretón de manos por haber compartido el riesgo y por su fiel amistad. Entonces los tres pusieron en orden todos los asuntos hasta donde podían prever.

Cuando el barco llegó a las calles de Queenstown, desembarcaron en una gabarra y salieron en el primer tren hacia Liverpool. Allí, según las instrucciones que Davenport le había telegrafiado a Adam, se les unió el carruaje de los cuatro caballos y los dos postillones, igual que cuando salieron de Diana's Grove. Los postillones, que eran hombres con muchas agallas, vinieron voluntariamente, aunque sabían el riesgo terrible que corrían; pero los caballos se habían cambiado, prudentemente, porque los otros no podrían superar fácilmente el miedo que les produjo la prolongada carrera contra el monstruo.

Habían avisado al señor Salton de que ellos no volverían a Lesser Hill, así que no esperaba verlos. En Doom todo estaba preparado con cerraduras, cerrojos y cortinas como cuando salieron. Sería ridículo decir que Adam y Mimi no tenían miedo del regreso. Al contrario, la carretera desde Liverpool y Congleton fue una *via dolorosa*. Por supuesto, Mimi la sintió más intensamente que su marido, cuyos nervios estaban más templados y que estaba más habituado al peligro. Aun así, ella lo soportó con valentía y, como de costumbre, el esfuerzo le fue útil. Una vez que estuvo en el estudio en la parte alta del torreón, casi se olvidó de los terrores que había fuera, en la oscuridad. Ni siquiera intentó echar una miradita por la ventana, pero Adam lo hizo y no vio nada. La luna llena mostraba todo el paisaje de alrededor, pero no se podía observar en ningún sitio la trémula línea de luz verde, ni la delgada torre blanca alzándose más allá de los bosques.

La noche tranquila tuvo un buen efecto en todos ellos; al no ver el peligro, éste parecía muy lejano. A veces era difícil darse cuenta de que hubiese ocurrido alguna vez. Con el valor muy recobrado, Adam se levantó temprano y caminó a lo largo del Brow, sin ver cambios en las señales de vida de Castra Regis. Lo que sí vio en su vuelta a la casa, para su asombro y preocupación, fue a *lady* Arabella con su blanco vestido ajustado y su cuello de armiño, pero sin sus esmeraldas, que salía por el portón de entrada a Diana's Grove y caminaba hacia el castillo. Meditar en esto e intentar encontrarle algún significado ocupó sus pensamientos hasta que se reunió con Mimi y sir Nathaniel en el desayuno. Todos ellos estuvieron silenciosos durante la comida, sencillamente porque ninguno de ellos tenía nada que decir. Además, no era un tema de conversación muy agradable. Una experiencia habían tenido, al menos la tuvieron Adam y Mimi, pues sir Nathaniel había aprendido hacía mucho todo lo que esa experiencia podía enseñar, es decir, que el recuerdo del momento, incluso el más estimulante, fascinante o triste, pasa pronto; la monotonía de la vida está más allá de todos los episodios y los inunda. Se le dio un acicate a la conversación cuando Adam les contó que había visto a *lady* Arabella, que estaba de camino a Castra Regis. Cada uno de ellos tenía algo que decir de ella y de qué deseos o intenciones tenía respecto a Edgar Caswall. Mimi habló amargamente de ella en todos los aspectos. No había olvidado, y nunca lo haría, la ocasión en la que para dañar a Lilla se juntó hasta con el negro. Como asunto social, le repugnaba su seguimiento excesivo del rico terrateniente, «se le pone delante muy desvergonzadamente», fue como ella lo expresó. Estaba interesada en saber que la gran cometa volaba todavía desde la torre de Caswall, pero más allá de ese asunto no intentó ir allá. De hecho, para eso no tenía fecha. Estaba verdaderamente sorprendida, de manera tranquila, de saber lo completamente que el antiguo orden de las cosas había sido restaurado. Los únicos comentarios que hizo en relación a esto fueron los de una sorpresa fuertemente expresada por la «cara» que tenía *lady* Arabella para ignorar sus propios actos criminales, y por su insolencia al dar por descontado que los demás también los habían pasado por alto. Adam había intentado infructuosamente encontrar algún informe de la presunta ballena en el Mersey, así que permaneció en silencio sobre ese tema. Quizá es que tenía una vaga esperanza de que el monstruo había sido incapaz de soportar su aventura marítima y había perecido. Se habría alegrado mucho de que eso hubiera sido así, aunque ya había decidido que no ahorraría tiempo ni esfuerzos, y de hecho su propia vida, para liberar Diana's Grove y todo lo que contenía. Ya les había manifestado sus intenciones a Mimi y a sir Nathaniel. Éste último aprobó por completo sus propósitos y se comprometió a apoyarlo en sus esfuerzos. Mimi estuvo de acuerdo con él, pero, como mujer, le aconsejó que fuese precavido.

CAPÍTULO XXXII
Una proposición sorprendente

Cuanto más pensaba Mimi en los últimos acontecimientos, más perpleja estaba. Adam había visto realmente a *lady* Arabella venir desde su propia casa al Brow, aunque él, como también ella, había visto por última vez al monstruo, en el disfraz bajo el que de cuando en cuando aparecía, nadando en el mar de Irlanda. ¿Qué significaba, qué podía significar todo ello? Excepto que hubiese un error factual en algún sitio. ¿Sería posible que alguno de ellos, o todos ellos, se hubiesen equivocado? ¿Que no hubiese habido Gusano Blanco en absoluto? ¿Que los ojos de Adam y de sir Nathaniel los hubieran engañado? ¡Ella estaba en el mar! Dentro de ella había una creencia imposible de aceptar. No creer en lo que se mostraba como evidente era destruir los mismos fundamentos de la creencia... Y a pesar de ello... y a pesar de ello en el pasado había habido monstruos sobre la tierra, y sin duda algunas personas habían creído en esos misteriosos cambios de identidad... Todo era muy extraño. Tal vez la verdad era que ella estaba loca. ¡Sí, eso debía ser! Algo le había alterado el cerebro, estaba soñando falsedades basadas en la realidad. «Imagínate sólo cómo te miraría cualquier desconocido, digamos un médico, si le dijera tranquilamente que había tomado el té con un monstruo antediluviano y que la habían atendido unos sirvientes que estaban al tanto de ello», se dijo. Desde ahí se metió en toda clase de locas fantasías. ¿Qué clase de té prefieren los dragones? ¿Qué era lo que esencialmente estimulaba sus paladares? ¿Quién se encargaba de lavar para los sirvientes del dragón? ¿Utilizaban almidón? En la intimidad de sus casas, hogares o guaridas, ¿estaban acostumbrados los dragones a utilizar tenedores, cucharas y cuchillos? Sí, eso era cierto en cualquier caso, ella misma la había visto utilizarlos. En ese momento llegó a tal estado de confusión mental, que hasta el razonamiento al revés de la frontera entre el despertar y el dormir se quedaría en nada. Se puso a pensar profundamente. Aquí estaba ella, en su propia cama en la casa de sir Nathaniel de Salis, Doom Tower. De todas formas, eso era un hecho, y a eso se agarraría. Se mantendría callada y no pensaría en nada —ciertamente en ninguna de esas cosas extrañas— hasta que Adam estuviese con ella. Él le diría la verdad, ella creería todo lo que le dijese. Por lo tanto, hasta que él viniese ella permanecería en silencio e intentaría no pensar en absoluto. Eso fue una decisión prudente y responsable, y tuvo su recompensa. Poco a poco, los pensamientos, verdaderos o falsos, dejaron de perturbarla. La calidez y la paz de su cuerpo empezaron a hacer efecto, y tras dejar un mensaje para Adam para que viniese a ella cuando regresara, se hundió en un profundo sueño.

Adam regresó, jubiloso por su paseo y más asentado en su mente que lo que había estado en algún tiempo. Él también había estado sintiendo la reacción a la gran presión que había experimentado desde que se habían manifestado las intenciones de *lady* Arabella. Al igual que Mimi, él había pasado por la fase de duda y de incapacidad para creer en la realidad de las cosas, aunque a él no lo habían afectado tanto. Sin embargo, la idea de que su esposa sufría los efectos adversos de su terrible experiencia lo preparó mentalmente, y cuando entró en su habitación y la despertó, él estaba en lo mejor de sus nervios y de su intelecto. Se quedó con ella hasta que recuperó su coraje y en esas condiciones cayó otra vez en un tranquilo sueño. Después, él buscó a sir Nathaniel para hablar del asunto. Sabía que el calmado sentido común y la independencia del anciano, así como su experiencia, los ayudarían a todos ellos. Para entonces, sir Nathaniel había llegado a la conclusión de que por alguna razón que no comprendía, ni de hecho lo intentaba, *lady* Arabella había cambiado enteramente sus planes y, por ahora en cualquier caso, era completamente pacífica. Más tarde, cuando las ideas de la mañana se situaron en una perspectiva más alejada, estuvo inclinado a atribuir su cambio de conducta al hecho de que su influencia sobre Edgar Caswall había aumentado hasta ahora como para justificar una creencia más fija en su sumisión a los encantos de ella. Ella lo había visto esa mañana cuando visitó Castra Regis y tuvieron una larga conversación entre ellos, durante la que se había hablado de la posibilidad de su unión. Caswall, sin ser entusiasta del asunto, había sido cortés y atento. Cuando ella caminó de vuelta a Diana's Grove, casi se felicitó por su nuevo asentamiento en la vida. Que la idea se fuese haciendo fija en su mente y que incluso estuviera empezando a materializarse se mostró por una carta que ella escribió después, ese mismo día, a Adam Salton y que le envió a manos de un sirviente. Era como sigue:

Estimado señor Salton:

Me pregunto si usted me aconsejaría y, si fuera posible, me ayudaría en un asunto de negocios. No tengo ni aptitud ni experiencia en esos asuntos y me inclino a apoyarme en un amigo. Brevemente, es esto: he estado intentando por algún tiempo decidirme a vender este lugar (Diana's Grove), pero se han presentado tantos problemas para hacerlo, que me he desanimado y he pospuesto hacerlo hasta ahora. El lugar es completamente de mi propiedad y nadie debe ser consultado respecto a lo que yo puedo desear hacer con él. Lo compró mi difunto esposo, el capitán Adolphus Ranger March, que entonces tenía una residencia, el Crest, en Appleby. Adquirió todos los derechos de toda clase, incluso los de explotación minera y deportiva. Al morir me dejó la propiedad completa a mí. Ahora mi padre quiere que viva con él, y siento eso como la llamada del deber para hacerlo. Soy su única descendiente y él está empezando a ser un hombre muy viejo. Además, tiene ciertas obligaciones oficiales que desempeñar y solemnidades en las que estar presente. Como tal vez sepa usted, él es Lord Teniente del Condado y siente la necesidad de que una pariente se siente a la cabecera de la mesa. Dice que soy la única para ese puesto. Es demasiado viejo para casarse otra vez y, además de ayudarlo en las obligaciones mencionadas, quiere el consuelo de una compañía. Sentiré salir de este lugar, que se ha hecho querido para mí por muchos sagrados recuerdos y afectos, el recuerdo de muchos días felices de mi joven vida de casada y los más que felices recuerdos del hombre al que amé y que tanto me amó a mí. Estaré contenta con vender el lugar por cualquier clase de precio justo, mientras, claro está, que el comprador sea alguien que me guste y a quien apruebe. Puedo decir que usted mismo sería la persona ideal, pero no me atrevo a esperar tanto. Sin embargo, me parece que entre sus amigos australianos podría haber alguno que desease asentarse en la Madre Patria, y que en tal caso quisiera ocuparse de arreglar el lugar en una de las regiones más históricas de Inglaterra, llena de misterio y de leyenda, y con una vista interminable de interés histórico; una finca que, aunque es pequeña, está en perfectas condiciones y tiene unas ilimitadas posibilidades de desarrollo, y muchos dudosos —o pendientes— derechos que han existido desde antes de los romanos o incluso de los celtas, que fueron sus poseedores originales. Además, la casa es una de las más antiguas de Inglaterra y se ha mantenido «al último grito» durante los últimos dos mil años. La inmediata posesión de todo esto puede conseguirse. Mis abogados pueden proporcionarle a usted, o a quien usted pueda indicar, todos los asuntos y los detalles históricos. Todo lo que se necesita son unas palabras de aceptación o de rechazo por su parte, y podemos dejar que los detalles se discutan largo y tendido por nuestros agentes. Quiera usted perdonarme por molestarlo con el asunto, y créame que quedo muy sinceramente suya.

Arabella March.

Adam la leyó varias veces y luego, habiendo tomado una decisión, aunque no con carácter definitivo, fue a Mimi y le preguntó si tenía alguna objeción. Ella respondió, después de un estremecimiento, que ella estaba en esto como en todo, dispuesta a hacer lo que él quisiera. Y cuando salía de la habitación, dijo:

—Querido, estoy dispuesta a que seas tú quien juzgue lo que es mejor para nosotros. Ten la libertad de actuar como veas que es tu obligación y como te pida tu tendencia. Estamos en manos de Dios, Él nos ha guiado hasta ahora y lo hará según Sus propios fines.

CAPÍTULO XXXIII

Guerra a ultranza

Adam fue directamente desde la habitación de su esposa al estudio en la torre, donde sabía que sir Nathaniel estaría a esa hora. El anciano estaba solo, así que cuando entró conforme al «adelante» que siguió a su pregunta, cerró la puerta y fue a sentarse junto a él. Empezó a decir inmediatamente:

—¿Cree usted, señor, que sería bueno para mí que comprase Diana's Grove?

—¡Que Dios me bendiga! —dijo el anciano, sorprendido—. ¿Y para qué demonios querrías hacer eso?

—Bueno, señor, he jurado que destruiría a ese Gusano Blanco, y ser capaz de hacer lo que quiera con la guarida facilitaría el asunto y evitaría complicaciones.

Sir Nathaniel titubeó más tiempo que lo habitual antes de hablar. Estuvo pensando profundamente.

—Gracias por decírmelo, Adam, aunque en efecto casi había dado por sentadas muchas cosas. Pero es bueno tener un conocimiento preciso si uno tiene que aconsejar. Creo que por todas las razones harías bien en comprar la finca y en tener la venta decidida inmediatamente. Si necesitases más dinero que lo que sea necesario inmediatamente, dímelo y así podré ser tu banquero.

—Gracias de todo corazón, señor, pero efectivamente tengo más dinero para una necesidad inmediata que el que puedo necesitar. Me alegra que lo apruebe.

—Hago más que aprobarlo. Estás haciendo algo sensato en el terreno financiero. La finca es histórica y aumentará de valor con el paso del tiempo. Además, puedo decirte algo que de hecho es sólo una suposición, pero que, si tengo razón, le añadirá un gran valor al lugar.

Adam escuchaba. Sir Nathaniel prosiguió:

—¿Te ha interesado alguna vez el por qué se le puso el nombre de «la Guarida del Gusano Blanco»? Imagínate la palabra «blanco» en cursiva. Ahora sabemos que hubo una serpiente que en los días primitivos fue llamada gusano, pero, ¿por qué blanco?

—Realmente no lo sé, señor, no he pensado nunca en ello. Simplemente lo di por hecho.

—Eso hice yo también al principio, hace mucho tiempo; pero después le di vueltas a la cabeza para encontrar un motivo.

—¿Y cuál es ese motivo, señor?

—Sencilla y llanamente porque la serpiente o el gusano era blanca.

—¿Cómo fue eso? Tiene que haber habido un motivo. La tradición no le da un color sin algún motivo.

—Evidentemente, lo que la gente vio era blanco. Le di muchas vueltas hasta que vi alguna luz sobre el tema.

—¿No quiere usted dejarme que siga su razonamiento, señor?

—Claro que sí. Estamos en el condado de Stafford, donde la gran industria de la porcelana se originó y se desarrolló. Stafford le debe mucho de su riqueza a los grandes depósitos del escaso caolín para porcelana que se encontraron aquí de cuando en cuando. Con el tiempo esos depósitos prácticamente se agotaron, pero durante siglos los aventureros de Stafford buscaron ese caolín especial, igual que los granjeros y exploradores de Ohio y Pennsylvania buscaron petróleo. Cualquiera que tuviese propiedades donde pudiera encontrarse ese caolín, dio con una especie de mina de oro.

—Sí, ¿y entonces?

El joven tenía aspecto de desconcierto.

El anciano continuó:

—El llamado «gusano» original, de donde vino el nombre del lugar, tenía que encontrar un camino directo desde las ciénagas y los agujeros de barro. Pues bien, el caolín es fácilmente penetrable y el agujero original atravesaba probablemente la veta de caolín. Una vez que se hizo el camino se convirtió en una especie de carretera para el gusano. Pero como se necesitaba mucho movimiento para ascender a una altura tan grande e inclinada, algo de esa arcilla blanca se quedó pegada a su piel por erosión. El camino de bajada debió haber sido un trabajo fácil y con poca erosión, pero el de subida era diferente, y cuando el monstruo llegó a la vista del mundo de arriba, tenía ese blanco renovado por el contacto con el caolín. De ahí el nombre, que no tiene ningún significado enigmático, sino que es sólo un hecho. Bueno, si esa suposición mía es cierta, y no veo por que no lo sería, tiene que haber un depósito de la valiosa arcilla blanca de una profundidad inmensa. Y no hay razón alguna para que no lo sea igualmente de una gran superficie.

El comentario de Adam complació al viejo caballero.

—Tengo el fuerte presentimiento, señor, de que usted ha acertado, o que ha razonado, una gran verdad.

Sir Nathaniel siguió adelante animadamente:

—Cuando el mundo del comercio y de la fabricación se despierte al valor de tu hallazgo, será también que tu título de propiedad se ha asegurado perfectamente. Si alguien se mereció alguna vez una ganancia así, ese eres tú.

Con la ayuda de su amigo, Adam se aseguró de la propiedad sin pérdida de tiempo.

Entonces fue a ver a su tío y le contó todo el asunto. El señor Salton estuvo encantado de ver que su joven pariente era ya tan constructivamente el propietario de una finca tan buena, que le daría un estatus importante en el condado.

A la mañana siguiente, cuando Adam entró con su anfitrión en el salón fumador, este último le preguntó cómo se proponía proceder respecto a mantener su juramento.

—Lo que has emprendido es un asunto muy difícil. Destruir a ese monstruo es como uno de los trabajos de Hércules. No es sólo que su tamaño y su peso, y el poder de utilizarlos de maneras poco conocidas, estén en tu contra, sino que el lado oculto es por sí mismo un problema insuperable. El gusano ya es dueño de todos los elementos excepto el fuego. Y no veo cómo puede utilizarse el fuego para el ataque. El monstruo sólo tiene que hundirse en la tierra a su manera habitual y no podrías superarlo ni aunque tuvieses los recursos de la mina de carbón más grande que exista. Pero seguro que has tramado algún plan en tu mente —añadió cortésmente.

—Lo he hecho, señor. Pero, por supuesto, es puramente teórico y podría no soportar el examen de la práctica.

—¿Puedo saber qué idea te has formado?

—Bueno, señor, este fue mi argumento: la vieja dama es bastante experimentada. A propósito, supongo que no hay ofensa alguna al llamarla vieja dama, considerando que se ha entretenido a su manera durante algunos miles de años. De manera que es inútil intentar los medios que le eran conocidos en la época del Diluvio. He estado estrujándome el cerebro de todas las maneras posibles hasta dar con una nueva estrategia. Leemos en el Eclesiastés que «no hay nada nuevo bajo el Sol», y como ella antecedió a ese asunto, seguro que está metida en todo lo que se ha conocido popularmente desde entonces. Así que al final decidí intentar una adaptación nueva de un viejo plan. Más o menos es de hace un siglo, pero, ¿qué es un siglo para ella? En la época de la agitación del Cartismo[23] se extendió la idea entre los círculos financieros de que se iba a llevar a cabo un ataque sobre el Banco de Inglaterra. Por consiguiente, los directores de esa institución consultaron con varias personas que se suponía que sabían qué pasos deberían darse, y al final se decidió que la mejor protección contra el fuego, que era lo que se temía, no era el agua, sino la arena. Para llevar a la práctica este plan, se proveyó en todo el edificio un gran almacenamiento de arena marina muy fina —de la clase que levanta el viento y se utiliza para llenar los relojes de arena—, sobre todo en los puntos expuestos al ataque, desde donde podría ser puesta en uso.

»Propongo seguir el ejemplo. En cuanto Diana's Grove sea propiedad mía, la proveeré de cantidades enormes de esa arena y tomaré una ocasión temprana para verterla en el agujero del pozo, que se anegará con el tiempo. De esa manera, *lady* Arabella, en su disfraz de Gusano Blanco, se encontrará desconectada de su refugio. El agujero es estrecho y tiene varios cientos de pies de profundidad. El peso de la arena que puede contener no será suficiente por sí mismo para obstruir, pero la fricción de un cuerpo así trabajando contra ella será tremenda.

—Un momento. Entonces, ¿qué uso tendría la arena allí para la destrucción?

—Directamente, ninguno, pero mantendría en su sitio al cuerpo en apuros hasta que se ponga en práctica el resto del plan.

—¿Y en qué consiste el resto?

—Mientras la arena se va vertiendo a intervalos en el agujero del pozo, ¡se pueden arrojar también grandes cantidades de dinamita!

—Bien. Pero, ¿cómo explotará la dinamita?, porque, por supuesto, eso es lo que tienes intención de hacer. ¿No se necesitaría algún tipo de cable o de fusible para cada paquete de dinamita?

Adam sonrió.

—No en estos días, señor. Eso se demostró en la segunda y mayor explosión en Hell Gate[24], en Nueva York. Antes de la explosión, se colocaron cincuenta mil kilos de dinamita sellada en latas sobre los

[23]   Movimiento de reforma política y social en la Inglaterra de mediados del siglo XIX.

[24]   Para librarse de las rocas que poblaban el fondo del canal de ese nombre se provocó la explosión más grande de la Historia hasta la era atómica.

kilómetros de canal que se quería despejar. Al final se disparó una carga de pólvora, de una tonelada o así. Y la sacudida hizo que explotase toda la dinamita. Tuvo muchísimo éxito. Quienes no eran expertos en grandes explosivos esperaban que todos los cristales de Nueva York se hicieran añicos; pero en realidad el explosivo no hizo daño alguno fuera del área planeada, a pesar de que se habían minado ocho hectáreas de roca y de que sólo los muros y las vigas de apoyo habían quedado intactos. La totalidad de las rocas que hacían el remolino en el East River fueron desmenuzadas sencillamente al tamaño de cerillas.

Sir Nathaniel dio su aprobación asintiendo con la cabeza.

—Eso parece un buen plan, un plan muy excelente. Pero tiene que echar abajo tantos metros de precipicio que podría destrozar todo el vecindario.

—Y liberarlo para siempre de un monstruo —añadió Adam mientras salía de la habitación para encontrarse con su esposa.

CAPÍTULO XXXIV
Recelos

Lady Arabella había dado órdenes a sus abogados para que se apresurasen con la transmisión de la propiedad de Diana's Grove, de manera que no se perdió tiempo en hacer que Adam Salton tuviera la posesión formal de la finca. Después de su entrevista con sir Nathaniel, había dado pasos para empezar a poner en marcha su plan. Para acumular la cantidad necesaria de arena de mar fina, había ordenado al administrador que preparase un sistema elaborado para enarenar todos los terrenos. Un gran montón de arena escogida, que las carretas del señor Salton habían traído desde varias bahías de la costa de Gales, empezó a crecer en la parte trasera del Grove. Nadie parecía sospechar que estuviera allí por otro propósito que el que se había dicho. *Lady* Arabella, que era la única que podría haberlo adivinado, estaba ahora tan absorta en su persecución matrimonial de Edgar Caswall, que no tenía tiempo ni disposición para pensamientos ajenos a ello. Adam, como miembro del Comité Australiano de Defensa y artillero experto en la Artillería de Voluntarios del Oeste de Australia, tenía, claro está, muchas oportunidades para comprar y almacenar material de guerra, de modo que levantó una caseta de rugoso hierro ondulado detrás del Grove, en la que almacenó sus explosivos y también un par de piezas de artillería que creyó que sería bueno tener cerca en caso de emergencia. Hasta el Gusano Blanco tendría que ceder a los proyectiles explosivos que podían disparar. Lo tenía preparado todo para su gran intento cuando llegase el momento, ahora se contentaba con esperar y, para pasar el tiempo, se contentaba con interesarse en otras cosas, incluso en la gran cometa de Caswall, que volaba todavía desde la alta torre de Castra Regis. Por extraño que sea decirlo, se tomó un verdadero interés, más allá de la ventaja para sus propios planes, en el juego infantil de Caswall con los corredores. Claro está que podía ser que en esos asuntos pueriles, que en realidad no importaba cómo terminaban, encontró un solaz, o en cualquier caso un alivio, de las cosas que eran naturalmente más difíciles. De todos modos, fuera cual fuese la intención, el efecto estaba allí y el tiempo pasaba sin hacer daño alguno a su paso. El montón de arena fina creció hasta proporciones tan grandes como para desconcertar a los administradores y a los granjeros del Brow. La hora del cataclismo intencionado se acercaba rápidamente. Adam deseaba, pero en vano, una oportunidad que pareciese natural para visitar a Caswall en el torreón de Castra Regis. Al fin, se levantó temprano una mañana y cuando vio a *lady* Arabella moverse hacia el castillo, tomó su valor a manos llenas y pidió que le fuese permitido acompañarla. Ella se alegró, por sus propios propósitos, de cumplir con sus deseos. De manera que entraron, sin que fuesen observados a esa hora, y encontraron ellos mismos camino a la sala del torreón. Caswall se sorprendió mucho al ver que Adam venía a su casa de esa manera, pero se prestó a la tarea de parecer estar complacido. Interpretó el papel de anfitrión tan bien, que incluso engañó a Adam. Todos fueron al techo del torreón, donde Caswall explicó a sus huéspedes el mecanismo para subir y bajar la cometa, aprovechando también la oportunidad para probar los movimientos de las multitudes de pájaros, y cómo respondían casi instantáneamente a sus bajadas y subidas. Al cabo de un rato, el conjunto de los conocimientos de Adam sobre todo esto había aumentado tanto, que se alegraba de haberse atrevido a la visita.

Cuando *lady* Arabella caminaba a casa con Adam desde Castra Regis, ella le preguntó si podía hacerle una petición. El permiso le fue concedido y ella explicó que antes de salir definitivamente de Diana's Grove, donde tanto tiempo había vivido, tenía el deseo de saber la profundidad del agujero del pozo. Adam estuvo verdaderamente contento de coincidir con sus deseos, no por sentimiento alguno, sino porque deseaba tener una razón válida y ostensible para examinar el pasadizo del gusano que obviase cualquier sospecha que resultase de que él estuviera en el lugar. Eso era lo más apropiado para él y utilizó por completo sus oportunidades. Se trajo de Londres un aparato de sondeo Kelvin con una larga cuerda de piano, adecuada para examinar cualquier profundidad, por grande que fuese. La cuerda pasaba sobre la rueda que corría fácilmente, y una vez que se fijó sobre el agujero, se quedó satisfecho con esperar hasta el momento más ventajoso para hacer su experimento final. Le parecía casi imposible que hubiera complicación o perturbación en sus planes, tan cuidadosamente preparados. A menudo le sorprendía a Adam ver lo completamente que parecía disfrutar *lady* Arabella con el sondeo del agujero del pozo, a pesar del nauseabundo hedor exhalado por la fisura. Él a veces tenía que salir al aire libre para librarse de él por un rato. Realmente no era meramente un mal olor, más bien parecía formar parte de ciertas cualidades de algún pernicioso desperdicio químico. Pero ella no parecía cansarse nunca del trabajo, sino que seguía adelante como si fuese inconsciente de que existiera algo desagradable en absoluto. Adam intentó encontrar alivio interesándola en los experimentos con la cometa. En cualquier caso, la parte alta del torreón estaba libre del fétido aliento del pozo, y mientras él estaba ocupado allí no sentía como si su vida propiamente dicha estuviese en peligro por el nocivo olor. Sólo anhelaba una cosa, un poco de práctica artillera, aunque ciertamente era un solaz para él pensar que era el tirador experto de la Artillería del oeste de Australia.

Mientras tanto, los asuntos habían ido discretamente en la granja Mercy. Naturalmente, Lilla se sentía sola en ausencia de su prima, pero el tono uniforme de la vida seguía adelante para ella como para los demás. Después de que acabase la primera conmoción, las cosas volvieron a su rutina acostumbrada. Sin embargo, había una diferencia notable en un aspecto. Mientras las condiciones de la casa habían permanecido sin cambios, Lilla se alegraba de poner la ambición lejos de ella y establecerse en la vida que había sido la suya por tanto tiempo como podía recordar. Pero el matrimonio de Mimi la hizo pensar, era natural que llegase a la conclusión de que ella también debería tener una pareja. Para ella no había mucho donde elegir, en la granja había poco movimiento en sentido matrimonial, pero estaba la compensación ventajosa de que un hombre había mostrado ya su preferencia por ella de manera inconfundible. Cierto era que ella no aprobaba la personalidad de Edgar Caswall y que la lucha con Mimi la había asustado, pero sin lugar a dudas él era un partido excelente, mucho mejor que lo que ella tendría derecho a esperar alguna vez. Eso tiene mucha importancia para una mujer, y muy especialmente para una de su clase. De manera que, en conjunto, se contentaba con dejar que las cosas tomasen su curso y se atenía al asunto. Según había ido pasando el tiempo, tenía motivos para creer secretamente que las cosas no apuntaban hacia la felicidad. Pero aquí había otra vez un estado de cosas puramente femenino que se superó fácilmente. La felicidad que está, por decirlo así, «en el capullo» es como mucho imprecisa, y lo opuesto es todavía más impreciso. Es duro para una persona joven, sobre todo del sexo femenino, creer que las cosas podrían no resultar al final tan buenas como habían prometido originalmente. No podía cerrar los ojos ante ciertos hechos perturbadores, entre los que estaba la existencia de *lady* Arabella y su intimidad creciente con Edgar Caswall, su propia naturaleza fría y altiva, tan poco conforme con el amor, que es el fundamento de los sueños de felicidad de una joven; y, por último, que la compañera de su juventud, de su vida, al casarse con Adam, sería llevada al otro lado del mundo, donde iba a hacer su hogar. Tenía miedo de pensar en cómo se alterarían las cosas necesariamente si ella misma fuera a casarse.

En total, la perspectiva no era feliz para ella, y tenía el anhelo secreto de que ocurriese algo que descompusiera el orden de las cosas tal como estaban dispuestas ahora. Tenía la sensación de que estaría feliz de aceptar cualquier cosa que pudiera ocurrir como consecuencia del cambio. Tenía también una especie de precognición de que llegaba con sorprendente rapidez la hora que el señor Caswall haría otra visita a la granja, cosa que ella era incapaz de considerar con un gusto puro, sobre todo porque Mimi no estaría con ella para ayudarla a soportar la prueba. Temía que fuese a haber otra lucha de voluntades en la que tendría que ser la pelota del juego. El resultado de considerar el asunto fue que vio el principio del fin de su vida feliz, y sintió como si mirase una niebla fría en la que todo estaba oculto para ella. Y así, estaba llena de muchos recelos continuos.

CAPÍTULO XXXV
La última batalla

Cuando Lilla Watford recibió la nota de Edgar Caswall en la que preguntaba si podía ir a tomar el té a la tarde siguiente, se le hundió el corazón. Aunque fuera sólo en beneficio de su padre, ella no debía rechazarlo ni mostrar aversión alguna que él pudiera interpretar como descortesía. Echaba de menos a Mimi más que lo que podía decir o atreverse siquiera a pensar. Hasta el momento, ella la había buscado siempre por su solidaridad, por su comprensión y por su apoyo leal. Ahora, Mimi y todas esas cosas, y mil otras más —amables, aseguradoras, sustentadoras— se habían ido. Y en su lugar estaba ese horrible vacío doloroso. Para ambos sexos, en temas de afectos, y para las mujeres, en superar la timidez, la necesidad deja de ser negativa y se convierte en positiva. Durante todo el mediodía y la tarde, y por toda la mañana siguiente, la soledad de la pobre Lilla aumentó hasta ser una agonía total. Por primera vez empezó a darse cuenta del sentido de su pérdida como si todo el sufrimiento anterior hubiera sido simplemente una preparación. Todo lo que miraba, todo lo que recordaba o pensaba se cargó de recuerdos conmovedores. Además, sobre todo esto había una nueva sensación de temor. La reacción desde la sensación de seguridad que la había rodeado toda su vida hasta el recelo nunca acallado, a veces era más que lo que podía soportar. La llenaba tanto de miedo, que tenía una sensación persistente de que tan pronto moriría como viviría. Sin embargo, cualesquiera que pudiesen ser sus propios sentimientos, el deber debía cumplirse. Y como a ella la habían educado para considerar que lo primero era el deber, se preparó para pasar lo mejor que pudiera por lo que tenía ante ella. Aun así, la lucha severa y prolongada por el autocontrol la afectó. Parecía tal como se sentía, enferma y débil. Estaba verdaderamente en una condición sin energía y abatida, con negras ojeras, pálida hasta de labios y con un temblor instintivo que era incapaz de reprimir. Para ella era una triste desgracia que Mimi estuviera lejos, porque habría visto su amor a través de todas las causas oscuras y habría traído luz al infeliz estado de salud de la muchacha. Lilla era completamente incapaz de hacer nada para escaparse de la dura experiencia que tenía por delante, pero su prima, con la experiencia de sus luchas anteriores con el señor Caswall y del estado en el que esas luchas la dejaron, habría dado pasos, incluso perentorios si era necesario, para evitar que se repitiesen.

Edgar llegó puntualmente a la hora que ella dijo. Cuando Lilla vio a través del gran ventanal que él se acercaba a la casa, su alterado estado nervioso era deplorable. Sin embargo, se preparó y se las arregló para componerse y seguir adelante con la entrevista en sus primeros momentos sin ningún cambio perceptible en su apariencia y comportamiento normales. Para ella había sido un terror añadido que la negra sombra de Ulanga, a quien temía, siguiera a su dueño; se levantó un peso de su mente cuando no hizo su habitual acercamiento sigiloso. Ella temía también, aunque en menor grado, que estuviese presente *lady* Arabella para perturbarla como antes. También la ausencia de ella hizo que el principio de la entrevista fuese como mínimo menos intolerable. Con la previsión natural de una mujer en una posición difícil, había puesto los enseres de la mesa del té como una indicación sutil de la diferencia social entre ella y su invitado. Había escogido los utensilios del servicio, así como todas las provisiones preparadas, del tipo más humilde. En lugar de colocar la tetera de plata y las tazas de porcelana, había preparado una tetera de loza como la que se utilizaba habitualmente en la cocina de la granja. La misma idea se llevó a cabo con las tazas y los platitos de gruesa y sencilla cerámica de Delft, y en el cuenco para crema del mismo tipo. El pan era casero de simple trigo integral. La mantequilla era buena, por supuesto, pues la había hecho ella misma, y las conservas y la miel venían de su propio huerto. Su cara brilló de satisfacción cuando el invitado ojeó los arreglos con una mirada desdeñosa. Todo era un impacto para la pobre muchacha que disfrutaba ofrenciéndole a su invitado las pocas amabilidades que le eran posibles, pero que para eso tenía que sacrificar otros placeres. La cara de Caswall estaba más endurecida y acorazada que nunca, desde el principio mismo, sus penetrantes ojos la miraban de pies a cabeza. El corazón de Lilla tembló de miedo cuando pensó en lo que seguiría y en cómo sería el final si esto era sólo el principio. Como alguna protección, aunque sólo podía ser de carácter sentimental, se trajo desde su habitación las fotografías de Mimi, de su abuelo y de Adam Salton, a quien miraba ahora con confianza, como a un hermano en quien podía confiar. Mantuvo las imágenes cerca del corazón, hacia el que su mano se desviaba cuando las sensaciones de limitación, desconfianza o miedo se volvían tan agudas como para interferir con la calma que sentía que era necesaria para ayudarla en su dura experiencia. Edgar Caswall fue cortés y educado al principio, incluso considerado; pero después de un rato, cuando vio que la resistencia de Lilla a su dominio aumentaba, abandonó toda clase de autocontrol y apareció en la misma dominación que había mostrado previamente. Sin embargo, ella estaba preparada para eso, por su experiencia anterior y por el instinto natural de lucha que tenía. Según pasaban los minutos, con estos medios ambos desarrollaron el poder y preservaron la igualdad en la que habían empezado.

Sin aviso ni causa convincente, la batalla psíquica entre las dos individualidades empezó otra vez. Esta vez, todas las causas negativas y positivas estaban a favor del hombre. La mujer estaba sola y con mal ánimo, sin apoyos, y no tenía nada en absoluto a su favor excepto el recuerdo de los dos torneos victoriosos; mientras que el hombre, aunque sin la ayuda anterior de *lady* Arabella ni de Ulanga, estaba en toda su fuerza, había descansado bien y en circunstancias florecientes. Por lo tanto, no había que extrañarse de que su dominio nativo del carácter tuviese la oportunidad completa de afirmarse. Empezó su mirada fija preliminar con un deliberado sentido de poder y, como creyó que tenía un efecto inmediato en la muchacha, notó una convicción cada vez mayor de victoria definitiva. Al poco tiempo, la decisión de Lilla empezó a flaquear. Notó que la competición era desigual, y que ella era incapaz de presentar sus mejores esfuerzos. Como era una persona generosa y nada egoísta, no pudo luchar tanto en su propia batalla como en la de alguien a quien quisiese y a quien se dedicase. Edgar vio la relajación de los músculos de la cara y de la frente, y el casi colapso de los pesados párpados, que parecían caerse hacia abajo, dormidos. Ella hizo esfuerzos valientes para apuntalar sus menguantes poderes, pero sin éxito por algún tiempo. Finalmente llegó una interrupción, que pareció como un poderoso estimulante. A través del ancho ventanal Lilla vio que *lady*

Arabella entraba por el sencillo portón de la granja y que avanzaba hacia la puerta del salón. Como era habitual, estaba vestida de un blanco ajustado que realzaba su delgada y sinuosa figura. La vista hizo para Lilla lo que ningún esfuerzo voluntario había podido. Sus ojos destellaron, y en un instante sintió como si de repente se hubiese desarrollado una nueva vida dentro de ella. La entrada de *lady* Arabella, con su habitual manera despreocupada, altanera y desdeñosa, elevó el efecto, de modo que, cuando las dos estuvieron cerca la una de la otra, se unió a la batalla. También el señor Caswall sacó nuevo coraje de su venida y volvieron a él toda su maestría y su poder. Sus miradas, intensificadas, tenían efectos más evidentes que lo que había sido patente ese día. Al final, Lilla parecía superada por el dominio de Caswall. Su cara se puso roja y pálida, violentamente roja y horriblemente pálida en rápidos turnos. Parecía que su fuerza se hubiera ido. Sus rodillas colapsaron y estaba realmente hundiéndose en el suelo, cuando para su sorpresa y su alegría Mimi entró en la habitación, corriendo rápidamente y respirando pesadamente. Lilla corrió hacia ella y las dos se agarraron las manos. Con eso, una nueva sensación de poder, mayor que la que Lilla había visto nunca en ella, pareció que avivaba a su prima. Su otra mano barrió el aire frente a Edgar Caswall, y lo echaba cada vez más para atrás con cada movimiento, hasta que al final lo arrojó por la puerta que la entrada de Mimi había dejado abierta, y se cayó de espaldas a todo lo largo del camino de gravilla de fuera. Entonces llegó el colapso final y completo de Lilla, quien, sin un ruido, se derrumbó al suelo pálida como la muerte.

CAPÍTULO XXXVI

Cara a cara

Mimi estuvo muy consternada cuando vio a su prima tumbada boca abajo. Había visto unas cuantas veces a su prima a punto de desmayarse, pero nunca quedarse sin sentido, y ahora estaba asustada. Se arrojó de rodillas junto a Lilla e intentó que se recuperase, a base de frotarle las manos y de esas medidas que se conocen comúnmente. Pero todos sus esfuerzos fueron infructuosos. Lilla seguía tumbada, blanca y sin sentido. De hecho, parecía estar peor a cada momento; su pecho, que había estado jadeante por la tensión, se quedó quieto y la palidez de su cara se volvió de mármol. Con esos cambios sucesivos aumentó el temor de Mimi, hasta que la dominaron completamente. Sólo consiguió controlarse para no gritar. *Lady* Arabella siguió a Caswall cuando él se recuperó lo suficiente para levantarse y andar, aunque a tropezones, en dirección a Castra Regis. Cuando Mimi se quedó a solas con Lilla y había terminado la necesidad de los esfuerzos, se sintió débil y tembló. Mentalmente lo atribuyó a un cambio repentino del tiempo. Por momentos se hacía aparente que venía una tormenta. El cielo estaba cubierto de nubes que pasaban rápidamente. El silencio era tan marcado que se transformó en una cualidad positiva. En el aire había esos ruidos chasqueantes que señalan que la electricidad se está acumulando. Por un momento breve se dio cuenta de que, a pesar que la gran cometa seguía volando desde el torreón, empezaban a reunirse los pájaros igual que lo habían hecho cuando la cometa cayó; pero ahora empezaban a desaparecer de alguna manera misteriosa: primero uno a uno, y luego en cantidades cada vez mayores hasta que todo el mundo de fuera se vio como una desolación generalizada. Algo la impactó cuando se hizo consciente de ello, y con un loco susto en su cara se agachó otra vez sobre Lilla.

Y entonces llegó un grito salvaje de desesperación. Mimi levantó la blanca cara de Lilla y la apoyó en su joven pecho cálido, pero todo en vano. El frío de la blanca cara la electrizó, y colapsó totalmente cuando se dio cuenta de que Lilla había muerto.

El anochecer se hacía más profundo poco a poco y las sombras de la tarde se acercaron, pero ella no parecía notarlo ni que le importase. Se quedó sentada muy quieta en el suelo, con los brazos alrededor de la muchacha a quien amaba. El cielo se puso más oscuro y negro conforme la tormenta próxima y la noche que se cerraba unieron sus fuerzas. Siguió sentada todavía, sola, sin lágrimas, incapaz de pensar. La tarde se fundió con la noche lentamente. Mimi no sabía cuánto tiempo llevaba sentada allí. Aunque le parecía que habían pasado siglos, no podían haber sido más que unos pocos minutos. De repente volvió en sí y se sorprendió al encontrarse en una oscuridad casi absoluta. Por un rato se echó en silencio, pensando en el pasado inmediato. De alguna manera eso ayudó a su consciencia, y sin ningún acto de voluntad especial se puso en pie. Encendió una lámpara y miró a su prima. No había duda de que Lilla estaba muerta, pero la muerte debió haber sido reciente, aunque su cara estaba blanca, la carne todavía era suave al toque. Cuando la luz de la lámpara cayó sobre sus ojos, éstos parecieron mirarla con intención, con significado. Mimi apagó la luz y se sentó quieta en la oscuridad, sintiendo como si estuviese viendo con los ojos de Lilla. La negrura que la rodeaba permitió que no hubiese ninguna influencia perturbadora en su propia consciencia: la oscuridad del cielo, del que había algún vistazo esporádico cuando alguna nube llevaba una luz con ella, estaba afinada de alguna manera con sus oscuros pensamientos propios. Para ella todo estaba oscuro, tanto dentro como fuera. Su esperanza estaba tan muerta como el cuerpo de su prima. Y por encima y por detrás de todo estaba la sensación de indecible soledad y tristeza. Sintió que nada de este mundo volvería a estar bien otra vez. En ese estado de oscuro aislamiento le vino una nueva decisión, que creció y creció hasta convertirse en un propósito fijo y definido. Se enfrentaría a Caswall y lo denunciaría por haber asesinado a Lilla, así lo decía ella, asesinato, para sí. Daría pasos también, no sabía ni qué ni cómo, para vengar la parte tomada por *lady* Arabella. En ese estado de ánimo encendió todas las lámparas de la sala, trajo agua y ropa blanca de su habitación y se puso a ordenar decentemente el cuerpo de Lilla. Esto llevó algo de tiempo, pero cuando acabó, se puso el sombrero y la capa, apagó las luces y, cerrando la puerta tras ella, se puso a andar silenciosamente y con paso mantenido hacia Castra Regis. Al acercarse al castillo, no vio ninguna luz excepto las que estaban en la habitación del torreón y a su alrededor. Las luces mostraban que el señor Caswall estaba allí, de modo que entró por la puerta del vestíbulo, que estaba abierta como de costumbre, y tanteó su camino en la oscuridad por las escaleras hasta el recibidor de la habitación. La puerta estaba entornada y la luz de dentro se mostraba intensamente por la abertura. Vio que Edgar Caswall daba vueltas sin descanso de un lado para otro en la habitación, con las manos agarradas tras la espalda. Ella abrió la puerta sin llamar y entró directamente en la habitación. Cuando entró, él dejó de caminar y la miró sorprendido. Ella no hizo observación ni comentario alguno, pero siguió con la mirada fija que él le había visto en su entrada.

Por un rato reinó el silencio, y los dos se quedaron mirándose fijamente el uno al otro. Caswall fue el primero en hablar.

—He tenido el gusto de ver a su prima hoy, señorita Watford.

—Sí —respondió ella con la cabeza alta y mirándolo directamente entre los ojos, cosa que incluso lo estremeció—. Porque usted la vio, para ella ha sido un mal día.

—¿Y eso, por qué? —preguntó él débilmente.

—Porque le ha costado la vida. ¡Está muerta!

—¡Muerta! ¡Santo Dios! ¿Cuándo ha muerto? ¿Y de qué?

—Murió esta tarde, justo después de que usted la dejase.

—¿Está usted segura?

—Sí, y usted también, o debería estarlo. ¡Usted la mató!

—¡Que yo la maté! ¡Tenga cuidado con lo que dice! ¿Por qué dice usted una cosa así?

—Porque es tan cierto como que Dios nos ve, y usted lo sabe. Usted vino a la granja Mercy a propósito para matarla si podía. Y la cómplice de su culpa, *lady* Arabella March, vino con esa misma intención.

—Tenga cuidado, mujer —dijo él acaloradamente—, no use esos nombres de esa manera, o sufrirá por ello.

—Estoy sufriendo por ello, he sufrido por ello y sufriré por ello. No por decir la verdad como he hecho, sino porque ustedes dos llevaron a mi querida prima a la muerte con diabólica malignidad. Son usted y su cómplice quienes tienen que temer el castigo, no yo.

—¡Tenga cuidado!

—Oh, no les temo ni a usted ni a su cómplice —respondió ella animosamente—, estaré satisfecha de defender cada palabra que he dicho y cada acto que he hecho. Además, creo en la justicia de Dios. No temo la molienda de Sus molinos, si fuera necesario yo misma pondría las ruedas en movimiento. Pero a usted no le importa Dios, ni siquiera cree en Él. Su dios es su gran cometa, que amedrenta a los pájaros de una región entera; pero esté seguro de que cuando Su mano se alza, siempre cae a la hora señalada. Su voz habla como el trueno, y no sólo para los ricos que desprecian a sus vecinos más pobres. Las voces que acuden a Él vienen del surco y del taller, del esfuerzo demoledor y de la tensión y la presión incesantes. Él oye siempre esas voces, por frágiles y débiles que sean. Su trueno es el eco de esas voces, Su rayo, la amenaza que se ha transmitido. ¡Tenga cuidado! Lo digo como usted lo ha dicho. Pudiera ser que su nombre de usted se llame en este mismo momento ante la Gran Audiencia. Arrepiéntase mientras todavía tenga tiempo. Seré feliz si a usted le permiten entrar en esos salones poderosos en compañía del ángel de alma pura, cuya voz sólo tiene que susurrar una palabra de justicia y desde ese momento usted desaparecerá para siempre en el tormento eterno.

CAPÍTULO XXXVII

Eritis sicut deus[25]

Hacía dos días que la mayoría de los interesados estaban especialmente ocupados. Adam, que había dejado libre a su esposa para que siguiera sus propios deseos respecto a Lilla y su abuelo, se había ocupado con el llenado del agujero del pozo con la arena fina preparada para ese propósito, teniendo el cuidado de que se bajasen a intervalos regulares cantidades del almacén de dinamita, de manera que estuviesen listas para la explosión final. Tenía un equipo de trabajadores bajo su supervisión directa, y en ello lo ayudaba sir Nathaniel, que había venido para ese propósito y se alojaba en Lesser Hill. El viejo señor Salton también mostraba mucho interés en el trabajo y estaba continuamente entrando y saliendo, sin nada que escapase a su observación. *Lady* Arabella estaba en casa de su padre en El Pico. Su visita a la granja Mercy

---

[25] *Seréis como dioses*, Génesis, 3-5, palabras de la tentación de la serpiente a Eva.

era desconocida para todo el mundo, excepto para ella y para Mimi, y había mantenido su propio consejo respecto a su infeliz conclusión. De hecho, le había costado mucho mantener a Edgar sin ese conocimiento. El aparato de sondeo Kelvin funcionaba muy bien, y parecía ser un placer continuo para ella, a pesar de los horribles efluvios, medir una y otra vez la profundidad del agujero del pozo, que tenía una extraña fascinación para ella que no compartía nadie empleado en el trabajo. Cuando alguno de los trabajadores se quejaba del hedor al que estaban sometidos, ella no dudaba en decirle rotundamente que creía que era un «truco» por su parte para conseguir una desmesurada cantidad de bebida fuerte. Naturalmente, Adam no supo de la muerte de Lilla. No había nadie para decírselo excepto Mimi, que no deseaba causarle dolor alguno y que, además, estaba tan totalmente ocupada con mucho asuntos, algunos de los cuales conocemos, que le faltaba la oportunidad de mencionar el asunto, incluso a su esposo.

Cuando Mimi volvió con sir Nathaniel después de su entrevista con Edgar Caswall, sintió la nueva libertad en cuanto a sus movimientos. Desde su matrimonio con Adam y su venida para quedarse en la torre Doom, había estado encadenada siempre por el miedo al horrible monstruo de Diana's Grove; pero ahora ya no lo temía. Había aceptado el hecho de que el monstruo adquiriese a voluntad la forma de *lady* Arabella y viceversa, y quizá había estado igualmente asustada de cualquier forma que tomase. Pero ahora no se preocupaba de la una ni de la otra. Ciertamente, quería conocer a *lady* Arabella, pero eso era por propósitos agresivos, aún tenía que acusarla y reprobarla por su parte en la infelicidad que se le había forjado a Lilla y por haber participado en su muerte. En cuanto al monstruo, lo habían visto por última vez en el canal, de camino hacia el mar. Por lo que ella sabía o le importaba, no había sido visto desde entonces y podría no vérsele nunca más. Ahora Mimi podía deambular a voluntad a lo largo de las alturas llenas de brisa del Brow o bajo los extensos robles de Diana's Grove sin temer la odiosa presencia de la *lady* ni de su *alter ego,* el gusano. No se atrevía a comparar lo que el lugar había sido para ella antes de la aborrecible revelación, pero pudo disfrutar, y le dio gracias a Dios por ello, de sus bellezas tal como eran, lo que habían sido y podrían ser de nuevo una vez que estuviesen libres. Cuando dejó Castra Regis después de su entrevista con Edgar Caswall, caminó a Doom haciendo un largo desvío sobre el Brow. Necesitaba tiempo para calmarse y ser dueña de sí misma otra vez antes de encontrarse con su marido. Sus nervios estaban a flor de piel, y sentía aún más que al principio el golpe de la muerte dc su prima, que todavía la abrumaba completamente. El paseo le sentó bien. En los muchos cambios de escena y en el ejercicio tonificante, sintió que su fortaleza nerviosa así como sus ánimos se habían restaurado. Casí volvía a ser la misma de antes cuando entró por los portones de Doom y vio las luces de su propia habitación brillar en la oscuridad.

Al entrar en esa habitación, lo primero que hizo fue correr a la ventana y echar una mirada ansiosa alrededor de todo el círculo a la vista. Eso era instructivo: un esfuerzo inconsciente para despejar su mente de todo temor de que el gusano todavía estuviese cerca, irguiendo su enorme altura por encima de los árboles. Una simple mirada la dejó satisfecha de que en todo caso el gusano, en persona, no estaba visible. Así que se sentó un rato en el asiento de la ventana y disfrutó de la vista plena de la que había sido apartada por tanto tiempo. La doncella que la atendía le dijo que el señor Salton no había regresado aún a la casa, de modo que se sintió libre para disfrutar del lujo de la paz y del silencio.

Mientras miraba por la ventana de la alta torre, que ella había abierto, vio que algo delgado y blanco se movía por la avenida muy por debajo de ella. Creyó que reconocía la figura de *lady* Arabella e instintivamente se ocultó tras la cortina abierta. Cuando, oteando varias veces, estuvo segura de que la *lady* no la había visto, observó con más cuidado, ya que todo su odio instintivo por *lady* Arabella la inundó de nuevo al verla. *Lady* Arabella se movía rápida y sigilosamente, mirando atrás y a su alrededor de cuando en cuando como si temiera que la siguiesen. Esa oportunidad de verla cuando ella no deseaba ser vista, le dio a Mimi la idea de que estaba planeando algo, de manera que decidió aprovechar la ocasión para observarla con más detalle. Se puso rápidamente una capa y un sombrero, ambos oscuros, corrió a la planta baja y salió a la avenida. *Lady* Arabella se había movido, pero el brillo de su vestido blanco se veía aún entre los robles de alrededor del portón. Mimi la siguió manteniéndose en la sombra, teniendo cuidado de no acercarse tanto como para despertar las sospechas de la otra. La negrura anormal del cielo la ayudó y, como ella había pasado desapercibida y era imperceptible, observó su paso apresurado en dirección a Castra Regis.

Mimi siguió constantemente adelante a través de la oscuridad de los árboles, dependiendo de los destellos del vestido blanco para mantenerse en la pista. El bosquecillo empezó a espesarse y entonces, cuando la carretera se ensanchaba y los árboles crecían más juntos entre sí aunque se alzaban más alejados hacia atrás, perdió de vista cualquier indicio de su paradero. En esas condiciones le era imposible hacer nada más, así que después de esperar un poco, oculta todavía en las sombras para ver si podía atrapar otro vistazo del vestido blanco, se decidió a seguir adelante despacio hacia Castra Regis, y le confió a la suerte volver a encontrar su rastro. Siguió adelante lentamente, aprovechándose de cualquier obstáculo y sombra para mantenerse oculta. Al final, entró en los terrenos de Castra Regis en un punto desde el que eran tenuemente visibles las ventanas del torreón, sin haber visto otra vez ninguna señal de *lady* Arabella. En la extrema oscuridad de la noche, la luz de la cámara del torreón parecía brillante en comparación, aunque de hecho era tenue, pues Edgar Caswall sólo tenía encendidas un par de velas. La oscuridad encajaba con su propio estado de ánimo.

Todo el tiempo que Mimi Salton había pasado viniendo de Doom, siguiendo como creía a *lady* Arabella March, en realidad estaba seguida por *lady* Arabella, que al tener el poder de ver en la oscuridad la había visto salir de la torre Doom y ya no la perdió de vista. Era un caso pocas veces visto del cazador cazado y, es extraño decirlo, a la manera cierta de dos partidas para la caza. Por un tiempo, los muchos giros de Mimi, por los obstáculos naturales que se interponían continuamente, la mantuvo desapareciendo y reapareciendo, pero cuando estuvo cerca de Castra Regis ya no había posibilidad alguna de ocultarse y la extraña persecución doble siguió rápidamente adelante. En ese momento, el posicionamiento de las involucradas era este: Mimi, que seguía buscando en vano a *lady* Arabella, iba delante, y detrás de ella, de cerca, aunque manteniéndose muy oculta, venía la otra, que lo veía todo tan claramente como si fuese de día. La oscuridad natural de la noche y la negrura del cielo cargado de tormenta no le presentaban problema alguno. Cuando vio que Mimi entraba en el oscuro vestíbulo y tanteaba su camino hacia arriba por la escalera, todavía más oscura, creyendo que seguía aún a *lady* Arabella, esta última persistió en su camino. Cuando habían alcanzado el distribuidor de las habitaciones del torreón, ninguna de ellas buscaba ya activamente a la otra y cada una se contentaba con seguir adelante, creyendo que el objeto de su búsqueda estaba delante de ella.

Edgar Caswall estaba sentado, pensando en la oscuridad de la habitación grande, movido a veces a la curiosidad cuando las nubes que iban a la deriva permitían que cayese un poco de luz del cielo barrido por la tormenta. Pero nada lo interesaba de verdad ahora. Desde que había sabido de la muerte de Lilla, la pesadumbre de su desgarrador remordimiento, acentuada por la reprobación de Mimi, había hecho hasta más desesperada la oscuridad de su propia naturaleza cruel, egoísta, triste y taciturna. No oyó ruido alguno. En primer lugar, sus facultades normales estaban entumecidas por su pensamiento hacia dentro, y además, los ruidos que hacían las dos mujeres eran en sí mismos difíciles de oír. Mimi era muy ligera de peso, y estaba en lo mejor de su juventud y de su fuerza, por lo que sus movimientos eran ligeros y tan bien medidos y sin desperdicio como los de un animal en la selva.

En cuanto a *lady* Arabella, en todo tiempo sus movimientos eran tan sigilosos y silenciosos como los de su impoluta raza, cuyos primeros miles de años se ocuparon, no en ir directamente de un lado para otro, sino en arrastrarse sobre sus vientres pasando desapercibidas y sin hacer ruido.

Cuando llegó a la puerta, que todavía estaba un poco entornada, Mimi dio un leve golpe por instinto de decoro. Tan leve fue, que no llegó a los oídos de Caswall. Entonces, armándose de valor a manos llenas, empujó la puerta, atrevida pero silenciosamente, y entró. Al hacerlo se le hundió el corazón, porque ahora estaba cara a cara con un problema que, en su estado de turbación mental, no se le había ocurrido.

CAPÍTULO XXXVIII
En el techo del torreón

La tormenta que se avecinaba ya estaba manifestándose, no sólo en el amplio ámbito de la naturaleza, sino en los corazones y las naturalezas de los seres humanos. La perturbación eléctrica en el cielo y en el aire se reproduce en los animales de todas clases, y sobre todo en el tipo más alto de todos ellos, el más receptivo, el más eléctrico en sí mismo, el más recuperable de sus cualidades naturales, el de alcance más amplio con su red de intereses. Y así ocurría con Edgar Caswall, a pesar de su naturaleza egoísta y de la frialdad de su sangre. Y así ocurría con Mimi Salton, a pesar de su desinteresada e invariable devoción por los que amaba. Y así ocurría incluso con *lady* Arabella, quien, bajo los instintos de una serpiente primigenia, llevaba los siempre cambiantes deseos y costumbres indestructibles de la femineidad, que son siempre antiguos y siempre nuevos. Edgar, después de haber mirado una vez hacia Mimi, reanudó su postura apática y su taciturno silencio. Mimi se sentó silenciosamente un poco alejada de Edgar, en un lugar desde donde pudiese ver el progreso de la tormenta que llegaba y estudiar su aspecto a través de todo el círculo visible del vecindario. Estaba de un humor más brillante y mejor que lo que había estado todo el día, o en muchos días anteriores. *Lady* Arabella intentó ocultarse tras la puerta, que ahora estaba abierta. En cada movimiento era como si intentase apretujarse en cada pequeña irregularidad del suelo junto a ella. Afuera, las nubes se hacían más espesas y negras según se acercaba el centro de la tormenta. Hasta ahora las fuerzas, desde cuyo enlace salta el rayo, seguían separadas, y el silencio de la naturaleza anunciaba la calma antes de la tempestad. Caswall sentía el efecto de la acumulación de las fuerzas eléctricas. Una especie de euforia salvaje creció en él, tal como la había sentido a veces justo antes del estallido de una tormenta tropical. Al darse cuenta de ello, levantó instintivamente la cabeza y vio los ojos de Mimi. Estaba atrapado en una emoción mayor que él mismo, y en el estado de ánimo en que se hallaba sintió dentro de él la necesidad de hacer algún acto desesperado. Ahora era totalmente temerario, y como Mimi estaba asociada con él en el recuerdo que lo llevaba adelante, deseó que también ella estuviese comprometida en esa empresa. Por supuesto, no tenía conocimiento de la proximidad de *lady* Arabella. Creyó que estaba solo, muy lejos de todos los que conocía y cuyos intereses compartía; a solas con los elementos salvajes, que estaban azotados hasta la furia, y con la mujer que había luchado con él y lo había derrotado, y sobre quien iba a derramar, aunque en secreto, toda la dosis de su odio.

El hecho era que Edgar Caswall estaba, si no loco, sí algo muy semejante a ello. Su naturaleza, siempre excéntrica, alimentada por el dominio que le era posible a uno en su condición vital, lo había hecho inconsciente de la proporción relativa de las cosas. De esa manera miente la locura. Una persona que es incapaz o reacia para distinguir las proporciones verdaderas, es propensa a llegar más lejos en el terreno intelectual con cada nueva experiencia. Desde la incapacidad de darse cuenta de las proporciones verdaderas de muchas cosas, sólo hay un paso hasta la confusión fatal. La locura en su primera fase, la monomanía, es una carencia de proporción. Mientras sea general, no siempre es detectable, pues el espectador anodino está sin la necesaria base de comparación. La comprensión viene sólo con un acontecimiento, cuando la persona a enjuiciar tiene algún patrón reconocible con el que comparar las ideas quiméricas del cerebro trastornado. La monomanía ofrece la oportunidad. Habitualmente, los hombres no tienen a mano una cantidad, o ni siquiera una variedad de patrones. Es esa cosa contraria a nuestra experiencia la que nos pone a pensar y, una vez que se ha establecido el proceso de pensamiento, se vuelve aplicable a todas las cosas ordinarias de la vida, y entonces descubrir la verdad es sólo cuestión de tiempo. Debido a que las imperfecciones del cerebro son normalmente de un carácter o alcance que en sí mismo hace difícil diferenciar las irregularidades, ese descubrimiento no se hace rápidamente por lo general. Pero en la monomanía, la facultad descarriada sobresale de una manera que no puede negarse. Pone a un lado, oscurece o toma el lugar de algo distinto, justo como la cabeza de un alfiler colocada en el centro del iris bloquea todo el ámbito de la visión. La forma de monomanía más habitual tiene por lo común el mismo inicio que la que padecía Edgar Caswall, una idea desmesurada de la propia importancia. El psiquiatra, que estudia el asunto con exactitud, probablemente sepa más sobre la vanidad humana y sus efectos que los hombres corrientes. Su conocimiento de la debilidad intelectual de un individuo casi nunca llega rápidamente. Es un proceso intelectual en sí mismo y, si los inicios pueden seguirse en absoluto, la cura —si la cura es posible— ya ha empezado. El trastorno mental de Caswall no era difícil de identificar. Todos los manicomios están llenos de casos como esos, hombres y mujeres que son egoístas y ególatras por naturaleza, que para sí mismos valoran tanto su propia importancia, que cualquier otra circunstancia de la vida se subordina a ello. El declive es rápido. La enfermedad proporciona en sí misma el material para la auto magnificación. El mismo individuo que frecuentemente es religioso, modesto y generoso, que ha recorrido todos los buenos caminos quizá durante años, que ha pasado sin mancharse a través de tentaciones que destrozan a la mayoría de las personas con capacidades superiores a las suyas, se convierte —por un proceso tan gradual que en su primer reconocimiento aparece como su fuera súbito— en una persona concentrada en sí misma, anárquica, deshonesta, cruel y desleal en la que no se puede confiar más que lo que puede ser refrenada. Cuando la misma decadencia ataca a una naturaleza que sea naturalmente orgullosa, egoísta y vana, y carente de la capacidad y el hábito del autocontrol, el desarrollo de la enfermedad es más rápido y llega a límites más extremos. Son esas personas las que se convencen de que tienen los atributos del Todopoderoso, incluso que ellas mismas son el Todopoderoso. Al principio, la vanidad es también el proceso desintegrador así como el melancólico final. Una investigación profunda muestra que no hay ningún factor nuevo en ese caos. Todo es exacto y lógico; es sólo un desarrollo y no una recreación, los gérmenes estaban ya allí, todo lo que ha ocurrido es que han madurado y tal vez fructificado. Caswall era justo un caso así. No se volvió cruel, ni anárquico, ni deshonesto, ni desleal, esas cualidades ya estaban allí, envueltas en alguno de los muchos disfraces del egoísmo.

El carácter, de cualquier clase y medida que sea, tanto bueno como malo, está destinado a la larga a justificarse según sus luces. La medida completa del drama está en el desarrollo del carácter. Las uvas no desarrollan espinas, ni los higos se convierten en cardos. Eso es cierto en cada fase de la naturaleza y, por encima de todo, es cierto en el carácter que es simplemente lógico de manera episódica. La mano que modeló la fisionomía de Edgar Caswall con aquella forma aquilina y la mente que la ordenó no se equivocaron. Él mantuvo hasta el final la fuerza y la debilidad de la naturaleza aquilina; y en su hora final, cuando se acababa la arena del reloj, él, sus intenciones y sus actos —todas las variaciones y complejidades de su individualidad— eran esencialmente los mismos que lo marcaron en sus primeros días. Él había madurado, eso era todo.

Mimi tenía la sospecha —o quizá más bien la intuición— del verdadero estado de las cosas cuando lo oyó hablar, y al mismo tiempo notó el rubor anormal de su cara y sus ojos inestables. En ellos había cierta necesidad de fijeza de propósito que ciertamente ella no había notado antes, y una pronunciación rápida y espasmódica que le pertenece al demente más que a quien tiene un equilibrio mental. Estaba un poco pasmada, no sólo por los pensamientos de él, sino por su manera entrecortada de expresarlos. La manera permanecía en la memoria de Mimi casi por más tiempo que las palabras. Más tarde, al pensar en el asunto, tuvo en cuenta ciertos asuntos que en aquel momento no tenía en mente: la extraña hora de la visita de ella —ahora ya pasaba de la medianoche—, acercándose al amanecer; la salvaje tormenta que ya estaba muy cerca; la anterior molestia nerviosa de su propia lucha con él, de haber oído la noticia de la muerte de Lilla, de su propia visita inoportuna, tan plagada de experiencias y recuerdos desagradables. Cuando con más calma sopesó todas esas cosas con imparcialidad, hacerlo no sólo dio lugar a la tolerancia del error y los excesos, sino también a ese estado mental más sereno, el único con el que se puede alcanzar la precisión del juicio.

Cuando Caswall se levantó y empezó a moverse a la puerta que llevaba a la escalera del torreón mediante la que se alcanzaba el techo, dijo de una manera autoritaria, cuyo tono solo ya hizo que Mimi se sintiera desafiante:

—¡Venga! La necesito.

Ella se echó atrás instintivamente, no estaba acostumbrada a esas palabras y menos aún a ese tono. Su respuesta indicaba una nueva lucha.

—¿Adónde? ¿Por qué tengo que ir? ¿Para qué?

Él no replicó enseguida —otra indicación de su abrumador egotismo. Ahora estaba acercándose a la actitud de Causa Final consciente. Ella repitió sus preguntas. Él quedó un poco sorprendido, pero el hábito se reafirmó y dijo sin pensar las palabras que llevaba en el corazón.

—Quiero que usted, si tiene la bondad, venga conmigo al techo del torreón. Sé que no tengo el derecho de pedirle o de esperar que venga. Sería una amabilidad suya para conmigo. Estoy muy interesado en ciertos experimentos con la cometa que serían, si no un placer, al menos una nueva experiencia para usted. Verá algo que no puede verse fácilmente de otra manera. La experiencia podría ser útil en algún momento, aunque eso no puedo garantizarlo.

—Iré —respondió sencillamente ella.

Edgar se movió en dirección a la escalera, ella seguía de cerca tras de él.

A ella no le gustó que la dejase sola a tal altura, en ese lugar, en la oscuridad y con una tormenta a punto de estallar. No tenía miedo de él, todo lo que había sido parecía haber pasado a mejor vida con sus dos victorias sobre él en la lucha de voluntades. Además, el recelo más reciente —el de la locura de él— había terminado también. En los últimos minutos de la conversación él pareció tan racional, tan claro y tan nada beligerante, que ella no vio razón siquiera para la duda. Estaba tan satisfecha que hasta cuando él le tendió la mano para guiarla por la inclinada y estrecha escalera, ella la agarró sin pensar, de la manera más convencional. *Lady* Arabella, agachada en el distribuidor detrás de la puerta, oyó todas las palabras que se dijeron y se formó su propia opinión de ello. Para ella era evidente que había habido alguna reconciliación entre los dos que últimamente habían sido tan hostiles entre sí, que la enojó furiosamente. No era por celos, sino sólo porque Mimi se estaba entrometiendo en sus planes.

A esas alturas, ella daba por segura su captura de Edgar Caswall y no podía tolerar ni siquiera el capricho más liviano y despectivo por su parte que pudiese desviarlo del asunto principal. Al percatarse de que él deseaba que Mimi fuese con él al techo y de que ella había accedido, su furia no tuvo límites. Se hizo inconsciente de cualquier peligro que pudiera haber en la visita a un lugar tan expuesto a esa hora y de todas las demás consideraciones menores, y se decidió a anticiparlas. Para entonces conocía bien los giros y las dificultades de la escalera del torreón, y podía utilizarla en la oscuridad tanto como en la luz, y eso independientemente de su heredado poder de ofidio de ver sin luz. Cuando vino esa tarde al recibidor, vio que la puertecilla de hierro que cerraba la entrada a la escalera, que normalmente se mantenía cerrada, se había dejado abierta. De modo que cuando fue consciente de la visita de los otros dos al techo, se deslizó furtivamente sin hacer ruido por la puertecilla y, subiendo la escalera, salió al techo. Hacía muchísimo frío por las feroces ráfagas de la tormenta que barrían por todo alrededor del torreón sin que nada lo impidiese, silbando en las esquinas agudas y cantando alrededor del tembloroso mástil. La cuerda de la cometa y el cable que controlaba los corredores hacían un pasillo de sonidos extraños que de alguna manera, quizá por la violencia que los rodeaba, actuaba a todo lo largo de ellos y los transformaba en alguna clase de armonía; un acompañamiento adecuado a la tragedia que estaba a punto de empezar.

Lady Arabella despreció todos esos pensamientos, poniéndolos tras ella como había hecho con el miedo. Moviéndose todavía rápida y sigilosamente, se deslizó por el techo de piedra y se ocultó detrás de uno de los matacanes de la torre. Ya se había instalado con seguridad cuando las cabezas de Edgar y Mimi, a quien él guiaba, aparecieron recortadas sobre la silueta distante del cielo cuando subieron la empinada escalera. El corazón de Mimi latía pesadamente. Justo antes de salir de la cámara del torreón la atrapó un susto del que no pudo librarse. Las luces de la cámara le habían revelado por un momento, según salían, la cara de Edgar, concentrada como cuando intentaba utilizar su poder mesmérico. Ahora las negras cejas creaban una gruesa línea en su frente, bajo la que sus ojos brillaban y centelleaban siniestramente. Mimi reconoció el peligro y adoptó la resistencia que ya dos veces le había servido tan bien. Tenía miedo de que las circunstancias y el lugar estuviesen en su contra y quiso estar preparada.

El cielo estaba ahora más ligero que lo que había estado antes. O bien hubo un rayo lejano cuyo resplandor fue llevado por las rodantes nubes, o bien la fuerza eléctrica acumulada, aunque todavía no estallaba en el rayo, tenía un incipiente poder de luz. Afectaba tanto al hombre como a la mujer. Edgar ya estaba plenamente bajo su influencia. Su alma estaba tempestuosa, su mente, exaltada. Estaba ahora en lo peor, más loco aún que lo que había estado antes esa noche. Mimi, intentando mantenerse lo más lejos posible de él, se movió por el suelo de piedra del techo del torreón y encontró una hornacina que la ocultó. No estaba lejos del lugar donde se escondía *lady* Arabella, pero el ángulo del matacán estaba entre ellas y las separaba. Para Mimi fue afortunado que no pudiera ver la cara de la otra. Aquellos ojos ardientes concentrados en un odio mortal ciertamente la habrían desconcertado justo cuando quería que toda su fuerza de voluntad la ayudase en esa situación extrema.

Edgar, dejado solo de esa manera en el centro del techo del torreón, se encontró completamente dueño de sí de una manera que tendía a aumentar su locura. Sabía que Mimi estaba muy a mano, aunque la había perdido de vista. Habló muy alto, y el sonido de su propia voz, aunque arrebatada de él por el viento generalizado en cuanto las palabras se pronunciaban, lo exaltó todavía más. Hasta la furia de los elementos a su alrededor se añadió a su exaltación. Para él era como si esas manifestaciones obedeciesen a su propia voluntad. Había alcanzado el punto más alto de su locura, en su mente era ahora realmente el Todopoderoso, y lo que pasara sería como consecuencia de sus propias órdenes. Como no podía ver a Mimi ni dónde estaba la posición de su paradero, gritó con fuerza:

—Venga conmigo. Ahora verá aquello que usted desprecia, aquello contra lo que lucha. Todo lo que ve es mío, tanto la oscuridad como la luz. Le digo a usted que soy más grande que lo que cualquier otro sea, fue o será. Ahora mire y aprenda. Cuando el amo del Mal lo llevó a un lugar elevado y le mostró todos los reinos de la tierra[26], estaba haciendo lo que creía que nadie más podía hacer. Se equivocó. Se olvidó de mí. Ya verá, le enviaré una luz con la que ver. Enviaré esa luz hasta las mismas murallas de los cielos. Una luz tan grande, que disipará esas nubes negras que corren y se amontonan a nuestro alrededor. ¡Mire! ¡Mire! Con el solo toque de mi mano, esa luz salta a ser y sube arriba, ¡y arriba! ¡Y arriba!

---

[26] Lucas, 4-5, sobre la tentación del Diablo a Jesucristo.

Mientras hablaba, se encaminó al rincón del torreón desde donde volaba la cometa gigante y ascendían los corredores. Mimi miró, paralizada y temerosa de hablar por si provocaba alguna calamidad. Dentro de su nicho, *lady* Arabella, silenciosa e inmóvil como la muerte, se acobardó en un paroxismo de miedo. Edgar se sacó del bolsillo una caja pequeña de madera, con un agujero a través del que corría el cable de los corredores. Evidentemente, eso puso alguna maquinaria en movimiento, porque llegó un ruido como un zumbido. De uno de los lados de la caja colgaba lo que parecía un trozo de cinta rígida, que se rompió y restalló cuando la agarró el viento. Durante unos segundos, Mimi la vio cuando se precipitaba a lo largo de la combada línea hacia la cometa. Cuando estuvo cerca de ella, hubo un ruidoso chasquido, como de una pequeña explosión, y una luz repentina salió de cada rendija de la caja. Entonces destelló una llama rápida a lo largo de la cinta quebrada, que resplandeció con una intensa luz, una luz tan grande, que toda la campiña de alrededor sobresalió contra el trasfondo de negras nubes torrenciales. La luz permaneció durante unos segundos, y luego desapareció súbitamente en la negrura de alrededor. Esa luz no tenía misterio para Mimi ni para *lady* Arabella, que habían visto a menudo manifestaciones de la misma clase. Simplemente era una luz de magnesio, que se había encendido por el mecanismo de dentro de la caja que se llevó hasta la cometa. Edgar se hallaba en un estado de agitación tumultuosa, chillando, gritando a todo pulmón y bailando alrededor como un lunático violento. Pero las otras estaban en silencio. Mimi, acurrucada en su nicho, evitaba la observación lo mejor que podía. Una vez, la combada cuerda, atrapada en una ráfaga de viento, fue lanzada sobre el dorso de su mano. Su temblor tuvo un efecto extraordinario en ella, apuntalando completamente su poder emocional. En ese instante sintió que el espíritu de Lilla estaba a su lado, y que era el toque de Lilla lo que había sentido. Evidentemente, *lady* Arabella había decidido qué hacer, la inspiración de cómo hacerlo le vino al ver el aire de poder de Mimi, que era manifiesto para su vista de ofidio. Al instante se deslizó a través de la oscuridad hacia la rueda donde estaba enrollada la cuerda de la cometa. Con dedos hábiles encontró dónde estaba fijado el aparato de sondeo Kelvin y, desmontándolo, se lo llevó con ella dándole vueltas al cable según iba, y así se mantenía de alguna manera en contacto con la cometa. Entonces se deslizó rápidamente a la puertecilla, a través de la cual pasó bloqueando la puerta detrás de ella al irse. Voló con rapidez escalera abajo del torreón, dejando que el cable corriese desde la rueda que llevaba con cuidado y, saliendo por la puerta del vestíbulo, se precipitó por la avenida con toda su velocidad. Pronto llegó a su propio portón, se apresuró por la avenida y con su llave pequeña abrió la puerta de hierro que daba al patio donde estaba el agujero del pozo. El fino cable pasaba fácilmente bajo la puerta. En la habitación de al lado del patio, donde estaba el agujero del pozo, se sentó jadeando sin que nadie lo supiera, porque al venir había evitado que la observasen. Notó que estaba agitada, y para calmarse empezó una nueva forma de experimento respecto a su observación del agujero. Ató la lámpara, que estaba lista para bajarla, al extremo del cable, que había llegado hasta la habitación. Entonces empezó, despacio y metódicamente, a bajar las dos cosas por medio del aparato de sondeo Kelvin, intentando encender en el momento apropiado la nueva cinta de magnesio que se había traído del torreón. Todos sus planes estaban madurando, o ya habían madurado. Castra Regis estaba a su alcance. La mujer cuya intromisión temía, Lilla Watford, estaba muerta. Diana's Grove y todos sus horrorosos secretos estaban ahora en otras manos, a las que un accidente no le provocaría preocupación alguna. Todo estaba bien de veras, y sintió que podría detenerse un momento y descansar. Se echó sobre un sofá cercano al agujero del pozo de manera que pudiese verlo sin moverse cuando hubiera encendido la lámpara. En un estado de dichoso contento se hundió en un agradable sueño.

CAPÍTULO XXXIX
El estallido de la tormenta

Cuando *lady* Arabella se hubo marchado con su habitual manera silenciosa, los otros dos se quedaron por un rato muy quietos en sus sitios del techo del torreón. Caswall, porque no tenía nada que decir y no podía pensar en nada. Mimi, porque tenía mucho que decir y deseaba poner en orden sus pensamientos. Durante un largo rato —que se hizo interminable— reinó el silencio entre ellos. Al final, Mimi hizo un inicio, se había decidido a actuar.

—Señor Caswall —dijo ruidosamente, como para asegurarse de que el otro la oía a través del bramido del viento y del constante chasquido de la electricidad.

Caswall dijo algo como respuesta, que ella entendió que era, «la escucho».

Sus palabras fueron arrastradas por la tormenta según salían de su boca. Sin embargo, uno de los objetivos de Mimi estaba cumplido: ahora sabía exactamente dónde estaba él en aquel techo. Así que se acercó al lugar antes de volver a hablar, levantando la voz casi hasta el grito.

—La puertecilla está cerrada. Ábrala, por favor. No puedo salir.

Mientras hablaba, tocaba discretamente el revólver que le había dado Adam cuando ella volvió de Liverpool y que ahora estaba colocado en su pecho. Sintió que estaba enjaulada como una rata en una trampa, pero no quería ser pillada en desventaja, pasara lo que pasase. En ese momento, Caswall también estaba decidiéndose sobre cómo sería su actitud. Él también se sentía atrapado y todo lo bruto que había en él surgió para la emergencia. No se le había contado nunca —ni siquiera por sí mismo— como caballeroso, pero ahora, cuando estaba desconcertado, ni siquiera la decencia de pensamiento tenía atractivo para él. Siseó con una voz que fue ronca y brutal —muy parecida a la que se oye cuando a una mujer la golpea su marido en un tugurio—, sus sílabas atravesaban el rugido de la tormenta:

—Yo no la dejé entrar aquí. Usted vino por su propia cuenta, sin tener permiso y sin pedirlo siquiera. Ahora quédese, o váyase, como elija; pero debe arreglárselas por sí misma, yo no tendré nada que ver con ello.

Ella respondió, muy mujerilmente, con una pregunta:

—Ha sido *lady* Arabella quien la ha cerrado y bloqueado. ¿Ha sido por deseo de usted?

—Yo no tengo deseos de ninguna manera. Ni siquiera sabía que ella estaba aquí.

Y luego añadió de repente:

—¿Cómo lo sabía usted?

—Por su vestido blanco y el brillo verde de sus ojos. Su figura no es difícil de distinguir, incluso en la oscuridad.

Él emitió alguna clase de resoplido de disconformidad. Tomando esto como un resentimiento añadido, Mimi siguió adelante con las palabras que creyó que más lo fastidiarían.

—Cuando una mujer está dotada de una figura como la suya, es fácil identificarla hasta vestida de espantapájaros o con un manojo de harapos.

Él incluso mejoró su insultante expresión:

—Todas las mujeres de los condados del este creen que tienen el derecho de entrar en mi casa a cualquier hora del día o de la noche, y en cada habitación de la casa, tanto si estoy allí como si no. Supongo que tendré que conseguir perros de guardia y policías para mantenerlas fuera, y armas de resorte y cepos para tratar con ellas si entran —continuó él más bruscamente, como si estuviera herido por ello.

—Bueno, ¿y por qué no va?

Su respuesta fue pronunciada con una suavidad peligrosa:

—Voy a ello. Échese la culpa si no le gusta el momento ni los modos.

—¡Estoy segura de que Adam, mi marido, el señor Salton, tendrá algo que decir de esto!

—Que lo diga, y que lo condenen, ¡y a usted también! Voy a darle una luz. Así no podrá decir que no veía por dónde iba.

Mientras hablaba encendió otra pieza de cinta de magnesio, que creó un brillo cegador en el que todo era completamente distinguible, hasta el más mínimo detalle. Eso era lo adecuado exactamente para ella. Tomó nota precisa de la puertecilla y de su cierre antes de que el brillo se apagase. Sacó el revólver y disparó al cerrojo, que se hizo pedazos al instante. Los trozos volaron en todas direcciones, pero afortunadamente sin dañar a nadie. Luego abrió la puertecilla y bajó corriendo la estrecha escalera hasta llegar a la puerta del vestíbulo. La abrió también y corrió por la avenida, sin disminuir ni un momento su velocidad hasta que estuvo en la puerta de Doom Tower. Toda la casa estaba despierta y se abrió la puerta inmediatamente cuando llamó. Mimi preguntó:

—¿Está el señor Salton en casa?

—Acaba de venir hace unos minutos. Ha subido al estudio.

Corrió inmediatamente arriba y se reunió con él. Adam pareció aliviado cuando la vio, pero escudriñó su cara intensamente. Vio que había estado en algún problema, así que la guio al sofá de la ventana y se sentó a su lado.

—Bueno, querida, ¡cuéntamelo todo! —dijo.

Ella se apresuró a contarle entrecortadamente todos los detalles de su aventura en el techo del torreón. Adam escuchaba atentamente, ayudándola todo lo que pudo, tanto positiva como negativamente, sin avergonzarla con alguna pregunta o manifestación de sorpresa. Su considerado silencio le fue a ella de gran ayuda, porque le permitía recopilar y ordenar sus pensamientos. Cuando lo hubo hecho, él le dio su historia sin retraso innecesario.

—Me he apartado de tu camino para dejarte libre en todo lo que desearas hacer; pero cuando llegó la oscuridad y todavía estabas fuera, estuve un poco asustado por ti. Así que fui donde creí que podrías estar. Primero a Mercy, pero allí nadie sabía dónde estabas. Luego a Diana's Grove. Allí tampoco pudo decirme nada nadie; pero cuando el criado que abrió la puerta fue al patio a mirar si estabas allí, entreví la habitación donde está el agujero del pozo. Junto al agujero, y casi encima de él, había un sofá en el que *lady* Arabella dormía tranquilamente. De manera que seguí con Castra Regis, pero allí nadie te había visto tampoco. Cuando esa luz de magnesio brotó desde cerca de la cometa, creí verte encima del torreón. Intenté subir, y llegué realmente a la puertecilla al pie de la escalera del torreón; pero estaba cerrada, así que me di la vuelta y fui por el Brow por si te veía o te encontraba, y luego me vine aquí. Sólo supe que habías venido a casa cuando Braithwait vino al estudio a decírmelo. Tengo que ir a ver a Caswall mañana o pasado para oír lo que tenga que decir del asunto. No te molesta, ¿verdad?

Ella respondió rápidamente, con un miedo nuevo en el corazón:

—Oh, no, querido. No me molesta nada de lo que tú creas que hay que hacer. Pero, querido, hazlo por mí, no tengas ninguna disputa con el señor Caswall. Últimamente he tenido demasiados problemas y sufrimientos como para desear que aumenten con alguna preocupación por ti.

—No la tendrás, querida, si puedo evitarlo, y así lo quiera Dios —dijo solemnemente Adam, y la besó.

Después, para mantenerla interesada de modo que pudiese olvidar los miedos y preocupaciones que la habían perturbado, empezó a hablar de los detalles de la aventura de ella, haciendo comentarios inteligentes que atrajeran y mantuviesen su atención. Inmediatamente dijo, entre otras cosas:

—Ese juego en el que está metido Caswall es peligroso. Me parece que ese joven, aunque no aparenta saberlo, se está dirigiendo hacia una caída.

—¿Cómo, querido? No lo comprendo.

—Volar una cometa en una noche así desde un lugar como la torre de Castra Regis es peligroso, cuando menos. No sólo es simplemente cortejar a la muerte o a cualquier otro accidente por los rayos, sino que está llevando los rayos donde él vive.

—Oh, explícamelo, Adam. Soy muy ignorante en esos asuntos.

—Bueno, tú ves, Mimi, que el aire alrededor de la casa está cargado e impregnado de electricidad, que sencillamente son rayos sin desarrollar. Toda nube que pase por aquí —y todas ellas van al punto más alto— está destinada a desarrollar rayos. Esa cometa está a más de un kilómetro y medio en el aire y va a atraer al rayo. La propia cuerda crea un camino para que viaje a la tierra. Cuando llegue, golpeará la torre con un presión cien veces mayor que un parque de artillería al completo. Va a reducir Castra Regis a cerillas. Dónde irá después de eso, nadie lo sabe. Si allí hay algún metal por el que pueda viajar, eso no sólo señalará a la carretera, sino que será la propia carretera. Si ocurriera algo de ese tipo, podría destrozar todo el vecindario, y probablemente lo haría.

—¿Sería peligroso estar fuera al aire libre cuando ocurra una cosa así? —preguntó ella.

—No, niña, sería el lugar más seguro posible, mientras uno no esté en la línea de la corriente eléctrica.

—Entonces, vayamos fuera. No quiero correr ningún peligro estúpido, y mucho menos pedirte a ti que lo hagas. Pero si el aire libre es lo más seguro, seguramente es el lugar donde estar. Podemos mantenernos fácilmente fuera de las corrientes eléctricas, si sabemos dónde están. Por cierto, ¿supongo bien que esas corrientes se transportan por cables o por algo que pueda atraerlas? Si eso es así, podemos buscar algo así.

Tengo la linterna que me diste recargada el día que estuve en Wolverhampton con sir Nathaniel.

—Yo también tengo mi linterna, arreglada —intervino Adam.

Sin más palabras, ella se puso otra vez la capa que había dejado a un lado y un sombrero pequeño y ajustado. Adam se puso también su capa y, después de ver que su revólver estaba bien, le dio la mano y salieron juntos de la casa. Cuando llegaron a la puerta, que estaba completamente abierta, Adam dijo:

—Creo que lo mejor que podemos hacer es ir por todos los lugares que están mezclados en este asunto.

—De acuerdo, querido, estoy lista. Pero si no te importa, podríamos ir primero a Mercy. Estoy preocupada por el abuelo y debemos ver que en cualquier caso no ha ocurrido nada allí.

—Buena idea. Vayamos enseguida, Mimi.

Así que fueron por la alta carretera sobre la cima del Brow. Allí el viento tenía mucha fuerza y hacía un extraño ruido retumbante al pasar muy arriba por encima de sus cabezas, aunque no el ruido de chasquidos y desgarros de cuando pasaba por los bosques de árboles altos y esbeltos que crecían a ambos lados de la carretera. Mimi apenas podía mantenerse de pie; no estaba asustada, pero la fuerza a la que se oponía le daba una buena excusa para agarrarse a su marido muy estrechamente.

En Mercy no había nadie levantado. Al menos, todas las luces estaban apagadas. Pero para Mimi, acostumbrada a la rutina nocturna de la casa, había señales manifiestas de que todo estaba bien, excepto en la habitación pequeña del primer piso, donde las persianas estaban bajadas. Mimi no puso soportar mirarlas, ni pensar en ello. Adam entendió su dolor, se agachó y la besó, luego agarró su mano y la sostuvo con fuerza. Y de esa manera siguieron adelante juntos, volviendo a la carretera principal hacia Castra Regis. Ahora tenían listas sus linternas, dirigiendo las lentes de cada una al suelo, de modo que desde allí en adelante en su viaje, dos pequeños círculos de luz brillante iban por delante de ellos y, moviéndolas de lado a lado a medida que avanzaban, mantuvieron muy visibles el suelo frente a ellos y ambos lados del camino.

Desde el portón de entrada a Castra Regis fueron especialmente cuidadosos. Mientras se acercaban a la casa, Adam le había hecho varias preguntas a su esposa acerca de las señales, si había alguna, que hubieran quedado de la presencia de *lady* Arabella en la torre. Ella le habló, pero con mayor detalle, del cable del aparato de sondeo Kelvin que, teniendo su origen en el punto desde donde volaba la cometa, marcaba el camino a través de la puertecilla, escaleras abajo y a lo largo de la avenida.

Adam respiró hondo ante eso y dijo en un susurro bajo y serio:

—No quiero asustarte, querida Mimi, pero donde esté ese cable, hay peligro.

—¡Peligro! ¿Y cómo es eso?

—Esa es la vía por donde irá el rayo; en cualquier momento, incluso ahora mismo mientras hablamos y buscamos, una fuerza temible puede estar suelta sobre nosotros. Corre, querida, conoces el camino donde la avenida se junta con la carretera principal. Sigue moviendo la linterna, y si ves alguna señal del cable, mantente lejos de él, por el amor de Dios. Me encontraré contigo en el portón de la entrada.

Ella dijo en voz baja:

—¿Vas a encontrar o a seguir ese cable tú solo?

—Sí, querida. Basta con uno para ese trabajo. No perderé ni un momento hasta que esté contigo.

—Adam, cuando salí contigo al aire libre, cuando los dos temíamos lo que podría suceder, mi principal deseo era que estuviésemos juntos cuando llegase el final. Tú no me negarás ese derecho, ¿verdad que no, querido?

—No, querida, ni ese derecho, ni ningún otro. Doy gracias a Dios porque mi esposa tenga ese deseo. Vamos, iremos juntos. Estamos en las manos de Dios. Si Él lo quiere, estaremos juntos al final, cuando sea y como sea. Bésame, querida, aunque sea por última vez. Dame la mano. Ahora estoy listo.

Y así, de la mano, fueron juntos a encontrar el peligro nuevo. Detectaron el rastro del cable sobre los escalones de la entrada y lo siguieron por la avenida, teniendo mucho cuidado de no tocarlo con los pies. Era bastante fácil de seguir, pues el cable, si no era brillante, estaba coloreado y se mostraba inmediatamente cuando las luces errantes de las linternas lo iluminaban. Siguieron el cable por fuera del portón y por la avenida de Diana's Grove. Aquí una nueva seriedad cubrió la cara de Adam, aunque Mimi no vio ninguna causa para una nueva preocupación. Eso se explicó fácilmente. Adam conocía los trabajos en curso con los explosivos respecto al agujero del pozo, pero ese asunto se había mantenido apartado deliberadamente de su esposa. Cuando se acercaron a la casa, Adam envió a su esposa de vuelta a la carretera, aparentemente para observar el trayecto del cable y diciéndole que podría haber un ramal del cable que llevase a algún otro lugar. Ella tenía que buscar por el sotobosque a través del que iba el cable, y si lo encontraba tenía que avisarlo con el grito nativo australiano «cu-ííí», que se había acordado entre ellos como un medio de señalizar. Cuando Mimi había desaparecido en la avenida, Adam examinó el cable centímetro a centímetro, tomando una nota especial de dónde se metía bajo la puerta de hierro en la parte trasera de la casa. Al estar tranquilo por estar solo, fue alrededor de la casa hasta la fachada principal y empujó suavemente la puerta del vestíbulo, pensando que quizá estuviese abierta, según la costumbre habitual. La puerta cedió, de modo que caminó sigilosamente por el vestíbulo, manteniendo su linterna esparciendo luz por todo el suelo, tanto para evitar el peligro como para intentar detectar el cable otra vez. Al llegar a la puerta de hierro vio el destello del cable según pasaba bajo ella. Lo siguió hasta la habitación donde estaba el agujero del pozo, teniendo cuidado de moverse tan silenciosamente como fuera posible. Vio que *lady* Arabella dormía en el sofá cercano al agujero, en el cual desaparecía la continuación del cable. Mientras lo hacía oyó un susurro: «¡ss-ss-sh!», en la puerta, miró hacia arriba y vio a Mimi, que le hacía señas de que saliese. Se reunió con ella y fueron juntos a la avenida.

Mimi le susurró:

—¿No sería posible avisar a alguien aquí? Están en peligro.

Él acercó los labios a su oído y susurró su respuesta:

—Podríamos, pero no sería seguro. *Lady* Arabella se ha traído el cable aquí por algún propósito suyo. Si ella fuese a sospechar que nosotros sabemos o adivinamos su motivo, daría otros pasos que podrían ser más peligrosos todavía. No lo hemos hecho nosotros, nada de ello. Será mejor que no nos entrometamos.

Mimi, que había hablado por el sentido del deber, lejos de ningún deseo o miedo propio, estaba muy contenta de guardar silencio y de que ambos se marcharan de allí con seguridad; de modo que su marido la agarró de la mano y la llevó lejos del cable.

Cuando estuvieron en la parte ancha de la avenida, él susurró otra vez:

—Mimi, tenemos que ser cuidadosos con lo que hacemos. Estamos rodeados de peligros desconocidos por todas partes y pudiera ser que, al intentar hacer el bien de alguna manera, acabásemos haciendo eso mismo que más debemos evitar.

Bajo los árboles, que crujían cuando el soplo del viento chocaba con sus ramas y los esbeltos tallos se movían de un lado para otro, él siguió diciendo:

—Sabemos que si llega el rayo, seguirá el trayecto de la cuerda de la cometa. También sabemos que si golpea Castra Regis, seguirá también el cable, que acabamos de ver correr por la avenida; pero no sabemos hacia qué otras partes puede llevar peligro ese cable. Podría ser a Mercy o a Lesser Hill, de hecho, a cualquier sitio del vecindario. Además, no sabemos cuándo podría caer el ataque. No habrá aviso ninguno, eso tenlo por seguro. Vendrá, o podrá venir, cuando menos lo esperemos. Si eliminamos las posibilidades de que el rayo encuentre su propio camino, podemos hacer un daño irreparable donde menos lo deseemos. De hecho, probablemente la condenación se haya dictado ya. Sólo podemos esperar qué seguridad, o qué posibilidad de seguridad, podemos conseguir hasta que llegue el momento.

Mimi estaba callada, pero se quedó muy cerca de él y le agarró la mano con fuerza. Tras unos momentos, habló:

—Entonces, deja que la condenación caiga cuando pueda. Estamos preparados. ¡Al menos moriremos juntos!

Con la creencia de que la muerte se cernía sobre ellos, como se mostró por la resignación que se habían expresado el uno al otro, era poco sorprendente que Adam y Mimi estuviesen inquietos y que fuesen incapaces de permanecer callados o ni siquiera en un solo lugar. Se pasaron las horas oscuras de la noche deambulando por la parte alta del Brow y esperando a... no sabían a qué. Es extraño decirlo, pero ambos disfrutaron, o creyeron que lo hicieron, del tumulto de las fuerzas de la Naturaleza a su alrededor. Si su tensión nerviosa hubiera sido menor, el sentido de la estética que ambos compartían habría tenido más alcance. Incluso tal como era, las oscuras bellezas del cielo y del paisaje les atrajeron; el paso de las nubes negras como la tinta; los destellos del cielo barrido por el viento; las ráfagas y rugidos de la tempestad entre los árboles; el incesante crujido de la electricidad; el estruendo distante de la tormenta al correr sobre las tierras altas de Mercia; la mezcla constante de su rugido con el sonido de las olas sobre las playas de guijarros del mar del este; las grandes y redondeadas olas que rompían sobre la rocosa orilla del mar; las luces lejanas, que se hacían más brillantes cuando el viento soplaba más lejos; y de cuando en cuando todo se fundía en la niebla creciente... Todas esas cosas reclamaban su interés y su admiración, formando, por así decirlo, un trasfondo de adecuadas grandeza y sublimidad a la gran tragedia de la vida que se estaba interpretando en su mismo centro. Cuando ese pensamiento cruzó por la mente de Mimi, restauró sus nervios y su coraje. En los salvajes elementos de la guerra, pasiones superficiales como el miedo, la ira y la avaricia eran igualmente indignas para las personas con su rango y para la ocasión de sus vidas. En aquellos minutos que volaban, Adam y Mimi se encontraron a sí mismos y aprendieron —¿es que no lo sabían ya?— la valía del mérito personal.

Al acercarse el alba aumentó la violencia de la tormenta. La furia del viento era todavía más tumultuosa. Las nubes voladoras se hicieron más densas y más negras, y a veces los relámpagos, aunque todavía muy lejanos, recortaban la opresiva oscuridad. Los gruñidos inciertos de los truenos cambiaban por momentos a la vibrante majestad de la artillería del cielo. Entonces llegó un momento en el que no transcurría ni un segundo entre el destello blanco y el estallido del trueno, que terminaba en un rodar que hacía temblar toda la estructura del mundo.

Pero a través de todo esto, la gran cometa, aunque estaba asaltada por todas las fuerzas del aire, todavía estiraba vigorosamente, pero indómita, de la cuerda de control.

Finalmente, cuando el cielo del este empezó a despertarse, hubo un momento de calma en la tormenta. Adam y Mimi habían recorrido toda la longitud del Brow, y habían ido tan lejos a su vuelta a Castra Regis como para estar al nivel de Diana's Grove. El silencio comparativo de la calma les dio a Adam y a su esposa la idea de que estaban otra vez cerca de la casa. En lo secreto de su corazón, Adam estaba impaciente en cierto modo por el retraso de la cometa para llevar hacia abajo al rayo, y no estaba demasiado complacido por ello. Llevaba tanto tiempo pensando en la destrucción de la guarida del Gusano Blanco, que el alargamiento le pareció indebido y excesivo, injusto de hecho. Aun así, esperó con una apariencia exterior de paciencia, incluso de calma, pero su corazón estaba siempre rabioso.

Quería saber y sentir que había visto al Gusano Blanco por última vez. Al llegar el día, la tormenta pareció que era menos violenta, simplemente porque los ojos de los testigos vinieron en ayuda de sus oídos. Las nubes estaban menos negras porque el resto del paisaje no estaba envuelto en la oscuridad impenetrable. Cuando alguno de nuestros sentidos normales es inútil por algún motivo, nos vemos privados de la ayuda de la perspectiva, además de alguna otra privación especial. Para Adam y Mimi, la promesa del amanecer era una ayuda y un consuelo. No sólo fue esperanzador que se levantase la cortina de oscuridad —incluso si la luz sólo venía a través de los desgarros en el cielo roto por el viento—, sino que la esperanza que vino con la luz trajo consuelo y renovación del ánimo. Ellos dos siguieron moviéndose juntos sobre la carretera a Diana's Grove. Adam había agarrado el brazo de su esposa de esa manera familiar que le encanta a una mujer cuando ama al hombre, y sin hablar la guio por la avenida hacia la casa.

La cima de la colina sobre la que estaba asentado Diana's Grove se había mantenido desde tiempo inmemorial libre de árboles y de cualquier otro obstáculo que pudiera ocultar de la vista. En los días primitivos eso no se hacía por motivos estéticos, sino simplemente para protegerse de la aproximación invisible de los enemigos. Sin embargo, el resultado era el mismo, se conseguía o se preservaba una vista ininterrumpida por todo alrededor. Ahora, mientras los jóvenes estaban a cielo abierto, podían ver la mayoría de los lugares en los que durante algún tiempo estuvieron interesados. Muy arriba en el Brow, y coronándolo, se alzaba Castra Regis, enorme y severo, el propio epítome de una enorme y ceñuda fortaleza normanda. Colina abajo, a medio camino del nivel de la llanura donde se hallaban los profundos riachuelos y los charcos rodeados de ciénagas, la granja Mercy se acurrucaba entre los bosques protectores. Medio oculta entre bosques de árboles majestuosos, que la hacían parecer lejana, Lesser Hill y la retaguardia de su torre de vigilancia. Adam agarró la mano de Mimi e instintivamente bajaron para acercarse a la casa de Diana's Grove, notando su aspecto inhóspito según iban. Ninguna ventana, puerta o chimenea tenían una fuerza viva detrás. Era tan fría y descomunal como un templo romano, y no tenía perspectivas ni promesas de bienvenida o de consuelo. Adam no pudo evitar recordar el último vistazo que tuvo de su dueña, de aspecto más delgado que lo habitual en su vestido blanco, apretado contra ella como si estuviese resistiendo la presión del viento. Estaba serenamente dormida, tumbada en el sofá cercano al horrible agujero del pozo, tan cercano que el más ligero choque, o la menor sacudida la arrojaría al abismo. La idea lo atrapó, no se la pudo quitar de encima. Por un momento le pareció como si las paredes se hubieran deshecho como la niebla y como si, en una visión de clarividencia, hubiese un vago presagio de un momento del futuro, una especie de profecía. El toque de Mimi en su brazo, como para sugerir que se moviesen del lugar, lo hizo volver en sí. Juntos fueron en torno a la parte trasera de la casa y se quedaron donde el viento era menos violento, en el refugio de la puerta de hierro.

Mientras estaban allí, llegó un cegador relámpago que iluminó durante varios segundos todo y que sólo fue la primera nota del preludio celeste, porque fue seguido por muchos destellos que se sucedieron entre el cielo y el suelo de la zona, mientras el estruendo y el retumbar de los truenos era continuo. Adam, horrorizado, atrajo a su esposa hacia él y la abrazó estrechamente. Por lo que podía calcular en el intervalo que pasaba entre el rayo y el restallido del trueno, el corazón de la tormenta estaba aún a cierta distancia, de modo que en ese momento no sintió preocupación por su seguridad. Sin embargo, estaba claro que el curso de la tormenta se movía rápidamente en su dirección. Los relámpagos venían cada vez más aprisa y estaban más cercanos entre sí, el ruido del trueno era continuo, no se detenía ni un momento, empezaba un nuevo estruendo antes de que el anterior hubiese terminado. Adam siguió mirando hacia donde la cometa se esforzaba y luchaba en la cuerda que la retenía, pero, por supuesto, el amanecer no estaba todavía lo suficientemente avanzado como para permitir que la viese.

Finalmente llegó un relámpago tan espantosamente brillante, que en su resplandor la naturaleza pareció quedarse quieta. Fue tan largo que hubo tiempo de distinguir su configuración. Era como un poderoso árbol dado la vuelta que pendía del cielo; en lo alto, las raíces se unían. Toda la campiña dentro del ángulo de visión estaba iluminada hasta brillar. Entonces, una ancha cinta de fuego cayó de la torre de Castra Regis justo cuando reventó el trueno. Por el resplandor del rayo, Adam pudo ver que la torre se sacudía y temblaba, y que por último se hacía pedazos y caía como un castillo de naipes. El paso del rayo dejó el cielo oscuro otra vez, pero una llama azul cayó desde la torre y con inconcebible rapidez corrió por el suelo en dirección a Diana's Grove, alcanzó la oscura casa silenciosa, que al instante estalló en llamas en cien lugares diferentes. En el mismo momento se alzó de la casa un ruido de desgarro y el estruendo de las maderas de la casa, rotas y arrojadas por todas partes, y un rápido grito tan terrible que Adam, con lo resuelto de corazón que indudablemente era, sintió que se le helaba la sangre. Por instinto, a pesar del peligro y de la consciencia que tenían de él, esposo y esposa se agarraron las manos y escucharon, temblando. Algo iba cerca de ellos, misterioso, terrible, mortal. Los alaridos siguieron, aunque con un sonido menos agudo, como si se hubiesen amortiguado. En medio de ellos hubo una tremenda explosión que sonó muy profundamente dentro de la tierra. Ellos miraron alrededor. Las llamas de Castra Regis y también las de Diana's Grove hacían que todo alrededor fuese casi tan luminoso como el día y, ahora que los rayos habían dejado de destellar, sus ojos ya no estaban cegados y pudieron juzgar la perspectiva y los detalles. El calor de la casa ardiendo hizo que las puertas de hierro se retorcieran y se desplomasen, o que se forzaran las bisagras. Como si fuera por decisión propia, volaron o se abrieron, exponiendo el interior. Los Salton podían mirar ahora, a través del patio interior y de la habitación de más allá donde bostezaba el agujero del pozo, una estrecha sima, circular y profunda. Los alaridos de agonía surgían desde allí, haciéndose incluso más terribles a cada segundo que pasaba. Pero no sólo fue el sonido desgarrador lo que casi paralizó de terror a la pobre Mimi, lo que vio fue lo suficiente por sí solo para llenarla de pesadillas por el resto de su vida. Todo el lugar era como si un mar de sangre se hubiera golpeado contra él. Cada una de las explosiones de abajo había arrojado fuera del agujero del pozo, como si éste hubiera sido la boca de un cañón, una masa de arena fina mezclada con sangre, y una horriblemente repulsiva baba en la que había grandes masas rojas, desgarradas y deshechas, de carne y de grasa. Mientras siguieron las explosiones, esa masa repugnante se disparaba cada vez más y la mayor parte de ella volvía a caer dentro. El mero volumen de esa masa era horrible de contemplar. Muchos de los espantosos fragmentos eran de algo que había estado vivo antes. Se estremecían, temblaban y se retorcían como si todavía estuviesen atormentados, una suposición a la que el grito inacabable le daba una horrible credibilidad. En ciertos momentos, alguna masa montañosa de carne surgía a través del estrecho orificio como si estuviera forzada por un poder inmenso a pasar por una abertura muchísimo más pequeña que ella. Algunos de esos fragmentos estaban cubiertos, por entero o en parte, con una piel blanca como la de un ser humano, y otros —los mayores y más numerosos— lo estaban con una piel escamosa, como de un lagarto o serpiente gigante. Y de cuando en cuando, por esas masas aferradas de pelo largo y negro que a Adam le recordaron a una caja llena de cueros cabelludos que vio que le quitaban a un grupo de indios comanches saqueadores. Una vez, en una especie de respiro o pausa, el agitado contenido del agujero se alzó a la manera de un manantial burbujeante, y Adam vio parte de la delgada forma de *lady* Arabella forzada hasta arriba entre una masa de sangre y baba que tenía el aspecto de ser las entrañas de un monstruo desgarrado en pedazos. Algunas veces, unas masas de tamaño enorme fueron forzadas a lo alto a través del agujero con una violencia increíble y, expandiéndose súbitamente al llegar a un espacio mayor, revelaban grandes trozos del Gusano Blanco que Adam y sir Nathaniel habían visto mirar por encima de los grandes árboles con sus enormes ojos de color verde esmeralda, parpadeando como grandes focos en una tempestad.

Al fin, la fuerza explosiva, que no se había agotado todavía, alcanzó evidentemente el gran depósito de dinamita que habían bajado en el agujero del pozo. El resultado fue espantoso. Desde lejos, todo el suelo de alrededor se estremeció y se abrió en largas simas profundas, cuyos bordes temblaron y cayeron dentro de ellas, arrojando hacia arriba nubes de arena que caían de nuevo y siseaban en el agua que subía. La casa, pesadamente construida, se sacudió hasta los cimientos. Grandes piedras fueron arrojadas como desde un volcán; algunas de ellas eran grandes masas de piedra dura, escuadradas y ranuradas con herramientas forjadas por manos humanas. Se rompían y se partían en el aire como si las desgarrase alguna fuerza infernal. Los árboles de cerca de la casa, que por lo tanto estaban de alguna manera presuntamente encima del agujero, el cual enviaba hacia arriba nubes de una mezcla de polvo, vapor y arena fina que llevaba un hedor terrible que enfermaba a quienes estaban allí, fueron hechos trizas desde las raíces y arrojados al aire. Para entonces, las llamas estallaban violentamente desde todas las ruinas, tan peligrosamente, que Adam recogió a su esposa en sus brazos y corrió con Mimi alejándose de ellas.

Entonces, casi tan rápidamente como había empezado, todo el cataclismo terminó. En lo más profundo, un estrépito intermitente siguió por algún tiempo. Y entonces, el silencio lo protegió todo, un silencio tan completo que era en sí mismo una cosa sintiente, un silencio que era como la oscuridad encarnada, y que transmitía la misma idea a todo el que entrase en su radio. Para los jóvenes, que habían padecido el largo horror de esa noche espantosa, aquello aportó un alivio: un alivio de la presencia del miedo a todo lo que era horrible, un alivio que fue perfecto cuando los rojos rayos del amanecer se alzaron sobre el distante mar oriental trayendo la promesa de un nuevo orden de cosas con el día que llegaba.

CAPÍTULO XL
Despojos

La cama vio poco a Adam Salton en lo que quedaba de aquella noche. Él y Mimi caminaron de la mano en el luminoso amanecer por el Brow hacia Castra Regis y hacia la torre Doom. Hicieron eso deliberadamente, en un intento de pensar lo menos posible en las tremendas experiencias de la noche. Ambos intentaron mantener lealmente el valor del otro y ayudarlo a distraer la atención de los recuerdos del horror. La mañana era radiante y alegre, como a veces lo son las mañanas después de una tormenta asoladora. El aire estaba lleno de sol. Las nubes, de las que había muchas como evidencia, no llevaban ninguna idea persistente de oscuridad. Toda la naturaleza estaba luminosa y alegre, y creaba un contaste notable con las escenas de destrozo y de devastación, y con los efectos del fuego arrasador y de las perdurables ruinas.

La única evidencia de la que una vez fuera majestuosa edificación de Castra Regis era un amasijo informe de arquitectura destrozada, apenas visible en los momentos en los que la brisa marina barría la nube de humo azulado y acre que ahora señalaba el lugar donde estuvo el castillo señorial. En cuanto a Diana's Grove, estuvieron buscando en vano una señal que tuviese un indicio de permanencia. Los robles del bosquecillo todavía podían verse —algunos de ellos— emergiendo de una neblina de humo, con los grandes troncos macizos y erectos como siempre, pero con las ramas más grandes rotas, retorcidas y rasgadas, con la corteza arrancada y astillada y las ramas más pequeñas quebradas y desordenadas por la tensión constante y el batir de la tormenta. De la casa como tal no había señal alguna, incluso desde la poca distancia desde la que miraban. Con la decisión con la que había venido —evitarle a su esposa lo mejor que pudiese toda vista que pudiera provocarle dolor o terror, o dejarle recuerdos desagradables— Adam volvió la espalda con determinación a la zona devastada y se apresuró hacia la torre Doom. Ésta, con la fortaleza y la comodidad del lugar, su sensación de bienvenida y la perfección de su meditado orden, le dio a Mimi la mejor sensación de seguridad y de paz que había tenido desde que la tarde anterior había dejado su refugio. No sólo estaba molesta e impactada de muchas maneras, sino que estaba físicamente agotada y se quedaba dormida de pie. Adam la llevó a su habitación e hizo que se desvistiese y se metiera en la cama, ocupándose de que la habitación estuviese bien iluminada por la luz del sol y por las lámparas. El único obstáculo era una cortina de seda corrida sobre la ventana para no dejar entrar el resplandor. Al sentir que el sueño la dominaba, Adam se sentó a su lado agarrándole la mano, sabiendo muy bien que el consuelo de su presencia era el mejor reconfortante para ella. Se quedó con ella de esa manera hasta que el sueño venció su agotado cuerpo. Entonces se marchó suavemente. Encontró a sir Nathaniel en el estudio, cuando se tomaba una madrugadora taza de té, ampliada a las dimensiones de un posible desayuno. Tras una pequeña charla, los dos se pusieron de acuerdo para ir juntos a mirar las ruinas de Diana's Grove y de Castra Regis. Adam le dijo que no le había dicho a su esposa que iba a volver a aquellos lugares horribles por no asustarla, mientras el descanso y el sueño en la ignorancia la ayudarían y crearían un lapso de paz entre los horrores. Sir Nathaniel estuvo conforme con la sensatez de ese proceder y los dos salieron juntos.

Visitaron primero Diana's Grove, no sólo porque estaba más cerca, sino porque era el lugar donde más se necesitaba la descripción de los acontecimientos, y Adam pensó que como mejor podía contar su historia era en el propio sitio. La destrucción absoluta de la casa y de todo lo que contenía, vista a plena luz, era casi inconcebible. Para sir Nathaniel aquello fue una historia de horror al completo; pero para Adam sólo se quedó en la periferia, por así decirlo. Sabía lo que todavía tenía que verse cuando su amigo tuviese conocimiento de lo exterior. Hasta ahora, sir Nathaniel sólo había visto la parte de fuera de la casa, o mejor, sólo había visto donde estuvo la parte de fuera de la casa. El horror grande estaba dentro. Sin embargo, la edad, y la experiencia de la edad, cuenta. En su larga vida llena de incidentes, sir Nathaniel había visto demasiados espectáculos horribles como para consternarse por uno nuevo, incluso de la clase que tenía cerca delante de él, pero más allá de su vista. Un cambio de aspecto extraño, casi elemental, había tenido lugar en el tiempo transcurrido desde el amanecer. Era como si la propia naturaleza hubiese intentado borrar las señales diabólicas de lo que había ocurrido y restaurar un poco del significado estético del lugar. Ciertamente, la completa destrucción y ruina de la casa era todavía más manifiesta bajo la minuciosa luz solar, pero la destrucción más terrible que había bajo ella no era visible. La mampostería desgarrada, rota y dislocada era peor que antes; los levantados cimientos, los trozos de albañilería apilados, las fisuras de la tierra rota, todo estaba de lo peor. El agujero del gusano todavía era evidente en una fisura redonda que bajaba hasta las mismas entrañas de la tierra. Pero toda la masa horrenda de sangre, de baba y de carne desgarrada y maloliente, y los restos nauseabundos de la muerte violenta, habían desaparecido. O bien alguna de las últimas explosiones había arrojado a lo alto desde la profundidad una gran cantidad de agua a la que, aunque ella misma era fétida y corrupta, le quedaba aún algo de su poder para limpiar, o en caso contrario, la retorcida masa que se revolvía desde muy abajo había ayudado a arrastrar y destruir los productos del horror. Un polvo gris, parcialmente de arena fina y parcialmente de los desperdicios de la ruina que se caía, lo cubría todo, y aunque en sí mismo era abominable, ayudaba a enmascarar algo aún peor. Después de unos minutos de observación, se hizo evidente para los dos hombres que la agitación de allá abajo no había terminado todavía. A intervalos cortos y regulares, era como si estuviese hirviendo el caldo infernal. Subía, volvía a bajar y se daba la vuelta, mostrando de nuevas maneras muchos de los detalles nauseabundos que antes habían sido visibles. Lo peor de ver eran las grandes masas de la carne del monstruoso gusano en todo su rojo y repugnante aspecto. Naturalmente, esos trozos ya habían sido ya bastante malos, pero ahora eran muchísimo peores. La corrupción les llega con sorprendente rapidez a los seres cuya destrucción haya sido debida en todo o en parte a los rayos. Ahora, toda la masa se había corrompido a la vez. Pero esa corrupción no era todo. Había atraído a cada organismo natural que fuese asqueroso por sí mismo. Toda la superficie de los fragmentos, que una vez estuvieron vivos, estaba cubierta de insectos, gusanos y alimañas de todo tipo. La vista ya era horrible de por sí, pero con aquel espantoso olor añadido era sencillamente insoportable. El agujero del gusano exhalaba muerte en sus formas más repulsivas. Adam y sir Nathaniel, con un solo impulso, se dieron la vuelta y corrieron a la parte alta del Brow, donde soplaba la brisa fresca del mar oriental.

En la parte alta del Brow, bajo ellos según miraban, vieron una masa brillante y blanca, que estaba extrañamente fuera de lugar entre los despojos que habían estado viendo. Resultaba tan extraña, que Adam sugirió que intentasen encontrar un camino hacia abajo de manera que pudieran verla de cerca.

Sir Nathaniel se detuvo de repente y dijo:

—No necesitamos bajar, sé lo que es. Las explosiones de anoche han hecho volar la parte de fuera del acantilado. Eso que vemos es la gran veta de caolín a través de la que el gusano encontraba originalmente el camino a su guarida. Mira, allí está el agujero que la atraviesa hacia abajo. Podemos captar el reflejo del agua de los profundos lodazales abajo, muy lejos. Bueno, su señoría no se merecía un funeral así, ni tal monumento. Pero bien está lo que bien acaba. Será mejor que nos apresuremos de vuelta. Ahora tu esposa debe estar despertándose, y es seguro que al principio se asustará. Venid a casa lo antes que podáis, me ocuparé de que el desayuno esté listo. Creo que todos lo queremos.

ÍNDICE

Introducción 5
El invitado de Drácula y otros relatos 13
    El invitado de Drácula 15
    La casa del juez 27
    La *squaw* 43
    El secreto del oro creciente 55
    Una profecía gitana 67
    La venida de Abel Behenna 77
    El entierro de las ratas 95
    Un sueño con manos rojas 119
    Arenas de Crooken 129
La guarida del gusano blanco 149
    Capítulo primero.   Llega Adam Salton 151
    Capítulo II.   Los Caswall de Castra Regis 154
    Capítulo III.   Diana's Grove 161
    Capítulo IV.   *Lady* Arabella March 165
    Capítulo V.   Regreso al hogar 169
    Capítulo VI.   El gusano blanco 173
    Capítulo VII.   El halcón y la paloma 179
    Capítulo VIII.   Ulanga 184
    Capítulo IX.   Supervivencias 188
    Capítulo X.   Oler la muerte 193
    Capítulo XI.   El primer encuentro 198
    Capítulo XII.   La cometa 202
    Capítulo XIII.   El baúl de Mesmer 205
    Capítulo XIV.   El baúl abierto 210
    Capítulo XV.   Las alucinaciones de Ulanga 213
    Capítulo XVI.   La batalla renovada 217

Capítulo XVII. El cierre de la puerta 221

Capítulo XVIII. Sobre la pista 224

Capítulo XIX. Una visita de apoyo 227

Capítulo XX. El misterio de «el bosquecillo» 232

Capítulo XXI. Sale Ulanga 236

Capítulo XXII. Autojustificación 241

Capítulo XXIII. Un enemigo en la oscuridad 244

Capítulo XXVI. Metabolismo 248

Capítulo XXV. El decreto 252

Capítulo XXVI. Una fortificación viva 255

Capítulo XXVII. La luz verde 260

Capítulo XXVIII. De cerca 263

Capítulo XXIX. En la casa del enemigo 266

Capítulo XXX. Una carrera por la vida 270

Capítulo XXXI. Regreso a Doom 274

Capítulo XXXII. Una proposición sorprendente 277

Capítulo XXXIII. Guerra a ultranza 280

Capítulo XXXIV. Recelos 284

Capítulo XXXV. La última batalla 287

Capítulo XXXVI. Cara a cara 290

Capítulo XXXVII. *Eritis sicut deus* 293

Capítulo XXXVIII. En el techo del torreón 297

Capítulo XXXIX. El estallido de la tormenta 304

Capítulo XL. Despojos 316